Going Dark
by Monica McCarty

孤島に愛は燃えて

モニカ・マッカーティ
緒川久美子[訳]

ライムブックス

GOING DARK
by Monica McCarty

孤島に愛は燃えて

主要登場人物

アニー・ヘンダーソン……………………………海洋生態学研究者
ディーン・ベイラー（ダン・ウォレン）…………海軍特殊部隊ネイビー・シールズ隊員。
ジュリアン・ベルナール…………………………アニーの恋人
ジャン・ポール……………………………………ジュリアンの友人。環境活動家
スコット・テイラー（少佐）………………………シールズ隊員。ディーンの上官
コルト・ウェッソン………………………………元シールズ第九チーム隊員
キャサリン（ケイト）………………………………コルトの元妻。中央情報局《CIA》局員
トーマス・マレー大将……………………………キャサリンの名づけ親

プロローグ

五月二五日午後六時
ノルウェー北部の沖合約一・一キロ

アメリカ海軍特殊部隊ネイビー・シールズの隊員は、楽な日はと問われれば昨日だと答える。そしていままさに最悪の一日を過ごしているブライアン・マーフィーは、早く今日が〝昨日〟と言えるようになってほしいと祈っていた。

ふたたび海が大きくうねって体が横に投げ出されそうになり、彼は座席にしがみついた。逆流しそうになった昼食を、懸命に押し戻す。

嵐の真下三〇メートルを進むのは楽ではなく、体に伝わる衝撃はますます激しくなっていた。あとどれくらい持ちこたえられるだろう？　あと一度でもひどい揺れに見舞われたら、なんとか抑え込んできた胃の中身を盛大にぶちまけてしまいそうだ。そんなことになれば、ダメージから立ち直るのに相当かかる。

静かなエンジン音だけが聞こえていた艇内に突然何かがこすれるような鋭い音が響き、神経質に耳をそばだてていた彼は思わずビクッとした。

「いまのはなんだ？　やばいぞ。おれたちみんな、死んじまうのかも」一等兵曹のジョン・ドノヴァンが不安そうに言うのを、ブライアンは間抜けにもそのまま受け取った。

まわりのみんなもびくついているのを見てブライアンが真っ青になると、ドノヴァンは笑いだした。やり取りが届く範囲にいた隊員たち、すなわち潜水艇内のほぼ全員がそれに続く。からかわれていただけだとわかって、ブライアンは力を抜いた――ほんの少しだけ。

「緊張しているようだな、ＭＩＴ」マスクに最後の調節を加えながら、ドノヴァンが言った。にやにや笑っているので、省電力モードの薄暗い艦内に歯が白く浮きあがっている。「二〇〇〇万ドルもかけたピカピカの潜水艇にゲロをぶちまけられたら、お偉方は喜ばないだろうよ」

公式には存在しないシールズの第九チームに加わったばかりのブライアンは額に浮いた冷たい汗を拭き、懸命に手の震えを抑えながら、マスクを調節した。だが早鐘のように打っている心臓が、緊張を暴露している。

そう、彼は緊張しているのだ。でも、この状況でそうならない人間がいるだろうか？　二年半の訓練を経て、ようやく迎えた本番だ。なんとしても自分の能力を証明したい。しかし吐き気をこらえるためにずっと歯を食いしばっているようでは、先行きは暗かった。

それにしても、はじめての任務で潜水艇に乗り込まなくてはならないなんて、運が悪い。しかも天候は最悪だ。

この〈プロテウス二世号〉が有人・無人双方操作技術《デュアルモード》の粋を極めた最新鋭の隠密《ステルス》潜水艇であっても、関係ない。艇内で水に浸ることが必至だったかつての潜水艇と違い、チームの一四人全員が比較的乾いた状態で快適に過ごせていても、関係ない。とにかくブライアンは潜水艇が嫌いなのだ。狭くてじめじめしているし、酸素は薄く、船体は周囲からの水圧できしむ。彼は思わずぶるりと震えた。それに何より、〝缶〟の中（正確にはファイバーグラス製だが）に閉じ込められているという感覚がいやでたまらなかった。生き埋めにされているようなものだ。一五時間も。北極圏の嵐の海の下に。

なんという初任務だ。

ドノヴァンには勝手にからかわせておけばいい。誰にでも苦手なものはある。シールズの隊員にだって、怖いものがないわけではない。だが過酷な状況下でも恐怖をコントロールし、きわめて高度な任務遂行能力を発揮できるのが真骨頂だ。とにかくブライアンがこの任務に選ばれたのは相当高得点だった体力審査テストのためではなく、スラブ系の言語に堪能だからだ。そうしてやっとつかんだ機会を、台なしにするつもりはない。潜水艇での任務だとしても。上空高く飛ぶ飛行機から降下して潜入する任務のほうが、ずっといいとしても。

ネイビー・シールズの隊員は、陸の上と同じくらい水中でも自在に動けなくてはならない。それについてはブライアンも自信があるが、潜水艇はどちらにも属さない領域だ。

しかしこの先ずっと潜水艇におびえたシールズ隊員と呼ばれたくなかったら、恐怖をコントロールする必要がある。カリフォルニア工科大学出身なのにマサチューセッツ工科大学の略称である〃MIT〃なんてコードネームがついているだけで、じゅうぶん間抜けなのだ。だがドノヴァンに抗議すれば、必ずもっとひどいものをつけられる。以前、最初の任務で嘔《おう》吐《と》した男がいたらしいが、そいつについたコードネームは〃かわいこちゃん《クッキー》〃。その名から脱するのに、一〇年かかったそうだ。下手な名をつけられたら、自分もそうなるだろう。

「たしかに胃がむかむかしてる」否定しても無駄だとわかっていたのでブライアンは認めたものの、ダメージを最小限にとどめようと言い訳をした。「ノルウェーでメキシコ料理は二度と食わない。昼飯の魚のタコス、うまそうだと思ったのに最悪だった」

同じくカリフォルニア出身のドノヴァンが、同情して頭を振る。「たしかにそういう誘惑にはあらがえないよな、新入り」新入り、というのもブライアンのあだ名だ。お人よしのマーフとでもなんでも勝手につけてくれと、ブライアンはやけになって考えた。「ブリトーやタコスを前にして素通りしろといっても、無理な話さ。けど、すぐに思い知らされる。ヨーロッパのメキシコ料理ほどひどいものはないってな。まともなやつにお目にかかれたためしがない」

「おい、こいつにメキシコ料理を語らせるな」上級上等兵曹のディーン・ベイラーが、ブライアンをにらむ。「愚痴ばっかりで、いいかげんうんざりしてるんだ。ほかに食うものはないのかって言いたくなる」

「最高のメキシコ料理が食える州から来た人間にしか、わからないのさ。チリコンカンにチーズソースだって？」ドノヴァンは大げさに身を震わせた。「おれも新入りみたいに胃がむかむかしてきたぜ」

じつは新入りのほうは、もうそんなにむかむかしなくなっていた。ドノヴァンはわざと気を紛らわせてくれていたのかもしれないと、ブライアンはちらりと考えた。どうやら一四人からなるこのレティアリウス小隊では、ドノヴァンがムードメーカーの役割を担っているらしい。ちなみにレティアリウスというのは、古代ローマの剣闘士のうち魚網と三つ叉の鉾《ほこ》を持って戦う網闘士だ。三つ叉の鉾はシールズの徽章《きしょう》にも含まれている。

それにしても、シールズ史上もっとも困難と言ってもいい任務を遂行している最中に、メキシコ料理について言いあっているとは。〝へまをしたら死が待っている〟任務を、必ず成功させようとしているときに。

「そいつはチリコンケソっていうんだ、間抜け」ベイラーが言う。「だいたい、テクス・メクスはメキシコ料理じゃない。メキシコ料理をテキサス流に進化させたもんだ」

ブライアンはそのコメントにぞっとして思わず同じカリフォルニア出身のドノヴァンに目を向けたが、頭がどうかしてるんじゃないかと指摘して上級上等兵曹を怒らせるようなばかなまねをするつもりはなかった。

ところが潜水艇の後方から、別の声が割って入った。「そいつはおれの故郷じゃ、けんかを売ってるも同然の発言だぞ、テクス」

マイケル・ルイス、この隊所属のもうひとりのカリフォルニア出身者だ。だが彼の育ったロサンゼルスのサウスセントラルは、ブライアンの育ったパサデナから何光年も隔たった別の銀河系にあるんじゃないかと思うくらい毛色が違う。距離にしたらおそらく三〇キロほどしか離れていないものの、ギャングのはびこる柄の悪い地域として有名なのだ。ルイスが実際にギャングの一員だったかは不明だが、両腕に刺青《いれずみ》を入れているところを見ると、その可能性はじゅうぶんにある。

「おれのダニエル・ウィンクラー製ナイフでおまえの飛び出しナイフをいつでも受けてやるぞ、ミギー」

上級上等兵曹の返しに、みんなはどっと笑った。

「おまえらみんな、くそみたいな差別主義者だ。あんた以外はな、ホワイト」ルイスがむかついたように頭を振りながら、副隊長のチャールズ・ホワイト三世大尉に言う。副隊長の別名はチャールズ・〝ノット〟・ホワイトだ。

「正確に言えば、おれも半分はくそみたいな差別主義者だぞ、ミギー。母親はそこにいるハートと同じくらい白いからな。それにメキシコ料理もテクス・メクスも両方好きだ」

こんなふうにメキシコ系の男を相手に〝飛び出しナイフ〟という言葉を使ったり、マイケルという名前なのにミゲルとかミギーと呼びかけたり、ホワイトという名字の黒人――少なくとも半分は黒人――に〝ノット〟・ホワイトというあだ名をつけたりするなんて、まるでスポーツチームのロッカールームで飛び交う会話のように下品であからさまだ。しかし互いに命を預けあって日々を過ごす仲間たちのあいだでは、人種という普通なら繊細きわまりない話題でさえ、相手をからかうひとつの材料にすぎない。

ベイラー上級上等兵曹とルイスは何年も前からの親友だが、それだけでなく隊全体が兄弟のような絆で結ばれている。ほとんどの者にとって家族と呼べるのは仲間だけで、彼らが第九チームに選ばれたのはそれが理由でもあるのだ。家族がいなければ、極秘の任務に就くときも余計な詮索をされずにすむ。

ドノヴァンがブライアンに顔を近づけて内緒話をするふりをしつつ、全員に聞こえるように言った。「あいつらふたりとも、頭がどうかしてるぜ。ホワイトがどういうつもりなのかは知らないが、ベイラーはテキサス出身だ。テキサスのやつらはいまでも自分たちの州を独立国家だと思っているのさ」

上級上等兵曹が眉をあげる。「で、おまえはバークレー人民共和国の出身か？」

ドノヴァンがうれしそうににやにや笑う。「さあ、みんな自由に愛しあおうぜ、兄弟」

ベイラー上級上等兵曹が小さく毒づいて、頭を振る。だがブライアンは、彼がちらりと笑みを浮かべたような気がした。ただし潜水用の装備をつけているので、はっきり確認できたわけではない。それに潜水服を着ていなくても、確認するのは困難だっただろう。

ディーン・ベイラーは昔から海軍で老練な船乗りを指して使われる〝あざらし《シードッグ》〟を、まさに体現する存在だ。彼の場合、ブルドッグというほうがぴったりだが。上級上等兵曹はこの隊でもっとも経験が豊富で、下士官を率いるリーダーでもある。有能でタフ、まさに昔ながらの意味での老練な船乗りだ。どんな質問をしても、ほとんどの場合きかれる前から答えを知っているように思える。想像力に欠けるありきたりなコードネーム〝テクス〟なのもうなずける。恐れ多い彼にいかにもばかにしたようなコードネームをつけられなかったのだ。ベイラーは恐れられると同時に愛され尊敬されていて、部隊の全員が彼にならどこまでもついていく。

「おまえはあちこちで手を出しすぎて、愛を抱えきれなくなっているじゃないか、ダイノマイト」

ダイナマイトではない。ダイノマイトだ。ドノヴァンのコードネームは爆発物を扱うスキルから来ているとブライアンは思っていたが、そうではなくて『グッドタイムズ』でジミー・ウォーカーが演じていたキッド・ダイノマイトに由来するらしい。要するに、ドノヴァンは女たちを相手に『グッドタイムズ』を演じているのだ。それも、かなりな数の女たちを相手に。のんびりしたカリフォルニアのサーファーを気取っている彼は、ブライアンがこれまで見たこともないほどたくさんのアロハシャツを持っている――おそらく部屋にはシャツがずらりと吊るされているだろう。それなのに、本当はサーファーではないのだ。南カリフォルニア大学時代に水球の花形選手だった彼は卒業後、シールズに勧誘された。

「あいつは頭がどうかしてるって言っただろう、MIT？」ドノヴァンがブライアンに振る。「抱えきれなくなるとか、ありえないんだよ。おまえも物理学の授業で習ったはずだぜ。なんとかいう法則を。そうそう、ニュートンの引力の法則だっけ」

「万有引力の法則だ、間抜け」ベイラー上級上等兵曹が言う。「そうだろう、ミスター・アイビーリーグ？」

ブライアンはうなずいたが、餌には食いつかなかった。MITはアイビーリーグの学校ではないと、わざわざ指摘するつもりはない。そもそもMITにだって行っていないのだ。そこで彼はただうなずき、この先一〇年〝アイビー〟と呼ばれることを想像して身震いした。

一方ドノヴァンも、ただ笑みを浮かべて肩をすくめた。「別にどっちでもいい。おれが〝楽しいとき《グッドタイムズ》〟を過ごしてるってことには変わりないからな」

ブライアンは笑い、ベイラーも笑った。しゃがれたうなり声を笑いと呼べるなら。

一般の下士官たちとは違ってシールズには大学出の隊員が多いが、それでも会話の中に普通にニュートンが登場することに、ブライアンは驚きを感じずにはいられなかった。しかもベイラーは短大に二年通っただけだ。だが大学出の隊員と、そうではない隊員との差は紙切れ一枚にすぎないと、ブライアンはすでに学んでいた。

「あと五分で着くぞ。準備はいいか？」スコット・テイラー少佐の声が響き、みなの軽口を一瞬で止める。

ブライアンは潜水艇に乗り込んだ瞬間から続いていた気分の悪さが一瞬にして消え、ほかの一三人と同じく臨戦態勢に入って次の段階に備えた。粛々と冷静に行動している隊員たちを見て、この任務――白夜作戦――の重大さに気づく者はまずいないだろう。隊員たちは、まるでどこかの会社でごく普通に仕事をしているかのようだ。ただしその仕事は、とらえられたら命を落としたり戦争の原因になったりする可能性を秘めている。

彼らはただ敵陣の奥まで潜入するというだけではない。政治的な思惑が混沌《こんとん》と渦巻いている中を、無事に行って戻ってこなくてはならないのだ。

ドノヴァンがブライアンの気持ちを察して笑みを浮かべ、呼吸器《レギュレーター》を口に当てながら言う。

「チームへようこそ。あのいかれた野郎が何をしようとしているのか、一緒に見に行こう。ああ、ひとつだけ言っておく」ブライアンは目をあげた。「しくじるな」

指示はそれだけか。

考えうる最悪の事態とはなんだろう？　ブライアンは顔をしかめ、それについていまは考えないほうがよさそうだと自分を戒めた。

「フーヤー！」ブライアンはうなずいて海軍特有の鬨《とき》の声で返すと、自分もレギュレーターをつけた。

母なるロシアよ、いま行くぞ。

「五分休憩だ」テイラー少佐が声をかける。

小さな空き地で立ち止まったブライアンの肺は、破裂しそうになっていた。すぐさま水の入ったパックにつながっているチューブ《ハイドレーションシステム》から長々と水を吸い、プロテインバーに手を伸ばす。最初の一五キロはアドレナリンのおかげで一気に歩けたものの、そのあとの八キロは波の高い海を泳いだ疲労が出てつらかった。そしていまはさらに一、二キロしか進んでいないのに、もう息を整えなければならない始末だ。

春の嵐のおかげで海では逆巻くコンクリートの中を進んでいるようだったが、上陸して少なくともその苦労からは解放された。それでも降りつづいている雨に加え、春になって氷が溶け、どろどろにゆるんでいるツンドラ地帯の歩きにくさは半端ではなかった。

だがマイナス四〇度の冬ではなくマイナス九・四度の穏やかな春の日であることを、ブライアンは喜ぶべきなのだろう。ツンドラ地帯のトナカイや低木や弱々しいカバノキをあとにして北極ウラルの西側に連なる山々を取り巻くシベリアの針葉樹林帯へと入ってから、かなり気温があがっている。

腕時計に目をやると、二三時五〇分とまだ日付は変わっていなかった。日がのぼれば、おそらく七度台まで気温があがるだろう。そうなったらコミ共和国では猛暑と言っていい。

通常の休憩だと思っていたブライアンは、テイラー少佐とホワイト大尉が主任通信士であるルイスと話しあっているのを見て、そうではなかったのだと気づいた。通信士はRTOとも呼ばれ、それが意味する無線通信手《ラジオ・テレフォン・オペレーター》が実情とはそぐわなくなったいまも、略称は使われつづけている。RTOはアンテナを背負っているのでひと目でわかり、ルイスも本部との通信用の衛星電話を運んでいた。そのほかにみなと同様、部隊内での通信のために手持ち式の無線機とヘッドセットを身につけている。彼をはじめ隊員たちはそれぞれが特定の分野のスペシャリストだが、シールズはほかの特殊部隊の多くとは違って、スペシャリスト集団というよりひとりがなんでもこなせる万能型の集団だ。どのメンバーも、ほかのメンバーの代わりを務められる。

少佐の表情は険しいものの、だからといって何か異変があったとは言えない。テイラー少佐は任務に入ってからずっと、こんな顔をしている。つまり、集中しているということなのだろう。緊張状態を保ち、気をゆるめないようにしているのだ。非常に困難で危険な任務を成し遂げるために。そう考えれば説明がつく。

作戦の成功は、部隊を率いる指揮官であるテイラー少佐にかかっている。ロシアのツンドラ地帯で行う失敗が許されない極秘偵察任務は、レティアリウス小隊の隊員たちにとってさえ容易ではない。

海中衛星、ドローン、ロボットで構成されている北極海におけるロシアの高度な防衛網をかいくぐり、凍えるようなバレンツ海を一〇キロ近く泳いで北極シベリアの人里離れた海岸線（ネネツ地方。誰も聞いたことがないのが納得できる場所だ）に誰にも気づかれずに上陸、コミ共和国内の北極ウラル山脈を三〇キロあまり進んで、人が簡単には近づけない荒野にあるかつての強制労働収容所を見つける。衛星写真によると、この元強制労働収容所がいまもひそかに兵器工場として稼働している可能性があるのだ。彼らはそれを確認し、過酷な道のりを引き返す。

この作戦は、彼らの拠点であるハワイ基地、コロナドの海軍特殊戦コマンドセンター、タンパのアメリカ特殊作戦軍、フォートブラッグの統合特殊作戦コマンドの各所および合衆国大統領に逐一進行を見守られている。

洗練された対ドローン技術をものともせずロシアに侵入できる最新鋭のステルス・ドローンのおかげで、彼らの映像はいまもホワイトハウスにある危機管理室に届いているはずだ。

ビン・ラディンを倒していまやすっかり有名になったDEVGRU（シールズ第六チーム）が作戦を遂行していたときと同じように。・

少しでも失敗があれば大変なことになる。彼らが死んで終わりという話ではない。ほんのひと月前、アメリカ軍の戦闘機が訓練中にコースを逸脱して、ロシア領空で撃墜されるという事件があった。あのときはパイロットふたりが命を落としたうえ、危うく戦争になりかけた。そしてロシアの大統領は、もう一度アメリカが〝たまたま〟領空を侵犯したら、今度こそ宣戦布告すると明言したのだ。だからもし彼らがロシアに侵入したところを見つかれば、大変な事態になる。しかも彼らには、戦闘機のパイロットと違って言い訳がない。シベリアにたまたま入り込むなんてことは、ありえないのだから。

しかし政府のお偉方の中には、喜んでロシアとの戦争に突入し、プーチンに身のほどを思い知らせてやろうという人間がごろごろいる。殺されたパイロットの父親も含めて。この父親というのが、たまたま統合参謀本部の大将なのだ。ただし大統領は、そういう人間のひとりではない。大量破壊兵器を持っていると糾弾したイラクでその痕跡を見つけられなかったために、確たる証拠がないまま行動することに慎重になっている。けれども証拠はあるはずで、彼らはそれを見つけにここへ来た。

ただし、ロシアが何かを企んでいる証拠を今回見つけても、現大統領である〝玉のない〟彼女に対抗策を打ち出すだけの気概があるのかは疑問だ。断っておくが、〝玉のない〟というのは比喩的な表現として使っている。

何年ものあいだ、プーチンは領空、領海侵犯や条約違反などありとあらゆる違法行為を繰り返し、なんの罰も受けずに世界じゅうの国々をばかにしつづけている。まるで会社のパーティーで酒を飲みすぎた同僚を見ているようだ。みんなハラハラしながら遠巻きに見守り、自分たちの手を煩わせるようなことを彼がしでかさないよう、必死で祈っている。

戦争に突入するという脅しをプーチンが本当に実行するのか、ブライアンにはわからない。だが、あの頭のどうかした男ならやりかねないという気がした。ロシアの経済は長いあいだ低迷していて、国民は不満をため込んでいる。

プーチンの頼みの綱は軍事力だし、ロシア人は権威に固執し面目を保つことにこだわる民族だ。プーチンはたとえ戦争に負けても、アメリカに相当な損害を与えられる。

それにもし諜報部《ちょうほう》が示唆しているように、プーチンが人類を破滅へと導く兵器を所持しているとしたら？　やつは世界を暗黒時代へと逆行させ、ゲームを振り出しに戻せる。つまりやつにとっては、そんな兵器は勢力のバランスを変えるひとつの手段なのだ。

そう、たしかにテイラー少佐には心配するだけの理由がある。これだけ多くのものがかかっているのだから。そしてここまでは事前の計画どおりに進んだが、少佐がルイスやホワイト大尉と話していた様子からすると、この先はそう簡単にいきそうにない。

彼らの会話を聞いているうちに、ブライアンの目はトラヴィス・ハートに向いた。ハートは、ブライアンを除けばこの隊でただひとりの三等兵曹だ。つまりこの前まで一番の下っ端だったわけで、ブライアンが来て誰よりも喜んだのは彼だろう。

「おれたちはサウロンを失った」ハートが強いミシシッピ訛《なま》りで、ステルス・ドローンの〈センチネル〉に言及する。サウロンというのは、空からの強力な監視の目であるドローンに『ロード・オブ・ザ・リング』三部作の登場人物にちなんでつけられたニックネームだ。トラヴィス・ハートは筋金入りのカントリーボーイで、オフのときはカントリー・ミュージックのスターであるケニー・チェスニーの名前を入れたナンバープレートをつけたトラックを乗りまわし、ローパーブーツとラングラージーンズを身につけている。腰にはピカピカの大きなバックル付きのベルト。そしておそらく歩きはじめる前から銃を手にしていたであろう彼は、この隊一の狙撃手だ。

要するに、ハートはカリフォルニアのリベラルな空気の中で育ったブライアンとは、これ以上ないほどかけ離れている。だが、シンプルに神と国と家族を何よりも大切にする〝ジム・ボブ〟――ハートのコードネーム――にブライアンはすぐに好意を覚え、チームに加わってからの三週間で驚くほど親しくなっていた。同じ辛さを共有することほど、人と人とを近づけるものはない。チームで一番の下っ端であることは、非常に不愉快かつ辛いものなのだ。

出発前、ブライアンはバー〈フラズ〉に三五〇ドルのつけがあった。次に哀れな新入りが来るまでは運転手役を任じられていた彼は、たった九人でどうしてそんな額になるほどのクアーズライトが飲めるのか、さっぱりわからなかった。

クアーズライトはシールズ隊員のお気に入りの飲み物だ。鍛えあげた体の大男ばかりでバーに行き、いったいどんな仲間なのかときかれてクアーズライト落下傘部隊と答えたチームもいるらしい。第九チームの場合は有名な男性ストリップショーのチッペンデール・ダンサーズだとドノヴァンが主張し、それを証明するため女たちにハートを差し出したが、それよりは落下傘部隊のほうがましだと思わざるをえない。

だがバーでストリッパーのふりをさせられたり、勘定を押しつけられたりするのは、通過儀礼なのだ。悪名高い基礎水中爆破訓練で生き残るだけでなく、新入りに対するいじめを乗り越えてはじめて、チームの一員と認められる。

「何があったんだ?」ブライアンはきいた。

実験段階とほとんど変わらない最先端技術を用いた機器にトラブルはつきもので、そうした機器のテストを任されるのはDEVGRUこと第六チームだけではない。そしてドローンの場合は突然制御がきかなくなったり、ときには墜落したりすることがたびたびある。今回もそんな事態になったのだとすると、誰かの首が飛ぶだろう。

ハートが肩をすくめる。「わからない。急に通信が途絶えたとルイスが言っていた。それで衛星電話で何があったか調べようとしているんだが、接続が悪いようだ」

うまくつながらないと聞いても、ブライアンは驚かなかった。どんなにすばらしい通信システムも、地形や距離の影響を受ける。たとえここがシベリアではなかったとしても、木々や山のせいでブラックホールにはまり込んだような状態になってしまうことがあるのだ。

テイラー少佐がベイラー上級上等兵曹と話をしに行ってから五分が過ぎ、一〇分が経った。

上下関係は絶対だと思われがちだが、将校と上級上等兵曹とのあいだの力関係は微妙だ。上級上等兵曹には経験豊富なベテランが多く、とくに双方が頑固で誇り高く生まれつきリーダー資質を持っている場合はひと筋縄ではいかない。

しかしふたりのやり取りはそれから長くはかからず、ベイラーは決まったことを伝えに戻ってきた。「みんな、集まれ。出発するぞ」

「最新技術には頼らずに行くのか？」ドノヴァンがきく。

「そうらしい」上級上等兵曹は口元をゆがめて返した。

「予想外のなりゆきにも、それほどがっかりしていないみたいだな」

「いい大学は出てもまったく現場経験のない若造に、一挙手一投足を品定めされずにすんで喜んでいるかって？　そのとおりだよ」

男たちは笑ったものの、お偉方の監視の目を逃れられるのと引き換えにサウロンから警告を受け取れなくなったのだと、誰もがわかっていた。

だが、ブライアンは深く考えないことにした。任務の遂行には小さなトラブルがつきものだ。ほぼ確実に、それは起こる。

次の六、七キロは、うっそうとした森の密集した下生えのあいだを暗視ゴーグルが許すかぎりのスピードで進んだ。次にみなが足を止めると、ブライアンの全地球測位システム《GPS》によれば目標地点から一・六キロ足らずのところまで来ていた。

テイラー少佐がルイスにきいている声が、ブライアンの耳に届く。「何か聞こえるか？」

ルイスが首を横に振った。「うんともすんとも。衛星電話をかけてみますか？」

少佐がかぶりを振る。「どうしても必要になるまではいい。居場所をつかまれるリスクは、なるべく冒したくない」

海軍も海軍特殊部隊コマンドも何重にも暗号化したソフトウェアや衛星電話を使っているが、それでもこんな山と木々しかないような場所で外部と通信しようとすれば、自分たちの存在を暴露してしまう可能性がある。

つまりドローンがないうえに、外部と通信もできない。事態はますます悪くなるばかりだ。彼らは最低限の通信装備しか身につけていない。一グラムでも軽量化することが重要な厳しい環境下で海を渡り陸上を行軍しなければならないし、敵に位置を知られる危険のある信号をなるべく出さないようにするためだ。

しかし通信が可能だろうと不可能だろうと、トラブルが起こったときに離れた場所にいる司令部に何かしてもらえるわけではない。軍用航空機《ブラックホーク》に助け出してもらえる可能性はゼロだ。彼らはただ昔ながらの騎兵のように孤独に突撃するしかない。

テイラー少佐が後退する場合の手順でも考えていたかのようにうなずく。おそらく本当にそうしていたのだろう。シールズの指揮官は次々に見舞われる不測の事態につねに備えていなければならない。「どうやら、おれたちだけでやるしかないようだ。あとで自分の勇姿を繰り返し見直せないのを不満に思うやつもいるだろうが」そう言って、意味ありげにドノヴァンに目を向ける。

「くそっ！　ってことは、せっかく整えてきたひげが無駄だったってことか？」ドノヴァンは短く刈り込んだひげを引っ張った。

「次からはよく鏡を見るんだな。原始人みたいだぞ」ドノヴァンの親友で、かつて基礎水中爆破訓練で相棒だったブランドン・ブレイクが口をはさむ。

第九チームのように特別任務を遂行する部隊の隊員たちは長髪にひげ、すなわち〝リラックスモード〟の格好をする。一般人にまじったときに目立たないようにするためだ。

「とにかく、ハリウッド映画やCMへの出演は待ってもらわなくてはならないということだ」テイラー少佐が淡々と通告し、男たちを振り返った。「ゆっくり、静かに進むぞ。おしゃべりはなしだ。ドノヴァンとブレイクで様子を見てきてくれ。それで大丈夫だったら、予定どおりに任務を遂行する。質問は？」

誰も何も言わない。事前に細かく打ちあわせをしているので、その必要がないのだ。収容所に着いたら、ふた手に分かれる。ホワイト大尉の率いるネイビー班は六〇年前に労働者が収容されていた荒れ果てた木製の宿舎を調べ、テイラー少佐率いるゴールド班は頑丈なコンクリート製の司令部および隣接の食堂を調べることになっていた。ちなみに衛星通信のほとんどは後者で検知されている。

ネイビーとゴールドを班の名称に使うとは、どう考えても少佐は米海軍兵学校《アナポリス》出だ（その二色はアナポリスのスクールカラー）。

ベイラー上級上等兵曹は下級士官であるホワイト大尉の補佐としてネイビー班になるだろ

うというブライアンの予想に反して、ブライアン同様、少佐の率いる班に入った。おそらくこれは、たまたまではないだろう。

とにかく上級上等兵曹は、〝新入り〟の面倒を見るのがいやだったとしても表情には出さなかった。どちらにしても、ベイラーは感情を表に出すタイプではない。〝石のような〟というのは、まさに彼のためにある表現だ。

彼らはさっきまでよりぐっと速度を落として進み、必要なときには手振りで意思を伝えた。おしゃべりなしというのは珍しくないが、ささやくのも、ちょっとした音をたてるのもだめなのは珍しい。少佐が最大限の警戒をしているのだとわかる。

目標地点まで〇・八キロのところで、彼らは未舗装の〝道〟と鉄道のさびた線路を渡った。これはかつて炭鉱の町であるヴォルクタと収容所を結んでいたもので、ロシアでもっとも悪名の高かった強制労働収容所ヴォルクトラグとその一三二のサブキャンプ（支所）をつないで敷設されていた。

下生えのうっそうと茂る木々のあいだを縫う道には水のたまった深い穴や大きな石があちこちに見え、収容所が六〇年代に遺棄されて以降、使われていないことが見て取れる。こんな道を進めるのは戦車だけだろうが、そんなものが通った形跡はない。通っていれば木々の枝が折れ、土の道に跡が残るだろう。

将校のふたりが視線を交わしている。この道以外に収容所へ続く道は見当たらない。これだけ近くに来れば、衛星写真には映らなかった木々の下の路面に通行の跡が見つかるのではないかと期待していたのに、確認できなかった。

今回の作戦が、イランの大量破壊兵器をめぐる混乱の二の舞にならなければいいのだが。

そう考えるそばから、いやな予感にブライアンの腕が粟立《あわだ》つ。

収容所が見えてきたところで、偵察に向かっていたドノヴァンとブレイクが戻ってきて、大丈夫だとサインを出した。

テイラー少佐が前進の合図を出し、指を二本立てる。彼らはそれに従って、七人ずつの二班に分かれた。ホワイト大尉率いるネイビー班はキャンプの外周を西にまわって宿舎へ、ブライアンは少佐と上級上等兵曹に従って東側の元司令部へ向かう。ゴールド班にはリーダーふたりとブライアンに加え、ドノヴァン、ルイス、ハート、スティーブ・〝ドルフ〟・スピバクがいる。

スピバクのニックネームの由来は一目瞭然だった。卓越した身体能力を誇る男たちの中でもずば抜けている彼は、まさに野獣、筋骨隆々の人体模型、人間でいえば『ロッキー4』でシルベスター・スタローンのロシア人の敵役を演じたドルフ・ラングレンにそっくりだ。

ブライアン同様、スピバクもスラブ系の言語をいくつか話す。だがブライアンがロシア語で話しかけたら氷のようなブルーの瞳で冷たくにらみ、ロシア語を練習するときはチームにいる〝赤白青のアメリカ野郎ども〟ではなく、ウクライナ人の祖母のもとへ行くと英語で言い放った。

ブライアンは了解し、〝アメリカ野郎〟という部分について追及するようなばかなまねはしなかった。そこに地雷が埋まっていると、すぐにわかったからだ。

彼は神経を研ぎ澄まして、侵入地点に向かった。あたりは恐ろしいほど静かだ。あまりにも静かで、かえって気味が悪い。真夜中とはいえ、鳥や動物がたてる音くらいしてもいいはずだ。それなのに葉ずれの音すらしない。

ブライアンの首のうしろの毛は完全に逆立っている。心臓がドキドキと打っているのを感じながら前方をうかがうと、収容所の輪郭が次第に焦点を結んだ。

暗視ゴーグルのレンズ越しにも、コンクリート製のゴーストタウンみたいな建物が不気味だ。禁欲的な共産主義ロシアの、生命を失った重苦しい遺物。ある統計では、スターリン時代にこうした強制労働収容所が四七六も作られたらしい。

こんな場所に送り込まれるというのは、どんなものなのだろう。刑務所生活でさえまっぴらだが、シベリアの強制労働収容所はそれよりもはるかにひどかったはずだ。

しかしいまは、こんなことを考えている場合ではない。ロシアでのとらわれの生活に思いをはせるなんて、いまもっとも避けるべき愚行だ。

ルイスが膝をついて地面の上の跡を指していることに、ブライアンは気づいた。こんな夜に、ルイスはよく見つけたものだ。どうやらブーツの踵《かかと》の跡らしい。もしかしたら、ここは見かけほどさびれてはいないのかもしれない。

ブライアンの心臓はさらに激しく打ちはじめ、ＨＫ４１６の引き金にかけた指に緊張で力が入りそうになる。

ゴールド班の一行は、敷地を囲むさびたフェンスの門の前で立ち止まった。南京錠《なんきんじょう》を見て突破係のスピバクが歩み出て、背嚢《はいのう》からボルトカッターを出す。彼が一回で錠を断ち切ると、一行は中に入った。

あまりにも簡単だ。

ブライアンは五番目に門を抜けたものの、引き返したくてたまらなかった。この場所には、どうもしっくりこないところがある。だが、それが共産主義ロシアの冷徹な締めつけのもとで希望のない一生を終えた人々の魂のせいなのか、あるいはまったく別の原因からなのか、彼にはわからない。

ドノヴァンを中心にゆるやかなV字の隊形を組んで進み、庭を横切って四五メートルほど先にあるコンクリートの建物を目指す。諜報部がかつては司令本部だったと明らかにした場所だ。

ブライアンが指示されたとおりにベイラー上級上等兵曹のそばについて歩いていると、突然、ベイラーが手をあげた。うしろにいた男たちが止まり、少佐が問いかけるように上級上等兵曹を見る。

その理由は沈黙を破らなくてはならないほど重要だったらしく、ベイラーは低い声で説明した。「向こうにちらっと光が見えた」彼が前方の南寄りを指す。

隊員たちはみなそちらへ目を向けたが、ブライアンは首のうしろがぞくぞくして、振り返った。

門を開ければ、普通ならきしむ音がするのではないだろうか？

彼は向きを変えて二、三歩戻り、銃口をあちこちに向けながら周囲に目を走らせた。引き金から指をはずし、すばやく門の蝶番《ちょうつがい》に手を伸ばす。すると手袋越しにも、きちんと油が差されているのがわかった。

誰かが最近、ここへ来たのだ。

何を見落としたのだろう？　道は使われていなかったのに……。

彼は視線を地面に落とした。テレビで見た第二次世界大戦のドキュメンタリー番組が脳裏によみがえる。

ブライアンは、みんなに見つめられていることに気づかなかった。「どうした？」テイラー少佐が尋ねる。

「ここは採掘を行う収容所でしたよね。だったらトンネルがあるはずです」

ヒトラーは何キロにもわたるトンネルを作らせていた。

ベイラーが悪態をつく。「気に入らないな。いやな感じだ」

珍しく少佐が同意する気配を見せ、もうひとつの班と無線で連絡を取ろうとした。だが反応がない。少佐は毒づき、ルイスに言った。「電話をかけてみてくれ」

ルイスが衛星電話をかけているあいだ、テイラー少佐が自分でも小型の衛星電話らしきものを取り出しているのを見て、ブライアンは驚いた。そういえば、少佐は大金持ち――東部の旧家の出だと聞いたことがある。どうやら噂は本当だったらしい。

少佐は電源を入れて自分でも電話をかけようとしたが、やはりつながらないようだった。ところが画面を見つめていた少佐が突然表情を変え、親指でボタンを押した。顔から血の気が引いている。彼の顔にいつも見える強い集中力と意志が揺らぎ、その目からは心の中で悪態をついているのがわかった。

「ここを離れるんだ。いますぐ」

「どうした？」上級上等兵曹がきく。

「一度くらい黙って命令に従え、ベイラー！」

少佐が自制心を失ったのを見て、上級上等兵曹が驚いた顔になった。

「くそっ！　うんともすんともいいやしねえ」ルイスが言う。「広帯域の電波妨害《バラージ・ジャミング》だ」

電波妨害は、ここで行われていることを隠すための予防的な保安措置だろうか？　それとも彼らがここへ来ると、ロシア側にばれたのだろうか？　どちらにしても、いい兆候ではない。バラージ・ジャミングは周辺一帯の電波を広帯域で使えなくするもので、簡単に行われる措置ではない。

テイラー少佐は驚きを見せなかったものの、表情がさらに険しくなった。彼が電話の画面に見たものがなんだったにせよ、よほどのものだったのだ。

「あっちの班を探してきます」ベイラー上級上等兵曹が言う。

「おれも行こう」ブライアンは申し出た。

「だめだ」テイラー少佐が怒った声で却下した。

ベイラーが信じられないという顔で食ってかかった。「どういう意味だ？　やつらを見殺しにはできないだろう！」

「こいつは罠だ。おれたちはいま、格好の標的になっている。もう遅すぎるかもしれないが、まだ何人かでも救えるチャンスがあるのなら、おれにはそうする責任がある——」

「その責任はおれにもある」そう言うと、ベイラーは少佐が止める暇もなく、宿舎に向かって走りだした。

ブライアンも、思わず彼のあとを追っていた。

テイラー少佐が罵り、止まるように叫ぶのが聞こえても、ふたりは走りつづけた。ベイラーは左に大きくそれ、建物の前面を目指しているのだとわかったが、後部の窓で光のようなものが動くのが見えた気がしたブライアンは右に向かった。

ところがもう少しでドアにたどり着くというところでうしろから叫び声がして、彼は足を止めた。「伏せろ！」

振り返ると、ベイラーが彼に向かって駆けてきている。「来るぞ！」

レーザー誘導光線だった。光が見えたと思ったのはこれだったのだ。

「死ぬな！」

くそっ！　もう遅い。

世界が爆発して火に包まれた。ブライアンの全身を白熱した痛みが駆け抜ける。幸い、すぐにすべてが暗転した。

1

二カ月後、スコットランド、ストーノウェイ

アニー・ヘンダーソンがいまいるのは、絶対にカンザスではないし、ルイジアナでもない。世界の果てとも言うべき場所だ。

彼女はゲストハウスが経営しているバー（というより、バーが階上の二、三部屋を貸しているというほうが正確か）に座っており、このバーはルイス島の小さな港町にある。というか、アニーはここがルイス島だと思っているけれど、隣のハリス島とつながっているので、ハリス島にいるとも言えるのかもしれない。ここにたどり着くために飛行機を三度乗り継いできたが、とくに最後に乗ったのはバスタブとたいして変わらない大きさの小型機で、手の関節が真っ白になるくらい座席を握りしめて四五分耐え、ようやく島におり立ったときには故郷から遠く離れた心細さでいっぱいだった。

だが、そういうのも大切なのではないだろうか。自宅のリビングルームのソファに座ってテレビを見ながら一喜一憂していても、何かを変えられるような重要なことは成し遂げられ

ない。家を出て、行動を起こさなければならないのだ。

「すばらしい冒険になるよ」恋人のジュリアンが請けあった。「きみはイルカや海鳥を助けたいんだろう？　それとも動物たちが石油にまみれて死んでいくのを、ただ見ていたいのか？」

その言葉を思い出して、アニーは背筋を伸ばした。もちろん、そんなのは絶対にいやだ。〈BP〉社による原油流出事故後にルイジアナの海岸で見た衝撃的な光景は、彼女の人生を変えた。将来は獣医になりたいと考えていた無邪気な目をしたテュレーン大学の一年生は専攻を環境科学に変え、学部を卒業したあと海洋生態学の博士課程に進んだ。そして勉強時間以外の余暇の大半を、海岸の清掃と生物が生息できる環境を取り戻す努力に捧げてきたのだ。もう二度と、あんな事故が起こるのは見たくない。だから彼女はここに来ている。とはいえ、ジュリアンと彼の友人たちがスコットランドのヘブリディーズ諸島の西側で行われる北海油田の試掘に対する抗議活動に参加すると聞いたとき、最初はアニーも同行を拒否した。積極的に行動したくないわけではなかったが、知りあって間もない男性と一緒に、これまで名前すら知らなかった六五〇〇キロもの彼方《かなた》にある場所まで行く気にはなれなかったからだ。

でも、エリスカイ小島の白砂の海岸やルイス島のごつごつした岩肌の岬や海岸線、フルマカモメやカツオドリなどの海鳥が生息するロッコール島、セント・キルダに近い北大西洋の海面から突き出したスタック・リーなどの巨大な海食柱の写真をジュリアンに次々と見せられると、キーウェストにいる母親のもとを訪ねて休暇を過ごしてもきっと楽しめないと悟った。そこで慎重さをかなぐり捨て、思いきって新しい恋人と彼の友人たちに加わることにしたのだ。

これまでのところ〝冒険〟は予想したようには進んでいないけれど、大げさに反応する必要はない。ここへ来たこと自体は間違っていないのだ。自分はどうしてこんなところにいるんだろうと不思議に思う『オズの魔法使い』のドロシーみたいな気分にほんの少し駆られたからといって、なんだというのだろう？　スコットランドはオズの国ではないし、ジャン・ポール・ラ・ロッシュは西の邪悪な魔女ではない。いまこの瞬間は、どちらもそんなふうに思えるとしても。

大挙して僻地《へきち》の島に押し寄せた活動家たちを島の人々が両手を広げて歓迎しないからといって、アニーには責められなかった。石油は雇用をもたらしており、採掘を地元の問題ととらえている島の人々は、部外者である活動家たちがなぜ干渉するのかと疑問に思っている。それでもアニーは、こんなにじろじろ見られるとは思っていなかった。みんな彼女たちとは関わりたくなくて、遠巻きにしている。いまは夏で観光シーズンだというのに、彼女たちのグループはひどく目立っていた。バーに入るとむっつりと陰鬱な顔をした住民たちに見つめられ、しばらくして彼らが目をそらしたと思っても、見られているという感覚は消えない。

それにほかにもある。ジュリアンがアニーにあれほど会わせたがっていた、師と仰いでいる男の印象が衝撃的に悪かったのだ。ジュリアンがいつも並々ならぬ崇敬の念をこめて話すので、きっと法王のような人物だろうと思いかけていたというのに。たしかに彼女はまだジャン・ポールという男について、嫌うほどよくは知らない。それでも紹介されてからの二時間で、イタチみたいだという最初の印象は変わらなかった。気が合わないというだけでは片づけられない、いやな感じだった。

　とくに彼女を見つめる目つきにはぞっとした。目的があって、値踏みでもしているような視線。冷たくて計算高い、女衒《ぜげん》が娼婦《しょうふ》に向ける目。

だから彼といると落ちつかない。どこか不安な気分になる。

一方、二カ月前に出会ってアニーを虜《とりこ》にしたフランス人大学院生ジュリアン・ベルナールも、かつての師が自分の恋人に賛成していないことを感じているようだった。それでさっきから彼女を必死に褒めたたえ、〝売り込もう〟としている。もしジュリアンがあと一度でも彼女の〝最高にすごい〟博士論文を話題にしたら、とても耐えられない……。彼が最初にそれを持ち出したとき、あれこれ突っ込まれてアニーは自己弁護をするはめになった。だからもう、二度と触れてほしくないというのに……。

けれどもそう思っているそばから、ジュリアンはやはりその話題を持ち出した。「アニーはもう、彼女の研究について話したっけ――」

なんでもいいから話をそらせるようなものはないか、アニーは懸命にあたりを見まわした。するとボックス席に前の客が残していった新聞の見出しに目が留まった。「ねえ、見て」新聞を持ちあげて、彼の言葉をさえぎる。「〝池〟の向こうで起こった事件ですって」大西洋を〝池〟と表現するなんて、こんな古い言い方、いまでも使われているの？　彼女は声に出して記事を読んだ。「消えた小隊。秘密のベールに包まれているシールズの第九チームが、ローマの有名な第九軍団のように煙のごとく消え失せた」アニーは新聞をテーブルの上に置いた。ネイビー・シールズには第一から第一〇までチームがあるが、第九チームは存在しないことになっている。「彼らに何があったのかしら？」

「そんなこと、誰が気にするんだ？」ジュリアンは言い、いかにもフランス人らしい魅力的な仕草で肩をすくめ、眉をあげた。こういうときのジュリアンは、彼と同じ国の俳優オリヴィエ・マルティネスにものすごく似ている。アニーはずっと、そのハル・ベリーの元夫をとんでもなくセクシーだと思っていた。だから二カ月前に資金集めのイベントでジュリアンに会ったとき、思わず目を引かれてしまったのだが、ふたりのあいだに真の絆が生まれたのは、環境を守らなければならないという熱意やルイジアナの海岸が受けた恐ろしい被害に対する恐怖を共有していたからだ。

「そんなくだらないものは読むべきじゃないな。嘘とゴシップの塊だよ」

　それでも少なくとも面白い。アニーはそう思ったものの、独立系の新聞や政治的な出版物をむさぼり読むジュリアンや彼の友人たちにはとても言えなかった。研究のためには学術的な文献をいやというほど読んでいるのだから、それ以外のときにまで肩肘の張ったものは読みたくないのだけれど。

　ジュリアンのヨーロッパ的な魅力と世間の常識や道徳に反抗する現代の〝ビートニク〟とも言える知的な思考や言動に、アニーは惹《ひ》かれた。あらゆることにこれほど知識を持っている男性に会ったのは、はじめてだった。でも彼はときどき、その知性を鼻にかけているように見える。

突然、アニーはジュリアンをからかってみたくなった。「そうかしら」紙面を一面に戻す。『スコティッシュ・デイリー・ニューズ』は結構まともな新聞に見えるけど。写真がたくさん使われていて、わかりやすいし」

彼女が本気で言っているのではないとジュリアンだけは理解したが、同席しているほかのメンバーは驚き当惑した……ただしジャン・ポール以外は。ジャン・ポールは邪悪とも言える表情になっている。

〝いつかあんたをつかまえに行くよ、かわいこちゃん。それにあんたの犬もね！〟という西の魔女の台詞が、アニーの頭に浮かぶ。

マフィアや麻薬カルテルの登場する映画に出てくる極悪非道な男たちを連想せずにすむように、とがった帽子をかぶり緑色の顔をしているジャン・ポールを思い浮かべる。長い鼻と丸くて小さな目はすでに持っているのだから、魔女ならぴったりのはずだ。

だが、うまくいかなかった。二〇代半ばの仲間たちの中でひとりだけ数歳は年上のジャン・ポールは、革のモールジャケットを着込んで金のチェーンをつけ、髪をうしろに撫でつけているので、ギャング映画の悪役にしか見えない。

男性はブレスレットなんかつけるべきじゃない。そういうルールにすべきだ。

ボックス席にいるほかのメンバーについて、アニーはそれほどよく知らなかった。マリー、クロード、セルジオの三人とはここに来る前、ニューオーリンズのジュリアンのアパートメントで何回か顔を合わせたものの、彼らはアニーを決して自分たちの輪の中に心から迎え入れてはくれなかった。別に失礼だったり、よそよそしい態度を取られたりしたわけではない。ただ、仲間だと思ってくれないだけだ。おそらくそれは、彼らがみなジュリアンと同様アメリカではない国から来ている大学院生だからだろうとアニーは考えていた。ちなみにジュリアンは、ニューオーリンズ大学で授業を担当しながら奨学金をもらっているティーチング・フェローだ。

　アニーはテュレーン大学で八年間過ごしたが、そのことを彼に自慢げに言わないようにしていた。

　ジュリアンは笑みを浮かべて首を横に振り、彼女の手を取って口元に持っていった。「ごめん。ちょっと偉そうだったね」

　アニーは〝本当にそう思ってる？〟という目つきで、彼を見あげた。

　ジュリアンが声をたてて笑い、新聞を取りあげる。「わかったよ。その行方不明の兵士《ソルジャー》たちについて話そうじゃないか」

「シールズよ」アニーは訂正し、怪《け》訝《げん》そうな顔をしている彼に説明した。「ソルジャーは陸軍の兵士を指すの。そして海軍兵はセイラーだけど、シールズはその中でも特別」

「ふうん。運がよければ、きみのそのシールズたちはどこか海の底に沈んでいるだろう」

　ジュリアンがアメリカの軍隊に対して強い反感を抱いているのはアニーも知っていた。そして彼女にも、その感情を共有している部分がある。それでもこれほど冷酷な言い方をするのは彼らしくない。ところがジュリアンがジャン・ポールと視線を交わしている様子が目に入って、アニーは顔をしかめた。もしかしたら、ジュリアンは師と仰ぐ男にいいところを見せようとしたのかもしれない。

「その言い方はちょっとひどいんじゃない？」アニーはさりげなく彼に言った。「ひどい？ 正当なところがジュリアンが口を開く前に、ジャン・ポールが割って入った。「ひどい？ 正当な報いだと思うね。シールズなんて、金で雇われる殺し屋とたいして変わらない。雇い主が国だからといって、やっている行為が正当化されるわけじゃないんだ」彼はアニーを哀れむように見た。彼女をとんでもない世間知らずか、頭が鈍いとでも思っているようだ。「ああいうやり方やこそこそした陰の戦争でやつらが果たしている役割に、賛成だなんて言わないでほしいね。たしかきみは最近ジュリアンと、アメリカ軍のロシア領内での軍事活動に抗議する集会に行ったんじゃなかったのかな？　アメリカの戦闘機がロシアでスパイ行為をしていて、撃墜されたあとに」

〝スパイ行為〟はジャン・ポールの単なる憶測だ。けれどもたしかに、〝たまたまコースをはずれた〟という言い訳はアニーにも少々疑わしく思える。あの事件のせいでアメリカとロシアは危うく戦争になりかけたし、情勢はまだ安定したとは言えない。双方とも発射ボタンに指を置きながら、核戦争を見据えたゲームをしているのだ。

「たしかに彼女は行ったよ」ジュリアンが、あわててアニーの防御にまわる。

彼がよかれと思ってそうしてくれているのはわかっているが、アニーは他人にかばってもらうのはいやだった。ジュリアンの友人にやり込められて、おとなしく引きさがるつもりはない。手近に水の入ったバケツがないので――アニーはジャン・ポールの頭にぶちまけるところを想像して、思わず口の端が持ちあがる――ジャン・ポールのマフィアの殺し屋みたいな目を正面から見据えて言い返した。「新たな戦争に突入してほしくないと考えているからといって、罪もない男たちが殺されるのを見たいと思っていることにはならないわ」

ジャン・ポールが見下すような笑みを浮かべる。アニーはにやにや笑いで彼が窒息しないのが不思議でならなかった。でもそうなってほしいというのは、単なる彼女の願望だ。

「その記者の書いた記事に少しでも真実が含まれているなら、行方不明になった男たちに罪がないとはとても言えないんじゃないかな。そいつらは〝煙のごとく消え失せ〟るまで何をやっていたと思う？　だいたい、うしろ暗いところがなかったのなら、きみたちの政府はなぜ沈黙を守っているんだ？　そいつらの存在そのものについて政府が口をつぐんでいるのは、認めれば不法な活動をしていたとばれてしまうからじゃないのか？」

彼の言うことにも一理あるけれど、国のために奉仕している男たちが政府の失敗のつけを払わなければならないなんておかしい。「あちこちの紛争地帯でアメリカの特殊部隊が陰の戦争とも言える活動をしているのは、わたしだっていいこととは思っていないわ。でもそれは、正しいことをしていると信じて国に奉仕し命令に従っているだけの人たちが、命を落としたり廃人のようになってしまったりするのを見たくないからよ。大勢の兵士たちが、戦争や、彼らを精密な戦闘マシンに変えてしまった政府のせいで、復員したあと現実の生活に適応できなくなっている。彼らが支払う精神的な代償は恐ろしいほどのものよ。彼らは戦争をすることしか知らない。シールズみたいな特殊部隊の隊員の場合は、きっともっとひどいわ」

話し終えるまで、自分が声を張りあげ、どれだけ熱をこめてしゃべっていたかに気づいていなかった。いまやボックス席にいる仲間たちだけでなく、ほかの客までアニーを見つめている。

〝うるさいアメリカ人〟なんて決めつけを壊してやるつもりだったというのに。

アニーは頰が熱くなるのを感じた。父親の辛い思い出を心の奥に押し戻し、居心地の悪い沈黙を冗談で紛らわせる。「とにかく、誰にもわからないでしょう? もしかしたらジェラルド・リヴェラが特別番組かなんかで、この件の真相を究明するかもしれないし」

残念ながら、相手が若すぎるとともにアメリカ国民ではないことを忘れていた彼女の試みは失敗に終わった。

するとアニーの忠実な恋人が、今度も助けに駆けつけた。「ジェラルド? 記者の名前はブリタニー・ブレイクじゃなかったっけ」そう言って、新聞を手に取る。

やらせのテレビ番組について説明しても意味はないと悟って、アニーは頭を振った。その番組がアル・カポネの〝秘密〟の隠し倉庫を生放送で発見して開けたところ、からのボトルが二本転がっていただけだったなんていう落ちを伝えても、なんの意味もない。彼女の父親はこの番組をしょっちゅう冗談の種にしていたけれど。

父がまだ、笑い方を覚えていたときの話だ。

「くだらないテレビ番組をタネに、ちょっと冗談を言おうとしただけよ。忘れて」

「そうなのか！」ジュリアンが遅ればせながら笑いだす。

「きみはこの話題について、ずいぶん熱く語るんだな」ジャン・ポールが鋭い洞察力を見せた。

なぜかジャン・ポールがアニーの意見に同意しているように見えたが、そんなことは彼女にとってどうでもよかった。ジュリアンのために彼の友人を好きになりたかったけれど、どうしても無理だ。ジャン・ポールが現れてから、頭上に黒い雲が垂れ込めているような気がする。

そこでアニーはジャン・ポールみたいなフランス語を話すベルギー人にも伝わるように、フランス風に肩をすくめてみせた。彼には関係のない話だと。「ちょっと失礼。化粧室《レディースルーム》に行ってくるわね」

すばやくその場を離れると、うしろでジュリアンがトイレのことだと説明しているのが聞こえた。

そういえば、ジャン・ポールはアメリカに来てまだあまり時間が経っていないと聞いたのを忘れていた。ジュリアンによれば、〝お手洗い《バスルーム》〟や〝レディースルーム〟と言ってもヨーロッパでは通じないらしい。

火曜の晩にしてはバーは混みあっていて、アニーはたむろしている男たち——女性の姿はほとんどない——のあいだをすり抜けてトイレまでたどり着くのに、〝すみません〟と連呼しなくてはならなかった。これほど地元の客が多いのだから、ここは人気の店なのだろう。といっても、これまで町を歩いたかぎりでは、〈ハーバー・バー&ゲストハウス〉にたいして競争相手がいるようには見えなかった。

エールやサイダーを注ぐ蛇口がずらりと並んだつややかな長いカウンターのほぼ端まで来たところで、アニーの向かっていたドアが突然開いた。そしてぶつからないように脇によけた彼女は運悪く誰かの足につまずき、カウンターの端に座っていた男性にぶつかってしまった。

体を支えようと手を伸ばし、相手の膝に倒れ込むのを避けようとする。ところが片手は男性の脚をつかんだものの、もう片方の手に感じた感触は岩みたいにかたい筋肉ではなかった。男がうめくのが聞こえ、アニーは自分がどこにいるのかを忘れて頭が真っ白になった。ジーンズの生地越しにも、間違えようのないふくらみが手に伝わってくる。彼女は火に触れてしまったかのように、あわてて手を引っ込めた。

いや、燃えているのは相手の男ではなくアニーだ。彼女は恥ずかしさに火がついたように頬が熱くなり、急いで謝った。「ごめんなさい！　つまずいて、何も見ずにあわてて手を伸ばしたから……」

ビールの上に身をかがめていた男が顔をあげ、色あせたブルーのキャップの下から鋼のような青色をした冷たい目をアニーに向ける。一瞬、氷点下の風に切りつけられた気がして、彼女は息をのんだ。

どうして彼に気づかなかったのだろうという思いがまず浮かび、次になんてことをしてしまったのかとパニックに襲われる。

男は大柄で、スツールに座っていてもアニーが見あげなくてはならないほど背が高い。肩幅も広く、だぶだぶのスウェットシャツの上にモコモコしたダウンのベストを着ているために、一見脂肪をため込んでいるように見える。けれども実際に手で触れた彼女には、そこに隠されているものは脂肪ではなく、すべて筋肉だとわかっていた。

この人はまるで戦車みたいだ。プロボクサーと言っても通じる。伸ばしたひげの下にあるのは、トム・ハーディやチャニング・テイタムのようにタフで好戦的な顔だ。このうえなくセクシーだけれど、彼女の手にはちょっと余る。

アニーはもう少しソフトな印象の男性が好みだった。でも、目の前の男にソフトな部分はまったくない。体だけでなく、彼女を見つめる目つきにも。いまは真夏だというのに、印象的な青い目から放たれる冷たさに、冬のさなかの二月であるかのように感じてしまう。

思わず体が震えそうになったものの、なんとか抑えて明るい笑みを向けた。「本当にごめんなさい。痛い思いをさせちゃったわよね？」

アニーの二倍も大きな相手が彼女に倒れかかられたくらいで痛い思いをしたとも思えないが、礼儀としてそう尋ねた。

彼女の言葉をすぐに否定するとか、なんでもないと言うとか、笑みを返すとか、そういう反応をアニーは予想していた。アメリカのバーなら、普通に返ってくる反応だ。それが南部なら、男はきらりと目を光らせ、気だるい口調で〝お嬢さん〟とか〝ダーリン〟とかつけ加えるだろう。ニューオーリンズなら〝美しい《シェール》〟とか、それを短く発音して〝シャ〟などと言う。

けれども目の前の男はただ首を横に振ってうなるような声を出し、謝罪を受け取ったことを示しただけだった。そしてすぐにまた前を向き、ビールの上にかがみ込んでしまった。

アニーはあっけに取られて、彼の広い背中や丸めた肩、色あせたブルーのキャップの下のやや伸びすぎた癖のない茶色の髪を見つめた。

いったいなんなのかしら？

相手の失礼なふるまいにアニーは頭を振り、もしかしたらやっぱりここはオズなのかもしれない、と思わずにはいられなかった。

2

翌日、あたたかい太陽の光に前夜の冷たいやり取りをすっかり忘れたアニーは、ジュリアンと手をつないでゲストハウスから港に向かって海沿いの通りを歩いていた。前方に見えるのは、つばの広い男性用の帽子《ソンブレロ》のような形が特徴的なフェリーターミナルだ。ジュリアンによると元々はそこにストーノウェイの城があったそうで、港の反対側に立つ美しいビクトリア朝様式の城は、元の城が破壊されてから二〇〇年ほどのちに建てられたものらしい。現存する新しい城を見に行きたいとアニーが宿の女主人に言うと、ルース城はいま公開されていないと無愛想に言われたものの、さらに尋ねたところ、かつては大学として使われていたが現在は文化的な催しに使われているのだと、しぶしぶ教えてくれた。

アニーはよそよそしい態度を取る島の人々や、あからさまに失礼な対応をした昨夜の男を責めるつもりはなかったが、親しみをこめて話しかけているのにぴしゃりとはねつけられるのには慣れていなかった。たぶん、そういう対応にもこれから慣れていかなければならないのだろう。環境活動家は明らかにここでは歓迎されていないし、計画を実行すれば地元の人々とのあいだの緊張はますます高まるに違いない。

何かを変えるような重要なことをしたい。

ここへ来ると決めたときの自分の意気込みを思い出して、アニーはかすかに気分が悪くなった。こうして現地に着き、実行する予定の行為が現実のものとして感じられるようになると、どうにも落ちつかなかった。きっとうまくいくと自分に言い聞かせる。環境NGOのグリーンピースはしょっちゅうこういうことをしているし、女優のルーシー・ローレスだってやったのだ。でも北大西洋の真ん中で石油掘削船に乗り込んで座り込みをするという計画は、家で聞いたときのほうがワクワクするものに思えて、いまみたいにとんでもない行為だという感じはしなかった。けれどジュリアンは正しい。メディアの注意を引くためには、何か派手なことをする必要がある。そして残念ながら、科学的な論文よりドラマティックな行動のほうが人の注意を引く。

ここへ来たことを後悔する気持ちを、アニーは懸命に打ち消した。フェリーターミナルの建物を過ぎると、彼女たちが地元の人々に歓迎されないもうひとつの理由が目に入った。

駐車場いっぱいに仮設トイレやテントや手作りの横断幕が広がっている光景に、アニーは思わずひるんだ。島に集まる活動家たちは日を追って増え、ゲストハウスやキャンプ場はすでにいっぱいになっている。そこでこうして駐車場で寝泊まりをする人々がふくれあがって、見るに堪えない光景になっているのだ。

ジュリアンは彼女が考えているよりも敏感で、すぐに声をかけてきた。「どうしたんだい？

まさか昨日のことで、まだ動揺しているんじゃないだろうね」

「別に、昨日だって動揺なんかしていなかったわ。時差ぼけなだけよ」昨日の夜、部屋まで戻ったときにいつになく無口だったことを質問されて口にした言い訳を、アニーは繰り返した。ジャン・ポールをどう思ったか、ふたたびきかれるはめになりたくなくて、駐車場でキャンプをしている人々を示す。「少なくとも、この光景がひどいってことはあなたも認めるでしょう？　地元の人たちの生活の場を、こんなふうに占領するなんて」彼女は青い空の下でのどかな港に浮かんで揺れている船や、まわりに広がっている緑に覆われた丘に目をやった。「テントや横断幕の群れは、絵葉書のような光景にそぐわないもの」トイレには、あえて触れなかった。

とくにもし掘削がこのまま始まって、スコットランドのファスレーン基地の前で核武装に反対する人々が一九八二年から居座りつづけているように仮のキャンプ地が永続化すれば、地元の人々の反感はいまとは比較にならないくらい高まるだろう。

アニーには励ましが必要だと察したのか、ジュリアンが微笑みながら彼女の手を握った。

「たしかにきみの言うことにも一理あるよ、アン」彼女は自分の名前が好きではなく、ふだんはアニーで通している。でも、もしみんながジュリアンみたいに彼女の名前を発音してくれたら、そんな気持ちも変わるかもしれないという気がした。彼は最初の〝ア〟をやわらかく発音し、代わりに〝ン〟を長く強調する。「町の景観を損ない、破壊的な印象を与えればと与えるほど、世間はぼくたちを無視できなくなる」彼はつけ加えた。「そういうものなのさ」

アニーは自分が何もわかっていない間抜けのような気分になった。謝罪をこめてジュリアンを見あげ、なんとか笑みを作る。「わかっているの。ただ、その……ここがこんなに美しい場所だなんて予想していなかったから」彼女は肩をすくめた。

「だからこそ、ぼくたちはここへ来ているんだ。この美しさを守るために。そうだろう？」

彼の言うとおりだ。いくらキャンプが景観を損なっているといっても、石油が浮かんだ真っ黒な海やヘドロに覆われた海岸、死んでいく野生生物を見るよりずっといい。ルイス島やハリス島など何十もの島からなるヘブリディーズ諸島の西の沖合わずか一一〇キロの場所で試掘が始まれば、もれ出る石油で自然環境は破壊される。イギリスの東側に広がる北海にはすでに七〇〇以上もの油田が存在するが、今回新たに申請されている場所はさらに西の北大西洋にあり、自然の豊かな島々からあまりにも近い。アニーはその危険性を裏づける論文も書いているものの、人々にはそれぞれが信奉する〝専門家〟がいて、彼女の研究になど耳を傾けたがらない。

「ええ、そうね」アニーは同意した。

ジュリアンが片手で彼女の手を握りつつ、もう一方の手で知りあいの活動家たちに手を振る。ジュリアンがゲストハウスに部屋を見つけてくれたおかげで不自由なキャンプ生活を送らずにすんでいるのだから、感謝しなければならない。それでも、彼女たちもすぐに同じような状況になる。掘削船に少なくとも一週間はとどまりたいというのが、彼らの希望だった。世間の注意をなるべく引きつけられるように。

それでも夏の太陽に照らされながら、リラックスした雰囲気の恋人と並んで美しい島を歩いているうちに、アニーは気分が明るくなるのを感じた。ここに着いてから取りつかれていた妙にうしろ向きな気分を、意志の力で振り払う。きっとうまくいく。ジュリアンはこれまでと、どこも変わっていない。彼女が恋に落ちたときと同じ、刺激的で頭のいい情熱的な男性だ。昨日の夜、ジュリアンの態度が少しおかしいと感じたのも、彼の友人のせいだろう。こんなふうに誰かと会って、すぐにどんな人間か決めつけてしまうのは、わたしらしくない。ジャン・ポールを評価するのはもう少し先にしようと、アニーは誓った。

駐車場を過ぎると、ふたりは船が係留されている波止場に向かって道を折れた。町の中心に面した波止場には、漁船やトロール船にまじってヨットも二、三艘《そう》見える。魅力的な光景だが、よく見ると船の多くが老朽化しているのがわかった。塗装がはげているし、さびも浮いている。

アニーは鼻の頭にしわを寄せた。「わたしたち、どこに向かっているの？」

「〈アイランド・チャーターズ〉さ」ジュリアンは横を向いて、波止場に目を走らせた。「小屋があって、そこに行けば担当の人間と話ができるとジャン・ポールが言っていた」

「ジャン・ポールはどうして一緒に来なかったのかしら」試掘を行う掘削船の近くへ〝ダイビング〟に行く船をチャーターしたのは彼なのに。といっても、ジャン・ポールが来ないことに文句を言いたいわけではないけれど。

「彼には、ほかにやらなくちゃならないことがあるんだよ。いろいろこまごましたことがね。

それにきみはダイビングの経験が豊富だから、必要なものをきちんと手配してくれるだろうと彼は考えたんだ。ぼくもそう思うよ。きみはなんていうか——好みがうるさいしね」

からかうようなジュリアンの言葉に、アニーは唇をゆがめた。彼の言うとおりだ。彼女はダイビングの装備については細かく気にする。彼とニューオーリンズで何回か一緒にダイビングに行ったときに、そういうところを見られてしまった。

でもジュリアンがアニーにもスコットランドへ来てもらいたがったのは、ダイビングやクライミングのスキルがあるせいでもある。彼らには経験のある人間が必要だったのだ。しかも彼女はジュリアンの言葉を借りると〝雑誌の水着特集のモデルみたい〟だから、なおさら都合がいいらしい。カメラ映えがするのだそうだ。かわいいだけの女の子みたいに言われていやな気分になったが、ジュリアンがそんなつもりで言ったのではないことはわかっていた。英語がネイティブでないので、ニュアンスが変わってしまったのだろう。

「たしかにそれは認めるわ。それで、問題の船はどこなの？」アニーは苦笑いして尋ねた。

しばらくして、ふたりは電話ボックスほどの大きさの木の小屋の前に立っていた。かたわらの壁には〝アイランド・チャーターズ〟と上部に印刷された黒板がかけられ、ダイビングやシュノーケリングの一時間当たりのレンタル料金がさまざまなセット別に書きつけられている。

小屋の前には古ぼけた船が係留されていた。海岸に横倒しに転がっているものを別にすれば、もっともおんぼろな部類に入る船だ。縁の欠けた赤い船体や白い操舵《そうだ》室を見ると、〈M

V〈ブリディアン号〉はタグボートがダイビング用に改造されたものだとわかる。これはただ〝古い〟どころではない、おそらく六〇年代初頭に造られた骨董《こっとう》品のような船だ。

アニーはジュリアンに向き直った。「まさか、この船じゃないわよね。これだとしたら、ジャン・ポールはずいぶん吹っかけられたことになるもの。こんなおんぼろ船を二日間借りるのに、二〇〇〇ポンドですって？」

視界の端で何かが動くのが見えて、彼女は船のほうを向いた。すると甲板の波止場側で金属製のダイバー用リフトの上にしゃがみ込んでいた男が、立ちあがったところだった。アニーは男が何をしていたのか即座に見て取り、口をきつく結んだ。彼が両手に持っているのは油がぽたぽたと滴っている部品で、それを水の中に入れて洗っていたのは一目瞭然だった。

彼女はカッとなった。行為の内容に比べて不釣りあいに大きな怒りだとわかっていたが、アニーがこの八年間に目にしてきたものを知れば、誰だって納得できるはずだ。油は水に流されてなくなったりしない。海の底に沈殿し、そこで分解される速度はゼロに等しいほど遅い。そして蓄積した油は、やがて生物を殺し環境を破壊する。

これほど美しい海をごみだめみたいに扱う人間がいることが、アニーには理解できなかった。彼女は石油流出事故が起きる前でさえ、海を汚してはならないと明確に意識していた。八歳のときにサンフランシスコのフィッシャーマンズ・ワーフを訪れて目にしたものは一生忘れない。ビールの六本パックを作るプラスティック製のホルダーが、ナイフのように首に食い込んでいたアザラシの姿は。自分では絶対はずせないものに生々しい傷を負わされた海辺の生物を見て、彼女はワッと泣きだしたのだった。

ショックで胸が張り裂けそうになったのだ。そしてそれは、いまでも変わらない。同情のしすぎだとアニーの母親は言うし、たしかにそうなのかもしれない。けれども彼女には、同情せずにいられるほうが信じられなかった。どうしてみんなはそういうものを見ようともせず、無関心でいられるのだろう——。

彼女ははっとわれに返り、見覚えのある鋼のような視線と目を合わせた。

昨日の男だった。バーでアニーににべもなく背を向けた男は、太陽の光の下で見るとさらに無愛想で取りつく島もない。昨日と同じ色あせたブルーのキャップをかぶっているが、いまはだぶだぶのスウェットシャツとベストの代わりに、油のしみがついたかつては白かったであろうTシャツを着ている。胸の部分に赤いインクで〝アイランド・チャーターズ〟と染め抜かれたTシャツは体に張りつくタイトなシルエットではないけれど、昨日の服とは違って並はずれた筋肉質の胸や腕を隠してはいない。

たしかにこの男はたくましい。港湾で働く男たちのように。

でも、どうしてそんな彼に目を引かれてしまうのかしら？　大柄でたくましい男は、いつものわたしのタイプではない。少なくとも高校を卒業してからは。高校時代にアメフトチームのキャプテンとデートして悲惨な結果に終わったあと、アニーは肉体的な魅力には心を動かされなくなり、ジュリアンのような知的な男性とつきあうようになった。ジムで体を鍛えるより、図書館で知性を磨く男性と。身長一八〇センチ体重七九キロのジュリアンは背は高いが高すぎるというほどではなく、筋肉も無駄につきすぎず、ほっそりしている。それに比べてこの男は一八〇センチを一〇センチは超えているし、見るからに鍛えあげた体だ。けれども鍛えすぎという言葉は、なぜか頭に浮かばなかった。

いつの間にか男をじっと見つめていたことに気づいて、アニーははっとした。なぜこんなふうに彼に見とれているの？

「何か用か？」男がジュリアンを無視して、彼女に話しかける。

その口調の鋭さに、アニーは自分の感じた怒りとその理由を悟られてしまったのかとひやりとした。どちらにしても彼女が見つめていたことに相手が気づいたのは明らかで、アニーは思わず赤面した。

「ええ、あの――」そう言いかけて口をつぐむ。男にはここの人間に特有の訛りがないことに気づいて、彼女は眉間にしわを寄せた。「アメリカ人なのね」

「カナダ人だ」余計なお世話だと言わんばかりに、男が不愛想に返す。たしかに彼女には関係ない。

しかし男のその態度は、彼をよく思おうとアニーが懸命に自分に言い聞かせていた言い訳を完全に打ち消した。結局のところ、彼が失礼なのは地元の人間だからではなく、そういう人間だからなのだ。

信じられない。カナダ人は感じがいい国民として知られているというのに。彼には、その仲間に入るつもりはなさそうだ。

男の口調と態度に不快感を覚えたジュリアンがアニーをかばうように前に出たが、その様子は彼女の知っているいつもの彼とはまったく違う。まるで中世の貴族が、領地の農奴を横柄に見おろしているかのようだ。「友人が予約を入れておいたチャーター船の料金を払いに来た。予約の名前はアン・ヘンダーソン」

ジャン・ポールはわたしの名前で予約したの？　きっと、そのほうがいろいろやりやすいと思ったのだろう。ダイビング用のタンクや装備を確認し、確保することを任されているのはわたしなのだから。そしてさっきはおんぼろにしか見えなかった船と船長らしき男のみすぼらしい外観にもかかわらず、なぜかアニーは機材にはなんの問題もないという気がしてならなかった。この男はいいかげんな仕事をするようには見えないし、自分の仕事はちゃんと心得ているらしい。〝頑固者の職人〟という言葉が頭に浮かぶ。むっつり顔の頑固者の職人。彼は長いあいだ、微笑みひとつ浮かべていないように見える。悲しみからなのか、怒りからなのかはわからない。おそらく両方なのだろう。

男は非難するようなジュリアンの態度に気づいたそぶりは見せなかったが、あの鋼みたいな目が何かを見逃すことはありえないとアニーにはわかっていた。

「なんかの間違いだろう」ぶっきらぼうに男が返す。顧客サービスが彼の得意分野でないのは明らかだ。「この船には別の予約が入っている」

見え透いた嘘に、アニーは噴き出すところだった。「ふうん。ずいぶん繁盛しているのね」そう言って、からっぽの波止場を見渡す。

男は視線をゆっくりとアニーに移した。その目の奥に、彼女の返事に対する驚きがちらりと見える。どうやら彼は人に逆らわれるのに慣れていないらしい。

「どっちにしろ、あんたたちのご希望に沿えるものじゃないと思うが」アニーの最初の印象を見透かしたように、彼が言う。

彼女がおんぼろ船だと言ったのを聞いていたのだ。近くに寄ってきちんと調べてからなら、言わなかったに違いない言葉を。よく見れば、甲板をはじめ目に見える場所はすべて汚れひとつなく磨きあげられているし、甲板の中央にある棚にきちんと収納されているダイビング用のタンクと装備は状態がよく、仕事をちゃんと心得ている人間の手で丁寧に手入れされているとわかる。タンクやマスク、レギュレーターは整然と並べられており、フィンでさえペアにまとめて、おそらくサイズ順に立ててあった。アニーはこれまでたくさんの船に乗ってきたが、こうした装備はプラスティックのケースにごちゃごちゃと突っ込まれていることがほとんどだった。

目の前の男に向ける視線に、思わず称賛の念がこもる。

「別の予約が入っているというのはどういうことだ？」ジュリアンが怒って詰問する。いつもは穏やかな彼がこんなふうにカッとなっているところを、アニーははじめて見た。いまにも切れて、怒鳴りだしそうだ。目の前の男は嘘をついており、ふたりを見て船を貸すのをやめたのだとジュリアンも気づいたに違いない。ジュリアンの暗い色の目は瞳孔が針の先ほどに縮まり、口は醜くゆがんでいる。「ちゃんと申し込んでおいたはずだ」

「おれは受けていない」男はさっきから一歩も動いておらず、けんか腰の様子はまったくなかったものの、〝おれにかまうな〟という威圧感はひしひしと伝わってきた。

ジュリアンには伝わっていないようだが、アニーは男の無言のメッセージをすぐに理解した。このあたりの港にはひなびたのどかな雰囲気が漂っているけれど、違法なドラッグの取引に手を染めている者もいる。〈アイランド・チャーターズ〉も、ダイビングの商売を隠れみのにそういう取引をしているのかもしれない。もしそうなら、彼は用心棒なのだろう。そうだとしても不思議ではなかった。彼は見るからに危険な男だ。さらに言えば、ジャン・ポールがこんないかにもうさんくさい貸し船屋と契約したことも不思議ではない。彼らの計画にとっても、人にあれこれ質問されないほうが都合がいいのだ。

「行きましょうよ、ジュリアン。もういいじゃない。何か手違いがあったんでしょう」アニーは彼を引っ張った。

ジュリアンはまだ納得がいかないようだったが、彼女の言葉で面目を失わずに撤退する言い訳ができたのか、しぶしぶ従った。

彼がアニーを守るようにウエストに腕をまわす。しかし腹の虫がおさまらなかったのか、最後に捨て台詞を吐いた。「覚えておけ、話はおまえのボスとつけるからな」

3

なんていやな野郎だ。

地元民のあいだでダン・ウォレンとして知られている男は、ふたりの環境活動家がおとなしく引きさがったことに安堵《あんど》しながら、彼らの背中を見送った。一瞬、昨夜バーで彼の腿の上に手をついた短気なアメリカ人の女が、引きさがらずにごねるのではないかと思った。そしてもしかしたら彼のほうも、内心そうなるのを望んでいたのかもしれない。社会を改善しようという理想に燃える反戦主義の大学院生なんてまるでタイプじゃないが、それが濃い色のセクシーな髪に緑色の目をした色っぽい唇の女なら話は別だ。しかも『ヴァンパイア・ダイアリーズ』のヒロインに似ているだけでなく、むしゃぶりつきたくなるようないい体をしている。股間に手をつかれたときの感触は、彼の体にまだ生々しく残っていた。そこが一瞬で反応してしまったのは、もう長いこと女とはご無沙汰だからだろう。

あっという間に彼女に惹かれたのは意外だったし、いまの状況を考えると歓迎できることではない。とくにあの〝精密な戦闘マシン〟という言葉のあとでは。

彼女がバーに入ってきた瞬間、目が吸い寄せられた。あの場にいたストレートの男全員が、そうだっただろう。長く波打っている濃い色の髪、大きな緑色の目、しみひとつない日焼けした肌、官能的な赤い唇、そしてさっきも言ったむしゃぶりつきたくなる体。引きしまった尻、長い脚、豊かな胸の三つがそろうと、彼は抵抗できない。

だがあの活動家たちの一員で、しかもフランス男の恋人らしいとわかると、とたんに興味が失せた。彼女があの新聞記事に触れるまでは。兵士は〝金で雇われる殺し屋〟だなどと恋人や仲間たちが戯言《たわごと》を並べはじめると、彼女はシールズを弁護した。ダンは彼女にもう少し感謝していたはずだ。その弁護が、シールズの隊員は政府に洗脳された精密な戦闘マシン――つまり自分では判断できない間抜け――で、自分たちが何をやっているのかちっともわかっていないという考えに基づくものでなければ。

頭でっかちの無知な人間が、人が命をかけてやっていることを偉そうに批判するのなんて、聞きたくもない。

それにしても、彼女はどうしてあんなくだらない男とつきあっているのだろう？　ダンはジュリアンとかいうあの男が、外見からして好きになれなかった（名前だって、なよなよしている）。フランス人だからというだけではない。もちろんそれも大きいが、ふだんは固定概念に支配されたりはしない。その固定概念に、たまたまぴったり当てはまるとき以外は。人の本質を見抜くのは得意だし、あの男はこちらのあらゆる神経を逆撫でする。

ダンはあの手の男をよく知っていた。ひとりよがりで、人を見下すような態度を取る人間を。ジュリアンは上流階級にだけ文化や教養が存在すると思っている。だが上流階級というのは、キルケゴールを引用できるからとかオペラを楽しんでいるからといった理由だけで自分たちを偉いと思っている、うぬぼれた口先だけのやつらだ。

現実にまみれて生きてきたダンは、虚構の中で生きている連中の知らない多くのことを学んだ。コンパスを見ても、針がどの方角を指しているのかわからない。自由を当然のものとして享受しておきながら、自らはそれを守るために指一本動かさない。そんなもったいぶった受け身のえせインテリに用はない。非常事態が起こったとき、同じ救命ボートに一番乗りあわせたくないのが、ジュリアンみたいな間抜けな男だ。とはいえ、ああいう男は、みなを押しのけて真っ先に乗り込んでくる。

ジュリアンとその仲間はいったい何を企んでいるのだろう？　ただし、おれには関係ない。〝ダン〟は余計なことには首を突っ込まないのだ。

それで死ぬほどイライラしても。

しかし、彼は腹立ちがおさまらなかった。あんなくそ野郎に捨て台詞を吐かれたからかもしれないし、命令を受けて動く立場だと見透かされたからかもしれない。

ジュリアンの言うとおりだ。ボスはこの件を聞いたら喜ばないだろう。

その推測が正しいことは、すぐに裏づけられた。ほどなくしてマルコム・マクドナルドが昇降口《ハッチ》から顔をのぞかせ、機関室で作業をしていたダンに向かって怒鳴ったのだ。

〝マクドナルドじいさん〟と地元で呼ばれているもののマザー・グースの歌とはかけ離れたこの男は、六八年間の人生のほとんどを海の上で過ごしてきた漁師だ。歩んできた厳しい人生がありありと刻まれている顔に白髪まじりの灰色の頭、太りすぎて突き出た腹という姿の彼は、口の端からいつも煙草をぶらさげている。しょっちゅう咳《せき》の発作に襲われるので、一〇年後にはきっと農場でも買って引退しているだろうとダンは思っている。じいさんは咳の合間にうなるような声で悪態をつきながら相手をにらみ、話をする。いつでも。

「いま、怒り狂った客から電話があったぞ。おまえに頼んであった船のチャーターを断られたっていうじゃねえか。どういうことか説明してもらおうか」

ダンは肩をすくめた。「いやな野郎だったのさ」

マクドナルドは爆発した。「そのいやな野郎は、一日ちょっと働くだけで二〇〇〇ポンド払ってくれるはずだったんだぞ!」

ダンは眉間にしわを寄せた。「ずいぶんな金額じゃないか。ドラッグの取引には関わらないと言っておいたはずだ」

それが彼の出した条件だった。マクドナルドが商売の帳尻を合わせるために何をしようと、ひとりで勝手にやっている分にはダンは口を出さない。そもそもこの男が芳しいとは言えない評判を得ているからこそ、この男の下で働くと決めたという部分もある。いかがわしい活動に手を染めている人間は、人にも余計な詮索をしないからだ。

マクドナルドが険しい顔で、ダンをにらみつける。「誰がドラッグの取引だなんて言った?やつらは掘削船まで行きたがっているだけだ」

「なんのために?」ダンの頭にいくつかの可能性が浮かんだが、そのどれもがいいものではなかった。

あの小生意気なアメリカ人の女は、いったい何に関わっているのだろう？

「きかなかったよ。おまえもそんなことはきくんじゃない。おれは商売をするのに、あれこれ質問はしねえ。おまえもそれはわかっているだろう」マクドナルドは、ダンが身元をはっきり明かしていないことをほのめかした。

「やつらは泊まりがけでダイビングをするために、四人とゴムボートを運ぶ船をチャーターした。そしておれは、この船を操縦させるためにおまえを雇っている。客を選ばせるためじゃねえんだ。わかったか？」

もし〈アイランド・チャーターズ〉での仕事があらゆる点でこれほど都合のいいものでなかったら、この老いぼれのハゲタカにがつんと言ってやるところだ。おれの身元に探りでも入れたら、あんたの〝秘密の商売〟についても調べさせてもらう、と。とりあえずは何も言わないことに決めて、ダンはうなずいた。

だが、すぐにそれを覆したくなった。客を取り戻してくるよう、マクドナルドに命令されたからだ。「じゃあ、おまえは追い返した客が別の会社に金を落としに行かねえうちに、とっとと迎えに行ってこい」

迎えに行くということが何を意味するか、ダンは正確に理解していた。偉そうなくそ野郎に頭をさげなくてはならないと考えただけで、全身の細胞が抵抗している。しかしここで拒否すれば、首にされてしまうのは明らかだ。これほど都合のいい職場をふたたび見つけられる可能性を天秤《てんびん》にかけて、彼は悪態をついた。

いまはプライドを捨てて、マクドナルドに従うしかない。

ダンはまったく気が進まなかった。彼が立っているのは、真鍮製《しんちゅう》の〝2〟が掲げられたドアの前だ。彼らが滞在している場所を見つけるのは難しくなかった。港にある環境活動家たちのキャンプに姿がないとわかると、〈ハーバー・バー＆ゲストハウス〉に泊まっているのだろうと見当がついた。そもそも、ジュリアンがキャンプなんかで不自由な生活をするはずがない。ダンはいま二週間分の給料を現金化してポケットに持っているが、それをすべて賭けてもいいくらい確信があった。

ダンはノックしようと手を持ちあげて、ためらった。いやな思いをしてまでこんなことをする必要はない。船に乗れる仕事を、また探せばいいだけだ。

そのときドアが開かなかったら、思い直して引き返していただろう。

だがドアは開き、ゴージャスなブルネットの女が危うく彼に突っ込みそうになった。彼女は息をのみ、驚きに目を見開いてダンを見つめている。うっすらと開いた色っぽい唇に、あらゆる不適切な想像が彼の頭に渦巻いた。

「やあ」意図していたよりも、やわらかくハスキーな声になる。

シンプルな挨拶に、彼女はさらに唖然《あぜん》とした。どう返せばいいのか戸惑っているようだ。おそらく彼のせいなのだろう。前に会ったとき、彼女と楽しく会話をする努力をしたとはとても言えないのだから。

彼女はなかなか応えず、ふたりとも視線を絡めたまま動けなかった。電気のようなショックを感じて、ダンの体が熱くなる。そんなものは求めていないというのに。だがどう考えても彼は、肉体的に彼女に惹かれている。そしていまふたりをとらえている居心地の悪い沈黙から考えると、彼女も同じ磁力を感じているのだとわかった。ダンと同様、それを歓迎していないことも。

「どうも」彼女がようやく返す。

なんてこった、彼女の声はありえないほど色っぽい。低く、かすれていて、テレフォンセックスを仕事にすればたんまり稼げそうだ。

しかし彼女とのあいだに生じたつかのまの濃密な瞬間は、ジュリアンの登場であっけなく破れた。

「何をしに来た？」ジュリアンが前に出て詰問する。彼女が顔をしかめるのが見え、恋人のこれ見よがしな行動をよく思っていないことがわかった。

ダンは表情を平静に保った。「誤解があったと伝えに来たんだ。きみたちが望むなら、チャーター船を提供させてもらう」

予想どおり、ジュリアンの反応は相手がどんな人間かを推し量るダンの能力に間違いがないことを証明するものだった。そして残念ながら、ジュリアンは〝くそ野郎〟であってもばかではなく、ダンがここに来たのは彼自身の意志からではなく強制されたのだとすぐに見抜いた。フランス男がゆっくりとせせら笑うような表情を浮かべる。その顔を見るかぎり、簡単に流すつもりはなさそうだ。

「へえ、誤解ね。誤解なんかなかったさ。きみはあの船は提供できないとはっきり言った。ぼくたちがきみのボスと結んだ契約はきみには通用しない、と。きみの用がそれだけなら、失礼するよ」彼はドアを閉めようとしたが、ダンは手を伸ばしてそれを止めた。

「いや、用はそれだけじゃない。書類を作らなくてはならないんだ。サインをして、五〇％の前金を払ってほしい」

「先に言うべきことがあるんじゃないのか？」明らかにジュリアンは、ダンに屈辱的な思いをさせることを楽しんでいる。

しかしダンは、力の駆け引きを楽しむ小さな女の子みたいな男につきあうつもりはなかった。「行き違いについては悪かったと思っている」

ジュリアンが満足そうに微笑み、眉を片方あげる。「そうだろうな。でも、もう遅い。昨日、きみの客商売とは思えない態度を見てしまったからにはね。もう別の会社と契約したよ」

子どもが叱られているような状況に、ダンは思わず歯を食いしばった。

ジュリアンが嘘を言っているのは、彼の恋人の表情を見ればわかった。ふたりのやり取りを卓球の試合のラリーのように見守っていた彼女が、眉間にしわを寄せて視線をジュリアンに向ける。そして恋人の言葉を否定しようと口を開きかけ、思い直したようにぐっと閉じた。

彼女がそうしてくれて、なぜかダンはほっとした。なよなよしたフランス男には言ってやりたいことがあるが、それはふたりだけのときでいい。

「聞いてくれ。別の会社は必要ない。お望みどおり船は使えるんだから」

これを聞いて、彼女がもうじゅうぶんだと判断したのがわかった。恋人にふたたび口を開く暇を与えずに言う。「あなたが来る直前に、ミスター・マクドナルドと話をしたのよ。そのときに行き違いについて説明してもらったわ。わたしたちはもう一度波止場に向かうところだったの。でもあなたがその前に謝りに来てくれるとは、聞いていなかったわ。わざわざありがとう」

彼女は微笑み、ダンは彼女の恋人に屈辱的な思いをさせられるところだったにもかかわらず、思わずにやりと笑みを返していた。

ずいぶん長いあいだこんなふうに笑う気になれなかったので、すぐに居心地が悪くなって、ふたたび顔を引きしめる。

「アニー・ヘンダーソンよ」彼女が自己紹介をして、手を差し出した。

その手を握り返すと、ダンの大きな手に包まれた彼女の手はひどく小さくてやわらかかった。彼の体があっという間に無視できないほど熱くなる。「ダン・ウォレンだ」

アニーがそそくさと手を引っ込めた。その頬が紅潮しているところを見ると、彼女もふたりを引きあう磁力に気づいたのは明らかだ。彼女は恋人に顔を向けて紹介した。「ええと、彼は……ジュリアン・ベルナール」

「彼女の恋人だ」ジュリアンが言い、アニーのウエストに腕をまわして引き寄せた。まるで電柱におしっこを引っかけて縄張りを主張する犬みたいに。

彼女が眉間のしわを深くして、動物園ではじめて見る動物を前にしているような視線をジュリアンに向けている。

その動物の名前は〝縄張り意識の強いオス〟だ。

そしてどう見ても、彼女は恋人のそんな行動を快く思っておらず、ウエストにまわされた腕から逃れてそそくさと書類を取りに行った。「階下《した》のバーで座って話をしない？　最終的にお願いする前に、船とダイビング用の装備についていくつか質問したいから」

その真剣な口調に少し驚いて、ダンは眉をあげた。だが本当に詳しく知りたいと思っているのだとわかって、アニーを見直した。彼としても、もちろん船や装備の状態は気にするべきだと思っている。

「そうしよう」ダンはうなずいた。

それから一時間かけて、アニーは自分の言葉どおり納得がいくまで彼とのやり取りを続けた。提供可能な器材、圧縮空気やそのほかの混合ガス、予備の装備、水温、風速、照明、浮力調整装置。それらについて重ねられた質問は、ダンが彼女の立場だったらきくに違いないことばかりだ。

ダンが思いつかなかったであろう質問でさえ、いくつかあった。

最初ジュリアンはむっとした様子を見せていたが――おそらく自分の存在を無視されてい

たからだろう——すぐに会話についていくのをあきらめて、どこかに電話をかけて話しはじめた。

アニーが契約書にサインをして前金を差し出したときには、ダンは彼女の知識に感心して、この仕事がそれほどいやではなくなっていた。アニー・ヘンダーソンは海の潜り方を心得ており、そういう女性を称賛しないシールズ隊員はいない。たとえすでに死んでいるシールズ隊員であろうと。そう考えて、彼はむっつりした表情になった。

4

ジュリアンが哀れなウエイトレスにワインの品ぞろえについてねちねちと文句をつけているのを、アニーは身もだえしたい思いで聞いていた。レストランにはチリ、オーストラリア、スペイン、イタリア、カリフォルニア、さらにはアルゼンチン産まで幅広いラインナップのワインが置かれているが、どうやら何本かあるフランス産の赤ワインがジュリアンの求める基準に達していなかったらしい。

彼と出かけたレストランではじめてこういう場面に身を置くことになったとき、アニーは自分が気にしすぎているだけなのだと思おうとした。ジュリアンにとってワインは簡単に妥協できないくらい大切なものなのだろうし、そもそも彼に惹かれたのは世慣れているからでもあるのだから。でもいまは、そんな態度は世慣れているのではなく横柄なだけだと言いたくてたまらなかった。ここはスコットランドの僻地にある小さなシーフードレストランで、ウエイトレスはせいぜい一八歳だ。ボルドーワインについて完璧な知識を要求するほうが間違っている。

けれどもせっかくジュリアンが、言いあいになった埋めあわせをしようとしてくれているのだ。それを台なしにする気にはなれない。

アニーだってジュリアン同様、あの船長が好きにはなれないけれど、彼にわざと屈辱を味わわせて謝らせようとしたことや、ほかの会社の船を雇ったという嘘にはいまでも納得がいかなかった。船長は堂々とした誠実な態度で、くだらない言いがかりは受けつけないと沈黙のまま主張していた。ただし彼女はそのことについていまさらジュリアンに何か言おうとは思わないし、ふたりの男のやり取りでどちらが本当に優位に立っていたのか、突きつめて考えるつもりもなかった。

ジュリアンがいったいどうしてあんな態度を取るのかわからないが、子どもっぽくて意地の悪いふるまいは彼に似合わない。彼にはっきりそう言ったら謝っていたものの、アニーはどうにもすっきりせず、そのことが棘《とげ》のように心に引っかかっていた。

とうとうウエイトレスがジュリアンを納得させるのをあきらめ、店のオーナーを呼んでくる。オーナーは謝罪をしたあと、彼らがそろえているワインの中からもっともボルドーに近いものを持ってきた。そしてそれはようやくジュリアンの厳しい基準をクリアしたらしく、彼は長々と時間をかけてもったいぶったテイスティングの儀式をすませると、これでいいとうなずいた。同じ儀式をはじめて見たとき、アニーはすっかり魅了された。ワインの知識がある人間と出かけたことが、一度もなかったのだ。でも、いまはイライラするだけだ。

シンプルにビールを頼んでくれないかと、ちらりと思ってしまう。

「なんでもいい、ここに置いてあるラガーをくれ」さっき打ちあわせをしたバーでウエイトレスが注文を取りに来たとき、一緒にワインを飲むかとジュリアンにきかれて、カナダ人船長のダンは答えた。そして首を横に振りながらつけ加えた。「あの味はどうしても好きになれないんでね」

これでジュリアンが船長に対して抱いていた嫌悪感は、決定的なものとなった。ジュリアンが浮かべた笑みは、〝この田舎者め〟と船長をあからさまに見下していた。

このやり取りのあいだ、アニーの頭の中を映画の『ナショナル・ランプーンズ・ヨーロピアン・バケーション』の場面がぐるぐるまわっていた。アメリカ人のグリズワルド一家がフランスのカフェでワインを注文する。するとお高くとまったウエイターが彼らをあなどって、〝おまえらには違いがわからないだろうから、皿を洗ったあとの水を持ってきてやる〟とフランス語で言うのだ。だがこんな映画を思い出し、しかも無礼なウエイターになぞらえられたと知って、ジュリアンが喜ぶはずがない。

ウエイトレスがアニーのグラスにもワインを注ごうとしたところで、彼女は急に反抗的な気分になった。「わたしはそれじゃなくて、ロゼにするわ」

ホワイトジンがないのは残念だが、ジュリアンの中ではロゼもそれと同じくらい〝ひどい〟代物だ。

でも、アニーはかまわなかった。彼女はブラッシュワイン（赤ワイン用のぶどうを使って白ワインとほぼ同じ製法で造ったカリフォルニア産のロゼワイン）が好きなのだ。大学時代に友人たちと〝ツール・ド・フランジア〟に興じたと、あとでジュリアンに話してみるのもいいかもしれない。紙箱入りの〝ピンク〟のワインを使う飲み比べのゲームに、彼はぞっとして気を失いそうになるだろうけれど。

ただしいまは、ジュリアンはアニーを見てかすかに顔をしかめただけで、何も文句をつけようとはしなかった。そしてすぐにウエイトレスに顔を戻し、今度はメニューと調理方法について長々と質問を始めた。けれども恋人はベジタリアンなのだと余計なことまで言いはじめたので、アニーはすばやく彼を止めた。彼女まで〝面倒な客〟に認定されたくない。

泣きだしそうな表情になっていたウエイトレスの少女に謝罪の笑みを向け、アニーは自分の分をてきぱきと注文した。「わたしは、まずロケットサラダ。それから玉ねぎと山羊《やぎ》のチーズのタルトをちょうだい。どっちもおいしそうだから。よろしくね」

若いウエイトレスが感謝をこめてうなずく。アニーはあとでトイレへ行くときに、彼女にチップを一〇ポンド渡すつもりだった。ジュリアンはチップをけちるタイプではないが、普通の額では彼女にさせた思いの埋めあわせにはならない。

ジュリアンは結局、前菜に兎《うさぎ》、メインに仔牛を選んだ。メニューを見て、きっと彼ならこの二品にするだろうとアニーが思ったとおりに。彼はかわいらしくてふわふわしたものが好きなのだ。しかしそんな選択の仕方が、彼女にはまったく理解できなかった。アニーがベジタリアンなのは、健康上の理由からではない。動物の肉を食べるからには、そのために命を奪っているという事実を受け入れなくてはならないと考えているからだ。

そのことは父親が教えてくれた。生まれてはじめて、そして生涯でただ一度の狩りに連れていってもらったときに。父親のレッスンは思惑とは反対の効果を発揮して、当時一〇歳だったアニーは引き金を引くのを拒否したうえ、今後二度と肉を食べないと宣言した。父親とは違って狩りに対して決して前向きでなかった母親は、娘の感情的な反応は彼自身のせいだと夫を諭した。アニーの頑固さや、思い込んだらとことん貫くところは父親譲りなのだから、と。

ワインはおいしいかとジュリアンが尋ね、アニーは子ども時代の数少ない楽しい思い出から引き戻された。

食事のあいだ、ふたりの会話は短くとぎれがちだった。ジュリアンは料理や飲み物がおいしいかどうか尋ねるだけの表面的な質問を繰り返していたが、アニーがフレッシュラズベリーとチョコレートのムースをほとんど食べ終える頃になって、ようやくまともな会話を始めた。

「どうしてそんな態度を取るんだい？　ぼくは悪かったと謝って、埋めあわせをしようとしているのに」

いらだったような彼の様子から、アニーの態度を理不尽だと思っているのがうかがえる。そうなのかしら？　ジュリアンは仲間たちと一緒にカレーを食べに行かず、わたしとのロマンティックなディナーを選んでくれた。裕福ではない大学院生の懐には痛いに違いない出費をものともせずに。でも、わたしは豪華な食事がしたかったわけではない。ただ説明してほしかっただけだ。

「それはわかっているし、感謝しているわ。だけどさっきの出来事はまだ納得できないし、気になってしかたがないのよ。だって、あなたらしくなかったもの」

少なくともアニーはそう思ったのだが、考えてみると、どれだけ彼について知っているというのだろう？　もしかしたら、そう思い知らされたことが一番気になっているのかもしれない。わたしは知りあって二カ月しか経っていない男性と、遠いスコットランドまで冒険に来てしまった。そしていまになってその現実が、身に沁《し》みはじめている。ふだんのわたしはこんなふうに衝動的に行動しないのに。

ここに来てから、ジュリアンはいままでとは違うふるまいをするようになっている。あるいは、そうではないのだろうか？　これまでとまったく違う環境に身を置いて、彼の本当の姿がはっきり見えるようになったというだけなのかもしれない。慣れ親しんだ場所を離れ、彼以外の友人がいなくなったために。これまで外国人だからとか、ちょっと変わっていると思って深く考えずに受け入れてきた部分が、いまは無作法で……性格の弱さを露呈しているとしか思えない。

〝弱い〟というこれまで大嫌いだった言葉が、耳の奥で反響する。アニーの父親が人をもっとも強く批判するときに使っていた言葉で、彼女はいつも反感を覚えていた。世の中には彼女の父親のようにスーパーヒーローになりたがる男ばかりではないが、なりたがらないからといって、〝弱い〟ということにはならない。そして皮肉にも、彼女の父親はスーパーヒーローだったために、結果的に〝弱く〟なってしまった。

ジュリアンは弱くない。親切で思いやりがあり、思慮に富んでいる。いつもアニーを尊重してくれる完璧な紳士だ――愛しあうときでさえ。彼はいつもゆっくりと時間をかける。前戯はフランスの国技なんだとよく冗談めかして言い、自分よりもまず彼女を悦《よろこ》ばせることに力を注ぐ。肩や腕にこれほど念入りにキスをする男性に会ったのは、はじめてだ。もっと急いでくれたら、と一瞬思うときもあるけれど、そんなときは自分を戒める。こんなふうに女性を大事にしてくれるロマンティックな男性と出会えて、わたしは幸せだ。

きっとジュリアンの態度を悪く取りすぎているのだ。彼がアニーの手を取ってやさしく握ってから唇に寄せると、彼女はそれを痛感した。「きみの言うとおりだ。ごめんよ。ぼくはただ、嫉妬してたんだ」

「なんですって？　あのむさくるしい船長に？」アニーは彼の言葉が信じられなかった。

ジュリアンが男とは思えないほど長いまつげの下から、彼女を探るように見つめる。

「やつがきみに向ける目を見て、きみも心を惹かれるかもしれないと思ってしまった」

まさか、本気で言っているはずがない。わたしだって、船長の港湾労働者みたいなたくましい体と背の高さにはもちろん気づいた――気づかずにいられるはずがない。でも、そういうもので男性に惹かれたりはしない。それからたしかに彼は心の底まで見通すような鋭い目をしているし、古ぼけたキャップと伸びたひげの下に垣間《かいま》見える顔は、タフな男という感じでなかなか魅力的だ。それでも外見的な魅力は、わたしにとって重要ではない。

というより、ふだんはそれだけを重要に思うことはない。

「どうしてそんなふうに思ったの？　わたしはあなたに惹かれているのよ。心臓が止まるほど魅力的なあなたに」それにジュリアンは、もじゃもじゃとひげを伸ばしたりしていない。「あなたは教養があって洗練されていて頭がよく、これまでに出会った誰よりも魅力的だわ」それに引き換え、あの船長はごつごつした岩みたいな魅力しかない。「それにわたしと同じで、政治と環境に関心を持ってる」アニーは首を横に振った。「彼がオイルだらけのエンジンの部品を海に突っ込んで洗っていたのを、あなたも見たでしょう？　あの古ぼけた船がどれだけの二酸化炭素を排出しているか、わかったものじゃないし。それに彼は、おんぼろのピックアップトラックかSUVも持っているんじゃないかしら。そういう男性に惹かれるですって？　共通の話題があるとは、とても思えない」ふたたび首を横に振る。

「ダイビングについては、ずいぶん長く話し込んでいたじゃないか」ジュリアンに指摘され、彼の言うとおりだと悟ったアニーは唇を噛んだ。ジュリアンをのけ者にしてしまったのは悪かったけれど、彼女と張りあえるくらいダイビングの知識がある人間と話せる機会はなかなかないのだ。ジュリアンが彼女と目を合わせて、つけ加える。「それにやつがきみとしたいと思っているようなことには、おしゃべりなんて必要ない」

彼が何をほのめかしているのかを悟って、アニーは赤くなった。そして一瞬、あの大きな筋肉質の体に組み敷かれ、この前偶然つかんでしまった大きなものがゆっくりと自分の中に入ってくるところを想像した。

いいえ、違う。彼がゆっくりなんてするはずがない。勢いのまま、乱暴とも言えるくらい激しく押し入るだろう。わたしがひとり寝の夜にふける妄想に登場する男性のように。

そう考えたとたん、アニーの体はカッと熱くなった。燃えあがった欲望の強さと激しさに、思わず身が震えそうになる。

おそらくジュリアンが感じ取ったことは、わたしが望んでいるよりも正しいのだろう。わたしとあの船長を肉体的に引きあう磁力は、自分で思っていたよりも強い。でも、だからといって彼とどうこうなるつもりはない。

アニーはジュリアンの手を握り返した。細く繊細な彼の指の上を、親指で撫でる。彼の手は形がいい。ただし、少しやわらかすぎる。でもそんなささいなことで、誰かに対する気持ちが冷めたりはしない。

肉体労働者らしく、船長は大きな手をしていて、分厚い手のひらにはまめがあった。そこに傷や火傷の痕もあったことを思い出して、アニーは眉をひそめた。そういえば顔の片側にもいくつかあって、最近治ったばかりのように見えた。彼は事故にでも遭ったのかしら？だからあんなに陰気な顔をしているのかもしれない。

そもそも、どうしてこんなふうに彼のことばかり考えているのだろう？

アニーはジュリアンに視線を戻した。「あなたはありもしないことを想像しているのよ。わたしはダン船長に興味なんかないし、彼のほうもわたしに興味を持っていないと思うわ。とにかくどちらにしても、わたしが好きなのはあなただけよ」

ジュリアンはその言葉に納得したらしく、手をつないでゲストハウスの部屋に帰り着く頃には、ふたりの雰囲気はすっかり元に戻っていた。彼がドアを閉めてキスを始めると、アニーは体の奥で欲望が頭をもたげる気配すら感じた。けれどもそれはジュリアンが明かりを消して、長々と時間をかけてブラウスを脱がしはじめるまでだった。

首筋にキスをしてくれるのはいいけれど、ジュリアンにかかるとちっとも先に進まない。アニーの気持ちが萎えてしまったのを感じて、彼が顔をあげた。「どうしたんだい？」はらりと額にかかった黒っぽい髪の下にのぞく暗い色の目、豊かな唇、割れた顎。ジュリアンは本当にハンサムだ。アニーにとって肉体的な魅力がそんなに重要なら、どうしていま彼との行為に夢中になれないのだろう？　あの船長には一瞬で激しく反応してしまったことを思い出して、もどかしい思いに駆られる。

「なんでもないわ。やめないで」胸の頂に丹念に舌を這《は》わせたりしゃぶったりするジュリアンの愛撫が好きなアニーは、彼の顔を胸に押しつけようとした。ところが明らかに彼はまだその段階に達していなかったようで、胸ではなく鎖骨の周辺にゆっくりと唇をさまよわせはじめた。違うわ、そこじゃない。欲求不満に駆られて、アニーは思わずうめいた。ジュリアンはあと一時間くらい、このまま続けるかもしれない。

いらだちがどんどん募り、とうとう隠しておけなくなった。「ねえ、今夜はもうちょっと早くしない？」

とたんにジュリアンが険しい表情で顔をあげ、彼女は間違いを犯したことを悟った。彼はすっかり気を悪くしている。アニーが彼の恋人としての技量にけちをつけたと思ったのだ。フランス男としての名誉を傷つけられた、と。「どういう意味だい？　ぼくの愛し方が気に入らないのか？」

「もちろん気に入ってるわ！」彼女は必死でとりなした。「ただ、ちょっと今夜は疲れていて――」

　これも言ってはならない言葉だった。ジュリアンはアニーが紙パック入りのピンクのワインに変わってしまったかのように、さっと体を引いた。友人であるジャン・ポールを思い起こさせる冷たい表情で。「じゃあ、ベッドに行けばいい。だが何を望むのかきみが心を決めないうちは、ぼくは一緒に行くつもりはない。すべては〝込み《オールイン》〟なんだよ――アメリカ人はこんなふうに言うんだろう？　でも、早くしたほうがいい。ぼくはきみのために危ない階段をのぼったが、それでもきみの代わりはたくさんいる」

〝階段をのぼる〟じゃなくて〝橋を渡る〟だと思ったものの、アニーは訂正しなかった。こんなに怒っているジュリアンを見るのははじめてだ。ところで、いったい彼はなんの話をしているのだろう？「ジュリアン、待って！」

けれど、もう遅すぎた。彼はすでにものすごい勢いで部屋を出て、ドアを叩きつけていた。

　そのまま真夜中を過ぎ、アニーはジュリアンを探し出して謝らなければならないと悟った。彼は繊細なだけでなく、明らかに頑固でもある。そしてそういう性格は彼女にも理解できたので、こちらから仲直りの手を差し伸べなくてはならないとわかっていた。たとえ何も落ち度はなくても。

けれどもアニーは、認めたくはないがダン船長に対する不適切な感情がジュリアンへの熱のない反応につながったのではないかと、うしろめたくてならなかった。

いったい何を考えていたのだろう? 早くしてくれなどとジュリアンに言うべきではなかったのに。あれでは彼が誤解するのも無理はない。とはいえ、ジュリアンを拒否したわけでも、彼の愛し方に文句をつけたわけでもないのだ。ただ、そこまで〝ロマンス〟にこだわらず、もう少しすばやく服をはぎ取ってほしかっただけ。

ジュリアンは明らかに気にしすぎだ。それにあの奇妙な捨て台詞がほかの女性を見つけるという脅しだったのなら、わたしだって文句のひとつも言いたい。それでもうしろめたさが勝って、アニーはジーンズとスウェットシャツに着替え、まだ混みあっているバーにおりていった。セルジオとマリーから、ジュリアンはジャン・ポールをはじめ何人かの仲間たちと連れ立ってキャンプに向かったと聞いて、星空の広がるひんやりとした外に出る。

すがすがしい大気に包まれて、ほっと息をついた。この快適さに、あっという間になじんでしまいそうだ。夏でも夜になればこんなふうに気温がさがると、本当に過ごしやすい。アニーはこれまでフロリダ、ジョージア、サウスカロライナ、ルイジアナと南部にばかり住んできたので、こういう気候は新鮮だった。南部の夏は暑くて湿度が高い――昼も夜も。ただしスコットランドはこの時季、夜が短い。いまはもう真夜中過ぎだが、太陽が沈んだのはほんの二時間だ。そして四時間後には、またのぼる。ここでは夏に真の闇が訪れることはない。黄昏《たそがれ》がひと晩じゅう続いているとでも言えばいいだろうか。

とはいえ温暖な気候のこの島でも、虫の襲撃からは逃れられなかった。うっとうしい蚊の代わりにルイス島には羽虫がたくさんいて、蚊よりもひどいくらいだ。さっきレストランから戻る途中でも、いまいましい羽虫の大群に取り巻かれた。遅い時間だし、都会育ちで夜にひとりで歩くのは危険だという考えが染みついているので、アニーは海沿いの道を足早に進んでフェリーの発着所に向かった。バーの前に煙草を吸っている男たちが二、三人いたが、ほんの少し長すぎるかなという程度に見つめてきただけで、ほかには何もしてこなかった。彼女がしっかりと目を合わせて微笑み、「こんばんは」と挨拶までしたのが功を奏し、臆病な兎みたいにビクリとしてそっぽを向いてしまったのだ。彼らにとって、標的は自ら声をかけてくるものではないらしい。

それでもアニーは少しドキドキしながら仮設キャンプまでたどり着くと、キャンプにたむろしている人々の中にジュリアンがいないか、姿を探した。ここにはおそらく一〇〇人ほどが集まっているだろう。彼女は鼻にしわを寄せた。においからして、ほとんどの人間が大麻を吸っているようだ。大麻は活動家たちのカルチャーの一部になっている。きっとヒッピーを意識しているのだ。けれども彼女はドラッグに手を出すつもりはなかった。

コンクリートで舗装された駐車場のほぼ全面をテントが埋め尽くしているが、調理や食事用に中央に大きなスペースが空けられている。その片側の端に大きな炉があり――皮肉にも古い石油のドラム缶で作ったものだ――ほかには毛布、安っぽいローンチェア、みすぼらしい布張りの椅子といったものが散らばっている。おそらくどれもこれも、そこら辺にある大型のごみ箱からあさってきたものだろう。

ジュリアンを見つけ出すまでしばらくかかったのも無理はない。彼とジャン・ポールは光の届かない端のピクニックテーブルに座っていたからだ。とはいえアニーは、暗くても向かいあっている彼らの顔の輪郭で見分けがついた。だが暗がりに浮かんでいる顔はもうひとつあり、女性のものであるそれはジュリアンの顔と親密に寄り添っていた。三人は何やら熱心に話し込んでいる。

まるで泥棒が盗みの相談でもしているみたいに。

なぜかいやな感じがして、アニーは肌に悪寒が走るのを感じた。彼らが議論に没頭している様子がどうにもしっくりこなくて落ちつかない。三人は何を話しているのだろう？ そしてジュリアンの膝の上に座っているも同然なブロンドの女は、いったい誰なの？

ふたりの関係に対する疑いが一瞬頭をよぎったが、アニーはすぐに打ち消した。それでもなれなれしく体を寄せあって座っている様子は、なんでもないとは思えない。

女は煙草の煙を吸い込むと、ソーダの缶の上に打ちつけて灰を落とした。その隣にはワインのボトルが三本と、飲みかけのグラスが並んでいる。彼らがここでかなりの時間を過ごしているのは明らかだ。女が吸っていた煙草をジュリアンに渡すのを見て、アニーは驚いた。ジュリアンが当然のように深々と煙を吸ってから、女に返す。

いったいいつから、彼は煙草を吸うようになったのかしら？

知らない女と体を寄せあい、親しげにしていることより、なぜか煙草を吸っていることのほうがアニーにはショックだった。煙草は吸わないとジュリアンは言っていたのだ。彼女と同じで祖母が肺がんで死んだから、と。彼は嘘をついたのだろうか？　それともちゃんと説明がつくの？

すぐにもジュリアンのところに行って問いただしたかったが、アニーは懸命に自分を抑えて何度か深呼吸をした。それから焚火《たきび》の横をまわり、彼のもとに向かった。

「なんとかするのよ」ジュリアンの背中側から近づいていくアニーの耳に、女の声が届く。

「大丈夫。あなたは説得がうまいもの」

〝説得がうまい〟という言い方が引っかかって、アニーは思わず息をのんだ。正面に座っていたジャン・ポールがその音を聞きつけ、顔をあげる。

彼女の突然の出現にジャン・ポールは驚いた表情を浮かべて、怪しむように目を細めた。

「何か興味深い話でも聞こえたのかな、マドモワゼル・ヘンダーソン？」

彼の表情も、脅すような口調も、アニーは気に入らなかった。まるで彼女がこそこそ探りまわっていたとでもいうようだ。別に盗み聞きをするつもりだったわけじゃない。熱心に話し込んでいて、こちらに気づかなかったのは彼らだ。

ジュリアンが師と仰ぐ男を性急に判断してはだめだと自分を戒めてきたけれど、もう無理だとアニーは悟った。ジャン・ポールのことは絶対に好きになれない。

けれど、このまま彼に脅かされて引っ込むつもりはなかった。そこでわざとらしく明るい笑みを浮かべた。「それが、まだなの。わたしが来たからって、話をやめないで。何かとても熱心だったじゃない」ジャン・ポールが話しはじめてすぐ、ジュリアンと隣の女も振り返ってアニーを見つめていた。アニーが女に目を向けると、最初に長い金髪を見て抱いていた印象より年上だった。三〇代の終わりか、もしかしたら四〇に届いているかもしれない。けれども何歳であろうと、彼女は美人だった。繊細な骨格のおかげで、年齢に関係のない美しさを保っている。「はじめまして。わたしはアニー」女に声をかける。

「ソフィーよ」女は一瞬アニーと目を合わせたが、すぐにジュリアンに視線を向けて言った。「あなたの恋人から話は聞いているわ」女の話し方からはどこのアクセントなのかわからなかったが、ジャン・ポールやジュリアンと同じフランスの出身ではないようだった。スカンジナビア半島、もしかしたらスウェーデンかもしれない。

「あら、そうなの？」アニーはジュリアンを見た。彼はほかのふたりと比べて、感情をうまく隠せていない。どうやら焦っているようだ。

「ここで何をしているんだ？」

「あなたを探しに来たのよ。心配だったから。もうずいぶん遅い時間ですもの」アニーは彼の隣の女に向き直った。女はまた煙草に火をつけている。「あなたたち三人はどうやって知りあったの？」

女は肩をすくめた。「まあ、なんとなく。わたしたちは狭い世界にいるから」彼女は立ちあがった。「もう行くわね」

ジュリアンとジャン・ポールが引き止めようとする。

「わたしのせいなら帰らないで。残るつもりはないから」

そう言ったあとかすかな期待をこめてジュリアンを見たが、彼はアニーの様子に気づかないのか、あるいはただ無視しているのか、自分の夜が台なしにならずにすみそうなことにあからさまにほっとしていた。「起きて待っていなくていいよ。あとで歌が始まるんだ。その伴奏を頼まれているんだよ」

ジュリアンはギターを弾く。うまくはないけれど、気持ちよくかき鳴らせる程度には。

「じゃあ、ぼくが送っていこうか?」ジャン・ポールが申し出た。

絶対にいやだと、アニーの本能が全力であらがう。

強い嫌悪感が表に出ないように抑えながら、彼女は首を横に振った。「いいえ、大丈夫。ひとりで戻れるわ。たいした距離じゃないから」

誰にも反論する隙を与えずに、アニーは小さく手を振った。「じゃあね」駐車場でパーティーに興じている人々をかき分けて、あわてて歩きはじめる。

「よう、そんなに急がなくていいじゃないか」途中で何人かに声をかけられて引き止められたが、ふざけてつかもうとする手を振り払って進むうちに、ようやく海沿いの通りに出た。

そこで大麻のにおいのしない新鮮な空気を、胸いっぱいに吸い込む。

ジュリアンの冷たい態度に腹が立ち、少なからず傷ついてもいたアニーは、まわりに注意を払っていなかった。そして誰かがうしろにいると気づいたときには、もう遅かった。

5

ディーン・ベイラー上級上等兵曹改めダン・ウォレンは酒が欲しくてたまらなかったが、だからこそ、いま飲むつもりはなかった。飲んだくれの母親を持ったことで、彼は教訓を学んでいた。

ロシアから戻ってからのこの二カ月飲まずにいられたのは、そのおかげだった。彼の仕事に死はつきものだ。みんなそれは心得ているし、前にも仲間が死んだことはある。でも今回とは違う。こんなに大勢死んだわけではなかった。こういう出来事から、人は決して立ち直れない。起こったことを分析し、受け入れられるようになる可能性はある。だが、立ち直るのは無理だ。絶対に。

あそこからひとりでも生きて戻れたのが、奇跡みたいなものなのだ。全員死んでいてもおかしくなかった。そしてあの件の責任が誰にあるにせよ、そいつは全員殺しておくべきだったと後悔するようになるだろう。必ずそうなるように、おれがする。

しかし、こんなところにいては無理だ。ちっとも前進していない。自由に動けない現在の状況に、彼は欲求不満がたまっていた。

係留した船からおりた彼は、海沿いの道を歩きだした。むしゃくしゃした気分を吐き出す方法を見つけなければ、爆発してしまう。

だが夜中の一時三〇分という時間を考えれば、選択肢はかなりかぎられていた。船着き場に戻って泳ぐことも考えたが、誰かに見られてこんな夜中に何をやっているのかと不審に思われたらまずい。

じゃあ、走るか？　それともひたすら散歩をする？

セックスは？

思わずうめきそうになった。セックスなら完璧だ。

でもそれは論外だとわかっているので、彼は毒づいた。くそっ。セックスなんて思い浮かべたせいで、体はいまや欲求不満で燃えあがりそうだ。スコットランドの海の上でなんの成果もなくひと晩じゅう目を凝らしていた身に、この追い打ちは辛すぎる……。

だいたい、自分が何を探しているのかさえ、はっきりわかっていない。

藁《わら》の山から針を一本探しているようなもの、と言えばいいだろうか。

それとも、映画『ユージュアル・サスペクツ』に登場する謎の人物、カイザー・ソゼの正体を探っているようなもの？

ディーンはまさにそんな気分だった。何カ月か前にこの海域で目撃されたロシアの潜水艦がまだここにいるとしても、それを発見するのは奇跡でも起こらないかぎり不可能だ。

ここ何週間か、船がチャーターされていない夜は必ず海に出ているが、まったく成果はあがっていない。

しかし、取っかかりと言えるようなものはこれしかないのだ。彼らの小隊がロシアへ出発する直前に送り込まれた、ここに戻るしか。だからディーンはじっくり腰を据えて待つほかない。ロシア人たちに彼らの作戦が事前にもれていたのは明らかなのだから。ロシアに向かう一カ月ほど前にイギリス政府の要請で、彼らのチームはスコットランド周辺海域へのロシア潜水艦の侵入を探知するためここに派遣された。だから彼は、この島でひたすらくすぶっている。

間抜けなマスかき男として。

比喩的な意味でも、文字どおりの意味でも。

だが、レティアリウス小隊の仲間たちに死をもたらしたのは誰かを探り出すという目的にちっとも近づけておらず、忍耐力は限界に近づいている。身を潜める、姿をくらます、じっと待つ、死んだふりをする。どれもこれも、彼のあらゆる本能に逆らう行為だ。なんでもいい。とにかく行動を起こしたい。そしていっこうに成果のあがらない海上パトロールは、とうてい行動とは呼べなかった。

ロシア人たちは、彼らの作戦の情報を事前に得ていた。だが、誰がなんのためにもらしたのだろう？　たまたま情報が流出しただけなのか、誰かが彼らをはめたのか。

彼は拳をきつく握りしめた。誰がもらしたのかわかったら……。

ディーンは右手の甲の関節に残っている傷痕を、親指で無意識に撫でていた。分厚いガラスの破片が刺さった場所だ。何十も刺さったうちの一箇所。爆発で金属やガラスや木の破片が全身に突き刺さった彼は、まるで人間針刺しだった。命を落とさずにすんだのは、防弾仕様のFASTヘルメットとプレート入りの防弾チョッキを身につけていたためだ。いつもならそんなヘルメットはかぶらないし、防弾チョッキだって重くなるからと最初は異議を唱えた。彼は幸運だったのだ。

だが、ほかの仲間たちは……。

くそっ。目の前に見慣れた映像がフラッシュバックして胃がよじれ、ディーンはごくりとつばをのみ込んだ。ミサイルが命中する直前の、新入りの——ブライアンの——ショックを受けた顔。彼はそのまま爆発の火の玉に包まれた。

爆発のときの猛烈な熱さの感覚は、いまもディーンの体に生々しく残っている。彼は空中に跳ね飛ばされ、収容所跡は焼け野原になった。建物はあとかたもなくなり、何もかもが姿を消した。ホワイト大尉が率いていた第九チームの半分を道連れにして。

おれがあのとき何をしていても、ホワイトやほかのシールズの仲間たちは救えなかった。でも、ブライアンが死んだのはおれのせいだ。おれが少佐の行くなという命令を無視したから、新入りは命を落とした。だからおれは、ブライアンをはじめ死んだ仲間たちのために答えを見つけなくてはならない。でもそれが、ストーノウェイにスキューバダイビングをしに来た客——そしてセクシーな環境活動家——と関わることで、見つかるとは思えない。

〝一度くらい黙って命令に従え、ベイラー！〟

テイラー少佐の声がよみがえって、ディーンはきつく口を結んだ。ちくしょう、今度は必ずそうする。命令に従うのは好きではないが。

両手をスウェットシャツのポケットに突っ込んで、彼はかりそめのわが家に向かった。港から遠くないアパートメントに借りている部屋に帰り着くためには、活動家たちのキャンプの横を通らなければならない。そちらを見るとまだ明るく、音も聞こえてくるので、こんな時間でも騒いでいるのがわかる。

そのとき漂ってきたかすかなにおいに、子どもの頃の記憶がふとよみがえった。学校から戻って大麻のにおいがしたことが、いったい何度あっただろう。

はっきり言って、母親が買えるだけの金を持っているときはいつもだった。

おれが死んだと、母親は知っているのだろうか？　きっと知らない。何年も会っていないのだから。シールズに入ったと知って金をせびりに来たときが最後だった。

あのときのことを思い出すと、いまでも腹が立つ。

ディーンが道を曲がろうとしたところで、足早に歩いてきたひとりの女とすれ違った。彼女は何かに気を取られていて、彼が目に入っていないようだ。

だが、ディーンはそうではなかった。セクシーなブルネット美人の彼女はセックスに飢えた彼の妄想に何度も登場しており、シルエットでしかない姿でも、すぐに目を引いたのだ。

アニーに気づいたとたん、ディーンの中に怒りがわきあがった。真夜中だというのに、こんなところで何をしているんだ？

たしかにストーノウェイには人々がこぞってお気に入りの場所にあげるようなおしゃれな繁華街はないが、ここでもうしろ暗い活動は行われている。とくにこの海沿いのあたりは、若い女が夜中にひとりで歩いていい場所ではない。

ディーンは思わずアニーのあとを追っていた。しかし彼の懸念を裏づけるように、彼女はなかなか背後からつけてくる男の存在に気づかない。

しばらくして、彼女が突然驚いたようにビクッとして振り向いた。

けれども彼が誰かを見て取ると、見る見るうちに険しい表情になった。「どうしてわたしをつけてくるの？

「怖い思いをしたって当然だ。こんな場所をひとりで歩くなんて――」いまにも泣きだしそうなアニーの顔を見て、ディーンは言葉を切った。「どうした？」

気がつくと、彼女の腕に手をかけていた。なぜそんなまねをしてしまったのだろう？　いつもなら、誘われなければ女性に触れたりしないというのに。

抗議される前に、ディーンはすぐに手を離した。アニーのほうも、彼の行きすぎたふるまいに気づいたとしても何も言わなかった。

「なんでもないわ」彼女の表情からは何も読み取れない。

ディーンはアニーと目を合わせ、その言葉が嘘だとわかっていると知らせた。嘘をつき慣れていないのか、彼女がうしろめたそうに顔を赤くする。

すごくキュートだ。できれば彼女と……。

セックスしたい。

ディーンはあとずさりした。

やめろ。身元がばれる危険を冒してはならない。

頭の中で警報が鳴り響いた。だが、それでもアニーをひとりで歩きまわらせるわけにはいかなかった。何かが起こってからでは遅い。

「恋人はどうした？」

彼女が口元を引きしめたので、様子がおかしい理由がわかった。楽園にトラブルが起きたというわけか。気の毒に。

「まだキャンプにいるわ。演奏のために残ってるの。ジュリアンはギターを弾くから」

やつが最後にもう一度演奏するためによみがえったジミ・ヘンドリックスだろうと、関係ない。「彼はきみをひとりで帰らせたのか？」

アニーは即座に身をかたくして、表情を険しくした。「彼に何かをさせられることなんてないわ。自分の行動は自分で決めるから」

その言い方からは、彼を頭の古い女性蔑視のろくでなしだと思っているのが伝わってくる。

彼女はそういうタイプの女だったのか？ 予想しているべきだった。ささいなことに目くじらを立てるフェミニストには我慢がならない。なんでもかんでも隠れた差別だと主張するのは間違っている。強い女だからといって、身の安全をおざなりにしていいはずがない。そしておれが言いたいのは、あのクズ野郎は自分の恋人を安全に部屋まで送り届けるべきだってことだ。

正直に言って、あのひ弱そうなジュリアンがどこまで頼りになるのかは疑問だが。

「それなら、きみが決めたことはくそだってことだな」

アニーは唖然とした。「それはあなたの意見でしょ？　そんなものは求めてないわ」

「求めていようがいまいが、きみはそれを聞いたわけだ」ディーンは彼女をじっと見つめた。テュレーン大学のスウェットシャツに、何ひとつ隠せないほどぴったりしたジーンズとビーチサンダルという姿を。「さてそれじゃあ、きみが柔道の黒帯だとか、護身術の心得があって武器を持っているとかいうのでないなら、ゲストハウスまで送っていくよ」

彼女はディーンのような人間が存在することが信じられないとでもいうように、半分腹を立て、半分困惑して彼を見つめた。こういう目で見られたことは過去にも何度かある。

少し間を置いて、アニーがにこっとした。「どうしてわたしがそうじゃないってわかるの？」

「なぜなら、もしきみが秘密の忍法でも心得ているのなら、何分か前のきみの目つきからして、いま頃おれは地面に叩きつけられているだろう」

アニーは我慢できなくて噴き出した。

このカナダ人の船長には腹が立つけれど、なぜか魅力的でもある。

ひとりで歩いて戻るのはやめるべきなのは、自分でも認めざるをえない。ただダンに指摘されたのが悔しくて、とっさに逆らってしまっただけだ。

それにもしまだ逆らうつもりがあったとしても、すぐ近くに男たちの集団が現れたのを見た瞬間にそんな気は失せた。男たちはバーが閉店したので出てきたらしい。大声をあげ、体をよろめかせている様子から、長いあいだ飲んでいたのだとわかる。目を合わせて〝こんにちは〟と言っても、彼らが行儀をわきまえるとは思えない。

「残念ながら秘密の忍法は知らないけど、知ってたらよかったのにとは思うわ」アニーはダンがさっきしたように、彼の体を下から上まで眺めまわした。すると一瞬で体が熱くなり、そんなことをするのはいい考えではなかったかもしれないと気づいた。ぶかぶかのスウェットシャツとゆったりしたジーンズで隠されているものの、ダンはたくましい。ものすごく。いつまでも彼の体を見ていると思われないように、なんとか視線をあげて彼と目を合わせる。「でも、もしそんなものを知っていたとしても、あなたを投げ飛ばすのは簡単じゃないかもね……」

彼がにやりとすると、その効果は絶大だった。アニーはみぞおちにパンチを食らったように、息ができなくなった。

ダンはハンサムだ。ばかげたひげをもじゃもじゃ生やしていても。もしあれを剃《そ》り落としたら、どんなにすてきだろう。

そのことについては考えないほうがよさそうだ。

「そうかもしれないな。だがもし試してみたくなったら、いつでも言ってくれ」

彼が女としてのアニーに興味があって言ったのか、彼女にはわからなかった。暗に誘っているようにも聞こえるけれど、歯切れのいい口調からは裏の意味がこめられているとは思えない。

きっとこの人は口調そのままの人間なのだ。ストレートで裏に含むところがなく、額面どおりに受け取れる。ダンは言葉を飾るタイプではない。わたしが気に入ろうが気に入るまいが、考えていることを――あるいは少なくとも彼がそうだと考えていることを――そのまま口にする。彼にはたくさんの〝わが道〟があるに違いない。それもスピードを出せる高速道路みたいな〝わが道〟が。彼は横柄なのか、ただ考え方が古いのか、どちらなのかしら？たぶん、その両方が少しずつまじっている。

わたしとしては、いつも彼に賛成できるとはかぎらない。おそらく意見が食い違う場面は多いはず。それでも、信じるままをストレートにぶつけてくるダンの率直さはすがすがしい。

今回は彼の申し出を受け入れても、フェミニストとしての面目を失うことはないだろう。

そこで、歩きだすようダンに身振りで促されると、アニーは逆らわずに少し右へ寄って、彼が横に並んでついてこられるようにした。

いい機会なので、一緒に歩きはじめた彼をこっそり見あげて観察する。〝おれにかまうな〟と言っているような力強い顎、何ひとつ見逃さない剃刀《かみそり》を思わせる鋭い眼光、どんな重みでも支えてくれそうながっちりと張った肩。自信にあふれ、タフで、頭が切れる。

でも、人を寄せつけない。近づきすぎるなと警告するように、自分のまわりに高い壁を張りめぐらせている。それにさっきも感じたが、彼には暗い影がある。

過去に何かがあったのかしら？　ダンにはどこかしっくりこないところがあるけれど、どこがどうしっくりこないのかわからない。最初は、違法なことやいかがわしいことに手を染めているのではないかと思った。だが、そんなタイプとは思えない。彼はあまりにも真面目で信念にあふれている。それでもやはり、何かを隠しているのは間違いない気がする。彼は身を潜めて暮らしているし、長く伸ばしたひげ、帽子、ぶかぶかの服、うらぶれたチャーター船の会社で働いていること、何もかもが怪しい。

部屋まで送ってもらうだけで、それ以上ダンにかまわなければいいのだろうが、アニーはどうしても好奇心に勝てなかった。「カナダで船長をしていたあなたが、どうしてルイス島に来ることになったの？」

ダンが一瞬、体をこわばらせた気がした。けれどもすぐになめらかに答えたので、勘違いだったのかもしれない。「子どもの頃に来たことがあるんだ。それで生活を変えたいと思っていたとき、ネットでここの募集が目についた」彼女の表情を見て、ダンはにやりとした。「ここんなふうに笑うのはやめてほしい。この笑みを見ると抵抗できなくなってしまう。「ここにもネットはつながっているのさ」

アニーは笑った。「それはどうかしら。ゲストハウスのＷｉ‐Ｆｉはイライラするくらい遅いし、携帯は半径二ブロック以内でしかつながらないもの」そこで急に彼のしゃべり方が引っかかって、鼻の頭にしわを寄せた。ずいぶんゆっくりと丁寧な発音だ。「カナダのどこの出身なの？　全然わからないわ。フランス語の訛りはないし。そもそも、あんまりカナダ人っぽいしゃべり方をしないのね」

「バンクーバーだよ。きみは？」ダンが彼女のスウェットシャツを問いかけるように見る。「訛りがないところから判断すると、ニューオーリンズじゃないな」

彼女がテュレーン大学のある場所を知っていたので、アニーは驚いた。アメリカ人でも、知らない人間は多いのに。

「ニューオーリンズには大学時代に八年間暮らしていたわ。でも、育ったのは南部の違う地域よ」次の質問を予想して続ける。「生まれたのはフロリダ。だから訛りがないの」

「八年間？」

アニーはうなずいた。「博士課程をちょうど終えたところなのよ」

「おめでとう。そういえば、きみの恋人がそんなことを言っていたな。なんの分野で取ったんだい？」

「海洋生態学」

やっと腑《ふ》に落ちたというようにダンがうなずいた。「それで抗議活動と関わることになったのか」

アニーは肩をすくめた。「そんな感じ。抗議活動にはジュリアンに連れられて加わったのよ」彼女はジュリアンとの出会いについても説明した。二カ月ほど前に〈ＢＰ〉の原油流出事故の汚染回復に向けた資金集めパーティーではじめて顔を合わせ、恐ろしい環境破壊を二度と起こさせてはならないという共通の思いから意気投合したのだと。「でもグループのメンバーはほとんどが彼の友人で、わたしはここに来るまで知らなかった人が大半なの」

自分がなぜグループとの関わりの強さを否定するような発言をしているのか、アニーはわからなかった。

いいえ、本当はわかっているのかもしれない。きっとジャン・ポールと行動をともにしているいまの状況を、自分でも認めたくないほどいやだと思っているのだ。だからダンに、あの男と関係があると思われないようにした。

じゃあ、ジュリアンについてはどうなの？　本当は彼のこともいやだと思っているのかしら？

たぶんそうだ。おそらく自分で思っている以上に、そういう気持ちがある。

アニーは目の前の男性に内心の憂いを打ち明けたくなった。恋人のふるまいがここへ来てからどうもおかしくて、もう計画には関わりたくないと思いはじめていることを。

どうしてダンになら打ち明けられると思うのかはわからない。でも変わってしまう以前の父親以外に、アニーに対して〝頼っていいんだぞ〟というシグナルを送ってくれる男性はいなかった。

とはいえ、結局父親はまるで頼りにならなかったのだけれど。

ダンに話せば、彼女のためらう気持ちが正しいのか見極めがつくだろう。彼だってジャン・ポールたちが何を計画しているのか不思議に思い、怪しむに違いない。

ゲストハウスに着いて、ふたりは足を止めた。ダンのほうを向いてその体から放出されている熱を感じたアニーは、彼がどれほど近くにいるかを急に意識した。彼といれば、冬の夜でも寒い思いをしなくてすむだろう。それに彼はいいにおいがする。ジュリアンみたいなコロンの香りではなく、海の上を吹き渡る風のようなフレッシュでさわやかな香りだ。

海に出ていたのだろうか？　突然会って驚いたせいで、彼がこんな時間に何をしていたのか考えなかった。「今夜は何をしていたの？　チャーター船の営業には時間が遅すぎない？」

ダンがあとずさりして、おなじみの防御の壁を一気に張りめぐらせた。彼の表情には、アニーとの会話を歓迎する気配はいっさいない。そもそも、一度でもそんな気配があっただろうか？　岩のようにこわばった顔からは何も読み取れない。

「釣りをしていた」

アニーは彼の言葉をまったく信じなかったが、それを口にはしなかった。ダンの口調には反論を許す余地がまったくない。明らかに彼女との会話は終わったのだ。

〝楽しくおしゃべりしましょうって？　ごめんだね。おれたちは友だちじゃない〟

ダンのメッセージを、彼女は正確に受け取った。

理由はわからないけれど、なぜか胸が痛む。彼が急に殻にこもってしまったからといって、どうして傷つかなくてはならないの？　置き去りにされたみたいな気分になるなんておかしい。

暗がりの中でダンと目が合った。もし、いま彼が……。

いえ、とんでもない。

ダンのことはほとんど知らないのだ。好意すら感じていない。どうして彼に悩みを打ち明けたいなんて思ったのかしら？「ええと……」言葉に詰まる。アニーは頭を振って、深呼吸をした。「送ってくれて、ありがとう。じゃあ、二日後に」

彼はうなずいたあと、何か言おうとしてやめた。そのまましろを向いて、二、三歩進む。けれどもそこで、ふたたび振り返った。「アメリカに戻るんだ、ミス・ヘンダーソン。きみはここにいるべきじゃない」

ミス・ヘンダーソン。

脅すような警告だけを残して、ダンはひんやりとした薄暗がりの中に消えていった。

アニーは彼に言われたとおり、この島から出ていきたいという衝動に駆られた。

6

カリフォルニア州コロナド
海軍水陸両用基地、特殊戦コマンドセンター

コルト・ウェッソンが部屋に入ってくると、三人の将校がいっせいにテーブルから立ちあがった。三人は同じカーキ色の軍服に身を包んでおり、違うのはそれぞれの胸につけられているリボンの数だけだ。

アイロンのかかった軍服にピカピカに磨きあげられた靴という完璧にプロフェッショナルな装いの将校たちの姿は、長髪に無精ひげを伸ばし、洗濯物の山からそのまま取り出したようなTシャツと色あせたジーンズの上にバイク用のジャケットを羽織ったコルトの格好とはあまりにも対照的だ。コルトが最後にきちんと軍服を着たのはずいぶん前で、いまではもう着方を覚えているかすらおぼつかない。

シールズ第九チームの指揮官であり、かつてコルトが所属していた小隊の隊長を務めていたマーク・ライアン中佐が、まず口を開く。「きみはここにいるべきではない」

そのとおりである理由はいくつもあるが、そんなものはどれも関係なかった。コルトはどうあっても真実を探り出すつもりだった。彼らが自発的に話すか、こちらが無理やりしゃべらせなければならないかは、彼ら次第だ。

コルトはサングラスのミラーレンズの裏側から、彼らを冷静に観察した。レティアリウス小隊が属する指揮命令系統の直接上位にいるこの三人は、何が起こったのかを知るわずかな人間だ。

「じゃあ、逮捕させればいいでしょう」そんなことをさせるはずがないとわかっていて、コルトは言った。逮捕させるためには、彼の存在を認める必要がある。そして誰ひとり、そんなことはしたくないのだ。それは――彼は――危険すぎる。だから彼らは会うことに同意したのだろう。

部屋の中で一番の上官であり、アメリカ海軍が行う特殊作戦の責任者であるロナルド・モリソン少将が、コルトを威嚇するように顔をしかめた。二〇歳のときだったらコルトもひるんだだろうが、三八歳のいまは気にもならない。「きみを入国させた担当官は、首にしなくてはならないな」

コルトは珍しくおかしくなって、唇をゆがめた。「なぜ普通のルートで入国したと思うんですか？　メキシコかカナダから泳いで入国したかもしれないのに。泳ぎは得意なんですよ」三人ともにこりともせず、さすがに手ごわい。「休暇を取ったんです」彼は肩をすくめた。

海軍特殊戦グループ1の指揮官であり少将に直属するトレバー・ムーア大佐は、真正直な男だった。彼はコルトが好きになれないとこれまで大っぴらに示してきたが、コルトを嫌っているという事実そのものが、彼の良識を示している。「ふざけるな、コルト。いつもよりさらにひどいぞ。任務を勝手に放り出してくるなんて。これはおまえには関係のないことだ」彼はコルトが許しもなくクリミアから戻ったことを叱責した。

だが、ムーアは間違っている。この件はコルトに大いに関係がある。

少将は見るからにじれている様子だ。「くだらないことは言わなくていい、ウェッソン。何が望みなのか単刀直入に言え。それから、そいつははずせ」

かろうじて保っていた冷静な仮面が、音をたてて割れる。コルトは怒りを隠すためにかけていたオークリーのサングラスをはずして、テーブルの上に放り投げた。サングラスが、軍の会議室でよく使われているチェリー材の化粧板を使ったガラス天板のテーブルの上を滑っていって止まる。彼はもう敵意を隠そうともせずに身を乗り出した。「本当のことを聞かせてもらいに来たんですよ。おれの部下たちが行方不明になったなんて、どうして新聞で読むはめになったのかを」

あっけに取られていないのはトレバー・ムーアだけだった。彼はコルトという男を、ずっと前からよく知っている。

少将は小声で新聞記者を罵ったあと、コルトに言った。「彼らはきみの部下ではないし、トレバーがさっき言ったとおり、この件はきみには関係ない」

少将とてシールズの一員なのだから、もっとよく心得ていていいはずだった。たとえ一員となってから、たいして時間が経っていないとしても。多くの将校は何年もの現場経験を経て昇進するが、ロナルド・モリソン少将はそうではなかった。彼は三〇年間の軍人生活のほとんどを、ペンタゴンで過ごしている。

「ばかばかしい。おれがやつらのほとんどを鍛えたんです」三年前に離れるまで、コルトは下士官としてレティアリウス小隊での任務についていた。特別輸送潜水艇チーム２が廃止され、二〇〇八年にチーム１に吸収されてからほどなくして、極秘の第九チームの創設メンバーにならないかと声をかけられたのだ。ふたつの特別輸送潜水艇チームは、潜水艇を使った水中での隠密作戦のために設置されていた。書類上このチームとつながりがある形で創設されたために第九チームはホノルルに本拠を置くことになり、普通は一六人であるところを一四人での構成になった。だからコルトは陸軍特殊部隊司令部であるフォートブラッグではなく、こうしてコロナドに来たのだ。少なくとも指揮系統的には、第九チームは統合特殊作戦コマンドではなく、まだ海軍特殊作戦コマンドの統括下にある。統合特殊作戦コマンドは、対テロリスト特殊部隊である海軍特殊開発グループ、すなわちもうひとつの〝存在しない〟チーム、第六チームを指揮している。統合特殊作戦コマンドがこうしたあり方をよしとしているわけではないが、現行はそうなっていた。特別輸送潜水艇チーム２に起源があるにもかかわらず、第九チームが遂行するのは水中での作戦だけではない。地球上のあらゆる場所に展開する。

「だから何が起こったのか知りたいんですよ」

将校たちが視線を交わし、結局、少将が口を開いた。「訓練中の事故だった」

彼らはおれをばかだと思っているのだろうか？「もう一度チャンスをあげますよ、ロン」

少将が顔をしかめた。偽りを見破られたからなのか、規律を無視してファーストネームで呼ばれたからなのか、コルトにはわからないし、どちらでもかまわなかった。三人は直属の上官ではないのだ。「言えないのだよ。われわれには守秘義務がある。大統領はこの件の情報がもれることを望んでいない。それにきみだってよく知っているだろう。第九チームの存在を認めるだけでも、計画全体を危険にさらすことになる。だから、これ以上探りを入れられても困るんだよ。ふたつの小隊の命運がかかっているんだ」

ほとんどのシールズのチームは六つの小隊からなっているが、第九チームはその性質からより小規模で、レティアリウスとネプチューンのふたつの小隊しかない。シールズのチームは結束がかたく、第九チームの隊員たちも強い絆で結ばれている。ほとんどの隊員にとって、家族と呼べるのは互いだけだった。

「〝かかっている〟じゃなくて〝かかっていた〟じゃないんですか？　おれの知るかぎり、もう何カ月も経つのにレティアリウス小隊の隊員の消息は、ただのひとりもわかっていないらしいじゃないですか。ホノルルでは、やつらの持ち物が片づけられたっていうんで、みんな不思議に思っているそうですよ。だから教えてください。やつらはどこにいるんですか？」

「任務を遂行中に死んだんだ」ライアンが言い、コルトの疑いを裏づけた。止めようとする少将に説明する。「どっちにしても、こいつはいずれ探り出してしまいます。われわれから伝えたほうが、トラブルを起こさないでしょう」

「そのとおりですよ、ロン」ムーアも不機嫌そうに擁護する。「ウェッソンはトラブル以外の何物でもありませんから」

なかなかよくわかっている。

少将はしばらく考えていたが、結局そうするしかないという結論に達したようだった。

「何があったのか、われわれにも正確にはわからない。とにかく彼らは、コミ共和国で偵察任務を遂行していた」

コルトは毒づいた。「ロシアですか？ そんなところで何をしていたんです？」

ムーアが答えた。「プーチンが最終兵器の開発をしているという信頼性の高い情報を得たのだ」

コルトは信じられなかった。噂はいつだってあるが、そんなものはSFや陰謀説やエリア51のエイリアンと同程度の信頼性しかない。おそらくプーチンは噂を自分で流したのだろう。

「どうやって得た情報なんですか？」

「それは重要ではない」少将が言った。「目標地点の五キロ手前でドローンを失い、しばらくしてすべての通信が不可能になった。それから約一時間後、彼らの向かっていたかつての強制労働収容所跡で大きな爆発があったのを衛星がとらえている」

コルトは思い出した。「二カ月前にミサイル実験をしたとロシアが発表した、あの爆発ですか？」

少将はうなずいた。「たしかにミサイルだったが、実験ではなかった。小隊が発見され、狙い撃ちにされたんだ。全員死んだのは明らかだよ。近くにいた者はみな死んだはずだ。二、三日して潜水艇が戻ってきたが、やはりからっぽだった」

遠隔操作が可能なデュアルモードの潜水艇を海軍が開発したとはコルトも聞いていた。だがこういう状況で無人運転を行うはめになるとは、上層部も思っていなかっただろう。

かつての部下たちが死んだとはっきり聞かされて、コルトは予想以上に打ちのめされた。頭を垂れて両手で抱え、なんとか落ちつきを取り戻そうとする。そして将校たちの予想を裏切って、彼はそれに成功した。

顔をあげ、かすれた声でしゃべりだした。「どこに埋葬されているんですか？」

将校たちが落ちつきなく身じろぎをする。しばらく経って、コルトはようやくその意味するところに気づいた。だがそれはあまりにもありえず、理解できないことで、絶対に信じたくなかった。「遺体を回収していないんですね？」

目の前の三人は全員シールズの一員だ。シールズはどんなことがあっても必ず仲間を連れ帰るものだと、彼らだって知らないはずがない。戦闘で置き去りにされたシールズ隊員は、これまでひとりもいないのだ。生きていようと死んでいようと、彼らは必ず戻る。

少なくとも、これまではそうだった。

「どっちにしても、持ち帰れるようなものは残っていないだろう」ムーアが言った。「別のチームを送り込むなどという危険は冒せないのだ。きみはあの写真を見ていない。それにロシア人が証拠を残しているはずがない。われわれにはほかに選択肢がなかった。理解してくれ、コルト。非常に危うい状況なんだ。多くのものが危険にさらされている。ひとつ何かを間違えば、戦争になりかねない」

「そうなったら悪いのか？」コルトは追及した。一年間クリミアに潜入して過ごし、プーチンがどれほど危険な男かは痛感していた。アメリカ人は彼を過小評価しているが、きちんと認識すべきだ。いまのロシアはかつてのソ連のような絶対的強国とは言えないかもしれない。とはいえ、プーチンはみなに仰ぎ見られることを求める権力に飢えた独裁者で、アメリカが面目を失うのを見たがっている。

もちろん、プーチンを相手にするには正攻法以外にもいろいろ方法がある。だから政府はコルトのような男を使っているのだ。だが大統領というものは、ほかの国のリーダーを力ずくで排除するとなるとためらう。たとえ相手がそれに値する人間でも。不思議なことに。

少将がはじめて笑みを浮かべた。「もしかしたら、そんなことはないかもしれない。だが決めるのはわれわれではないし、大統領は政権内部のほかの閣僚たちほどタカ派じゃない」

少将は少し前まで自分の指揮官だった男のことをほのめかしているのだと、コルトにはわかった。統合参謀本部の副議長であり、去年の春にプーチンに撃墜されたパイロットの父親でもあるマレー大将は、政権入りするまでアメリカ特殊戦コマンドの長だった。

この大将もコルトを嫌っているが、その理由はより個人的な事情にある。大将と大統領がどれだけ近しい関係かを考えれば、コルトが特別部隊・ティアワンに選ばれたときに大将が妨害しなかったのが不思議でならない。タスクフォース《タスクフォース》・ティアワンは統合特殊作戦コマンド内の秘密ユニットで、通信士たちには非公式にCAD（Control Alt Deleteの頭文字と同じ）として知られている。おそらくマレー大将は、コルトが殺されればいいと願っているのだろう。

そうなる可能性はじゅうぶんある。

「つまりシールズ隊員一四人が極秘任務を遂行中に殺されたというのに、大統領はうやむやにしておけると思っているんですか？」コルトは首を横に振った。「彼女は頭がどうかしている」

これほど大がかりな事件を隠しておけるはずがない。いつか必ず話がもれる。

「では、大統領はどうすればいいというんだね？」ライアンが尋ねた。「戦争行為をしたと認めるのか？　大量破壊兵器を見つけるため、軍事作戦としてロシア領内に兵士たちを違法に侵入させたと？　イラクとの関係におけるわが国の失敗を踏まえ、世間はこの件をどう受け取ると思う？　しかもわれわれにはなんの証拠もなく、証拠を手に入れるはずだった一四人の兵士たちは全員死んだと明らかになったら」

「プーチンは戦争というカードを切らざるをえなくなるだろう」ムーアが言った。「〝ふたたびアメリカがロシアの主権の及ぶ領土内に不法な侵入をするようなことがあれば〟今度は宣戦布告することも辞さないと誓ったのだから。きみもロシア人がどれだけ体面を重んじるか、知っているはずだ」

「そんなことをすれば、やつは間抜けだと証明することになります」

「そうかもしれない」ムーアは認めた。「それでも大統領は、そのようなチャンスに賭けはしないだろう」

「あと二年で再選を目指す選挙がありますからね」

誰も何も言わなかった。三人とも、政治というものをよく知っているのだ。

政治なんてくそくらえだと、コルトは心の中で悪態をついた。彼は政治に関わるすべてが嫌いだった。上級上等兵曹としてチームにいても、政治からは逃れられなかった。そういう意味では、いまの任務はいい。いまついている任務には、政治はほとんど関わってこない。加えて言うなら、法も。

「疎遠だと思われていたブレイクのきょうだいが突然現れて、〝消えた小隊〟なんて見出しの記事で世間をあおった。それだけでもひどいのに、プーチンが記事を引きあいに出して、〝アメリカはいつも兵士たちをふらふらと間違ったところに行かせてしまう〟などとわれわれを揶揄《やゆ》するのを我慢しなければならないのは耐えがたい。こっちはプーチンが何をしたかわかっているというのに。ここだけの話だが、大将はやつのタマを切り取ってやりたいと言っていた」

コルトは大将を責められなかった。「あなた方は何が起こったのか気にならないんですか？」

「もちろんなるとも」ライアンが嚙みつくように言う。「彼らはわれわれの部下でもあるんだ。しかし少将が言われたように、われわれは自由に動けない。介入しないように命令を受けているんだよ」

だが、コルトはそんな命令を受けていない。彼はムーアと視線を合わせた。ムーアはむかつくが頭の切れる男だ。要するに、だから彼らはおれと会うのに同意したのだろうか？

「ロシア人はわれわれの部隊がそこに侵入すると、どうやって知ったんでしょうか？」コルトはきいた。

「わからない。彼らは何かミスを犯したに違いない」少将が答える。

「ありえません。テイラーがこんな重要な任務でミスを犯すなんて」コルトは返した。

「そう思うのは、彼が下級士官だったときにきみが訓練をしたからかね？　それともきみたちが親しい友人だったからかな？」ムーアがきく。

たしかにテイラーとは友人だった。彼がコルトの妻と寝て、離婚をもたらすまでは。

「どちらにしても、おれの言葉が正しくないということにはなりません」

コルトは立ちあがった。もう彼らから、引き出せるだけの情報は引き出した。あとは自分次第だ。「失礼します」かぶっていない帽子のつばに指先を当てて言い、サングラスに手を伸ばす。

三人を代表して、ムーアがきいた。「これからどうするつもりだ？」

「答えを探しに行きます」

全員が死んだと、疑問の余地なく確かめなければならない。海軍のお偉方の言うことをうのみにするつもりはない。そして、それにはまずどこから始めればいいのかはわかっている。たとえ彼女がコルトからの連絡を歓迎しないとしても。

7

アニーはジュリアンが帰るのを起きて待ちはしなかった。そして船長が彼女を送ってきてくれてから一時間ほど経ってドアが開いたときも、寝ているふりをした。

翌朝目覚めると、部屋にすばらしいコーヒーの香りが満ちていた。階下のバーで出される茶色い泥水みたいなものとは違う、上質のコーヒーだ。

起き抜けのアニーを驚かせようと朝食を用意していたジュリアンが、彼女の好きな卵とチェダーチーズをはさんだクロワッサンとカフェラテをベッドに運んでくる。ふだんの彼はクロワッサン（あるいはフランスの外でクロワッサンとみなされているもの）に何かを塗ったり、具をはさんだりすることを冒瀆《ぼうとく》だと考えているので、昨日の夜の埋めあわせをしようとしているのは明らかだ。

でも、これだけでは足りない。きちんと説明をしてもらう必要がある。

「マスタードを塗ってもらったんだ」ジュリアンが言う。「きみの好きなあの黄色いのはなかったから、イギリス風のやつだけど。それでもよかったかな？」

顔をしかめずに〝黄色いの〟と口にしたことで、ジュリアンがどれほど努力しているかが伝わった。彼はアニーの好きなアメリカ風のマスタードを評価していないのだ。そしていつもなら彼女はそんな反応を見て笑い、お祭りに連れていってアメリカンドッグを食べさせるとジュリアンをからかう。

でも、今日はそんなことはしない。

クロワッサンサンドを二、三口かじり、ベッド脇のテーブルの上に置いてあるカフェラテの隣に置く。部屋にひとつだけある椅子にはジュリアンが座っているので、アニーはベッドの上で身を起こしていた。「おいしいわ、ありがとう」

彼女がそれ以上言う前に、ジュリアンが明るく提案した。「きみの言っていたビーチに出かけてみるのもいいなと思っているんだ。ランチを用意して持っていってもいいし——」

「その前に、昨日の夜のことを話しましょう」

ジュリアンは黒っぽい髪をかきあげたが、その髪はすぐにまた元どおり、完璧な位置にはらりと落ちた。「そのことは謝るよ。ぼくは動揺していたんだ。でもあんなふうに出ていくべきじゃなかったし、きみが来てくれたときは一緒に戻るべきだった」彼が心から悔いているというように、小さな笑みを作る。憂いに満ちた笑みは、アニーの大好きな表情だ。「結局、一曲しか演奏しなかったよ。きみが心配で集中できなかったから」

ジュリアンの良心の呵責がおさまるよう、船長が送ってくれたのだと告げようとは思わなかった。彼があの船長に対して敵愾心《てきがいしん》を抱いているとわかっていたからだ。

「そんなに心配しているようには見えなかったわ」アニーは指摘した。「なんていうか……

別のことに気を取られているみたいで」

彼女は何かをほのめかしたつもりはなかったが、ジュリアンは一緒にいた女性について言われたのだと受け取った。「ソフィーは古い友人なんだよ、アニー。気にする必要はない」

なぜだか、アニーはまったく気にしていなかった。ふたりの様子を見たあとでは、気にするべきなのだろうけれど。「ずいぶん親しそうだったわね」

彼が無造作に肩をすくめる。よくする仕草だ。「何年も前にジャン・ポールを通して会ったんだよ」

その裏にはもっといろいろ事情がありそうだが、突っ込んできく気にはなれない。

「彼女はここで何をしているの？」代わりに質問する。

「ぼくたちと同じさ」

「なんですって？　彼女もわたしたちと一緒に来るってこと？」アニーは背筋を伸ばした。

ジュリアンは笑って否定した。「いや、違う。ソフィーは抗議活動のために来ただけだ。そのほかには何も知らない」

アニーは彼を信じていいのかわからなかった。「じゃあ、昨日わたしが行ったときは何を話していたの？」

彼が顔をしかめる。「まるで尋問だな。ソフィーのことを気にする必要はないと言ったじゃないか。ぼくを信用していないような態度だ」

自分がジュリアンを信用しているかどうかわからなくなっていることに気づいて、アニーは驚いた。「ここへ来てから、あなたがなんていうか……前とは違う気がして」

「どういう意味だい？」

彼女は肩をすくめた。「うわの空っていうか、落ちつきがないっていうか、怒りっぽいっていうか」

彼の額にしわが寄った。「怒りっぽい？」

アニーは自分の感じていることをなんとか説明しようとした。「少し気分が変わりやすくて、イライラしているみたい。何かが気になって、ピリピリしているっていうか」

「きみはピリピリしないのか？　明日、重要な計画をとうとう実行に移すんだ。何事もなくうまくいってほしいと、必死で祈っているんだよ」

「少し延期したらどうかしら。二、三日様子を見たら？」

リラックスした雰囲気で和解を試みていたジュリアンの態度にひびが入った。急に危機感に襲われたかのように、激しく動揺している。「何を言っているんだ。延期なんてできるはずがない。タイミングが重要なんだから——」一瞬、口をつぐむ。「明日じゃないとだめなんだよ。準備はすべて整っている。いまさらやめる気はないだろう？　遅すぎるよ。ジャン・ポールはもう全部の手配を終えた」

これ以上隠しておく意味はないと、アニーは心を決めた。彼には正直でいなくてはならない。「それも問題なの。ごめんなさい、ジュリアン。努力はしたんだけど、あなたの友だちが好きになれないのよ。なんて言えばいいのかしら……」唇を噛んで、適切な言葉を探す。

「彼といると落ちつかない気分になるの」

ジュリアンが傷ついた表情になった。「ぼくはジャン・ポールを心から尊敬している。彼ほどすばらしい人間はいない。きみは彼をよく知らないだけだ」アニーは知りたくもなかった。「どうしてそんなことを？　きみの国の特殊なソルジャーたちについて、彼がいろいろ言ったからかい？」シールズだと、訂正する気になれない。「きみは軍隊なんか嫌いだと思っていた」

それは少し違う。わたしの気持ちはそんなに単純ではない。彼らのしていることすべてに反対しているのではなく、ときに兵士本人や家族が支払わなければならないことがある大きな犠牲に見あうものなのだろうかと思ってしまうだけだ。それに軍には、命をかけて奉仕している男たちを使い捨てにしているようなところがある。わたしが憎んでいるのはそういう部分だ。

けれどもアニーは、ジュリアンに父親について話そうとは思わなかった。彼だけでなく、誰にも話すつもりはない。

「そういうことじゃないのよ」アニーはためらった。イタチみたいなずる賢さと、テレビドラマのマフィアのボス、トニー・ソプラノ顔負けの威圧感を覚えるのだと言っても、ジュリアンにはわからないだろう。「彼がわたしに向ける目つきが、どうしてもいやで」

これはジュリアンにも理解できたようだった。うなずいて椅子の背にもたれ、彼女をじっと見つめる。「きみが本気で関わるつもりだと、彼は信じていないんだ」唖然としているアニーを見て、彼は説明を続けた。「ジャン・ポールは強い信念を持っていて、同じものをまわりの人間にも求める。きみはぼくたちと同じくらい確固たる信念を持っていて、必要なことを喜んでやるつもりだと言ったんだけど……」

「だけど？」

ジュリアンは謝るような目をした。「彼はきみを当てにできるとは思っていない。アメリカ人は甘やかされていて、心が弱いと考えているんだよ。口先だけで、快適な生活を手放して犠牲を払い、信念を貫くなんてできっこないって」

アニーは自分が愛国主義者だと思ったことはなかったが、いまは祖国を弁護したい思いがこみあげ、胸の内側で小さな星条旗がはためいているような気分だった。なんというひとりよがりの決めつけなのだろう。それにわたしは犠牲を払うということについては、よく知っている。「ばかばかしい」

ジュリアンが肩をすくめた。「そうかな？」問いかけるように彼女を見る。「きみは〈ノースシー・オフショア・ドリリング〉に掘削をやめさせて、メキシコ湾での原油流出事故みたいな惨劇が二度と起こらないようにするんだって主張している。そのために何かしたい。やつらを止めるために、やつらが無視できないような大きなことをしたいんだって。だけどここに来て、きみは躊躇《ちゅうちょ》している」

「そんなこと言ってないわ」

「でも、そうだろう？」

アニーは否定しなかった。「わたしはただ、あなたの友だちが好きじゃないって言っただけよ。船の上という狭い空間で彼と一週間も過ごすと思うと……」ジュリアンがうれしそうに顔をほころばせるのを見て、途中で言葉を切る。「なんなの？」

「それが理由でいやだと思っていたのなら、心配いらないよ。ジャン・ポールは掘削船には乗り込まない。いろいろと目を配る必要があるから、チャーター船までは一緒だけどね。彼は海には潜らないんだ。きみとぼくとクロードの三人で行く」

アニーは虚を突かれた。「彼は行かないの？」

ジュリアンがうなずく。

ほっとして、体じゅうの力が抜けた。もちろん計画自体を取りやめたとジュリアンが言ってくれるのが一番だけれど、それでもいい知らせだ。

「それで、どうするんだ、アン？　きみなしでは成り立たない計画だ。やっぱり口で言っているだけだったのか？　ここで引きさがって掘削会社の思いどおりにさせるのか、それとも行動を起こしてやつらを木っ端みじんにするのか、きみは選ばなければならない」

木っ端みじんだなんて、ジュリアンは奇妙な言葉の選び方をする。でも、彼女はあまり気にしなかった。彼は英語の使い方がちょっとずれているときがある。

はるばるスコットランドまで来たのだ。もう迷っている場合ではないとアニーはわかっていた。〈BP〉によるメキシコ湾原油流出事故みたいな悲惨な事故を二度と起こさせないために、この八年間に積み重ねてきた行動を思い返す。彼女は研究に励み、あちこちで話をし、ボランティア活動にいそしんできた。けれども壁に頭を打ちつけているようなもので、何をしても彼女の言葉は人々に届かず、賛同者はほとんど現れなかった。真っ黒なヘドロにまみれて死んでいった鳥や亀やイルカの姿が脳裏に浮かぶ。美しいルイス島の海岸も。すると答えはひとつしかなかった。「やるわ」

ジュリアンは顔を輝かせた。「やっぱりきみを選んで正解だったよ！　さあ、着替えて、きみの言っていたビーチを探しに行こう」

目立たないようにしていろ。自分の仕事に専念するんだ。巻き込まれるんじゃない。

ディーンは自分がどう行動すべきかわかっていたが、目の前で進行中の作業をやめさせたいという衝動を懸命に抑えなくてはならなかった。ジュリアンと仲間の男たちふたりが、縁を金属で補強した黒いケースをトラックからおろし、船に積み込んでいる。操舵室に座って見守っているディーンのうなじの毛は、うしろ暗いことが行われているという直感で逆立っていた。彼の直感がこれほど強く警告を発するのは、ここ何カ月かではじめてだ。

彼らはよからぬことを企んでいる。

アニー・ヘンダーソンはいったい何に巻き込まれているのだろう？　今朝は彼女の姿が見えない。二日前の夜にゲストハウスまで送り届けたあと、思い直しているといいのだが。

クロードとかいう若い男とジュリアンが、さらに別の大きなケースを運びながら甲板を横切っていく。

くそっ！ ディーンは心の中で毒づくと、操舵室を出て階段をおり、甲板におり立った。これまで彼は何かを傍観したことなどないし、これを最初にするつもりもない。

甲板の下からふたりがあがってくると、ディーンは声をかけた。「こんなに積み荷があるなんて聞いてないぞ。何が入ってるんだ？ ダイビングがしたいんじゃなかったのか？」

ジュリアンが前にも見せた〝おまえは黙って言われたことだけしていればいい〟とでもいうような尊大な視線を向けてきたので、ディーンはむかついた。「余計なことをいろいろ考えてもらうために金を払ったんじゃないよ、ミスター・ウォレン」

「船長だ」ディーンは訂正した。

「では船長」ジュリアンがいやみっぽく繰り返す。「ぼくたちは船の操縦をしてもらうためにきみを雇ったんで、質問してもらうためじゃない」

ディーンは地獄に落ちろと言ってやろうとしたが、いつの間にか背後に近づいていた三人目の男に声をかけられて驚いた。神経を研ぎ澄まして人の気配を感じ取ることに生死が左右される仕事をしている人間として、こんなふうに不意を突かれることはめったにない。海の上で、本当にいるかどうかもわからないものにひたすら目を凝らして四週間過ごすうちに、すっかりなまってしまったらしい。

「これは撮影用の機材なんだ」ジャン・ポールがたしなめるような視線をジュリアンに向けながら説明した。「短いドキュメンタリーフィルムを作って、掘削船への抗議活動で使おうと思ってね」

「へえ」ディーンはグループのリーダーらしきこの男を、バーではじめて見かけたときから悪党だと思っていた。その意見はいまも変わっていない。ジュリアンはただのろくでなしだが、この男はそんなものではなく本物の悪党だ。「面白そうだな。おれも前にそういうのを撮影したことがある」ディーンは嘘をついた。「どんなカメラを使うんだ？」

「なんかあったんですかい？」

ボスの声にディーンは振り返った。マクドナルドが口の端から煙草をぶらさげて船着き場に立ち、彼をものすごい目つきでにらんでいる。気をつけないと、頭の血管でもぶち切れそうな気配だ。

そして残念ながら、マクドナルドはひとりではなくアニーを連れていた。彼女は少し心配そうな表情とはいえ、それ以外は信じられないほど魅力的だ。彼女は来ないでほしいとディーンは願っていた。こんな怪しげなやつらと関わってほしくない。だが、彼女が目の保養になることは認めざるをえなかった。

ジーンズをカットしたショートパンツからのぞく脚はありえないほど長く、その光景に不満を言うつもりはない。ああいう脚にはショートパンツがよく似合う。ものすごく。日に焼けた長い脚は、まさにディーンの好みだ。白いタンクトップの上に重ねたチェックのシャツの裾をウエストで結び、髪は肩におろしてピンク色のレッドソックスのキャップをかぶり、小さな虹のタグがついたなめし革のビーチサンダルをはいている。なぜボストンが本拠地の野球チームの帽子をかぶっているのかはあとで彼女にきくとして、とにかく帽子もサンダルもかなり使い込まれている。

ホノルルやサンディエゴのビーチから連れてきたような典型的なアメリカ娘といった姿のアニーに、ディーンはなぜか衝撃を受けた。もし自分が感傷的な男だったら、ホームシックに襲われたのだと思うところだ。

くそっ！

ディーンは彼女から目をそらして、マクドナルドを見た。彼の姿には感傷的な思いなど入り込む余地もない。

「なんでもない。船に持ち込んだ撮影機材について、船長と話をしていただけだ」ジャン・ポールがなめらかな口調で説明した。

マクドナルドがさっきのディーンをまねる。「へええ？」

これ以上余計なことを言えるなら言ってみろという挑戦がこめられているのを、ディーンは感じた。彼は客に質問などすべきではないのだ。自分の仕事に専念しろとマクドナルドには言われている。

ディーンは彼ら全員を思いきり罵って船をおりてしまいたいという衝動に駆られたが、かろうじて踏みとどまった。そうしたのはこの仕事が必要だからだけではない。しかしそれについては、いまは突きつめて考えるつもりはなかった。

「ジャン・ポールの言ったとおりさ。ドキュメンタリーフィルムの撮影について、聞かせてもらっていたんだ」

ジャン・ポールたちがそんなことをするためだけに掘削船に近づきたいなんて、ディーンはまったく信じていなかった。撮影機材にしては、積み込んでいた箱は大きすぎるし重すぎる。彼らは箱と一緒に持ち込んだ立派なゴムボートを使って掘削船まで行き、座り込みでもするつもりなのだろう。あのいかれたグリーンピースがやっているように。

アニーと目が合ったので、彼らの話なんかひと言も信じていないと視線で知らせた。だがディーンには関わりのないことだし、関わるわけにもいかない。彼女は自分で自分の面倒を見られる。彼女自身がそう言ったんじゃなかったか？

おれはタクシーの運転手役を務めるだけだ。警察が現れる頃には、おれもおれの船もとっくに消えている。いずれチャーター会社が突き止められるかもしれないが、そのときはそのときだ。それに船を操縦するのがおれでもマクドナルドでも、彼らの行動は変わらない。だから警察がおれやマクドナルドに興味を持つとは思えない。

アニーが頬を赤くして目をそらした。やはりドキュメンタリーフィルムの撮影なんて話はでたらめだろう。

彼女に気を取られていたので、ディーンはホットピンクのダッフルバッグを差し出されるまで、マクドナルドがそれを肩に担いで運んできたのに気づかなかった。なぜこんなに目立つものを見逃したのか、見当もつかない。「お嬢さんのバッグを船室まで運んでおけ」

この老いぼれのハゲタカのような男には紳士的な部分などこれっぽっちもないと断言できる。とくに騒がしくて図々しくて要求の多いアメリカ人女性に対しては。だがどうやらマクドナルドは、はっとするほどゴージャスで魅惑的な美人には弱いようだ。

そうだとしても、おれには責められない。

ディーンは手を伸ばし、ピンク色の巨大なバッグを受け取った。こんなにいいバッグが、ばかげた色で台なしになっているのは残念だ。バックパック用のストラップのついたエベレスト登山で使うようなバッグは、二〇〇ドルくらいはしそうだというのに。

「大丈夫よ。自分で運べるわ」アニーが口をはさむ。

だがディーンはすでにバッグを持って、甲板の下にある船室に向かっていた。ふたつある小さな船室の片方のドアを開け、寝台の上にバッグを置く。これらの船室はタグボートをダイビング用のチャーター船に変えたとき、乗客用の寝室に改造したものだ。

彼はすぐに出ていこうとしたが、アニーが入り口に立ちふさがっていた。無理に出ようとすれば、どうしても彼女の体に触れてしまう。それはこの前のような夜を過ごしたあとでは、いい考えとは言えなかった。彼女をゲストハウスまで送っていったあと、ディーンは熱くなった体を持て余して悶々《もんもん》と眠れぬ夜を過ごしたのだ。アニーが何か話をしたがっているのに気づいていながら、無視した罪悪感もあった。だが打ち明け話を聞くのはおれの役目ではないし、おれでいいはずがない。

「いいバッグだな」彼はただそう言った。

アニーは当惑して頬を赤くしたが、その様子を見てすっかり楽しんでいる自分に気づいて、ディーンは気持ちを引きしめた。よくない兆候だ。「母が今回のために用意してくれたのよ。

この色は空港で荷物を受け取るときに見つけやすいだろうからって」

「お母さんの言うとおりだ。それに盗まれにくいというのもある。とくに男には」ディーンは改めてバッグに目を向けると、ぶるりと体を震わせた。

彼女が目をぐるりとまわして笑いだす。「あなたの男性としての感性には受け入れがたい色なのね？　でも本物の男は、色なんてちっぽけなことは気にしないものよ」

ディーンはゆったりと首を横に振ってみせた。「スウィートハート、きみが男を判断する基準がそれなら、本物の男をあまり知らないようだな」

アニーは笑った。「テキサス風の語尾を延ばしたしゃべり方が上手ね。あとはカウボーイハットとブーツ、それに口にくわえる麦わらがあれば完璧よ」

しまった。ディーンは表情を変えないように、かろうじて自分を抑えた。うっかり素の自分を出してしまったのだ。目の前の女性は彼に思わぬ影響を与える。身を守ることを忘れさせ、まともに考えられなくしてしまう。

彼女から離れていないと、ついしゃべりすぎてしまいそうだ。

「客のまねだよ」短く説明して、船室の外に向かった。あまりにも自分に腹が立っていたので、気持ちを引きしめる必要すら感じずにアニーとすれ違う。

ところが彼女の体に触れると、全身の神経が異常なほど敏感に反応した。

あわてて、落ちつくよう自分に言い聞かせる。おれは三三歳のいい年をした大人だ。すぐにムラムラするティーンエイジャーじゃない。

少なくとも、ムラムラはしてもティーンエイジャーじゃない。

「バッグを運んでくれて、ありがとう」突然そっけなくなった彼に混乱した様子で、アニーが言う。

ディーンは彼女の顔を見ないようにしてうなずいた。アニーは二日前の晩と同じ表情をしている。彼がゲストハウスの入り口に置き去りにしたときと同じ、傷ついた表情を。早くこの場を去りたいというのをあからさまに出している彼に衝撃を受けているのだ。

だが、そうするしかない。おれは彼女に惹かれている――あまりにも。いや、それよりも悪い。彼女に本物の好意を感じているのだから。

しかし、わけがわからない。ディーンには受けつけないタイプがあり、善人ぶったリベラル主義者は明らかにそこに入っている。しかもよりによって抗議活動家だ。ビルケンシュトックのサンダルをはいてキャンプファイヤーを囲み、《クンバヤ》を歌いながらグラノーラを食べ、バーニーが落選したことを嘆き、ディーンが人生を捧げて守ってきた旗を燃やす。そんな女たちは別の星に住んでいると思ってきた。

とはいえ政治的信条を別にすれば、アニーは魅力的だ。おれには少し若すぎるし、〝世間のすべてを見たわけじゃないけど、わたしなら世界を変えられる〟とでもいうような世間知らずな部分が見え隠れしているが、魅力的なのは否定できない。それに政治的信条は支持できなくても、研究への情熱や自分がしていることへの熱意と愛は称賛に値する。

このあいだの晩、ディーンは彼女のそんな部分に共感した。彼も自分のすべてを捧げて仕事をしているからだ。

少なくとも、この前まではそう思っていた。

恐ろしい現実がよみがえり、ディーンはみぞおちを蹴りつけられたような衝撃に歯を食いしばった。ときどきフラッシュバックに襲われ、こんなふうになる。友情で結ばれていた仲間たちが死んでしまったことを思い出して。くそっ。誰かが裏切ったなんて、信じたくない。何か別の説明があるはずだ。

一四年間、海軍はディーンにとって人生そのものだった。海軍が彼に人生を、生きる目的を与えてくれた。彼を救い、彼を待っているはずだった未来から逃れさせてくれた。海軍に入っていなかったら、自分がどうなっていたかはわかっている。くそみたいな人生だったはずだ。くそみたいな仕事に、やることなすことがむかつく妻。彼は子どもに向かって怒りを吐き出し、毎晩正体がなくなるまで酒をあおっていただろう。

彼の父親と同じように。父親がいま、どんな地獄にいるのかは知らないが。

ディーンはアニーに背中を向けて階段をあがった。ふたたび彼女に磁石のように引き寄せられてしまう前に。

8

こんなところにおりてきていったい何をやっているのだろう、とアニーは考えた。きっと映画の見すぎだ。こっそり忍び込んでかぎまわるなんて、自分を誰だと思っているの？　超人的なスパイ？　何も見つかるはずがないのに。

最初にアニーが開けたふたつのケースには、入っているはずのものが入っていた。引っかけ用のフックのついた梯子《はしご》など、船によじのぼり乗り込むための道具だ。三つ目のケースには、その様子を撮影するための撮影機材が入っている。

あとひとつ調べたら、戻ることにしよう。アニーはスーツケースくらいの大きさの比較的きれいなケースがいくつかある中から、ひとつを引っ張り出して蓋を開けた。

ところが中身を見て、彼女はかたまった。胃がストンと落ち、血の気が引く。

機関室のそばにある小さな貨物室には、天井から電球がひとつさがっている。その光に照らされて、三本ずつダクトテープで束ねられた筒状のものがビニールにくるまれているのが見えた。筒状のものに黄色と黒のコードが巻きつけられている。一見クッキーの生地か朝食のソーセージにも思えるが、そんなものではないのは明らかだ。

アニーは信じられない思いで、ぞっとしながらケースの中身を見つめた。爆弾を見るのははじめてだが、専門家でなくてもそうだとわかる。

驚きが次第に恐怖へと変わり、急いで蓋を閉めた。見えなくなればなかったことにできる気がして、氷のように冷えきった体を懸命に動かして部屋を出る。

ドアを閉めたものの、アニーは恐怖で頭がしびれて何も考えられなかった。気がつくと体が震えている。いったい彼らは何をする気なのだろう？ まさか掘削船を吹き飛ばすつもりとか？ わたしがそんなことを手伝うと思うなんて、ジュリアンは頭がどうかしている。

部屋に戻ったアニーは寝台に横になった。頭上で男たちが動きまわっている音に耳を澄ましながら、吐き気に身を任せる。気分が悪いとごまかして昼食をとらずに下へおりたのだが、いまは本当に吐き気がした。でも、ずっとここに隠れているわけにはいかない。

これからどうすればいいの？

船長の顔が頭に浮かんだ。本人がそれを望むかは別として、彼もすでにこの件に巻き込まれている。きっと彼は望んでなどいないだろうけれど。

とはいえ、こんなことになったのはダンのせいと言えなくもない。船に乗り込んだときに〝いったいきみは何に巻き込まれているんだ？〟というような目で見つめ、わたしを落ちつかない気分にさせたのは彼だ。もしあんな目を向けられなかったら、わたしだってなぜこんなところに来てしまったのかと、ふたたび落ちつかない思いにとらわれたりしなかったはず。

そしてそんな思いにとらわれていなければ、ジュリアンとジャン・ポールの話が聞こえてしまったとき、自らトラブルを探しに貨物室へ向かいはしなかっただろう。

アニーは甲板でダイビング用の装備を調べていたのだが、途中でボトルに水を足すために調理室《ギャレー》に戻って、多目的ラウンジ兼食堂として使われている隣の部屋から声がすることに気づいたのだ。

「彼女を説得するのにもう少し時間が欲しい。きっと協力させる」ジュリアンの声だった。

「もう時間がない。きみが説得できないのなら、ぼくがしよう」ジャン・ポールの声が返す。

ふたりはアニーについて話しているのだと、すぐにわかった。彼女は血の気が引いて冷えきった体のまま、さらに記憶をたどった。そのあと彼女を手伝いに来たジュリアンに、ジャン・ポールとの会話を聞いてしまったのだが、どういうことなのかと問いただした。するとジャン・ポールはアニーが手を引くのではないかと心配しているのだとジュリアンは主張し、彼女もその場では納得した。けれどもあとになって何度も思い返しているうちに、やはりおかしいという気がしてきた。

ふたりの会話は絶対にジュリアンが主張するようなものではなかったと最終的に確信したアニーは、彼らが昼食をとっているあいだに船長が怪しんだケースの中身をのぞいてみようと思い立った。それでも、まさかあんなものを目にするとは夢にも思っていなかった。ジャン・ポールとジュリアンとクロードは環境テロリストで、アニーは愚かにも彼らの計画に巻き込まれてしまったのだ。

それにしても爆弾だなんて。死者が出るかもしれないと思うと、胃がまたしてもひっくり返りそうになった。

疑問の余地はない。すべてを船長に打ち明けなければ。ダンは無線で助けを求めるか、引き返すか、あるいは彼らの計画をわたしが止められる方法を思いついてくれるだろう。彼を信用しているというわけじゃない。いえ、本当はなぜか心の奥で信用しているのだけれど、とにかくほかに頼れる人間はいないし、ひとりでこの船を乗っ取るのは無理だ。

部屋を出て狭い廊下に出ると船が揺れ、アニーは自分の置かれた状況を痛いほど意識した。船を舞台にしたホラー映画が次々と頭に浮かぶ。恐ろしい秘密を知ってしまった自分は、陸地から何キロも離れた船の上で、爆弾を持った過激派の活動家たちに囲まれているのだ。ジュリアンは彼女を傷つけないだろうが、残りのふたりについてはそれほど確信はない。

船長に話すという計画にはひとつ問題があった。彼は操舵室にいるのだ。バッグを部屋まで運んでくれたあと突然不愛想に行ってしまってから、ずっとそこにこもっている。そして操舵室は甲板上にしつらえられているギャレーとラウンジの上にあり、裏側にある金属製の梯子のような階段をあがらなければ近づけない。つまり彼女は甲板に出て、三人に見られないように姿を隠しながら、そこまで行かなければならないのだ。

それなのに、まだ甲板への階段をあがりきらないうちにジャン・ポールに見つかってしまった。

心臓が跳ねて喉から飛び出しそうになったが、アニーはなんでもないふりをした。

「あら、どうしたの?」

ジャン・ポールは答えずに、下の廊下を見おろしている。何が彼の注意を引いているのだろう？　アニーは振り返った。貨物室の明かりがついたままだ。ドアの下から光がもれている。肌が粟立ち、全身の神経が恐怖で極限まで張りつめた。わたしがあそこを探っていたと、ジャン・ポールは気づいたかしら？　ケースの中身を見てしまったと。

アニーは懸命に気持ちを奮い起こして、ジャン・ポールのほうに顔を戻した。ばかなまねをしないよう、自分に言い聞かせる。映画では、女たちは恐怖におののいた表情で秘密に気づいたことをばらしてしまうが、同じ轍《てつ》を踏んではならない。

「失礼」アニーはいらだったようにつんと顎をあげて、彼とすれ違おうとした。

だがジャン・ポールは体をずらして、彼女の前に立ちふさがった。脅そうとしているのだ。彼は大柄ではないけれど、それとは関係のない威圧感が伝わってくる。

「どこへ行く？　気分がよくないんじゃなかったのか？」

心臓が恐ろしいほどの速さで打っていたものの、そんなそぶりはみじんも見せずに彼と目を合わせた。「外の空気を吸ったほうが、よくなるかと思って」

「では、ぼくもついていこう」

「その必要はないわ。ジュリアンのところに行くつもりだから」

ジャン・ポールは彼女が嘘をついていると気づいているかのように、じっと見た。「そうしたほうがいい」

彼は横によけたが、アニーが通ろうとすると腕をつかんだ。彼女はあたたかい服に着替えていたものの、ダウンジャケット越しでも彼の感触にぞっとした。ジャン・ポールはばかげた革のジャケットを着込み、ワインと煙草と汗のにおいをさせている。

「放して」内心の恐怖にもかかわらず毅然《きぜん》とした低い声が出たことに、彼女は驚いた。

ジャン・ポールが薄ら笑いを浮かべて、その言葉に従う。「きみはやるべきことをやってくれさえすればいいんだ、マドモワゼル。そうすれば、ぼくとのあいだに何も問題は起こらない」

その言葉には明らかに脅しがこめられている。彼はわたしが見てはならないものを見たのではないかと、疑っているのだ。

いまも仲間であるふりをするのが一番の安全策だとわかっていたので、彼女は返した。「掘削をやめさせるためなら、なんでもするわ。あなたとのあいだに〝問題〟があるかどうかに関係なく」

アニーがきっぱりと言いきったので、ジャン・ポールは驚いたようだった。おとなしく腕を放したところを見ると、わたしは自分で思っていたよりも演技の才能があるのだろう。

甲板で新鮮な空気を吸う代わりに、アニーはラウンジにいるジュリアンの隣に行って座り、普通にふるまおうと努力した――少なくとも、いまの状況で疑いを持たれない程度に。

それから二時間、彼女は拷問にも等しい思いに耐え、何もないふりを続けながら船長と話をする機会をうかがった。ダンはジュリアンたち三人がまだ昼食後のワインを楽しんでいるときに、一度コーヒーを取りにおりてきた。アニーはダイビングをする前にはアルコールを口にしないと決めている。でもいまはもう彼らと一緒に海に潜るつもりはないし、少しでも気持ちを落ちつけてくれるものが欲しかったが、ジュリアンに不審に思われたら困るので飲むわけにはいかなかった。

ダンがラウンジに入ってくるとアニーはあわてて立ちあがり、コーヒーをいれましょうかと声をかけた。彼とギャレーでふたりきりになりたかったのだ。しかし必要ないと断られ、腰をおろす以外になかった。そしてコーヒーを手に戻ってきた彼は一度もアニーに顔を向けず、無言で合図をするチャンスすら与えてくれなかった。彼女は、銀行で金をおろせと強盗に脅されている被害者になった気分だった。窓口の出納係に強盗だと伝えたいのに、どうしても気づいてもらえない。もどかしくてたまらないけれど、彼は気づいていないのではない。わざと無視しているのだ。そう思うとパニックが消え、怒りが戻ってきた。

ダンは二、三分で出ていってしまったので、アニーはみんなが下へ休みに行くまで彼と話すのは待たなければならないとあきらめた。けれど部屋に行こうと促してもジュリアンは待ってくれと言うだけで、仲間たちとの政治をめぐる議論に戻ってしまう。

三人が熱中している話題は最近のクリミア情勢で、何週間か前までならアニーも熱心に話に加わっていただろう。ジュリアンや彼の友人たちの見方はいつも彼女とはまるで違い、そういう意見を聞くのが興味深かったのだ。でもジュリアンが頭のどうかした過激派の活動家だと知ったいま、そんな気にはとてもなれなくなっていた。

いったい何を見逃していたのかしら？　彼らの正体に気づけるような兆候はなかったの？　だけどこうして耳を澄ましていても、彼の言うことはいまも理性的で妥当に聞こえる。アニーは自分が間抜けに思えてしかたがなかった。どうして彼らの魂胆を見抜けなかったのか。ハンサムで魅力的なジュリアンに目がくらんで、何も見えなくなっていたのだ。でも、彼は完璧な男性に思えた。同じものに関心を持ち、同じように考え……。

　突然、真実がひらめいた。たぶん、そこがポイントだ。ジュリアンはわたしが魅力的だと思う男を演じていた。そしてわたしはそれにまんまと引っかかった。なんて屈辱的なのだろう。たしかにわたしには男性との経験があまりない。長くつきあった相手は、これまでにふたりだけ。それでも自分がこんなに無防備だったなんて、信じたくない。みすみす罠にかかるほど、男に飢えていたなんて。

　幸せになるためには男性が必要だと、いままで一度も思ったことはない。でも気づかなかっただけで、本当は不安だったのだろうか？　家族は欲しい。人生をともにするパートナーや子どもが欲しいとは思っていた。それなのに大学院を終えたばかりの二六歳の彼女は、二年前に恋人と別れて以来、まともにデートをしていなかった。いつの間にか二年も経っていたのだと悟って、アニーはたじろいだ。

　だから焦っていたの？　しっくりこないところがあると思いながらも、あえて無視してしまった？

　いいえ、そんなことはない。ジュリアンが現れるまで、わたしは幸せに暮らしていた。男性以外のあらゆることに割く自分の時間がたっぷりあって。

それでもジュリアンみたいな男性にロマンティックに求愛されて、浮き浮きしていたことは否めない。

そんなことを考えているうちにも、どんどん時は過ぎていく。彼らは最初の計画どおりに休まず話しつづけるつもりなのかとアニーが不安になりはじめたとき、ようやくジャン・ポールが立ちあがった。「みんな、少し寝ておこう。長い夜が待っている」

「いつ頃着く予定だ?」クロードがきく。

「日が沈む直前になるだろう。一〇時頃だ」ジャン・ポールが答えた。

つまり彼女に残されているのは六時間ということだ。

「午前二時までには海に入ったほうがいい」ジャン・ポールがつけ加え、意味ありげにジュリアンを見る。「それだけ時間があれば準備を終えられるだろう?」

ジュリアンはうなずき、気をもむような視線をアニーに向けた。〝準備〟が彼女を指しているのは明らかだ。

下におりると、クロードとジャン・ポールは右の部屋に入った。アニーとジュリアンは、廊下をはさんだ左側の部屋に入る。ジュリアンはドアを閉めるとすぐに、話を始めようとした。「今夜のことについて、話をしたいんだ」

彼がいまにも吐きそうな顔をしているので、アニーは少しだけ心が慰められた。

なんとか笑みを作って返す。「少し休んでからでいい? 急に疲れが出ちゃって」

ジュリアンは死刑の執行を直前で免れたように、大きな安堵のため息をついた。「ジャン・ポールとクロードとは一〇時に落ちあうことになっている。だから目覚ましを九時にかけておくよ」

「それでいいわ」

彼はわたしを説得するのに一時間しか必要ないと思っているの？　そんなに簡単に言うことを聞かせられると？　さらに侮辱されたような気分になったが、いまさらそんなふうに感じるのはばかげている。あまりにも絶望的な状況に、まともに頭が働いていないのだろう。

作りつけの寝台がひとり用のものだったので、ジュリアンと一緒に入らずにすんで彼女はほっとした。思ったよりも演技がうまいとわかったとはいえ、彼に触れられでもしたら身を引かずにいられるか自信がない。

アニーは毛布を肩まで引きあげて壁のほうを向くと、丸くなってジュリアンが寝入るのを待った。

それほど時間はかからなかった。窓のない部屋の暗さと、子守歌を思わせる船の揺れに加えて直前に飲んだ三杯のワインが、まだ昼間なのにジュリアンを眠りに引き込んだ。

アニーは彼の規則正しい息遣いに耳を澄ましながらさらに一時間耐えると、そっとベッドを抜け出して船長を探しに向かった。

ディーンは舵の前に陣取って、窓の外に見渡すかぎり広がっている海のうねりを何時間もひとりで見つめているのが好きだった。

身も心もリラックスできるからだ。だがいつもとは違い、今日は次々と心に浮かぶ妄想から逃れられず、しかもその白昼の妄想の内容はリラックスとはほど遠いものだった。その結果、彼の体はもう長いあいだなかったほど高まっていて、アデルの新曲のささやくような低い歌声を聞いてもいっこうに鎮まる気配がない。

雲が厚くなって灰色の霧が垂れ込め、暗くなった空には急速に成長しつつある嵐の気配が満ちていた。その気配は壁が迫るように四方から押し寄せている。

ディーンは息苦しくなり、外の空気を吸おうと立ちあがった。

ところが手を伸ばしかけたドアが、突然開いた。

そしてアニーが腕の中に飛び込んできた。少なくともディーンはそう思ったのだが、それは午後のほとんどを費やして彼女が登場する妄想にふけっていたせいだ。アニーが突然ここに現れたり、自分の腕の中に飛び込んできたり、操舵室に居座ったりする妄想に。

舵の前でセックスをしたことは一度もないものの、それを可能にするあらゆる創造的な体位を妄想の中で編み出していた。

ディーンは反射的に彼女を抱きしめ、引き寄せていた。あのすばらしい胸が彼の胸板にぶつかり、アニーの腰がかたく脈打っている彼のものに押しつけられる。ディーンはそれまでこらえていたものを、うめき声とともに少し放出せずにはいられなかった。

そのうめき声に彼女が驚いて、開きかけていた口を結ぶ。そして大きく見開いた目でディーンを見つめた。

彼は欲望で頭に霞《かすみ》がかかったようになっていたが、何かがおかしいのはわかった。それでも信じられないほど美しい緑色の目から、クリーミーなココナッツバターを思わせるなめらかな肌から、見るからにやわらかそうな彼女の唇から、どうしても目が離せない。赤くてぷっくり熟れたような唇は、キスされるのを待っているみたいにわずかに開いている。

圧倒的な勢いで切迫感がこみあげ、このまま唇を重ねたいという衝動を押しとどめられるものは何もないかに思えた。

「船長――」アニーが口をつぐんで言い直す。「ダン」彼女が偽名で呼びかけると、その響きの違和感が彼を現実に引き戻した。

ディーンは彼女を放してうしろにさがった。

くそっ、いまのはいったいなんだったんだ？

「あの……わたし……」頭をはっきりさせようとしているかのように、アニーが何度もまばたきをしている（その感覚は彼にもよくわかった）。それから何を言いたかったのかようやく思い出したように、先を続けた。「あなたに話さなくてはならないことがあるの」

アニーが部屋に入ってきた瞬間、彼に飛びついてきたのだと思い込んだだけでなく、抱き止めたその体に激しく反応してしまった自分に、ディーンは腹が立ってしかたがなかった。音楽の音量を落としながら返す声が思ったよりもきつくなる。「じゃあ、話せばいい」

「アデル？」

そう、彼はアデルが好きだった。なんなら彼女は好きなだけ質問すればいい。ディーンの友人には音楽といえばカントリーとウェスタンのふたつのジャンルしかないと思っている者が多いが、それ以外にもいいものがあると彼は思っている。

だがアニーは彼の意外な音楽の好みに対する驚きにはとりあえず触れることなく、すぐに本題に入った。「わたしたちでなんとかしなくちゃならないの。あの人たちの計画を……。何を計画しているのかはっきりわからないけど、いいことでないのはたしかなのよ」

アニーがどれだけ動転しているかを見て取り、ディーンのそれまで感じていた怒りと当惑が鎮まった。とはいえ彼女が何を言いたいのかは、さっぱりわからない。「焦るな。まず深呼吸をして、それから何があったのか話してみろ」

ディーンの声に、彼女は少し落ちついたようだった。顔をあげて感謝をこめた目でうなずき、大きく息を吸ってから続ける。「わたしたちが何をするつもりか、あなたに本当のところは伝えていなかったの。ダイビングをして、撮影をするだけじゃないのよ」

彼はアニーの代わりに言葉にした。「掘削船に乗り込んで、座り込みみたいなことをするつもりなんだろう？」

ディーンが見抜いていたと知っても、彼女はそれほど驚いていないようだった。

「そうなの。とにかくわたしはそう思ってた。だけどあなたにあんな目で見られたあと、ジュリアンとジャン・ポールの話が聞こえてしまって、スパイのまねごとをしようって思い立ったのよ。というより結局は、パンドラの箱を開けに行ったようなものだったんだけど」

彼はまた、アニーが何を言っているのかわからなくなった。〝あんな目〟ってどんな目だ？彼女が何を話そうとしているのかはさっぱりわからないが、とにかく重大な話であることだけは伝わった。「何が問題なのかはっきり話してくれ。広い海の真ん中で掘削船に乗り込む危険性や逮捕される可能性に、ようやく気づいたというだけじゃなさそうだな」

アニーは凍りつくような冷たい視線を彼に向けた。「もちろんその程度のことには前もって気づいていたわ。でもわたしたちの主張に世間のみんなが少しでも耳を傾け、試掘中止のきっかけになるのなら、それくらいのリスクは喜んで冒すつもりだった」

「要するに、善意でやったことなら違法な売名行為も許されるというんだな？　海賊も信念を持ってやるなら海賊じゃない。そういうことか？」

「海賊ですって？」彼女はたとえられた対象にぞっとしたようだった。だが、彼らのしていることは海賊と同じだ。「わたしたちは誰も傷つけないもの」

「それなら、きみたちを安全に船から退去させるために投入される人員と時間についてはどう思っている？　言うまでもないが、そのために命の危険を冒す人間もいる。こんなことを言いたくはないが、問題を起こしてほかの人間を危険にさらしても、世間にきみたちの主張を理解させられるとは思えない」

「わたしは……もう！　どうしてこんな議論をしているのかしら。いま問題なのはそのことじゃないのよ。じつはほかの人たちが昼食をとっているあいだに貨物室へ行ってケースの中身を調べたら、爆弾を見つけてしまったの」

ディーンは一瞬で切り替わった。妄想の名残が消え、臨戦態勢になる。彼はアニーの腕をつかむと、引き寄せて目を合わせた。「爆弾を見つけたというのはどういうことだ？　何を見た？」

彼のあまりの変わりように、アニーは少し戸惑いながら説明した。クッキーの生地のような円筒状のものが、黒と黄色のコードとともにダクトテープで束ねられビニールに包まれていたこと。そのコードはおそらく信管を起爆するためのものであること。

ディーンは悪態をついて彼女を放した。計器と海図の前に戻り、現在の位置を保つように設定して自動操縦にする。

「何をしているの？」アニーが心配そうにきいた。「わたしの言ったこと、聞いていなかったの？」

ディーンは彼女に向き直ったが、怒りは隠しきれなかった。大部分は自分自身に向けられたものだが、アニーに対しても怒りがないわけではない。「聞いてたさ。きみが見つけたものを見に一緒に下へ行くあいだ、船が座礁しないようにしていただけだ」

ふたりは男たちが寝ている部屋のそばを通らなくてすむように、船の前方にある階段から甲板の下におりた。そして廊下と機関室をつないでいるドアから貨物室に向かった。彼の船室はその途中の狭い空間にあった。

「こんなふうに全部つながっているなんて、全然知らなかった」アニーが言う。

ディーンは何も応えなかった。あまりにも腹が立っていたのだ。そしてその怒りは、この船をあの世まで吹き飛ばすのにじゅうぶんなだけのプラスティック爆弾を見ると、とてつもないレベルにまで跳ねあがった。

やはりこの仕事を受けたのは間違いだった。直感を信じるべきだったのに、妙なヒーロー願望にとらわれてしまったのだ。アニーがトラブルに巻き込まれているという気がして、放っておけなかった。だが、やはりこんなことになった。彼女の見つけ出したこの事実によっておれの計画は台なしになり、何人もの命が危険にさらされる可能性がある。何人もとは言わないまでも、少なくともおれの命は。

余計なことに関わったりせず、目立たないようにしているべきだった。環境テロリストの計画に巻き込まれるなんて、いまのおれにとっては最悪だ。これほど大きな事件には必ず当局が関わってくる。偽の身元はすぐに見破られるようなちゃちなものではないが、当局に本気で調べられて通用するほどではない。

くそっ。なぜ命令に従わなかったのだろう？　そのせいで最悪の結果になってしまった。またしても。おれは学ぶということがないのか？　閃光《せんこう》を浴びて明るく浮かびあがったブライアンの顔を思い出すと、ディーンの自分に対する怒りはますます大きくなった。少佐の命令を聞くべきだったのに、おれは独断で突進せずにはいられなかったのだ。おれは突進することしか知らない。

「何か言うことはないの？　それって、やっぱり悪いもの？」アニーがきく。

ディーンは嚙みつくように言い返したいのをこらえ、なんとか自制心の最後のかけらを保ったまま彼女を機関室に引き込んだ。ここなら誰にも声を聞かれない。「きみはどう思う？もちろん悪いものに決まっている。きみのお仲間は船を二艘吹き飛ばして何人もの人々を殺したうえおれたちの命まで危険にさらせるだけの爆弾を、あのケースに詰め込んでいる」

爆弾が危険にさらすのはそれだけじゃない。彼女が知らないだけで。

「ごめんなさい」アニーは両手をもみ絞りながら謝った。「知らなかったの。あの人たちがこんなことを計画しているなんて、思いもしなかった。知ってたら、絶対に関わらなかったわ」

「きみは世界を救おうと走りまわるのに忙しくて、自分が何をしているのかきちんと立ち止まって考えなかったんだ。きみのような頭でっかちの善人は、あまりにも世間知らずだ。現実の世界がどんなふうにまわっているかをまるで知らないまま、理想主義でかためた象牙の塔からもったいぶった説教をしたり、批判を垂れ流したりする。これが現実の世界なんだよ、アニー。そこにはきみのお仲間みたいな悪いやつらが大勢いて、きみを利用しようと手ぐすね引いて待っている。だがきみときたら、目の前の悲しい光景にだけ気を取られて、まわりを見ようともしない。そして面倒が起こったら、誰かが助けに駆けつけて、きみの代わりになんとかしてくれることを期待するんだ」

彼女はディーンの怒りからも、耳が痛いはずの非難からも逃げなかった。まるで同じ場面を前にも経験したことがあるかのように。

「あなたは父とまったく同じことを言うのね。だけど、ほかにどんな選択肢があったというの？　気にかけずに放っておけとでも？　この美しい島々が貪欲《どんよく》な企業の利益追求のために破壊されるのを、ただ座って見ていろっていうの？　関わるべきではない人たちと関わってしまったのは、わたしが世間知らずだったからかもしれない。でも、信じているもののために立ちあがったことを謝るつもりはないわ。その信じているものをあなたがどう思うかは関係ない」口をつぐんだアニーは突然何かに思い当たったように、鋭い目を彼に向けた。「そのしゃべり方！　あなた、カナダ人じゃなくてアメリカ人なのね」彼をとがめるようににらむ。「そう、テキサスだわ。まったく、テキサスだなんて！」

彼女がテキサスを快く思っていないのは明らかだった。なぜテキサスが嫌いなのだろう？　アメリカ一すばらしい州なのに。

だが、ディーンは何も言わなかった。いまは訛りを隠すのを忘れてしまったことより、もっと心配なことがある。

このとんでもない代物を、スコットランド警察に彼の存在を知られないようにしながら、どうやって始末すればいい？　おれがあの爆撃から生きて戻っていたと、絶対に知られてはならない。誰にも。彼らの侵入をロシアがどうやって知ったのか、なぜ彼らははめられたのか、真相を探り出すまでは。はめられたという推測が当たっているのかどうかさえ、いまはまだわからない。

ミサイルによる攻撃で小隊の全員が死亡したわけではないと知られたら、それを企てた者が誰であれ、おれを追ってくるだろう。みな殺しにするという当初の計画どおりに始末するために。

それにひとり生きていれば、もっと生きているのではないかと探りを入れられる。おれのせいで死ぬ人間が増えたら、良心が許さない。

自分の取るべき行動がよくわかっていたので、ディーンは毒づいた。この船から急いで離れるのだ。

アニーのことは頭から締め出して自分の船室に向かおうとしたが、彼女にがっちりと腕をつかまれてしまった。「待って。どうして嘘をついていたの？　あなたは何者？」

「知らないほうがいい。おれがきみなら関わらないようにするね」

その口調に驚いたように、アニーがぱっと手を離した。あとになれば彼女に怒りをぶつけたことを後悔するだろうが、いまはそれどころではなく腹が立っている。彼女が開けたのは、まさにパンドラの箱だ。あの爆弾でどれだけのものが危険にさらされるか、彼女には見当もつかないはずだ。

ディーンは部屋に戻ると必要なものを手早くバックパックに放り込んでそれを背負い、機関室に戻った。二基のディーゼルエンジンとパイプ、ホース、通気管に占領された部屋を見まわして、まず奥の壁にあるいくつかの安全スイッチを押す。それからカバーを開けて赤い色をした太いワイヤーを何本かはずしたあと、ふたたびカバーを閉めた。これでいいはずだ。自分がエンジンを切れば、もう簡単にはかけられない。機械類の取り扱いに精通した人間なら別だが、あのユーロ圏出身の三人はそんなタイプではないだろう。

「それってエンジンの点火装置？　どうして使えなくしたの？」うるさい詮索を避けたかったのに、アニーがとがめるようにきいた。

明らかに彼女は機械に精通したタイプなのだ。そしてなぜか、ディーンはそのことに驚かなかった。ダイビングだけでなく船にも詳しいとは。彼女がグラノーラのようなものさえ押しつけてこなければ、恋に落ちてしまうかもしれない。

アニーがついてきているのはわかっていたが、ずっと気づかないふりをしていた。だがやはり、いないことにはできない。

「船を出たあと、やつらに追ってこられたくない」

彼女がディーンの言っていることを理解して、ショックに目を見開く。〝あなたがわたしのママを殺したの？〟と問いかけるバンビのような目に非難の色が浮かぶ前に、彼はさっさと操舵室に向かった。緊急用の携帯式船舶無線、海図、頑丈な懐中電灯をかき集め、エンジンを切って錨《いかり》を落とす。さらに念のため、発動機停止装置《キルスイッチ》を入れた。

彼はアニーの顔を見ないようにして横をすり抜け、操舵室から出た。梯子をおりて船尾にある救命ボートのところまで行き、専用のクレーンを使ってボートを海面におろしはじめる。もうひとりいればロープで吊されたボートが揺れないよう支えられるが、いまはダイビング船の側面に傷がついてもかまわない。ボートがひっくり返りさえしなければいいのだ。

「待って」聞きたくなかった非難に満ちたアニーの声が響く。「まさかあの人たちと一緒に、わたしまで置いていくつもりじゃないでしょうね」

「もちろん置いていく」彼女がこんな事態に巻き込まれたのは自業自得なのだから、自分でなんとかすればいい。女性の自立を振りかざすフェミニストの主張はどこへ行ったんだ？けれどもディーンは、うしろを振り返るという間違いを犯した。アニーはまるで飼い犬を撃ち殺されたかのような顔をしている。彼を恐ろしい人でなしとでも思っているかのように。それを見たとたん、罪悪感がディーンの心を蝕《むしば》みはじめた。

おれは人でなしではない。少なくともふだんは。「なあ」アニーをなだめるために声をかける。「心配するな。船からじゅうぶん遠ざかったら、すぐに沿岸警備隊に連絡して、どんな状況か知らせるよ」

救命ボートが着水してしぶきをあげる。あとはただ、あそこまでおりてロープをはずせばいいだけだ。

だが、アニーは彼の腕をつかんで放さなかった。必死に引き止めている。「爆弾はどうするの？」

「船を動かせず、どこにも行けなければ、爆弾は使わないだろう。でもきみがそれだけでは安心できないというなら、貨物室の鍵はおれのベッドの横にあるテーブルの一番上の引き出しに入っている。それを使ってドアを施錠したあと、鍵を海に捨てればいい。貨物室のドアは鋼鉄製だ。沿岸警備隊が来るまで持ちこたえられる」

彼女はパニックに陥っているようには見えないとディーンは自分に言い聞かせようとしたが、うまくいかなかった。それでもなんとか船べりは越えた。

ところが梯子を半分までおりたところで、アニーが無視できない言葉を投げつけた。ディーンが懸命に考えないようにした可能性を。それは彼の耳に矢のように突き刺さった。

「あなたが考えているより、彼らが危険だとしたら？」

9

　ダンが本当に彼女を置いていってしまおうとしているなんて、アニーは信じられなかった。彼は何者で、いったい何を隠しているのだろう？　警察と顔を合わせる危険を冒したがっていないのは明らかだ。逃亡中の身、つまり犯罪者なのだろうか？

　そうは思えないけれど、わたしは男の本性を見抜く目がないと露呈したばかりだ。

　それでも、ひとつだけたしかなことがある。わたしが爆弾を見つけて沿岸警備隊に連絡したとジャン・ポールに知られたとき、わたしと彼とのあいだに立ってくれるのがジュリアンだけなのは絶対にいやだということだ。

　ふたりのうちどちらかを選ばなくてはならないなら、絶対にダンのほうがいい。この船長が頭のどうかした人殺しでないことに賭けるしかない。それに頭のどうかした人殺しには良心などないはずだが、どう見ても彼は良心の呵責にさいなまれている。彼が自分のしようとしている行いを恥じて、どんどん苦しんでくれればいい。

　その苦しみに耐えられなくなるよう、アニーはもうひと押しした。「あの人たちがわたしを傷つけたらどうするの？」

ダンが一瞬間を置いたあと毒づいたので、彼女は自分の言葉が功を奏したのだとわかった。

「さっさとボートに乗れよ、ハノイ・ジェーン（アメリカの女優ジェーン・フォンダはベトナム戦争中に祖国を批判するような行動を取ってこう呼ばれるようになった）」その言葉にアニーはむっとした。「だが、陸に着いたら別行動だ。いいな？」

「了解！」彼女は皮肉をこめて、敬礼のまねをした。「あなたは新兵訓練の軍曹にぴったりだって、誰かに言われたことはない？」

冗談のつもりで言ったのに、ダンの表情が突然変わった。怒りが消え、深い悲しみが取って代わる。

「何回かはあったかもな」彼はアニーに手を差し出した。「一緒に来るつもりなら、早くしてくれ」

「わたしのバッグはどうするの？」

ダンが彼女と目を合わせた。「いい厄介払いだろう。きみには少女趣味すぎたからな」

母親からもらったとき、自分でも同じように感じたにもかかわらず、思わず問いただした。

「どういう意味？」

「〝女の子にはピンク、男の子にはブルー〟なんて伝統的かつ固定的な性差意識の押しつけは、きみたちフェミニストにとって我慢できないものじゃないのか？」

そのとおりだが、ダンに見抜かれたと思うとなぜかむかむかする。「当ててみましょうか。あなたが好きな色はブルーでしょう」

彼の唇の端が持ちあがって、笑みのようなものが浮かぶ。「早くボートに乗れよ、バンビ」

バンビですって？ そのストリッパーみたいな愛称が、ベトナム戦争中にハノイを訪れ敵側の高射砲の前で笑顔の写真を撮られたジェーン・フォンダを揶揄するニックネームよりましなのか、アニーには判断がつかなかった。

梯子をおりるためには船べりを乗り越えなくてはならない。普通はそのための踏み台があるものだが、近くに見当たらないので、彼女は片脚をかけて腹這いで越えようとした。ところが何者かにうしろからつかまれてしまった。

声をかけられないうちから、革と煙草のにおいで誰かわかる。

今度はアニーが毒づく番だった。エンジンを切ったか錨をおろすかしたときに、目を覚ましたのだろう。

「どこへお出かけかな、マドモワゼル？」ジャン・ポールが笑いを含んだ声でからかうようにきく。ウエストにまわされた腕は予想外に力強く、アニーは体をまわすように船べりから引きはがされ、彼に見おろされる格好になってしまった。「船長が船をおりるとはね」

アニーはダンを見た。するとジャン・ポールに手荒に引き戻され、つかまえられているという事実ではなく、ダンの表情に息が止まりそうになった。

彼が頭のどうかした人殺しのはずがないと思っていたけれど、考え直したほうがいいのかもしれない。それほど船長の表情は冷たく危険でありながら、完全に落ちついていた。あの〝おれを怒らせるな〟というオーラが、めらめらと立ちのぼっている。

「彼女を放せ。アニーはおれと行く」ダンは荒々しい声で要求した。

「ふたりとも、どこへも行かないさ」ジャン・ポールが落ちついて言い、それを裏づけるものを上着のポケットから取り出した。

銃だ。アニーは目を見開いた。セミオートマティック式のシグ・ザウエル。彼女の父親は陸軍のレンジャー連隊だったときもデルタフォースに移ってからも、よく似た拳銃——シグP226——を持っていた。ベレッタM9が標準の装備だったのにわざわざそうしていたのだが、なぜいまそんなことを思い出しているのだろう？

残念ながら、銃の構え方で技量が推し量れるとしたら、ジャン・ポールが扱い方を心得ているのは確実だ。

彼は銃口をまずダンに向けたが、船長がなかなか戻ろうとしないと見て取ると、今度はアニーの頭に向けた。自由になろうとしてもがいていた彼女は、こめかみに冷たい金属を感じるとぴたりと動きを止めた。心臓はものすごい勢いで打っているのに、五感が急に鋭く研ぎ澄まされる。いまなら何を目にしても、ふだんは見えないような細部まで見えるに違いない。

「待ってくれ！」ジュリアンが叫ぶ声がうしろから聞こえた。目を覚ましてあがってきたのだろう。「何をしてるんだ。彼女は傷つけないと言っただろう？」

「傷つけないさ。船長がばかなまねをしでかさないかぎりは」ジャン・ポールは言い、ダンを見おろした。「さあどうする、船長？」ダンの心を読むかのように、彼が思い浮かべていた選択肢をあげる。「ボートで逃げきれるチャンスに賭けるか？　女は殺されるし、きみは撃たれることになるが、逃げきれる可能性がないとは言えない。その場合、きみもぼくも彼女の死の責任を抱えながら生きていくことになるわけだが、ぼくにとってはなんでもない。だが、きみにとってはどうかな?」ジャン・ポールは眉をあげた。「ぼくが思い浮かべている答えは間違っているかもしれないが、そうは思わないな」

ジャン・ポールが何を言いたいのかアニーにはわからなかったものの、どちらにしてもダンは反論しなかった。「戻ったら、とたんに頭に弾を撃ち込まれないって保証は?」

「ないね」ジャン・ポールが無造作に肩をすくめる。「信用してもらうしかない。だがクロードが問題なく船を操縦できるとわかるまでは、きみを生かしておく理由はある」

「たしかにそうだな」ダンは返した。

アニーはいま起こっていることが信じられなかった。どちらがより非現実的なのだろう? 頭に銃を突きつけられていることと、目の前でふたりの男が人殺しについて話しあっていることの。

しばらくして、ダンが彼女の横に立った。彼が戻ってくれたのはうれしいけれど、こんな事態に巻き込んでしまって申し訳ないという気持ちにも襲われる。

こめかみから銃口がはずれると、アニーは息を吐いた。それまで自分が息を詰めていたことにも気づいていなかったが、息を吐いたのはほっとしたからではない。銃はまだ彼女に向けられている。ジャン・ポールはダンを、いつ襲ってくるかわからない危険な動物並みに警戒しているのだ。

「ぼくのバッグに結束バンドが入っているから、取ってきてくれ」いつの間にかあがってきてジュリアンの隣に立っていたクロードに、ジャン・ポールが言った。

ジュリアンもクロードもことのなりゆきを喜んでいないのは、見ていてわかった。とくにジュリアンは、許してほしいと懇願する子犬のような目をアニーに向けている。でもそんな目をするなんて見当違いだと、彼女は言いたかった。

しばらくして、クロードがバッグごと持って戻ってきた。

「まず、やつの手を縛るんだ」ジャン・ポールがダンに向かって顎をしゃくる。

船長は抵抗せずに両手を差し出した。奇妙なほど従順だ。過剰なくらいに。アニーがこれまで彼に対して抱いていた印象と、あまりにも違う。彼は根っからの闘士だと思っていた。きっとトム・ハーディの映画を見すぎて、俳優が演じていた役柄とダンを混同してしまったんだわ。

それとも、やはりそうではないのかもしれない。ジャン・ポールも同じように思ったらしく、クロードが結束バンドを一本留めたところで、増やすように指示した。「二本にしろ」

それから銃を船べりのほうに向けて、ダンに命じた。「船べりを背にして座るんだ」

ダンが言われたとおりにすると、クロードが足首にも結束バンドを留めた。ブーツをはいていたので手こずったものの、長さはぎりぎり足りた。

次はアニーの番だった。ジャン・ポールがようやく彼女を放し、クロードに向かって押す。

彼女は結束バンドを一本だけ使って手を縛られると、ダンの隣に座るよう命じられた。

ジャン・ポールたちから離れられるのがうれしくて、彼女は必要以上にダンに身をすり寄せた。力強い体から伝わってくる熱に、なぜか心が慰められる。筋肉のたっぷりついた大きな体が、どんなものより役に立つときもあるのだろう。残念ながら、これまで受けた教育も博士号も、わたしを環境テロリストたちから守ってくれなかった。いまはターザンとジェーンにでもなったような安心感に浸り、この件に片がついたら、元どおり自立した強い女に戻ろう。

クロードが彼女の足首を縛っているあいだに、ダンがきいた。「大丈夫か？」

アニーはうなずいた。「ええ、大丈夫」彼を見あげると、急に喉が締めつけられた。「ごめんなさい」

謝罪を受け入れて、ダンもうなずく。「心配するな。なんとかなる」

アニーは彼を信じたかった。そしてなぜか本当に、彼を信じていた。その声に自信があふれていたからかもしれないし、動揺している様子がまったくなかったからかもしれない。とにかく勇気が出た。

「クロード、船をまた動かせるかやってみてくれ」ジャン・ポールが言う。

ジャン・ポールとジュリアンがアニーたちの見張りに立ち、クロードは操舵室へ向かった。ジャン・ポールは反対側の船べりに寄りかかって煙草を吸いながら、ふたりに銃を向けている。一見くつろいでいるようだが、ダンが行動を起こしたら動けるように緊張感を保っているのは明らかだ。ジュリアンはそこから一メートルほど離れた手すり際にアニーに背を向けて立ち、やはり煙草を吸いながら海を見つめていた。彼女と目を合わせるのが耐えられないのだ。

なんて心の弱い男なのかしら。

もしかしたら、わたしの父親は間違っていなかったのかもしれない。

ストーノウェイを出てから、天気は徐々に悪化していた。太陽が灰色の雲のうしろに隠れて名高いスコットランドの霧が立ち込め、気温は一〇度ほどさがって風が強くなっている。

アニーは部屋を抜け出るときに薄いダウンジャケットを羽織ってきてよかったと考えた。でも、レッドソックスのキャップをかぶってこなかったのは失敗だった。レッドソックスはフロリダの彼女が生まれた場所からさほど遠くないところで春季キャンプをするので、お気に入りのチームなのだ。

「ほら。これをかぶれば頭が冷えない」ダンが縛られている両手を持ちあげて、自分の帽子を取った。

アニーは目をしばたたいた。彼は心が読めるのかしら？

ダンは彼女がためらっている理由を誤解した。「見かけよりきれいなんだぞ」

彼女は首を横に振った。「そういうことじゃないの。あなたが冷えてしまうもの」

「おれは慣れている。寒くなったらジャケットにフードがついてるしな」

彼はフリースのスウェットシャツの上に、ゴルテックスの防水性のシェルジャケットを着ている。

ダンの言葉に、彼女は感謝をこめてうなずいた。「ありがとう」

彼がキャップを小さめに調節して、アニーの頭にかぶせた。まだ少しゆるいけれど、一気にあたたかくなったのでまったく気にならない。

「何をやっている？」ジャン・ポールがふたりの動きを見とがめて声をかけた。

「彼女が寒そうにしているから、帽子を渡しただけだ」ダンが説明する。

「部屋からもう一枚上着を取ってくるよ」ジュリアンが熱心に申し出た。少しでもアニーの機嫌を取ろうと躍起になっているのだ。

でも、わたしが機嫌を直すなんてありえない。ジュリアンとの関係は、そもそも悪化していたのだ。そこにケースに詰め込まれた爆弾や頭に突きつけられた拳銃という現実まで加わったら、修復なんてできるわけがない。

「誰もここから動くことは許さない」ジャン・ポールが口をはさむ。

やがてクロードが戻ってくると、この言葉はジャン・ポールが意図した以上に真実であると判明した。

「船を動かせない」クロードが報告する。

クロードはジュリアンの友人の中で、いつも彼女に一番友好的だった。だから彼もこの件に関わっていると知って、アニーはがっかりした。ごく普通に見える人間が、自分の主張のためには爆弾で何かを吹き飛ばしてもいいと考えるなんて、とても信じられない。彼らはカルト教団のようなものに属しているのかしら？　だから洗脳され、現実を見失ってしまったのかもしれない。

ジャン・ポールが歩いてきて、ダンの前で止まった。銃口を彼に向けている。「何をした？」

「何も」

ジャン・ポールは銃の先をアニーに移して質問を繰り返した。「これでも同じ答えを返すのかな、船長？」

ダンはこれ以上しらばっくれても無駄だと判断したようだった。「ワイヤーを何本か引き抜いた。お望みなら案内しよう」

ジャン・ポールは笑った。「その必要はない。どうすればいいのかだけ教えろ」

クロードの持っている船の知識は表面的なもので、機械類に精通しているわけではなかったのだ。となると、あとはそれほど考えなくても爆弾を作ったのは誰かわかる。ジャン・ポールは爆発物を自信を持って扱えるくらい、技術的な知識を持っているのだろう。

ダンはワイヤーをどうしたのかを説明し、元に戻す方法を教えた。「ライトがついたら、ちゃんと戻せたってことだ」

アニーは彼が操舵室のキルスイッチには触れなかったことに気づいた。

「これでうまくいくよう、祈っていたほうがいいぞ」

ダンには脅しを気にかける様子はまったくない。「言われたとおりにすればうまくいく」

「やつが動いたら撃て」ジャン・ポールが差し出した銃を、ジュリアンがいやいや受け取る。

ジャン・ポールは次にクロードのほうを向いた。「見張りを手伝っていてくれ。だがワイヤーをつないだと下から叫んだら、すぐにもう一度エンジンをかけてみてほしい」

アニーはダンを見あげた。ダンは表情をまったく変えていないものの、じつは彼はこうなることを望んでいたのだと彼女にはわかった。

ディーンはじっと耐えて行動を起こせるチャンスを待っていたが、とうとうそのときが来た。

だが、すばやく動かなくてはならない。なるべくわかりにくく説明をしたとはいえ、二、三本のワイヤーを戻すだけのことにたいして時間はかからないだろう。ジャン・ポールが戻る前に、あの銃を奪いたい。あの男の目をひと目見ただけで、躊躇なく銃を使う人間だとわかる。

でも、ジュリアンはそれほど意志が強いようには見えない。こんな事態になると予想していなかったのは明らかだ。それにどうやら彼は、アニーをここまでひどい目に遭わせようとは思っていなかったらしい。彼女を気遣う気持ちは本物ではないだろうか。懇願するような目を何度も彼女に向けている様子を見れば一目瞭然だ。そしてディーンは、ジュリアンのその気持ちをこれから利用するつもりだった。

「やつに話しかけろ」彼はささやいた。

アニーは問いかけるような目を向けもしなければ、ためらいもしなかった。ディーンの意図を一瞬で理解したのだ。

彼女は元恋人に対して募らせていた疑問を、さっそくぶつけはじめた。「どうしてこんなふうにわたしをだませたの、ジュリアン？　わたしのことを好きなんだと思ってたのに」

アニーに話しかけられてジュリアンがあまりにもほっとした顔をしたので、ディーンは彼にほんの少し同情を覚えた。ジュリアンはクロードをちらっと見たが、彼はジャン・ポールと違ってジュリアンが彼女と話しても異議はないらしい。

「もちろん好きだよ。それにきみは、ぼくと同じ志を持ってくれていると思っていた。許せない行為がまかり通っている現状を変えたいと思い、やつらに耳を傾けさせるにはこれが唯一の方法なんだとわかってくれていると」

「人を殺して耳を傾けさせるの？」アニーが信じられないという口調で言う。「船の爆破にわたしが納得するって、本当に考えていたの？　そんなやり方で人々に耳を傾けさせられるとわたしが思うって？　そんなの、テロリストと同じじゃない。石油会社を被害者にして、支援者になってくれたかもしれない人たちを遠ざけるだけだわ」

厚かましくもジュリアンは傷ついた表情になった。そして彼女がまだ言い終わらないうちに立ちあがり、言い返しながら近づいてきた。「ぼくたちは誰も傷つけるつもりはなかったんだよ。なあ、クロード？」

クロードが一瞬ためらったあと、うなずく。興味深い反応だ。

「計画では、船ではなく係留用の策具だけ爆破するはずだった」ジュリアンがアニーに説明する。「停泊していた場所から船が動けば、掘削用のドリルが壊れるからね」

「じゃあ、その部分から原油がもれたらどうするつもりだったの？」彼女は怒って追及した。「わたしたちがなんとか阻止しようとしていたまさにそのことを、あなたは引き起こそうとしていたんだわ」

「係留用の策具を壊すだけにしては、ずいぶん爆弾の量が多かったしな」ディーンは冷静に指摘した。

　すると期待どおり、ジュリアンは彼に口をはさまれていやな顔をした。そしてディーンに近寄ると、銃を振って誇示した。その様子から、ジャン・ポールと違って銃の扱いに慣れていないとわかる。ただしそれは、必ずしもいいこととは言えなかった。誤って発射する危険がある。

「黙れ」ジュリアンが言った。「口をはさむな。何も知らないくせに」

「おまえたちがＯＰＦのメンバーじゃないかと疑うくらいのことは知っている」ディーンはしばらく前に海洋保護戦線《OPF》という組織について聞いていたので、試しに言ってみた。完全なはったりだったが、ジュリアンの驚いた顔を見ても意外ではなかった。「それに大胆不敵なリーダーはおまえに嘘をついていて、係留用の策具だけをターゲットにするつもりはなかったってこともな」ディーンは一瞬変化したクロードの表情に目を留めた。「疑うなら、そこにいる仲間にきいてみるといい」

「本当か？」ジュリアンがクロードのほうを向く。

その瞬間をディーンは待っていた。両手を勢いよく頭上に振りあげ、全力で左右に引き離しながら手をおろす。すると彼の手を縛っていた結束バンドがちぎれて飛んだ。足のほうはさらに簡単だった。ブーツにまごついたクロードが、見当違いの位置でバンドを固定していたのだ。

ディーンは何カ月もトレーニングから遠ざかっていたが、目の前にいる敵ふたりは体を鍛えているとはとても思えなかったし、接近戦の経験もほとんどなさそうだった。

ディーンと違って。

ジュリアンが振り返る前に、ディーンは彼を蹴ってバランスを崩させた。恐怖で指に力が入って発砲するかもしれないので、銃を持っている手から目を離さないようにしながら、手首をしっかりつかんで肘に膝を叩きつける。すると銃はあっけなく床に転がった。ようやく気づいて反応しかけたクロードがつかめないよう、すぐにそれを蹴り飛ばす。

腕が折れたのか、うめいているジュリアンの頭に鋭い一撃を見舞って、すばやく黙らせた。最初は向かってこようとしていたクロードも、ディーンが恐ろしいほどの効率のよさで仲間を片づけるのを見て思い直し、あとずさりして階段に向かった。

だがディーンはあっという間に追いつくと、的確な場所に二発叩き込んだだけで気絶させた。ただし、クロードがその前に発した警告の叫びは止められなかった。

それがジャン・ポールに届いたとは思えなかったが、ディーンは幸運に頼るつもりはなかった。ポケットから小型ナイフを出してアニーの手首の結束バンドを切りながら、足元に転がっていた銃を拾ってポケットに入れる。これを使わずにすめばいいのだが。

アニーに見つめられているのを感じて、ディーンはしかたなく目を合わせた。ショックに畏怖と恐怖が入りまじった表情は予想どおりだが、残念ながらいま彼女を慰めている時間はない。

〝戦闘マシン〟アニーの言葉がなぜか頭に浮かんだ。

「バッグから結束バンドを出して、こいつらを縛ってくれ。しばらくは目を覚まさないと思うが、危険は冒したくない」もう一度、彼女と目を合わせた。「アニー、わかったか?」

彼女がうなずく。

「そこにいるきみの恋人は見張りとして役立たずとしか言いようがなかったが、きみはもう少しちゃんとしてくれよ。まずはしっかり縛るんだ」

その言葉で彼女がしゃきっとした。両目が怒ったようにきらめく。「もう恋人じゃないわ」

ディーンは笑みを浮かべた。「それはよかった」

彼がドアのそばまで行ったところで、アニーが呼びかける。「気をつけてね」

彼はうなずいた。「頼んだぞ」

ところが階段を半分おりたとき、明かりが消えた。

ディーンは悪態をついた。まだ昼間なのに、嵐が近づいているので太陽の光がほとんどなかった。何も見えないというほどではないが、甲板の下に潜るとかなり暗い。

可能性はふたつ。彼らが幸運なら、ジャン・ポールがつなぐワイヤーを間違えて電気系統に影響が及んだ。不運なら、ジャン・ポールがクロードの警告を聞きつけて行動を起こしたということだ。

ディーンは運を天に任せるつもりはなかったので、すぐに甲板へ引き返した。アニーはまだ男たちを縛っている最中だったため、唇の前に指を立てて黙っているように合図し、機関室につながっている船の前方にある階段へ向かう。

途中、緊急用の装備をしまってあるベンチから発煙筒を二本取り出すと、階段の入り口に立ってバランスを取りながら、下に向かって投げ込んだ。

中が明るくなるのと同時に、ショックにあえぐ声で相手の居場所をつかむ。ディーンはすぐに飛びかかったが、ジャン・ポールもすでにそれを予想していて、どこからか見つけていた棒で彼の頭を殴ろうとした。ディーンは身をかがめてそれをよけると、腎臓の上に思いきり拳を叩きつけた。

ジャン・ポールは悶絶しながらもかろうじて踏みとどまり、なんとか繰り出した棒がディーンの顎に当たった。予想外の攻撃に彼はカッとなった。

ジャン・ポールに飛びついて床に倒す。彼は身をくねらせて逃げようとしたが、ディーンはその前に相手の首に腕をまわして喉を締めあげた。数秒でジャン・ポールがぐったりする。ディーンは彼を肩に担ぐと、これからともに刑務所に入ることになる仲間たちの隣におろし、アニーと協力して縛りあげた。おろすときに少しばかり乱暴になったが、顎がずきずきしていることを思えばしかたがない。

アニーはディーンの顔を見ると息をのみ、思わずといった感じで手を伸ばして彼の頰を包んだ。彼女の手は信じられないほどやわらかい。「けがをしているわ」

「大丈夫だ」なんともないと示すために、首を横に振った。だがひげを通してもわかるくらいだから、ただの痣《あざ》ではなく、それなりの傷がついているのだろう。アニーの手から顔を離しながらも、彼の声は胸にできた奇妙な塊のせいでくぐもった。「さあ、船を離れよう」

男たちは動けないようにしたのだから、本当はアニーを連れていく理由はない。しかし彼女がこの出来事にどれだけショックを受けているかわかっていたので、置いていく気にはなれなかった。責任を逃れようとする男は単なる臆病者だ。けれども陸に着いたら、なるべく早く彼女とは別れよう。

10

コルトはその番号を記憶していたが、かけたことは一度もなかった。

呼び出し音が三回鳴って、誰かが出る。その声は彼が予想したものとは違っていた。

男の声が言う。「もしもし」

その声を持つ男の名をコルトは知っていたものの、そのことを知らせようとは思わなかった。

「ケイトと話したい」

男がいぶかしげな声を出す。「誰かな?」

コルトは懸命に怒りを抑えたつつも、いかにも上品なイギリスの上流階級のアクセントにイライラせずにはいられなかった。

くそっ、いいから黙って彼女を出せ! そう言いたいのをこらえ、ただこう返した。「それは個人情報なので」

パーシー卿――コルトは心の中でそう呼んでいるが、正式にはパーシヴァル・エドワーズ卿だ――は受話器に手を当てたとはいえ、その声はコルトに丸聞こえだった。「キャサリン、きみと話したいって男から電話だ。名前は言わない。個人情報だと言って」

何秒かして、彼女が電話に出た。「キャサリンです」

三年だ。最後に彼女の声を聞いてから、三年が経っている。

「もしもし？」彼女が呼びかける。

声が出るまで、しばらくかかった。「おれだ」

沈黙が流れる。だが、長くは続かなかった。一瞬ののち、受話器が叩きつけるように置かれてしまったのだ。回線が切れる。

彼女の気持ちをやわらげるのに、三年では足りなかったらしい。

とはいえ、愛想よくしてもらえるはずがないのは最初からわかっていた。

コルトは電話を取りあげた。もう一度彼女にかけるためではない。そんなことをしても時間の無駄だとわかっている。代わりに彼は、アーリントン行きの航空券を予約する電話をかけた。

11

アニーはダンが小さな八人乗りの救命ボートを操る様子を見つめながら、自分が黙っているのはショックからなのか、彼に対する畏怖からなのかわからずにいた。ボートはダイビング用の船から次第に離れていく。

この何時間かは、控えめに言ってもいろいろあった。爆弾を発見し、恋人がテロリストだっただけでなくアニーを自分の狂気に巻き込もうとしていたと知り、彼女の頭にためらいもなく弾を撃ち込むであろう彼の友人に銃を突きつけられ、その危機をいま横にいる男性のおかげでかろうじて免れた。

けれども最後の部分については、〝かろうじて〟という表現は正しくないかもしれない。アニーが感じている畏怖は、このときの彼の活躍に対するものだ。

映画やテレビ以外で、あんなものは見たことがない。ダンが何者であれ、彼は危険を恐ろしいほどの有能さで切り抜けた。その動きは信じられないくらいすばやく、アニーの横に来たかと思うと次の瞬間には彼女の手首の結束バンドを紙みたいにやすやすと切り、ジュリアンの銃を持っているほうの腕に手をかけ――彼の腕が折れたときのぞっとする音を思い出すといまでも身がすくむ――ほんの何発か拳を振るっただけで、ふたりの男たちを次々に昏倒《こんとう》させた。

その間、ほんの三〇秒ほどだっただろうか。せいぜい一分。そして一番手ごわいジャン・ポールを片づけるのに、もう二、三分。ダンの動きはテレビで見た総合格闘技と武術がまじりあっているように見えたけれど、ルールのある試合ではなく生の戦闘として目の当たりにするとはるかに恐ろしい。

アニーはダンに借りたキャップの下から、ボートの操縦桿《かん》の前に立っている彼を見つめた。彼女はいま、ダンの横にあるプラスティック製のベンチシートの上に座っている。彼はダイビング船からできるだけ早く離れようと、二〇馬力のエンジンをフル稼働させて風上に向かっていた。波を越えるたびにボートが激しく揺れようと、顔に水しぶきが激しくかかろうと、気にもしていない。冷静なその表情は、岩を刻んだ彫像のようだ。でも、もし彼に感情の起伏があるのだとしたら、いまはきっと楽しんでいるのだろう。まるで水を得た魚のように生き生きしている。

けれどもアニーのほうはボートから投げ出されないようにするのが精いっぱいで、ボートが波を越えて水面にぶつかるたびに歯がガチッと鳴るし、顔にはもう感覚がない。

彼は何者なのかしら？　きいてもきっと答えてくれないし、知るのも怖い。

三〇分ほど経ってダイビング船がすっかり見えなくなると、ダンはボートのスピードをゆるめた。

アニーは現在地の手がかりになるようなものがないか、あたりを見まわした。しかし目に入るのは暗くなっていく空と次第に濃くなっていく霧、それに果てしなく連なる灰色がかった藍色のうねりだけだった。

いまどこにいるのだろう？　ルイス島の北東の沖、八〇キロほどのところだろうけれど。まわりには何もない。嵐の空の下の海に、ふたりきりだ。

アニーは鼓動が乱れるのを感じた。

ダンを見つめ、このボートに乗り込むことで自分がどれほどの信頼を彼に預けたのかをひしひしと感じる。こんなふうに大海を漂っているいまになって、彼を信頼したのが間違いではなかったことを祈っても遅すぎる。いまならダンは、誰にも知られずにわたしを海に投げ込めるのだから。

心臓が一瞬止まった。なぜこんなことを考えているの？

ボートが停止した。いや、エンジンをかけたままだから、アイドリングをしていると言うべきかもしれない。

映画なら、ここで場面を盛りあげる音楽が流れだすところだ。

「どうして止まったの？」神経質になっているのが声に出ていないよう願いながら、アニーは尋ねた。

ダンはその質問を無視したが、これまでの彼との短いつきあいからして、それは意外でもなんでもなかった。「何か電子機器を持っていないか？」

質問の意図がわからず、アニーは眉をひそめた。ダンがバッグを取りに行くのを許してくれなかったので、持ち物と言えるようなものはポケットに入っている携帯電話と、子どもの頃から使っている古いミッキーマウスの腕時計だけだ。ショートパンツを探ってみたが、やはりリップクリームとティッシュペーパーしかない。

だいたい、パスポートすら持っていないのだ。母親が旅行用のウエストポーチを買ってくれたものの、つけるのがいやで空港から部屋に着くとすぐにスーツケースに突っ込んでしまった。

アメリカに戻ったら、〝いつも身につけておくべきだ〟と言われたのは正しかったと喜んで母親に認めよう。心から。

「携帯電話しかないわ」

「見せてくれ」

ダンは誰かに連絡を取りたいのだと思い、彼女はポケットから携帯電話を出して渡した。ところが彼がそれを海に投げ込んでしまったので、あとを追って飛び込みそうになった。伸ばした手も虚しく携帯電話が海に沈んでいくのを見て、アニーは怒りで恐怖を忘れた。勢いよく振り返り、彼に嚙みつく。「どうして捨てたのよ！」

「誰にも跡をたどられたくないからだ」

「電源を切ればいいでしょう！」

「それだけでは確実じゃない」

「ジャン・ポールや彼の仲間たちに、そこまでできる技術があるのか疑問だわ」

「だが、警察にはできるかもしれない。危険は冒したくないんだ。それにＯＰＦは力のある組織だ。あなどるんじゃない」

「どうして彼らのことを、そんなによく知っているの？」

ダンは答えずに、黙ってバッグから無線を取り出した。

「あなたの携帯は？　それも海に投げ込むの？」

「おれのは使い捨ての番号で登録してあるから追跡できない」

すばらしい。そんな情報は聞きたくなかった。彼はなぜ、追跡不能な携帯を持つ必要があるのかしら？　そういうものはドラッグの密売人や犯罪者が持つものだと思っていた。彼はいったい何に関わっているの？

しかし、それをきくチャンスはなかった。ダンが取り出した無線を使いはじめたのだ。国際遭難周波数である一六チャンネルを通して、船が〝準緊急事態〟に陥ったことを知らせる信号を送っている。

アニーは乗員の生命や船が危険にさらされていることを示す、さらに緊急度の高い遭難信号のほうがいい気がしたが、彼はより冷静で落ちついた判断をしたようだ。

何分か経って、応答が返ってきた。アニーは自分たちがほかの船か沿岸警備隊の監視所から無線の届く範囲内にいることがわかって、少しほっとした。とはいえ何キロも離れているので、ダンが彼女を厄介払いしようと決めたとしても助けてはもらえない。

こんなことを考えるなんて、映画の見すぎだ。

彼は手早く要点だけを伝えている。船の名前と最後に確認したときの座標を言い、掘削船を爆破しようとした環境テロリストが三人乗っていると警告した。貨物室に積んであるケースの中に入っている爆弾についても、忘れずに告げる。

しばらく沈黙が続いたので、アニーは通信が途絶えたのかと思ったが、やがて沿岸警備隊の通信士がダンの言ったことを繰り返し、それで間違いがないか確かめた。彼はその確認には答えたものの、身元と現在地をきかれるとすぐにさえぎった。「急いだほうがいい。やつらは縛ってあるし、ひとりはけがをしている」

ダンが無線を切ったので、義務は果たしたと考えたのだろうとアニーは思った。

少なからぬ金額を投じて購入した、まだ新しい携帯電話を捨てられたショックから彼女はなかなか立ち直れず、無線についてきかずにはいられなかった。「無線は突然スイッチが入って、居場所がばれたりはしないの？」

ダンの発したうなるような声は、おそらく面白がっていることを示しているのだろう。彼が口の端を片方あげたのを見て、アニーの推測は確信に変わった。「いや。電源を切っておきさえすれば、跡をたどるのは不可能だ。GPSのついていない古い無線を持ってきたから。それに人工衛星を介して信号を発信する非常用位置指示無線標識装置《EPIRB》も持ってこなかった」

つまり、誰かに衛星無線標識《ビーコン》をたどって見つけてもらうことはできないということだ。これもアニーにとってうれしい情報ではなかった。もしこれからなんらかの……トラブルに見舞われたら、どうすればいいの？

「どこに向かっているのか、あなたがちゃんとわかってるといいんだけど」

ダンはさっきよりさらに大きく笑い、その様子は魅力的と言ってもいいくらいだった。強い光を放つ鋼のようなブルーの目を見て、アニーの心臓が止まりそうになる。

信じられない。彼はハンサムだ。前はばかみたいだと思ったもじゃもじゃのひげを、剃ってほしくないと思ってしまうくらい。これはあまりにも危険な兆候だ。

「心配いらない。迷子になったりしないよ」

「あら、あなたは腕ききの航海士ってわけ？」

「そんなようなものだ」

アニーは空を見あげた。「星はあまり見えないみたいだけど」

彼が顎をしゃくってバッグを示したあと、そこから防水のケースを取り出す。「コンパスと海図がある。だからなんの問題もない」

彼女は安心したようには見えなかったらしい。

「信じないのか？」ダンがきいた。

今度はアニーが返事をしない番だった。ところがそのとき、彼女の目にありえないものが映った。彼女がつかんで体を支えていたプラスティックのハンドルが浮きあがり、ゴムボートの生地の継ぎ目が少しずつ開いてきている。「ねえ、見てよ」

ダンがそれを見て悪態をついた。舵の前を離れて、調べに来る。「きみのお友だちがこれをどこで借りたのか知らないが――」アニーの表情を見て言い直す。「その元お友だちはよく調べなかったらしい。見ろ、継ぎ目がちゃんとくっついていない」

「空気がもれているのかしら」心配になって尋ねる。

「いや、まだだ。ダクトテープを持っているから、それを使ってとりあえずくっつけよう。だが、どれくらい持つかわからない」

まったく、次から次へとよくもこんなにトラブルが起こるものね。「ダクトテープを持ち歩いているの？」

普通の人間がそんなものをバッグに入れて持ち歩くかしら？

「いつもなら持っていないが、バックパックが破れていたから、とりあえず修理するのに使ったのさ」ダンはバックパックの中に手を入れてダクトテープを取り出し、それを貼った底の部分を見せた。

作業をしながら、彼がアニーをちらりと見る。「そんなに不安そうにしなくていい。きみに何かしようとは思っていない」

見抜かれて、アニーは赤くなった。「もちろん、そうだと思うわ。でも、わたしは男性を見る目にすっかり自信をなくしているところだから」それに彼はアメリカ人であることを隠していたし、警察を避けている。でも、容赦のない物言いで手厳しく非難したことや――言われても当然なことがいくらかあったのは認めざるをえない――最初わたしを置いていこうとしたことは忘れられないにしても、ダンに命を助けてもらったのは事実だ。「ごめんなさい。あなたには助けてもらって感謝しなくちゃいけないのに。ありがたく思っているわ。心から」

彼はうなずき、アニーの感謝に居心地が悪くなったかのように、すぐにボートの応急処置に戻った。そしてそれが終わると乗り出していた体を戻し、彼女に目を向けた。「アニー、きみは何も心配しなくていい。おれは無害な男だ」

彼女の笑顔が少し引きつった。「そうね。あなたがどれくらい無害な男か、さっき見せてもらったわ。あんな技をどこで身につけたの？」

するとと面白がっているような表情があっという間に消え、ダンは険しい顔になった。「もっとひどい扱いをされても、やつらは文句を言えない。あいつがきみの頭に銃を向けたときは……」

彼はそこで言葉を切った。なんと続けるつもりだったのだろう？　わたしが感じているふたりのあいだの奇妙なつながりをダンも感じていて、それを認めようとしたの？

そうなのかもしれない。風に吹かれて頬にかかったアニーの髪をダンが手を伸ばしてそっと払うと、彼女は思わず息を止めた。彼の手はなかなかそこから離れない。

ダンの目に前にはなかったやわらかい光が宿り、声はかすれている。その官能的でゆったりしたしゃべり方を聞いていると、こんな状況では思い浮かべるのさえ見当違いな場所に、かすかなうずきを感じた。

「おれと一緒にいるかぎり、きみは安全だ」

アニーにはそうは思えなかった。喉元で心臓が脈打っているようなこの感覚は、安全ではなくむしろ危険とつながっている気がする。張りつめた空気に、なぜか体が震えた。まるで断崖絶壁の上に立ち、受け止めてくれるものがないとわかっていて飛びおりようとしているかのようだ。

やっぱり、ダンといたら安全ではないかもしれない。最初に思っていたのとは別のやり方で傷つけられてしまうかも。

ただ、肉体的に傷つけられることは絶対にないと信じられる。彼は身の安全を必ず守ってくれるだろう。

ダンが前に乗り出したので、アニーは一瞬キスされるのかと思った。自分がどれほどそれを望んでいるかを悟って、驚きを感じる。ところが彼が何もしないままぱたりと手を落としたときに深い失望に襲われ、さらに驚いた。

それにしても、ダンが手を落とした動きはあまりにも唐突だ。もしかしたら、彼もこの張りつめた雰囲気に耐えられなくなったのかもしれない。

「ダクトテープはずっとは持たない。とくに雨が降ればはがれやすくなるから、嵐が過ぎるまで雨をよけられるところを見つけよう」もう数分もすれば雨が落ちてきそうな空を見あげて、ダンが言う。

そして海図を一枚広げて調べはじめた。頭の中で計算を重ねているようだ。

「いまいるのは、このあたりだ」海図の一箇所を指さす。「南西に一三キロほど行くと、小さな群島がある」

嵐の海をゴムボートで渡るには、なかなか厳しい距離だ。波が高くなれば進む速度は落ちる。乗組員がふたりしかいないとなれば、なおさらだ。波がなければ時速三〇キロから四〇キロくらいは出るところが、嵐の海となれば慎重に進まざるをえなくなり、せいぜいその四分の一になってしまう。

「行き着けるかしら」

ダンがにやりとした。「問題ないね。たとえおれが泳いで連れていかなくちゃならなくったとしても」

彼は冗談を言っている。たぶん。

「できればこのライフジャケットを試すはめにはなりたくないし、もうこれしか残っていない服を台なしにするのも気が進まないわ」アニーは淡々と言った。「今日はもう、携帯をなくしちゃったし」

ダンが低く笑う。「きみがユーモアのセンスを忘れずにいてくれて、うれしいよ」

彼女もそう思った。そして数分後に最初の雨粒が鼻に当たったとき、この先はそれなしでは乗りきれないのではないかという、いやな予感がした。

アニーがもう連続殺人犯を見るような目を向けてこなくなったので、ディーンはうれしかった。しかし彼女の目に浮かぶ信頼も、それはそれで大きなプレッシャーだった。

口には出さなかったが空気のもれは心配だったし、嵐は厄介だ。雲と風の様子からすると、予報よりも早く、しかもひどい嵐になりそうだ。スコットランドでは珍しいことではないものの、彼らにとっては不運なタイミングというよりほかない。

それに地図で見つけた群島に着いてみるまで、それがどんなものか見当もつかないとは彼女にとても言えなかった。もしかしたら、鳥しか上陸できない海に突き出た大きめの岩の柱ということもありうる。

だが自分の力ではどうにもならないことを、いまから心配してもしかたがない。そのときどきで、最善と思うことをしていくしかないのだ。

それにしても、継ぎ目の不具合とは。ディーンは頭を振った。よくあるとは言えないが、たまに聞く。その〝たま〟が、嵐が迫りくる北海の真ん中ではじめて彼を襲ったのは、不運としか言いようがない。けれども継ぎ目が完全に開いてしまう前にアニーが気づいたのが、せめてもの慰めだ。気づかないまま雨が降りだしていたら、最悪だった。濡れてしまった表面にダクトテープを貼っても、奇跡でもなければくっつかない。

こういうボートはチューブのうちの一本から空気が抜けても、すぐには沈まないようにできている。しかし本当に持つものなのか、嵐の海で試してみたいという気にはなれなかった。波がすでに高くなったせいでボートの中に水が入ってきているし、これからはその量が増えるだろう。

ディーンは装備の大半をロシアに残してこなければならなかった。爆発で吹き飛ばされ、意識を失っていた彼を少佐が助け出してくれたあと、ふたりは身元をたどられる可能性のあるすべての装備を火の中に投げ込んだ。しかしそのあと、携行していた脱出サバイバルキット——シールズの隊員はこれなしで出かけることはない——から、ほとんどのものを補充している。アニーが見て不安そうな顔をしていたダクトテープやコンパスも。

　できれば、サバイバルキットに入っていたボタンくらいの大きさのコンパスではなく、フルサイズの軍用品があればよかった。はるかに正確だし、防水仕様になっている。固定式のマリンコンパスならなおいいが、別に小さいものでもなんとかなる。それにいまの彼らは、手に入るものでやっていくしかないのだ。

　ディーンは船の操縦に集中していたので、アニーが身を震わせるまで雨が降りはじめていたことに気づかなかった。

　彼は小声で毒づいた。アニーのジャケットはダウンだが防水にはなっていない。そしてサバイバルキットから持ってこなかった数少ないものが、ポリエステルフィルムの非常用ブランケットだった。「ほら、これを着るといい」ディーンは片手で舵輪を支えながら、もう片方の手で防水シェルジャケットのファスナーをおろそうとした。

　けれどもアニーは首を横に振って、彼の腕に手を置いた。「あなたのジャケットを取ってしまうわけにはいかないわ。あなたには、わたしよりそれが必要だもの」にこっと笑う。

「それに、わたしはフェミニスト団体に所属しているの。そんなことをしてもらったら、いったいどんな全米女性機構《NOW》の会員かと思われるでしょ？」

「濡れネズミでない会員さ」冗談で返すとアニーが笑ったので、ディーンは横目でちらりと彼女を見た。「当ててみようか。きみの財布には、いろんな団体の会員カードが入っているんだろう?」

彼女は口先だけでなく行動で証明するタイプの人間だ。心で感じることを行動に移す。アニーはにやっとすると——少々意地の悪い笑みだ——反捕鯨団体などセンチメンタルな義憤に基づくありとあらゆる団体を挙げはじめた。中には彼が聞いたことがないものもある。けれども彼女が政治団体に差しかかると、ディーンは手をあげて止めた。「もうやめてくれ。じゅうぶん聞いたよ。その最後のやつでおなかいっぱいだ」大げさに身震いをしてみせる。

「彼らはいろんな重要なことを——」

「アニー?」彼女が口をつぐんで見あげる。ディーンが渡したキャップのつばのおかげで顔はほとんど濡れていないが、まつげに雨粒が三滴ついていた。彼女の目はすごくきれいだ。とくに楽しそうにきらめいているときは。「きみがそこでやめると約束するなら、ジャケットはこのまま着ているよ」

最初からそれが目的だったかのように、アニーは微笑んだ。「取引成立ね」それから、さっき彼がしたみたいにちらりと横目で見る。「今度はあなたのを当ててみましょうか……」

ディーンはにやりとした。彼女の言おうとしていることが、すぐにわかった。「〝ベイビー、おれから銃を奪うなら、死んで冷たくなった手から取るがいい〟だよ。全米ライフル協会さ」真顔になって、つけ加える。「このベイビーは異性愛者である男としての台詞だ」

「でしょうね」アニーは真面目くさって彼を見つめ返した。「それにしても、野蛮人の学校で〝異性愛者〟なんて難しい言葉を教えているなんて、驚いたわ」

ディーンは噴き出した。こんなくだらないやり取りにつきあってくれる女性に会ったのは、はじめてだ。「たしかにそいつは〝くそ〟みたいな罵り言葉に比べたら長いな」

アニーが頭をうしろに投げ出して笑いだすと、それまで冗談のやり取りを楽しんでいたのが嘘のように、彼は突然熱い欲望にとらわれてしまった。空から落ちてくる雨や緊迫した状況に関係なく体がカッと熱くなり、もう少しで彼女を引き寄せ、クリームのようになめらかで魅惑的な首筋にキスをしそうになる。だが、どう考えてもそれはまずい。

集中が必要とされている最中に自分が一瞬でも気をそらされることがあるとわかって、ディーンはショックを受け、われに返った。こんなふうに任務を遂行中に、達成すべき目標から目を離してしまったことなどないのに。

どうにも気に入らない事態だ。

しかしアニーは自分がディーンに与えている影響にまったく気づいておらず、頭をまっすぐに戻すと、笑顔のまま彼と目を合わせた。「あなた、どの科目でもすばらしい成績を取っていたんじゃない?」

「興味があるなら、いくらか教えてあげられることはあるよ」

「遠慮しておくわ」彼女はそっけなく断った。

「何を逃すことになるのか、わかっていないな」

アニーがぐるりと目をまわしてみせる。「想像はつくわね」

おれたちは同じことを思い浮かべているのだろうか？　そうだとしても、彼女はまるで気づいていない。

「気が変わったら、いつでも言ってくれ」

「そうするわ」

ディーンは懸命に視線をはずした。彼女はあまりにも美しく、すぐに気をそらされそうになってしまう。

彼はそうやってなんとか一、二キロ持ちこたえたものの、そこで霧雨が本格的な雨に変わった。男女差別をするろくでなしだと思われようと、このまま自分だけが防水のジャケットを着てアニーをずぶ濡れにさせておくわけにはいかない。

膝の上に引き倒して有無を言わせず着せてしまおうかとも思ったが、それだとあまりにも彼女がディーンに対して抱いているイメージどおりだという気がして、もう少し遠まわしに目的を達成することにした。何事にもはじめてのときはある。

「ちょっと手伝ってほしいんだが」

彼女が背筋を伸ばす。「いいわ、なんでも言って」

「海図を持ちながらコンパスをまっすぐに支え、同時にボートの操縦をするのはこの波では難しい」

「それで、わたしは何をすればいいの？」

ディーンは座席の上で腰を少しうしろにずらした。「ここに座ってくれないか？」蝿《はえ》を誘い込む蜘蛛《くも》のように、自分の前に少し空いているスペースを示す。「おれが操縦しているあいだ、海図とコンパスを見えるように持っていてほしいんだ」

アニーは彼に怪しい意図がないかいぶかしむように、眉をひそめた。

さしずめマクドナルドなら、賢い娘っ子だと言うだろう。

だが船の速度を少し落とし、しばらく押しあいへしあいした末に、結局彼女はディーンの胸に背中をつけて座った。そして慎重にアニーの体を覆った彼の上着は、彼女を雨から守れるようになった。

けれども、ひとつ大きな問題があった。時間が経つほど大きくなる問題が。舵輪の前のプラスティック製のシートは位置の調節ができたが、それでもふたりのあいだに空間を空けられるほどではなかった。つまりアニーの背中はディーンの胸にぴたりとつき、頭は彼の顎の下におさまり、完璧な曲線を描くすてきなヒップは彼の脚のあいだに押しつけられる格好になったのだ。そしてボートが弾むたびに、その信じられないほど魅力的なヒップが股間を直撃する。脳みそなんてものがないうえ、長らく放っておかれた彼の股間がそんな攻撃に気づかないはずはなく、あっという間に立ちあがった。それはもう、かたくなって。

ふたりを隔てるものがほとんどない――具体的にはデニム生地が二枚だけ――ことを思えば、アニーが彼の変化に気づかないはずがなかった。

最初、彼女は体をこわばらせ、できるだけディーンと体を離そうとしていた。だが天気がどんどん悪化して波が高くなると、そんな試みはまるで不可能になった。とうとうアニーがあきらめて、おとなしく彼に身を預ける。

思わずうめいてしまわないようにするには、ありったけの意志の力が必要だった。しかし、アニーの感触は最高だ。それはもう、信じられないほどに。彼の体は燃えるように熱くなり、肌が張りつめて、あらゆる感覚が鋭くなった。

それから三〇分間、ディーンはボートの動きやリズムが自制心を乱そうとするのにあらがいながら、必死で船を操った。

アニーの体から伝わってくるあたたかさや、やわらかさもいけなかった。いいにおいがすることも。それが香水なのかシャンプーなのかはわからなかったが、女らしい甘い香りに、ディーンは彼女の首筋や髪に顔をうずめたくなった。

天気がさらに悪化してすべての集中力が必要になり、ほっとする。

ただしそこには、残念な気持ちもほんの少しだけまじっていた。

12

まるで一面に布を張り渡したように切れ目なく落ちてくる雨が、ふたりを激しく叩いていた。白波が時を追うごとに高くなり、激しく吹きつける風が水をはねあげ、ふたりの上にまき散らす。

どう考えてもいまは、余計なことで頭をいっぱいにしている場合ではない。うしろに座っているダンの体がどんなに心地いいか、彼の腕がどんなにアニーの胸の近くにあるか、かたくなった彼のものが前に手で触れたときの印象どおりどんなに誘惑的か、そんなことを考えている場合ではないのだ。それなのに激しい嵐の海の真ん中でアニーをとらえているものは、ダンが欲しいという気持ち、端的に言えば彼に対する欲望だった。彼に火をつけられ、アニーの体は燃えあがっている。

ダンの上着と体の熱にすっぽり包まれたアニーは、ぽかぽかとあたたかくて全身からぐったりと力が抜けていた。とても季節風《モンスーン》のさなかに空気がもれつつあるボートに乗って、海を漂っているとは思えない。嵐もそれほど悪いものではないとさえ思ってしまうけれど、それでもやはり、いまはセックスについて考えているときではないだろう。このうえなくみだらで熱く、いままでは単なる妄想でしかなかったようなセックスについて。

でも、いま体じゅうに広がっている感覚を基準に判断するなら、アニーはバックからのすてきなセックスを惜しいところで逃していることになる。ダンの股間にヒップがぶつかるたびに、まったく力が入らなくなってしまう。舵輪の上にかがみ込まされ、腰を持ちあげられて、あの重量感のある彼のものが押し入ってくるさまがありありと頭に浮かぶ。何度も何度も激しく突かれるところも。ボートが波に持ちあげられて急降下するたびに、ダンが腰を叩きつけ、彼女の体の隅々にまで激しい欲望を送り込む。アニーの体はじんじんうずいて、これまで経験したことがないほど熱くほてっていた。いまどんな状況にあるかを考えると、どうかしているとしか言いようがない。

そして彼女の想像力は、ほんの少し行きすぎてしまった。ふたたびボートが波に持ちあげられてヒップがダンに押しつけられた瞬間、アニーはわずかに背中をそらし、うめき声のような音をたててしまったのだ。

彼がうしろで身をこわばらせ、胸や腕の筋肉が張りつめて鋼のようにかたくなるのがわかった。六つに割れた腹筋が、まざまざと感じられる。いや、六つではなく八つかもしれない。正確な数は振り返って数えてみなければ永遠に謎のままで、アニーは振り返って確かめたくてしかたがなかった。火をかきたてたばかりのかまどに身をさらしているように、背中がさらに熱くなる。きっと彼女はいま、まさに火をかきたててしまったのだ。

いったい何をやっているの？　ティーンエイジャーじゃあるまいし、ほとんど知らない男性に体をすりつけるなんて。大きな波が来たら、あるいはこのままボートから空気がもれつづけたら、波間に沈んでしまうかもしれないというのに。

恥ずかしさに頰が燃えるように熱くなって、身を引こうとした。けれどもダンの岩のようにかたい腕がアニーをとらえ、さらに引き寄せた。「離れないでくれ。このままがいい」

耳元でささやかれて、背筋を震えが駆けおりた。やはりそうだ。彼もふたりを引きあう力を感じている。こうして触れあうのを気に入り、わたしを求めているのだ。

わたしはいったい何を求めているのかしら？　ほとんど知らない男とセックスしたいと思っているの？　彼が途方もなくセクシーだとしても、まさか本気で？

いまの自分がどんなふうに見えるかを、アニーはふいに悟った。ポルノ映画に登場するセックスに飢えた女そのものだ。〝パーフェクト・セックス・ストーム〟とでも名づけられた映画に。アニーは彼が何者かも知らないのだ。ほんの三〇分前には、連続殺人犯ではないかと疑っていたではないか。

いいえ、本当にそんなふうに思ったわけではない。なぜかはじめて会ったときから、ダンを信頼していた。だからいけないと思いながらも、ばかげた行為を想像してしまったのだ。でも男を見る目のないばかな女だと二度も露呈してはならないと、理性が警告を発している。彼が信じられるという根拠はないのだと。それなのに、直感は理性とは逆のことを告げている。

アニーの父親は〝直感を信じろ〟といつも言っていた。とはいえ、その直感が手ひどく裏切られたら、次にどうやってまたそれを信じればいいのだろう？

世間知らず。ダンに情け容赦なく批判された中で一番こたえたのは、たぶんこの言葉だ。なぜなら真実を突いているから。それに、世間知らずという言葉が間抜けと同じ意味で使われることが多いからでもある。わたしは間抜けではない。ただ、頭がそんなふうには働かないだけだ。あらゆることの背後に、裏切りがあるのではないかと疑うようには。わたしは人のいい部分を見る。悪い部分ではなく。それでトラブルに巻き込まれないのかと問われればそういうことがないとは言えないけれど、それでもわたしは世界をダンが考えているような暗黒に満ちた場所だと思いたくない。

たぶん、ジュリアンに対してはもう少しいろいろ質問すべきだったのだろう。こんな冒険に乗り出す前に、彼についてもっと知っておくべきだった。でも彼がＯＰＦのようなテロリスト集団と関わっている兆候は、まったくなかったのだ。ジュリアンのふるまいがちょっとおかしいと思うことはあったし、彼の友人であるジャン・ポールはどうしても好きになれなかった。それでも何かを見逃したとは思わない。ただジュリアンがわたしをだましただけの話だ。

けれどダンや父みたいに皮肉なものの見方をする人間は、人の最悪の部分を想定し、すべての人間を容疑者として扱うべきだと考えている。

彼らのように人を疑って生きていくというのがどういうものなのかは想像がつかない。スーパーヒーローみたいだった父でさえ、そういう人生の辛さや醜さ、怒りに耐えきれず、生きるのをやめるという道を選んだのだ。

わたしはそんなふうに影を見つめながら生きていきたくない。だからずっと、ダンみたいな男性は避けてきた。なのになぜ、そのことを忘れていたのかしら？

アニーの気持ちが変わったのを察して、ダンがきいた。「大丈夫か？」

彼女はわれに返って、うなずいた。

「よかった。きみの助けが必要だからな。波がどんどん高くなっているから、なるべく海から目を離したくない。だからきみがコンパスを使って、正しい針路を維持してほしい」

アニーは昔、地図とコンパスを使って正しい方向に進むやり方を父親に教わったが、どうしてもコツがつかめなかった。それに海の上でコンパスを使ったこともない。でも、尻込みするつもりはなかった。ダンがやってほしいと言うなら喜んでやるまでだ。「わかったわ」

「いい娘《こ》だ」

あとで無事に陸に着いたら、彼の性差別的な言葉の使い方に腹が立つかもしれない。

「ダン？」

一瞬間を置いて、彼が応える。「なんだ？」

「状況はかなり悪いの？」

これほど近くに座っていなかったら、彼の一瞬のためらいに気づかなかっただろう。状況はかなり悪いのだ。

「怖がる必要はないよ、アニー。おれに任せてくれ。わかったか？」

理由はわからないけれど、彼女はダンを信じた。この状況を無事に乗りきれる人間がいるとしたら、それは彼だということに賭ける。「わかったわ」

「きみは針路を南東一七〇度に保ってくれればいい」

それからの二〇分は、アニーのそれまでの人生でもっとも恐ろしい時間だった。頭に銃を突きつけられる経験をしたあと、まだそれほど経っていないことを考えると、いまの状況がどれほどひどいかがわかるというものだ。嵐はふたりのまわりでハリケーンのように吹き荒れている。実際はハリケーンではないが、こんなふうにダクトテープでつなぎあわせたゴムボートに乗り、二、三メートルもの高さに波立っている海を漂っていると、そうとしか感じられない。

やがてダクトテープがはがれると、恐怖は頂点に達した。

水にさらされすぎたせいか、内側からの圧力に負けたのか、いままでしっかりと穴をふさいでいたテープが次の瞬間にはパタパタと風にあおられていた。

「テープが！」

「心配ない」ダンが言う。

その声のとおり彼には自信があるのか確かめようと、アニーは振り返った。切り出した岩のようにいつもと変わらず冷静なダンの顔には、まったくほころびが見えない。

信じられない。この人は本当に人間なの？　どうしてこんなに落ちついていられるのかしら？

「心配ないですって？」信じられずに繰り返した。「空気が抜けているのよ！」

氷のように沈着冷静な青い目が、彼女の目をとらえる。「それはいまはどうにもできない。だが、何本かあるチューブのうちの一本だ。沈みはしないよ。入ってきた水をすくい出してもらわなければならなくなることは、あるかもしれないが。とにかく針路だけ保っていてほしい」アニーの反応が遅かったのだろう、ダンが彼女の顎をつかんでしっかりと目を合わせた。「アニー、いいか、おれを信用してくれ」

彼女はちょっと考えて、うなずいた。どうかしているかもしれないが、ダンを信用している。よく知らない人間を信用するなんて、一番してはならないのだろうけれど。でも彼は命を救ってくれたし、ほかに選択肢があるわけでもない。信じるしかないのだ。頼れるのは彼だけなのだから。

「それでこそ、おれの見込んだ娘《こ》だ」

〝おれの見込んだ娘〟そんな言い方には反発を覚えていいはずなのに、なぜか悪い気がしない。アニーが考え込んでいると、ダンが身をかがめて彼女の口にすばやくキスをした。短いがしっかりとしたキスに驚いて、彼女は抗議することも反応することもできなかった。ただ押しつけられた唇のあたたかさと意外なほどのやわらかさに、五感が一気に目覚めて体じゅうが熱くなる。

ダンは風と雨とかすかなコーヒーの味がした。思っていたよりもやわらかいひげがくすぐったいと思ったとたん、唇が離れる。アニーは呆然《ぼうぜん》として、言葉が出なかった。頭がくらくらする。

キスを続けてほしくてたまらない。

でも、短いキスにも意味はあった。彼と気持ちがつながったのだ。ふたりはいま、この苦境をともに乗り越えようとしている。ダンは必ず守ってくれるから、わたしはただ信じていればいい。

こんなふうに感じている自分に、アニーは困惑していた。そして彼女を困惑させることこそ、ダンの目的だったのだという気がした。なぜなら彼女はダンにされたキスで頭がいっぱいで、恐怖を感じる暇がなくなったからだ。キスについての疑問がぐるぐると頭をまわり、パニックに陥るどころではない。

だからアニーは落ちついていられた。ボートの片側のチューブからすっかり空気が抜けて水が入ってきても、それからすぐ水をすくい出してくれとダンに言われたときも、パニックに陥らなかった。うしろに感じる力強い体が彼女を勇気づけ、現実につなぎ止めてくれた。嵐の中で命綱になってくれた。

そしてダンは決して冷静さを失わなかった。ほんの一瞬も不安を見せなかった。ボートの片側が目に見えて水の中に沈んでも、彼はただ集中し、目的に向かって進んだ。ポセイドンの率いる海の神々が悪意を向けてきても、疲れを知らずに戦いつづけた。

どうすればいいのかを、ダンは正確にわかっているようだった。荒れ狂う海の上でどうやってボートを保てばいいのか、いつ絞り弁《スロットル》を開き、いつ絞ればいいのかを。小さなボートをひっくり返らないように保ち、次々に押し寄せる波をかぶって水がたまりすぎないようにするすべを。アニーが海図とコンパスを持っていられなくなっても、どうすればきちんと方向を保てるかを。彼女は水をすくい出すのに忙しくなってしまったのだ。

ダンの強い意志と自信、そして技術を目にして、すべてを預けられる人間のもとにいるのだと信じていられた。

それでも「見えたぞ、あそこだ」という言葉を聞いたとき、これほどうれしいことはなかった。水平線のあたりに小さな島の連なりが見える。近づいて上陸できる場所を見つけ、ようやく陸地に足を置いたときは、さらにうれしかった。

ダンは一番大きな島の岩だらけの浜にゴムボートを引きあげた。群島にはあと四つ〝島〟があったが、上陸できるものではない。島というより海に突き出した大きな火山性の岩といった感じで、切り立った崖のような部分は巣を作っている何千羽もの海鳥が落とした白い糞《ふん》の堆積物で覆われている。彼らが上陸したのが唯一島と呼べる大きさのもので、だいたい縦八〇〇メートル、横四〇〇メートルくらいだろう。入り江があるのもこの島だけで、たどり着けた運のよさに、アニーは身震いせずにはいられなかった。ほんの少しでも針路をそれていたら？　群島すべてがただの岩だったら？　考えだすと恐ろしくてたまらない。けれどもいやな想像はあわてて心から追い出し、助かった喜びに浸った。

島は三日月形をしていた。前方には、浜から少し高くなったところに平らな草地が広がっている。丘の中腹に散らばっている奇妙な丸い石造りの小屋がアニーの考えているとおり動物のためのものならば、雨風の影響を比較的受けにくいと思われるあの草地はかつて牧草地として使われていたのだろう。ささやかな平らな部分を越えた向こうには、草に覆われた丘が急勾配に連なって、さっき反対側から見た崖の上へとつながっていた。

彼女が島を見まわしているうちに、ダンはボートをさびた金属製の杭《くい》につなぎ、風が入り江の中まで吹きつけたときに飛ばされないよう、大きくて重さのある石を二、三個のせた。だがここでは、嵐はそれほど強く感じられない。この入り江は天然のシェルターになっているようだ。

「乾いた場所を見つけられるか探してみよう。石造りの小屋や係留用の杭があるから、以前は人が住んでいたんだろう」

アニーはぞっとして彼を見た。こんな海の真ん中に住もうと思う人たちがいるなんて。

彼女の表情を見て、ダンが笑みを浮かべる。「もちろん、一年じゅう住んでいたわけではないさ。ヘブリディーズ諸島の小さい島々の中には、夏に羊の放牧に使われているところもある。この島の場合は、それに加えて海鳥の営巣地としての価値もあったんじゃないかな」

アニーは鼻の頭にしわを寄せた。ルイス島では伝統的にカツオドリの若鳥の狩りが行われているという。毎年男たちが何人かでルイス島の北岸沖にある離れ小島に行き、珍味とされている海鳥を何千羽も殺すらしい。そして頭に一撃を加えて殺すというそのやり方に、いくつかの動物愛護団体が怒りを募らせている。アニーはルイス島の伝統であるこの狩りに対して外部の人間が口を出すべきではないと考えているが、それでも嫌悪感を覚えずにはいられないし、彼らが別のやり方をしてくれればと思わずにはいられない。

ダンが面白がるように彼女を見つめている。何を考えているか、わかっているのだ。

「何よ?」また正義感に駆られていると思っているに違いない彼に、アニーは食ってかかった。

怒っている女にはかなわないというように、彼があとずさりする。「何も言ってない」

「だけど、思ってるでしょう?」

「きみは考えていることを隠すのがうまくないからね」

アニーは眉をあげた。「目くそ、鼻くそを笑うだわ」

彼は笑った。「たしかにそうだな。だがおれは、その狩りに来たやつらが雨露をしのぐのに使っていた場所を見つけたら、喜んで利用させてもらうよ。きみはいまにも凍えそうだ」

じつは彼女もそういうものがあるといいと思っていた。ボートの上で命の危険にさらされているときは、自分がどれほどずぶ濡れで凍えているかに気づいていなかった。けれども身の安全が確保されたとたん――そして、くっついていたダンの体が離れたとたん――震えが止まらなくなった。

しばらくして、ふたりは平らな部分の向こう側に続いている丘の中腹に、ちょうどいい小屋を発見した。ささやかな場所だが、アニーは文句を言うつもりはなかった。ダンによるとスコットランドではボシーと呼ばれているというその小屋は、ひと部屋だけの石造りの建物で草屋根がついている。中の縦三メートル、横四・五メートルほどの空間の半分には金属製のベッドふたつが置かれ、もう半分は〝キッチン〟になっていた。キッチンにはシンクはあるものの水道はなく、海から水をくみあげるための大きな木のバケツが床に置いてある。アニーは真水をくめる場所が近くにあることを祈った。

すばらしかったのは、そこに料理と暖房両方に使えるストーブがあったことだ。

ダンがその場に残されていた泥炭の塊をいくつか手早くストーブに入れているあいだに、アニーは家具や毛布やマットレスからできるだけ埃を払う作業に取りかかった。蜘蛛の巣が見当たらないのでほっとする。蜘蛛は好きではないのだ。

やがて無事に火のついたストーブから、あたたかい空気が漂いはじめた。ところがマットレスを持ちあげてはたこうとして、彼女は悲鳴をあげた。

アニーの悲鳴を聞いて、ディーンは一瞬で全身の血が凍りついた。ほんの少し前までふたりがどんなに絶望的な状況にあったかを考えると――もしこの島に上陸できる場所がなかったら、かなり厄介なことになっていたはずだ――彼の反応は滑稽だった。ディーンは感情をコントロールする方法を知っている。だから恐怖も不安も、普通の人間と同じようには感じない。心の奥に押し込めておけるのだ。見えないところに。何も感じなくてすむように。

それなのに、彼女の悲鳴を聞いて恐怖で体が冷たくなった。

急いで振り返ると、アニーがこちらに向かって走ってくるところだった。かろうじて両腕を広げた瞬間、彼女が飛びついてくる。アニーの心臓が早鐘を打っているのがわかった。いや、彼女の心臓だけではなく彼の心臓も激しく打っている。

アニーは恐怖に震える子猫のように、ディーンにしがみついて離れなかった。それには彼も異議はなく、彼女を放すつもりはなかった。

だがアニーの背後に目を走らせても、妙なものは見当たらない。死体は転がっていないし、隅から現れた怪物もいない。彼女が自分から説明することはなさそうなので、ディーンは尋ねた。「どうした？」

アニーが顔をあげると、彼は喉を締めつけられた。彼女の声はまだ恐怖に震えている。「ネ、ネズミよ！　ネズミがいたの！」

ディーンは言葉が出なかった。アニーはおれを担ごうとしているのか？　あの悲鳴がちっぽけなネズミのためだったなんて。ほっとして力が抜けたディーンは、自分を抑えられなかった。いけないと思いながら、噴き出して笑いはじめる。

ディーンの胸が笑いで震えているのを感じたのだろう、アニーがふたたび彼を見あげた。「もう！　笑わないで。怖かったんだから」

笑いを止めようとしたが、うまくいかなかった。「ああ、そうだろうな」

アニーが目を細める。「言わないでよ。考えるだけでもだめ」

ディーンは何を言われているのかわからないふりをした。「なんのことか、さっぱりわからない」

「いかにも女らしい反応だって言いたいくせに。そんなこと考えなかったって、わたしの目を見て言ってごらんなさい！」もちろん、そんなことは言えない。「誰だって怖いと思ったはずよ！　歯が生えてたんだから。尻尾も。それに大きさだって、これくらいあったし」彼女は少し体を引いて、両手で三〇センチほどの幅を示した。だがディーンにはアニーを放すつもりはなく、腕は彼女のウエストにまわしたままだった。

ベッドの向こう側に目を向けてみたものの、何も見えない。「きっとそうだったんだろうな。でも、いまは何も見えない」

おそるおそる視線を向けてネズミがいないと確かめると、アニーの体から一気に力が抜けた。「いなくなったみたい。だけど、どこに行ったか見つけてね」

「それはどうかな。いまの発言には男女差別のにおいがする。どうしておれがネズミを狩る係なんだ？　男だから？　そのあいだにきみは料理を作るっていうのか？」

もし視線で人を殺せるものならば、彼はこの場にぱったり倒れていただろう。「そんな冗談、面白くもなんともないから」

ディーンはにやにやした。これは愉快だ。

「殺さなくていいのよ。外に出してくれれば。でも、もういいわ。自分でやるから」

アニーは彼から離れると、ベッドに向かって歩きだした。けれども灰色の影が竜巻のように彼女の足の横を通り過ぎると、ふたたび耳をつんざくような悲鳴をあげてディーンの腕の中に舞い戻った。

彼はアニーに知らせを伝える前に、しばらくその瞬間を味わった。「アニー？」彼女が目をあげると、ディーンの胸の中で心臓が跳ねた。ああ、彼女は美しい。こんなふうに腕の中から見あげられていると、余計にそう思う。彼女の目は、あたかも〝あなたがどうしても必要なの〟と言っているかのようだ。彼が世界じゅうにただひとり残った男であるかのように。こんなふうにアニーを腕の中におさめている心地よさに、慣れてしまいそうだった。あまりにも簡単に。「言いたくないが、きみのレミーはミッキーだった。三〇センチどころか、せいぜい一〇センチだったよ」

「だからなんなの？　恐ろしかったことに変わりないわ」アニーは彼に怖い顔をしてみせた。ディーンがまた笑いださないように、牽制《けんせい》しているのだろう。「それにしても、どうして子どもの映画のキャラクターなんて知っているの？」そう質問したあと何か思いついたらしく、ぞっとした顔で体を引く。「やだ！　結婚してるのね。子どもがいるんでしょう。ごめんなさい。わたしってば、なんてことを――」

ディーンは彼女が言い終わるのを待たずに、腕の中に引き戻した。「結婚なんかしていない。子どももいないよ。子どものいる友人がいるだけだ。結婚してたら、キスなんてしなかった」

ほとんどのシールズ隊員は、彼くらいの年になる頃には結婚している。だが第九チームのメンバーには、結婚をしておらず家族のいない人間が選ばれていた。天涯孤独とは言えなくても、近しい家族がいない人間が。そうすれば任務のたびにまわりからいろいろ質問されずにすむ。極秘の作戦で急に姿を消さなければならないときも、簡単にそうできる。彼らを探す人間が誰もいないからだ。

だが、例外的にそうではないこともあった。死んだ仲間のひとりの疎遠と思われていたきょうだいが〝消えた小隊〟という記事を書いて、世間にいらぬ関心を呼び起こしている。新聞記者のブリタニー・ブレイクはブランドンのきょうだいだ。

アニーは目に見えてほっとした表情になったが、ディーンの口にしたキスという言葉が彼女に質問のきっかけを与えた。「どうしてあなたは……？」

彼女が口ごもる。だが、最後まで言う必要はなかった。たとえディーンの熱い視線に気づかなくても、触れあっている彼の体がすべてを語っている。

ボートの上で彼の股間に密着していたアニーの体がどれほどすばらしい感触だったか、ディーンの脳裏にまざまざとよみがえった。彼女の体はしっくり彼になじんでいた。アニーが背中をそらして体を押しつけてきたので彼も火がついて、われを忘れてキスをしてしまった。

だが、それ以上のことが起こる可能性はない。アニーがただの情事に時間を費やすとは思えない。彼女みたいに頭がよくて自信のある女性は、より多くのものを求める。賭けてもいい。これまで彼女は、一夜かぎりのセックスなんてしたことがないだろう。ディーンは思い出したくもないほど何度もそんな経験があるが、相手の女性とはいつも互いに了解していた。あとくされのないセックスだけだと。彼はただ、気持ちのいいセックスができさえすればよかった。こうして世間に死んだと思わせて身を隠すようになる前も、それ以上の関係を求めたことはない。

マシンのようだと、アニーは言った。心を持たず、ただ命令に従うだけの殺し屋だという彼女の見方にディーンは腹が立った。だがある面では、それは正しい。シールズ隊員は普通の人間とは違う種族なのだ。ディーンの年になるまでにシールズ隊員の多くが結婚していても、彼らはたいてい四〇歳までに離婚する。シールズ隊員はいい夫になれないのだ。さらに言えば、いい恋人にも。第九チームに入る前にディーンも女性とつきあってみたが、不思議なことに彼女たちは必ず、彼がどこへ何をしに行くか、いつ戻ってくるのか知りたがった。ほとんど連絡が取れないまま何カ月も姿をくらましているようでは、安定した関係は築けない。だから単なる情事なら、彼にもうまくやれる。彼に与えられるものは、それだけなのだ。

しかし、いまのディーンにはそれすら許されない。どれだけのものが危険にさらされるかを考えれば、あそこで何が起こったのか探り出すまでは、彼は死んだ人間でいなくてはならない。

だから、いますぐアニーを放すのだ。けれどもそう思うそばから、触れあっている彼女の感触のすばらしさに決心が鈍る。せめてあと一分……。

彼は機を逃した。

ボートの上でのことを思い出していたのは、ディーンだけではなかったのだ。彼の肩につかまっていたアニーがゆっくりと伸びあがって首に腕をまわし、体を寄せる。そしてあのやわらかくてチェリーの香りがするピンクの唇をディーンの口に押し当てると、ボートに乗っているときから積もりに積もっていた彼の欲望がものすごい勢いで戻ってきた。するとあとはもう、当然の展開になった。理性は高潔な決意を忘れ、下半身が主導権を握る。

そうなると、いい結果に終わることは絶対にない。

13

ディーンは抑制を解いた。ダムが決壊し、アニーがためらいがちに押しつけた唇に獰猛《どうもう》なうなり声で応える。所有欲をあらわにした原始的な声は、この先に待っているものを示す予兆だ。彼が必死で抑え込もうとしていた欲望を、彼女が解放した。そして一度自由になったからには、ふたたび閉じ込めるのは不可能だ。彼にはもう、ためらいはない。

彼女の湿った髪に手を差し込んで、後頭部をつかんだ。そのままぐっと引き寄せ、頭をちょうどいい角度に傾けて深く舌を差し込む。

そしてアニーの舌を絡め取り、彼が何を求めているのかを知らせた。まずは激しく性急に交わり、そのあともう一度ゆっくり愛したい。こうしていま彼女の口の中を探索しているように、体を隅々まで探りながら。

だがアニーがこんなふうにうめき、彼に合わせて激しく舌を動かすなら、ゆっくり愛せる余裕ができるまで何回か性急なセックスを繰り返さなければならないかもしれない。

霞がかかったように、頭がまともに働かなかった。こんなふうになったのはずいぶん久しぶりだ。アニーはたとえようもなく甘美で感じやすい。すばらしい体をくねらせながら押しつけられると、激しく駆り立てられてしまう。彼女と相性がいいとは感じていたが、これほどとは思わなかった。

ぼうっとして何も考えられなくなるくらい、とんでもなくいい。

指を開いた手でアニーの背中を撫でおろし、ヒップをつかんでちょうどいい位置まで持ちあげる。ああ、まさにここだ。ゆったりと腰をまわしながら、彼女と合わせた舌を滑らせ、奥までぐっと突き入れる。

アニーはすべての動きに応えた。押しつけられる腰にも、突き入れられる舌にも。彼女の両手が、ディーンの背中や腕を懇願するようにつかむ。

激しいセックスをしたことならあった。狂おしいほどのセックスも。だが、いまとは比べものにならない。まるで誰かがマッチをすって、部屋じゅうを一気に燃えあがらせたかのようだ。まばたきをするほどのあいだに。

ディーンは彼女の喉に口をつけた。想像していたとおりのすばらしい胸を手で包む。いくら触れてもまだ足りない。これを待っていたのだ。いまにも爆発してしまいそうだ。

アニーがそそり立った彼のものに手をかけて上下にこすったときは、本当に爆発するところだった。濡れたデニム越しにつかまれただけなのに、はじめてセックスを経験する一三歳の少年みたいに。一瞬キスを続けるのを忘れて、高まったものを彼女の手に押しつける。すると背骨のつけ根のあたりに脈打つような快感がふくれあがり、彼はこのまま屈してしまいたいという衝動に歯を食いしばって耐えた。

アニーとのあいだを隔てている服が邪魔だった。裸の彼女が欲しい。胸に口をつけ、脚のあいだに手を入れたい。彼女がどれくらい濡れているかを感じ、どれだけ早く彼女をいかせられるか確かめたい。

いま聞こえているせっぱ詰まったうめき声からすると、きっとすぐだ。

熱く燃えあがっている彼女に、いますぐ触れたい。

なんとかアニーのショートパンツのボタンをはずしてファスナーをおろし、中に手を入れる。そして薄いシルクのパンティの下に指をもぐり込ませて、ようやく脚のあいだのやわらかい襞《ひだ》までたどり着いた。

そこに触れたとたん、アニーが声をあげた。飢えたキスで彼女の口をふさぎ、濡れた襞のあいだに指を滑らせながら、唇を味わう。

ディーンは悪態をつき、うめいた。自制心の糸が切れてしまって、元に戻らない。彼女はきつすぎる。あたたかくて濡れているそこは、なんてなめらかなのだろう。だが、もっともっと濡れさせたい。

アニーが達するところを早く見たかった。それ以外に何も考えられない。ディーンのすべてがそこに向かって集中している。これは彼に与えられた使命だ。そして有能なシールズ隊員らしく、彼は強い意志で任務に取り組んだ。シールズ隊員に失敗という言葉はない。

彼はアニーの濡れている部分を手で包んだ。そして懸命に腰をすりつけてくる彼女を必要なだけの力をこめて刺激しながら、舌を差し入れるリズムに合わせて中に何度も指を突き入れた。指が敏感な場所に触れると、アニーが体をこわばらせたのがわかった。彼女の息が、高まる期待で次第に速くなっていく。

ああ、彼女はいまにもいきそうだ。

もう手を伸ばせば届くところまで成功が近づいていると知って、ディーンは頭がくらくらするほどの喜びを感じた。すべてはいま、彼の手の中にある。アニーの悦びを彼が握っているのだ。心臓がゆっくりと一度打つほどのあいだ、男としての原始的な満足感を存分に味わう。それからディーンはついに彼女が必要としている最後の刺激を与えた。

アニーはすぐに砕け散った――彼の目を見つめながら。ディーンは胸に何かが詰まった気がして、息が吸えなくなった。

彼女の体が脈打つように収縮を繰り返す。誓ってもいい。アニーの目に見えたのは驚きだった。

これほど美しいものを、彼は見たことがない。

だからすぐに、もう一度見たくなった。彼自身をアニーの中に深くうずめて。

けれどもそのとき聞こえた彼女の声に、ディーンは凍りついた。

「ダン……」

せっかく始めたことをそこでやめたのは、アニーの声にこめられたやわらかな懇願のためではなく、彼女がささやいた名前のせいだった。偽の名前を聞いて、こんなことをしてはならないすべての理由を思い出したのだ。

いったいおれは何をしているのだろう？　いつもはこんなふうにわれを失ったりしない。アニーにキスするつもりなどなかった。したいとは思っていたが、思うのと実際にするのとは違う。いま彼女と関係を持つのは、あまりにもまずい。アニーはすでに、おれについて知りすぎている。彼女とは関係を深めるのではなく、断ち切るべきなのだ。

ディーンの体のあらゆる場所が、これからしようとしていることに抵抗していた。とくにある部分は。だが彼は鋭くひと言悪態をつくと、アニーを押しやって体を離した。彼女の脚がおぼつかない様子で震えているのが見えたが、気づかないふりをする。いま彼女に触れるわけにはいかない。彼に屈服したばかりの弱々しくあたたかい体に腕をまわしたら、決心を貫き通せなくなる。

彼女にあんな目で見つめられたら。

必死で自制心を取り戻そうとしながら、ディーンはアニーの顔を見なくてすむように背を向けた。そのまま熱くなった血が冷え、痛いほど張りつめた股間がゆるむのを待つ。

しかし歯を食いしばって耐えているのに、高まった体はいっこうに鎮まる気配がなかった。

突然の方針変更に、怒りとともに抗議しているのだ。

彼女が触れてくれたのはうれしいが、いまはあまりにも時期が悪い。

アニーは、いまみたいなものを経験したのは生まれてはじめてだった。

オーガズムなら感じたことはある。少なくとも自分ではそう思っていたけれど、いま味わったばかりの感覚に比べると、過去に感じたものはすべて色あせて感じられた。本当にすごかった。彼女のすべてをのみ込む、圧倒的に力強いオーガズム。こんな感覚が存在するなんて知らなかった。

友人たちが話していたのはこれだったのだ。だからリサは恋人から電話がかかってきたとき、午後一緒に映画を観に行く約束を断ってきたのだろう。前にルームメイトだったメアリーも、週末はずっと鍵をかけた部屋に恋人と閉じこもっていた。ちなみにそのときの恋人は、いまでは彼女の夫になっている。大げさでなくふたりは週末じゅう、食事にもトイレにもほとんど部屋から出てこなかった。あのとき壁が揺れていた理由がやっとわかった。

熱いセックスのせいだったのだ。

荒々しく野性的な、最高のセックス。

ただし、アニーとダンはそこまで行き着かなかった。どうして彼はやめたのかしら？

ダンは彼女から離れて背を向けたが、首に力が入って筋が浮きあがっている様子や、ギリギリと歯を食いしばっている様子から、それが彼にとって簡単なことではないとわかる。

アニーは手を伸ばして彼の腕に触れた。「大丈夫？」

彼はビクッとしてアニーの手をよけた。彼女に触れられるのが耐えられないようだ。

「ああ、平気だ」

アニーは胸がちくりと痛んだ。ふくらんでいた幸せな気持ちに穴が開き、見る見るうちにしぼんでいく。「じゃあ、どうして……」

彼女は口をつぐんだ。

突然、どういうことなのかわかったのだ。ダンはわたしを求めていない。わたしとこんなことはしたくないのだ。だから途中でやめた。

アニーはキスにおぼれ、彼との行為に夢中になっていたから、これがどうやって始まったのか忘れていた。最初、彼女からキスをしたのだ。

恥ずかしさに頬が熱くなる。ダンも望んでいると思っていたが、明らかに違った。わたしが始めたことに従っただけ。いえ、従っただけじゃなく積極的に続けてくれたけれど、そもそもわたしが始めなければ、彼からは手を出さなかっただろう。

そう、きっとダンからは手を出さなかった。屈辱とともに、そう思い知らされた。いっそ目の前の地面が割れて、わたしをのみ込んでほしい。

でも、この世界はそれほどやさしくできていない。

アニーは何度か深呼吸をして、こわばった胸を解きほぐそうとした。

「ごめんなさい。わたし……こんなこと、いままで一度もしたことがないのに。どうかしていたんだわ」この先も二度としないと、心の中で誓う。

そう、どうかしていた。欲望にわれを忘れて、ばかなまねをしたのだ。

ようやくダンが彼女に目を向ける。彼の顔からは苦しそうな表情が消えていた。いまはなんの感情も浮かんでいない。直前までの様子を目の当たりにしていなかったら、いまの出来事は彼にとってなんでもなかったと思っていただろう。鋼のように銀色がかった青い目が、きらりと光る。感情がなく冷静で、何を考えているのかまるで読み取れない。

さっき絶頂に達したとき、この同じ目に何かが見えたと思ったのは勘違いだったの？ 恥ずかしさにかたくこわばった胃が、さらにきつく縮まる。

「気にするな。たいしたことじゃない」

今度はちくりとした痛みではなく、胸にナイフを突き立てられたような激しい痛みに襲われた。ダンはむき出しの現実を突きつけた。言葉を飾ろうとせずに。

しかも、彼はさらに続けた。「きみは動揺していたが――少しリラックスできたようだ」

彼は口先だけで言っているようには見えない。じゃあ本気で、緊張を解くためにわたしをいかせたと主張しているの？ そんな最低の男だったの、彼は？

アニーは目を細めた。ダンの口のまわりに見えるかすかな白っぽいしわや、こわばった肩を見つめる。本当は彼も少しは望んでいたのかもしれない。「あなたこそ、ちょっと緊張しているみたいだけど。お返しに、同じことをわたしがしてあげてもいいわよ。それとも自分でするほうがいい？」

ダンが一瞬ぽかんと口を開け、あわてて閉じる。明らかに、やり返されるのに慣れていないのだ。

「きみにしてもらう必要はない」彼の声は少しくぐもっている。

アニーはこれまで人を挑発するようなタイプではなかった。とくに性的な意味では。けれども、それが変わろうとしていた。彼女は一瞬ダンと目を合わせたあと、視線を股間に落とした。下唇に舌を走らせ、そのあとぐっと嚙みしめる。「それは残念」

彼の筋肉がピクリと動いた様子を見て、アニーは小さな勝利を味わった。顔をあげるとダンが口元をぐっと引きしめたあと、火をかきたてなければとかなんとかうなるように言うのが聞こえた。ストーブの火は、ふたりが……ほかのことに気を取られていた隙に消えてしまっている。

アニーはマットレスの埃を払う作業に戻ったが、彼が気になって何度も盗み見ずにはいられなかった。

あそこでやめてくれてよかったと、もちろん思っている。だいたい、ジュリアンとのことでいろいろ学んだはずだ。それなのに、明らかに何かを隠しているよく知りもしない男と本当にベッドへ行くつもりだったの？　ジュリアンとのときでさえ、もう少し時間をかけた。それでもさらに時間をかけるべきだったと後悔しているくらいなのに。ベッドまで行き着かないくらい、たっぷり時間をかけていればよかったと。

煙突の具合を見るために、ダンがストーブの中に頭を突っ込んで見あげている。気がつくとアニーは、アメフト用のパンツをはいたら似合うであろう完璧な形に引きしまったヒップを見つめていた。

頰が熱くなった彼女は、自分に腹が立って視線を引きはがした。ただダンの体に惹かれているだけだ。そのせいで彼と唇を合わせたとたんに頭がぼうっとして、心臓が早鐘を打ちはじめ、手足から力が抜けて血が沸き立った。全身が火に包まれたように熱くなった。

こんなふうになったことは過去に一度だけある。けれどもそれははるか昔、高校生のときにアメフトのクォーターバックとデートをしたときの話だ。

そういえば彼もアメフト用のパンツが似合っていた。

シェーン・マディソンは何を着ても似合っていたけれど。長身でたくましく、高校生とは思えないほどたっぷり筋肉がついていた彼はすべてに秀でていた。頭がよくて自信があり、ハンサム。少しうぬぼれているところもあったかもしれないが、それが気にならないくらい魅力的だった。

高校に入学してから三年生のときにデートに誘われるまで、アニーはずっとシェーンにあこがれていた。たぶん、学校の女子のほぼ全員がそうだっただろう。そのあいだシェーンは彼女に目もくれなかったとか、チアリーダーとしかデートをしなかったとかいうわけではない。ただ彼はデートというものに興味がない様子で、野望のため――どんな野望かそのときは知らなかったが――上級クラスでよい成績を取ることとアメフトだけに集中していた。

それがあるときを境に変わった。シェーンとアニーは化学の上級クラスで実験のパートナーになり、まさにぴったりな組みあわせだと判明したのだ。ふたりのあいだの化学反応はけたはずれに激しく、彼女ははじめてのデートで危うく処女を捧げるところだった。彼の車の後部座席で。しかし、デートはその一度だけで終わった。

後部座席での出来事のせいではない。問題は、シェーンが将来何になりたいのかをアニーが知ったときに発生した。彼が学校で懸命に努力して頑張っていたのは、アナポリスに行くためだった。海軍兵学校に入り、軍人としてキャリアを築きたいと考えていたのだ。できればシールズの一員になりたいとまで彼が言ったことを思い出して、アニーはぶるりと震えた。シェーンの希望がかなうことを、彼女は一瞬も疑わなかった。彼はこうと決めたら必ずやり遂げる種類の人間だった。

アニーの父親――戦争に行く前の父親――なら、きっとシェーンを気に入っただろう。でも彼女は金輪際、関わりを持ちたくなかった。

大柄でたくましい男たちがこぞって世界を救いたがるのは、どうしてなのだろう？　彼女の母親はそういう男たちを〝群れのボス《アルファ》〟と呼び、彼女は〝ヒーローかぶれ〟と呼ぶ。どちらにしても、そういう男にアニーは興味がない。大勢に頼りにされる男ではなく、そばにいて彼女だけを見つめてくれる普通の男がいいからだ。

デートをしたあとの月曜日、アニーは化学の教師にパートナーを変えてほしいと頼んだ。シェーンはそれからも何度か電話をかけてきたが、アニーは彼とはうまくいかないと告げ、最後には納得してもらった。

それ以来、彼女はおそらく無意識のうちにシェーンのようなタイプを避けてきた。ダンはシェーンによく似ている。彼より年が上だし、チャーミングで屈託のなかったシェーンと違って感情を内に秘め、危険なオーラを漂わせているけれど、自信があって責任感が強く、〝おれにできないことはこの世にない〟とでもいうような傍若無人な雰囲気はそっくりだ。

体格もほぼ同じだが、まだ発展途上だったシェーンと違って一人前の男性であるダンは、その差の年月に積みあげた筋肉をさらにまとっている。それに数センチ背が高く、おそらく一九〇センチを少し超えているのではないだろうか。

思い出したくないこと、たとえば彼の体に両手を這わせたときの感触がよみがえりそうになって、アニーはあわてて記憶に蓋をした。ダンには肉体的に惹かれているだけだ。かなり強く惹かれてはいるけれど、心配する必要はない。

男性の筋肉に弱いからといって、どうだというの？　そんな女は山のようにいる。騒ぐほどのことではないし、ダンを気にしすぎる必要はない。彼の言ったとおり、たいしたことではないのだから。

本当はない感情を、あるように妄想するのはやめなければ。これは性欲の問題であって、心は関係ない。愛ではなくて欲望なのだ。

なぜ愛などという言葉が出てきたのだろう？　これではまるで、日記にハートマークを描く一二歳の少女と同じだ。二度も死にかけて、普通の精神状態ではなくなっているのかもしれない。

ダンは煙突をふさいでいたものを首尾よく取り除いたらしい。いまはふたたび火をおこそうと、焚《た》きつけの山の上に泥炭をピラミッド状に立てている。それからここへ入る前に拾っていたらしい火打石を取り出して、焚きつけに火がつくまで石と打ちあわせた。

「あなたなら、すばらしいボーイスカウトになれたでしょうね」アニーは沈黙を破ってそう言ってから、彼について何も知らないことに気づいた。「もしかしてボーイスカウトだった?」

「一時間前にはおれを連続殺人犯じゃないかと疑っていたくせに、今度はボーイスカウトか?」

ダンは質問に答えていない。つまり自分のことをアニーに知られたくないのだ。彼女は腹が立った。こんな状況でふたりきりでいるのに、彼についてもう少し知りたいと思ってはいけないの?

「世間知らずだってわたしを責めたのは、あなたじゃなかったかしら。質問をするのは当然でしょう? もしあなたが警察に追われているのなら、自分がどんなことをした人間と一緒に逃げているのか知りたいもの」

「待てよ、ボニー。きみは映画の見すぎだ。警察に追われているとは言っていない」

「それが問題なのよ。あなたは何も言わない。アメリカ人なのにそうじゃないと嘘をついたり、どう考えても何かを隠しているわ。沿岸警備隊が来るのを待とうとしなかったし、ほかにどう考えればいいの?」

彼女がどう考えても関係ないというように、ダンが肩をすくめる。「事情があるのさ」

彼から情報を引き出すのは岩から水を絞ろうとするようなもので、欲求不満がたまる一方だ。アニーはむっとして言った。「少しくらい教えてくれたっていいでしょう?」

「できない」

「できないの? それともその気がないの?」

「どっちでもかまわないだろう。きみには関係ない」

ぴしゃりと言われて、顔をはたかれたような気がした。プライドがずきずきと痛む。だがそれでも、やり返さずにただ引きさがるわけにはいかなかった。「いいえ、あなたはわたしのショートパンツの中に手を突っ込んだのよ。わたしが質問したくなっても当然じゃないかしら」

彼女が背を向けると、ダンがあわてて駆けてきて腕をつかんだ。「アニー、待ってくれ。悪かったよ。きみを傷つけるつもりはなかったんだ。だがきみが知りたがっていることを、教えるわけにはいかない」

傷つけるつもりはなかったですって？　わたしは彼に感謝すべきなのだろう。いまやプライドが傷ついただけじゃなく、心底腹が立っているのだから。「自分のことを何も話せないっていうの？」

ダンがつかんでいた彼女の腕を放す。「そのほうがいいんだ」

「誰にとって？」

彼は答えなかった。アニーはその目をのぞいて、少しでも迷いや譲る気配がないか探った。けれどもちろん、そんなものはない。「じゃあ、これだけ教えて。逃げているのは、法に触れることをしたからなの？」

ダンがドラッグの密輸に手を染めるような人間であるはずがない……と思いたい。

彼が首を横に振る。「いや、違う」

「でも、なんらかのトラブルに巻き込まれているのね？」

だがすでに、アニーは引き出せるだけの情報を引き出してしまったらしかった。ダンはまたしても彼女を無視して、小屋の中を居心地よく整える作業に戻った。バックパックを取りあげて、テーブルの上に中身を並べはじめる。その様子を見つめていたアニーは、彼がボーイスカウトではないことを悟った。少し時間がかかったけれど、ダンがさまざまな装備を持ち歩いているのを見て、ようやく正しい解答に行き着いた。息を吸い、燃えるように熱くなった肺に空気を送り込む。〝おれにかまうな〟という態度とむさくるしい外見に惑わされて、気づくのが遅れてしまった。それにダンには、彼らに特有のうぬぼれた偉そうな感じがない。でも、今日の彼の行動からすべては明らかだ。「陸軍、海軍、空軍、海兵隊、あなたの所属はどこ？」

14

ディーンは思わずビクッとした。彼女に気づかれずにすんだことを祈りながら振り返る。だが、やはりそれほど幸運ではなかった。

彼は小さく悪態をついた。なぜ彼女はわかったのだろう？　軍人に見えないよう、歩き方にもしゃべり方にも仕草にも気をつけてきたのに。

ディーンの疑問を見抜いたように、彼女が説明した。「父がレンジャーだったの。デルタにも選抜されたわ。だからわかるのよ。プレッシャーがかかる状況でも、つねに冷静で有能。自信にあふれている。それにどう見てもあなたは、接近戦やサバイバル技術の訓練を受けているし」

彼の直感は正しかった。アニーと行動をともにするのは最悪の考えだった。

父親がデルタだった？　なんて運が悪いんだ。これからは、いっそう慎重に行動しなければ。軍人と見抜かれただけでも、じゅうぶんまずいのだ。これ以上は何も知られないようにしなくてはならない。

彼女にさらに探られる前に、最低限の情報だけ与えておこう。「しばらく海軍にいた」

過去形なのは嘘ではない。レティアリウス小隊はもう存在しないのだし、ディーンは死んだことになっている。

軍にいたと認めたことで、アニーの気持ちが明らかに変化したのがわかった。彼女の視線や仕草ににじみ出ていた彼への関心が、完全に消えている。

いまでもディーンは、あんなふうに彼女から誘ってきたことが信じられなかった。誰かにいろいろと質問されることも久しくなかったし、たまにそうされるときも彼と親しくなりたいという理由からではなかった。もちろん、そうだったのは自分に責任がないとは言わない。だが、ほかにどうすればよかったのだ？　傷ついた表情を浮かべた大きな目がよみがえって心が痛む。相手にするなら、バンビよりマレフィセントのほうがましだ。

それに、冷淡なほどの無関心に対しても心の準備ができていなかった。アニーがこれほど急に心変わりをした理由を推測するのは難しくない。

おれは喜ぶべきなのだ。アニーがおれに関心を失えば、彼女を安全な場所に連れていくまで、惹かれる気持ちに抵抗するのが楽になる。それなのに、なぜか彼はこう言っていた。

「いいさ。それ以上、何も言う必要はない。きみが軍人をどう思っているかはよくわかっている。おれたちは戦闘マシンの集団。そうだろう？」

声に苦々しさがにじむのを、ディーンは抑えられなかった。

彼女は赤面するだけの慎みを持ちあわせていた。「聞いていたの？」

「バーにいる全員が聞いていたさ」

当惑しているアニーの頬の赤みが、さらに増す。けれども彼女はうやむやに流そうとはせず、顎をあげてディーンと目を合わせた。「事情があるのよ」

「だろうな」だが、その事情を聞く必要はなかった。シンクの下からバケツを取って、ドアに向かう。「水がないか、探してくる」外はかなり暗くなっていた。

「ダン、待って」

彼女に偽名で呼ばれるのを自分がどれほどいやだと思っているかを悟って、ディーンは驚いた。しかし、それを訂正することはできない。

アニーが腕に触れるのを感じて、彼は体をこわばらせた。心臓が奇妙なリズムで躍りだし、ドキドキと激しく打ちながら喉から飛び出しそうになる。

「わたし……」アニーは言いかけたが、どう続けていいのかわからないようだった。ディーンが視線をおろして目を合わせると、ようやく声を絞り出した。「父は自殺したの」

なんてこった。てっきり、平和がどうとか非暴力ですべてが解決するとか言った戯言を言いだすのかと思っていた。こんなことを聞かされるとは予想もしていなかった。

「ああ、アニー。気の毒に。おれは……」ディーンはドアの横にバケツをおろして、髪をかきあげた。「戦闘マシンなんて、話題に出すべきじゃなかった」

アニーは首を横に振った。「いいえ、あなたには知っておいてほしいの。デルタと戦争が父を変えた。わたしが知っている父とは、まるで違う人間に。もしあなたが昔の父を知っていたら……」時の彼方に思いをはせるように、彼女が遠い目をする。「父は面白くて、本当に心のあたたかい人だった。いつも笑っていて、母やわたしのためにいろんなすてきなことをしてくれたわ。父と母は高校を卒業してすぐに結婚したんだけど、あんなに愛しあっているふたりは見たことがないって、みんなが言ってた。父は母を心から愛し、崇拝していたのよ。わたしのことも。小さい頃は、どこへ行くにも父が肩車をしてくれた。釣りや公園に連れていってくれたし、一度なんか狩りにも」

アニーが唇をゆがめたので、それがどんな最悪の結果に終わったのか、ディーンは考えずにいられなかった。ふとある考えが浮かんで、思わずうめく。「まさかベジタリアンだなんて言わないでくれよ」

「それなら言わない」彼女は懸命に笑みを作った。「だけど、あなたがミッキーのフィレ肉以外のものを夕食に用意してくれることを祈っているわ」

「プロテインバーとか？」

「それはいいわね」

「お父さんにもらったのか？」アニーがいじっている腕時計を、彼は指した。彼女がずいぶん注意して雨から守っていたので、特別なものなのだろうと思っていたのだ。

アニーはうなずいた。「イラクに行く前、ディズニーワールドに連れていってくれたときに。あのときのことは、とくに大切な思い出なの」ディーンは彼女がそこで話をやめるのではないかと思ったが、そうではなく胸の中にあるものをすべて吐き出したいようだったので、止めなかった。「イラクに行ってから、父は少しずつ変わっていった。帰ってきたときには、前よりも怒りっぽくなっていたし、あまり眠れないようだった。わたしや母にしょっちゅう当たるようになって、お酒の量も増えたわ。とても。それも前みたいにビールではなく、ジャックダニエルズを飲んでた」アニーが鼻の頭にしわを寄せる。「いまでもウイスキーのにおいは大嫌いよ。だけどこんな変化も、父がデルタに選ばれてアフガニスタンに行ったあとに比べたらなんでもなかった。父は何も話してくれなかったけど、アフガニスタンでの経験は父を完全に変えてしまった。別人になって戻ってきたの。簡易爆発物《IED》で死にかけてからは本当にひどかった。ささいなことで怒るようになって。しかも、ぞっとするほどの怒り方なの。父は怒りに満ちた暗い世界にとらわれてしまったのよ。そして母からもわたしからも距離を取った。まわりに興味を失って、わたしの誕生日も忘れてしまった。でも、そんなことはまだよかったの。最悪だったのは、両親がけんかをするようになったこと」そうすれば記憶を締め出せるとでもいうように、彼女は目をつぶった。そしてふたたび目を開けると、そこには抑えようのない嫌悪感がにじんでいた。「父は母を殴ったのよ。愛情にあふれていて、いつも笑っていた父が。一度だって女性に手をあげたことのなかった父が。手の甲で母の顔をはたいたの。ものすごい勢いで。母は縫わなければならないほどの傷を負ったわ」

ディーンは少しでも慰めたくて手を伸ばしたが、彼女は首を横に振ってあとずさりした。

「いいえ、最後まで話させて。全部吐き出さなくてはならないの。これまで誰にも話したことがないのよ」彼の返事を待たずに、アニーは続けた。「父は酔っていた。でも、そんなのは言い訳にならないわ。留置場で酔いから覚めたとき、父は誰よりもそのことをよくわかっていた。そして母はすぐに行動を起こした。とりあえず必要なものをまとめ、わたしを連れてホテルに行ったの。翌日の朝にフロリダの実家へ向かうつもりで」

　このときまで淡々としていた彼女の声に、はじめて感情の気配が忍び込んだ。

「ティーンエイジャーだったわたしは、何が起こっているのかすべてを理解できてはいなかった。父が変わってしまったのはいやだったけど、父はやっぱりわたしの父で、愛していた」理解してほしいと懇願するように、アニーが彼を見あげる。ディーンはうなずく以外に何もできなかった。「わたしはフロリダへ行く前に父に会いたくて、ホテルを抜け出して家に戻ったの。母と仲直りしてほしいと父に頼むつもりで。父を残して出ていきたくなかったから」彼女は深く息を吸った。「わたしが父の遺体を発見したのよ」

　くそっ、なんてこった。

　ディーンは心の中で罵っただけだったが、アニーは彼の声が聞こえたかのように顔をあげた。その目はうつろで、ただ痛みだけがあふれている。彼は万力で胸をギリギリと締めつけられたかのように、息ができなかった。「父は変わり果ててしまった自分を――軍によって変えられてしまった自分を恥じて、嫌悪感から頭に銃弾を撃ち込んだんだと思うわ」

　それ以上耐えられなかった。抱き寄せると、今度はアニーも抵抗しなかった。彼女の心の痛みを取り除き、元気を取り戻してやりたい。だがそれは無理だとわかっていたので、ただじっと抱きしめていた。彼にできることはそれしかない。

　アニーはそのまま数分動かなかったが、少しずつ落ちついて、やがて体を離した。抑えきれなかった涙が一滴だけ流れそうになったのをぬぐって顔をあげる。「これでわかったでしょう？　どうしてわたしがあんなふうに言ったのか」

ディーンがこういう話を聞くのは、はじめてではなかった。レティアリウス小隊にも、チームを去って二、三年後に自殺した隊員がいる。人は自分のしたことから無傷で逃れることはできないのだ。でもだからといってそれは、彼らがみな爆発するときを待つばかりの火山だということにはならない。

アニーの話はこのまま聞き流すべきだ。おれが決心を変える理由はない。深入りしなければ、別れるときに苦労しないですむのだから。けれどもいまこの瞬間、彼女の父親に対する考え方を変えさせることが何よりも重要に思える。「アニー、きみのお父さんには助けが必要だったんだ。専門家の助けが。おれは別に軍のために言い訳をするつもりはない。だがきみのお父さんみたいな悲劇が起こらないように軍が取っている対策は、当時とはずいぶん変わっているんだ。精神的な負荷に対する訓練は増えているし、上官たちはどういう兆候に気をつけなければならないかを知らされ、つねに注意している。きみのお父さんが何を見たのか、何をしたのか、なぜきみが言ったような行動に走ったのか、おれにはわからない。心的外傷後ストレス障害《PTSD》は深刻な問題だ。でもきみのお父さんの場合は、もうひとつ身体的な原因があった可能性がある」

「どういう意味なの？」

「ＩＥＤで死にかけたと言ったな？」アニーがうなずく。「おそらくそのときだけじゃなく、あと数回は同じような爆発に遭っているはずだ。戦地ではそういうのが日常なんだよ。そしてきみが言っていたさまざまな症状——物忘れ、不眠、抑うつ——は、爆発で脳を損傷したときに顕著に見られるものなんだ。これは帰還兵たちを数多く診ている医師たちによって確認されている」

彼女は愕然《がくぜん》としている。「アメフト選手と同じようなものなの?」

「そんな感じだ。医者じゃないから専門的なことはわからないが、おれの理解しているかぎりではアメフト選手とは脳の損傷部位が違うし、顕微鏡による所見も同じではないらしい。脳震盪《のうしんとう》から来るアメフト選手の障害であるCTEは年月とともにたんぱく質が蓄積して起こるが、爆発による脳の損傷はもっと外傷に近いって話だ」

「どうしていままで、その話を聞いたことがなかったのかしら」

「わかったのが最近だからさ。だが、軍は深刻に受け止めている。いままでは、爆発にさらされた兵士に対する手続きが書面化されているんだ——チェックリストやテスト用の質問なんかが」兵士たちが患者だと判定されるのを嫌ってそうした質問に対する答え方を覚えてしまうので、軍はテストを何種類も開発しなければならないのだということまで詳しく説明するのはやめておいた。すべてが変わったわけではない。兵士たちは障害を負ったと特定されることに、いまだに抵抗している。だがそうした者たちがきちんと特定されるようにするのがディーンの仕事であり、その対象には彼自身も含まれる。彼は安全な場所まで戻ると医者に会いに行ったが、頑丈な頭のおかげでなんともなかった。「それから戦闘地帯にいる兵士たちは、小さな測定機器を身につけている。それを見れば、彼らが爆発に近づきすぎていたかどうかわかるんだ」

アニーはベッドの端に座り、いま聞いたことを懸命に理解しようとしていた。「じゃあ、父のせいではなかったかもしれないというの?」

「彼が〝マシン〟だったこととは関係のない理由があったかもしれないと言ってるんだ」ディーンは言葉を切った。「いいか、きみのお父さんみたいな兵士たちは、くそみたいな醜い現実に対処しなくちゃならない」彼もじゅうぶんそういうものを見てきた。「そういう現実はときに彼らの頭をおかしくし、帰還したあとも平穏な日常に折りあえなくさせてしまう。だが、聞いてくれ。きみのお父さんは有能な兵士だった。レンジャーやデルタ隊員は、兵士たちの中でも一番の精鋭だ」ディーンはデルタたちの前では絶対にこんな台詞を吐くつもりはなかった。どの集団がもっとも有能かということについて、彼らに誤解を与えてしまうからだ。「リベラルな評論家どもがおためごかしの理想論を唱えるのは勝手だが、この世界がディズニーランドに変わるまでは、きみのお父さんのような兵士たちに安全を守ってもらうしかないんだ。彼らがきみたちの代わりに辛い選択をし、難しい決断を下すのさ。イスラム国みたいな過激派組織は、おれたちが銃を置いて故国に戻っても、おとなしくなったりしない。おれたちのほうからどれだけ〝仲よくやっていこう〟と呼びかけても、やつらとわかりあえることはないんだ。やつらのゴールはひとつ。おれたちや、おれたちの暮らし方を破壊することだ。それしかないんだよ。やつらは、おれたちが力ずくでやめさせなければ、自分たちからやめることはない。リベラルの連中がどんなふうに思いたがろうと、これが醜い現実なんだ。だからきみのお父さんのような〝マシン〟は必要なのかという疑問が頭に浮かんだら、彼らがいない場合を思い浮かべるといい。おれならイスラム国の統治下で女性として生活するのはごめんだね。きみのお父さんが犠牲になったから、きみはショートパンツをはき、博士号を取り、油田の試掘に抗議できるのさ」

自分がどれだけ力をこめて熱弁を振るっていたかに気づいて、ディーンは口をつぐんだ。しばらく沈黙が続く。アニーの口はかすかに開いているし、頬はピンクに上気している。おれがショートパンツなんて言葉を出したからか？

そんなことは口にすべきではなかったのだろう。男女差別主義者だと思われるからじゃない。そんなことはどうでもいい。だが、ばれたら困るのだ。

ショートパンツ姿の彼女をじっと見つめていたと。

ダンがアニーの父親や兵士をかばったからといって、驚くべきではないのかもしれない。彼が言ったことのほとんどは前にも聞いたことがある――ただ、あれほどまっすぐ正面から言われたことはなかっただけで。けれども父親が脳に損傷を負っていたという可能性を知ったのははじめてで、彼女は消化しきれずにまだ愕然としていた。

「あなたは遠まわしに話すということがないのね。ディズニーランドですって？」頭を振った。「あなたの言ったことは覚えておくわ。でも〝リベラル〟の弁護をさせてもらうと、わたしたち全員が夢の国に住んでいるわけじゃないのよ。保守主義の人たちは、自分たちが間違っているかもしれないという可能性を絶対に受け入れない。あなたは図式をものすごく単純化しているけど、どっちが善でどっちが悪かなんて簡単に決めつけられないでしょう？それに決断を下す人たちが、何が正しいかをいつでもわかっているわけじゃないし。実際、最近の歴史を見ると、彼らはたくさんの間違いを犯しているわ。まず、サッダームを失脚させたこと」アニーはジョージ・W・ブッシュをまねてサダム・フセインの名を発音せずにいられなかった。「これがイスラム国の台頭を招いたのよ。それから正直に言って、いまの政治家たちには、あなたの言うような難しい決断を任せたいと思う人がほとんどいないわ。これは保守とリベラル両方に言えることだけど」彼女は言葉を切り、彼の沈黙をしぶしぶながら同意しているしるしだと受け取った。「わたしだって、軍隊や特殊部隊がまったく必要ないと言うつもりはないの。ただ、正当性に疑問のある目的のために使われていることも多いと言いたいだけ。その代償はとても大きいのに。わたしや母みたいな思いをしている家族は大勢いるはずだから」

少なくとも、ダンはそのことに異議は唱えなかった。「全員にそれぞれ判断を下させていたら、何も決まらない。誰かが仕切る必要がある。だから選挙があるんだ」彼はそこでいったん口をつぐみ、考え込んでいる。アニーは彼のそういうところが好きだった。ダンは言葉にする前に考える。そのあと口にすることが率直すぎたとしても、それは大げさに言いたてて人を扇動するようなものではない。「社会のシステムはいつもうまく機能するとはかぎらない。それに、よくするためのいろんな方法があっていいと思う」

「きみたちが掘削船に対してしようとしたことみたいな方法も？　あの行為で何が変わるかといえば、きみたちに近い意見を持っている人たちまで遠ざけてしまうということだけだ。人々に迷惑をかけ、彼らの仕事を妨害して怒らせることが説得につながるとは思えない。蜂は酢じゃなく蜂蜜に寄ってくるんだ。聞いたことがないか？」

その皮肉に、彼女はこめかみがピクリと動くのを感じた。「あなたが言う台詞？　海軍にいたとき、たっぷり蜂蜜を使ってたってわけ？」

けれどもダンの答えに、アニーは驚いた。「ああ、ときには。マスコミはおれたちを〝マシン〟のように見せたがる」彼女の頰が熱くなる。「だが戦闘は普通、最後の手段なんだ。アフガニスタンでは、おれたちは地元の人々と仲よくなり、彼らが自分で自分を守れるように訓練することに多くの時間を費やしていた」

ダンがアフガニスタンに行っていたと知って、アニーの心は痛んだ。彼はどれほどの傷を心に抱えているのだろう。

気持ちがそれてしまわないよう、懸命に心を集中させる。「でもさっきは、イスラム国とは決してわかりあえないから、武力の行使が正当化されるとかなんとか言ってたじゃないの」

「原油の採掘とイスラム国との戦いを同一レベルのものと考えるのか？」

「いいえ。蜂蜜では足りないこともあると言っているだけよ。もちろんわたしは誰にも迷惑なんてかけたくないし、怒らせたくもない。でもときにはそうやって人々を揺さぶることでみんなに耳を傾けてもらえるし、そうすることがどうしても必要なときもあるの。目的を果たすためのひとつの方法なのよ。いつでも使いたい方法ではないけれど、平和的に秩序立ってプラカードを掲げるだけの抗議活動では、うまくいかない場合もある。そういうときに、ドラマティックで目立つ行動を起こす必要が出てくるのよ。たとえそれが少しばかり不快なものだとしても」

「それはテロリストの論理だ。悪党どもがやつらの〝戦い〟を正当化するために使う屁《へ》理屈さ。ジュリアンややつの仲間たちも、自分たちの計画について同じように説明するだろう」

アニーは頬が熱くなった。「そんなふうに言うなんてフェアじゃないわ。船で座り込みをするのと船を爆破するのとでは、大きな違いがあるもの」

「それはそうだ。おれたちがイスラム国のような脅威と戦うためにしていることと、きみたちが石油の採掘をやめさせるためにしていることのあいだには大きな違いがあるように。そしてたとえ大きな違いがあっても、おれたちは何も考えずに簡単に爆撃するわけじゃない。いくらおれが個人的にはさっさとリセットボタンを押してしまいたいと思っても、政府はそういうことはしない」

「リセットボタンですって？」ダンは黙って、アニーが理解するのを待っている。彼女は自分の耳が信じられなかった。「彼らを全滅させたいってこと？」

彼は肩をすくめた。「邪悪なやつらだからな。文明を何百年分もあと戻りさせようとしている。やつらはちょっとした騒ぎを起こしているというわけじゃない。戦争を仕掛けているんだ。それなのにこっちは、政治的に正しくなくちゃならないとかいう、くそみたいな縛りをかけられている。だから積極的に動けなくて、受け身にまわっているのさ。扉を開けたのはブッシュかもしれないが、やつらがこんなに勢力を伸ばしているのはそのあとの政権の責任だ。チャンスがあるうちに叩いておけば、いまこんなことにはなっていなかった」

ダンの意見には賛成できる部分もあって、彼女はそのことに驚いた。「あなたの言うとおりなのかもしれない。だけどそれは、文明化された国が支払わなければならない代償なのよ。誰かの信条が気に入らないからといって、ただリセットボタンを押すわけにはいかないわ。あなたたち保守派は、誰かが銃について言いだすと、これ見よがしに憲法を持ち出す。だけど本当にちゃんと読んだことがあるのって、わたしはききたいわね」

驚いたことに彼は反論せず、ただ笑いだした。「CNNに出演しているような気分だな」

アニーも笑い返す。「怒号や野次はないけど」

いいものだと彼女は思った。意見が違っても、知的に議論を戦わせられるのは。人はこんなふうにして、互いに対する理解を深めていけるものなのかもしれない。

ダンはしばらく考え込みつつ彼女を見つめたあと、口を開いた。「科学者であるきみにききたいんだが、人々に耳を傾けさせるのに、掘削船での座り込みが一番いい方法だったと本当に思っているのか？　きみが〝ドラマティックで目立つこと〟をしようと思った裏に、別の理由が隠れているかもしれないとは思わないか？」

やっぱり、彼はアニーが望むよりも彼女を理解しているのかもしれない。「たとえばどんな理由？」

ダンの視線は冷静で落ちついている。「きみにきいたんだ」

彼が何を考えているのか、アニーにはわかっていた。ダンは彼女の父親のことを言っているのだ。彼女の中で大きな存在である、死んだ父親のことを。でも、ダンは間違っている。わたしは父に自分の力を証明してみせようとしているわけではない。

わたしは現状を変えたいと心から思っている。そして抗議活動が――法にのっとった抗議活動が、そのための正しい道だ。「わたしたちは取るべき方法について意見が異なっているって、まず認めあわなければならないと思う。そしてわたしのやり方をあなたが気に入らないからといって、それが間違っていることにはならないわ」考えをめぐらせながら、彼を見つめる。「それにあなたが本当にいまの社会のシステムをそれほど信頼しているのなら、どうしてこんなところに隠れているの？」

ダンが歯を食いしばったのを見て、いまの質問が痛いところを突いたのだとわかった。そして彼には質問に答えるつもりがないことも。「暗くなってきた。早く水を見つけてこないと。腹がすいたら、先にプロテインバーを食べててくれ」彼がアニーをじっと見つめる。「おれたちふたりとも、ちゃんと睡眠を取ったほうがいい。朝までには嵐はおさまるだろうから、夜が明けたらすぐに出発したい」

「ボートはどうするの？」

「できるだけ直す。雨が降らず波が高くなければ、なんとかなるはずだ」

なんとかなるはず？

「どこに向かうの？」

「一番近い島はルイス島だが、戻るわけにはいかないから、ノース・ウイスト島へ行く。同じヘブリディーズ諸島の島とはいえ、あそこに行くとは誰も思わないだろう」

「そのあとは？」

ダンはアニーと目を合わせたまま何も言わなかったし、彼女も彼が答えるとは思わなかった。彼はアニーを置いて、ひとりで行ってしまうつもりでいる。当然だ。そうではないことを期待などしていなかった。

彼女にとっても、そのほうが都合がいい。理由があって、彼のような男性を避けてきたのだから。ダンがトラブルに巻き込まれていなかったとしても、彼とは関わらない。保守派の思想を持つ元軍人で、自分が一番だと思っている男とは。避けなければならない三つの条件がすべてそろっているのだ。どんなに惹かれても、彼は選べない。彼とのキスが燃えるように熱いものだったとしても。スーパーヒーローかぶれの男は、もうたくさんだ。

「寝ておいてくれ、アニー。ちゃんと戻るから」

ドアが音をたてて閉まると同時に、アニーは自分の胸の中でも何かが閉じたような気がした。

夜が明けて間もなく、ふたりは小さな島をあとにした。ディーンはあまり眠れなかったし、早く出発したくて気がせいていた。アニーと過ごせば過ごすほど、リスクが増す。そしてそれは、発見されるリスクだけではなかった。彼女とのあいだに持ってはならない感情が育ちつつあり、それを断ち切らなければならないのだ。どうしても。

昨日の夜は、チャンスがあったのにアニーを組み敷かなかった自分を罵りながら、ほとんど眠れなかった。組み敷くだけでなく、上にのせたり、向かいあって抱きあったり……。いろんな妄想でひと晩じゅう悶々としていた。

くそっ！　いまいましい。

彼女とのセックスが頭に浮かんで眠れなかったとはいえ、ことは下半身だけの問題ではない。そうだったらいいとは思うし、もちろんセックスだって切実に求めているが、アニーから早く離れたいのは彼女といるのが純粋に楽しくなってしまったからだ。

アニーと話すように女性と話をしたことはない。彼女とはチームの仲間と同じように話せるのだ。ただし全員が同じような考え方をする仲間たちとは、議論をするというより合唱になってしまう。理想主義の左翼思想を持つ女と議論を戦わせるのがこんなに楽しいなんて、誰が考えただろう。

それにアニーはおれの階級に臆することがないから、思ったとおりをズバズバ言い返す。

こちらがやり返しても尻込みしない。

だからアニーといると、奇妙なくらい解放された気分になる。彼女がどんなふうに受け取るかを心配したり、傷つけるんじゃないかと自分を抑えたりせずに、言いたいように言える。これまで女性とつきあったときは、無意識に自分を抑えていたのだろうか？　たぶんそうなのだ。ただし当然、〈フラズ〉で会った女たちは博士号を持った海洋学者ではない。

アメリカに戻って、この件にすっかり片がついたら、つきあう女のタイプを変えるべきかもしれない。だがとにかくいまは、早くけりをつけたい。おれは以前から忍耐強いたちではないし、わずかな忍耐力もとうに使い果たした。両手を縛られた状態でじっと待つことには、もうそう長くは耐えられそうにない。どこか安全な場所に上陸したら、すぐに電話をかけよう。アニーの言うとおりだ。おれは自分の国のシステムを信じているし、こんなふうにひとりでこそこそ動くのは、すべての直感に反している。

「あとどれくらいなの？」彼女が尋ねた。

いつものアニーと違って、彼女は朝のあいだずっと静かに物思いにふけっていた。プロテインバーを渡し、ディーンのバッグに入っていた小さな旅行用サイズの石けんと歯磨き粉を貸した礼を言われたとき以外、彼女の声をほとんど聞いていない。まるでアニーも、早く彼と別れたくてしかたがないようだ。

関わりたくないという思いが自分も彼女も同じだと知って、ディーンはほっとした。アニーがそんなふうに感じている理由は気に入らないとしても、そのほうが別れるのは簡単だ。

次に彼女と怪しい雰囲気になったら、今度は抵抗できるかディーンは自信がなかった。彼女に触れたことを思い出して、ひと晩じゅう悶々と過ごしたあとでは。いまでも舌にはアニーの唇のチェリーの味が――彼女がその香りのするリップクリームをつけるのを見た――手には彼女が達したときの体の震えが、下腹部にはしっかりと握られたときの感触が残っている。とくに下腹部に残っている感触は生々しい。

あのあとミッキーがふたたび姿を見せなかったことにほっとするべきなのか、失望するべきなのか、ディーンにはわからなかった。

「そんなに遠くない」思い出すべきではない記憶を頭から追いやって答える。「おそらくあと一六キロほどだろう。もう一度ラジオが入るか試してみるといい。だいぶ電波が強くなっているはずだ」

今朝出発する前、ディーンは天気予報が聞きたくてラジオをつけた。夜のうちに雨はやみ、空は晴れ渡っていたが、念には念を入れたかったのだ。何しろボートはダクトテープで応急処置を施しただけときている。

彼はボートにあった救急箱の中から手動のポンプを見つけ、それが出発前のボートの修理に役立った。これくらいの大きさの救命ボートにはアセトンとテープ、修理用のキットなどが備えつけられていることもあるのだが、その幸運には恵まれなかった。アセトンがあればテープはもっとしっかりくっついただろうけれど、いまのところはなしでも大丈夫そうだ。

朝に試したときは、電波が弱くて天気予報がちゃんと入らなかったものの、かろうじて聞こえた〝快晴〟という言葉で出発を決めた。

今回は電波がだいぶ強くなっていて、天気予報の最後の部分がはっきり聞き取れた。ところが、そのあとに流れてきた言葉の内容がすべてを変えた。

15

　ラジオがふたたび警告を繰り返すのを、ディーンは険しい表情で聞いていた。すべての船舶とアウター・ヘブリディーズの海辺の町に住む人々に、容疑者ふたりが逃亡しているから注意するように呼びかける警告。男のほうは身長およそ一九〇センチ、体重九五キロ、年齢三〇歳前後、茶色い髪、もじゃもじゃのひげ。女のほうは身長一六八センチ、体重五七キロ、二五歳前後、長く黒っぽい髪、緑色の目。どちらも武装していて危険だとラジオが告げている。

　流れた容疑者の描写は細かい部分が少しずつ違っていた。ディーンの身長は一九三センチだし、体重は一〇二キロ、年齢は三三歳だ。だが、彼を指しているとわかるくらいには近い。

「どういうことなの？　これじゃあまるで、わたしたちが犯罪者みたい」アニーがきいた。

　彼女の言うとおりで、これは事態がよくない方向に転んでいるしるしだとディーンにはわかった。「別のチャンネルにしてみよう」

　何度か試してみて、アニーはようやくルイス島のニュース局を見つけた。二、三分後、速報が流れる。「今朝飛び込んできたニュースですが、地元のダイビング用の船でふたりの男性が殺されているのが見つかりました。現在、容疑者ふたりの捜索が行われています。ルイス島の北西約八〇キロの海上で起こった恐ろしい事件の唯一の生存者が、チャーター船の船長とアメリカ人の共犯者による強奪と殺人について詳細に証言しました。容疑者は武装していて危険なので見つけても近寄らず、すぐに警察に通報してください」

ディーンは悪態をついた。

アニーは真っ青になって、大きく目を見開いている。「殺人ですって？　いったい何を言っているの？　わたしたちは誰も殺してないわ」

モーターの速度を落として、ディーンは彼女と目を合わせた。「ああ、そのとおりだ。だが、どうやら誰かが殺したらしい」

彼女は器用にも、息をのむのと悲鳴をあげるのを同時に行ったような音をたてた。

「ジャン・ポール？」

ディーンはうなずいた。「おれの推測ではそうだ」

「だけど、どうしてそんなことができたの？　縛られていたのに」

ディーンは三人の手足がしっかり縛られているか確認したし、彼がやったように勢いをつけて結束バンドを壊されないよう、手は背中側にまわしておいた。だからジャン・ポールが自由になれたはずがない。

だが、ディーンはミスを犯していた。先を急ぐあまり、彼らが武器を持っていないか調べなかったのだ。「ナイフを隠していたに違いない。やつか仲間の誰かが届くところに」

「だけど爆弾は？　どうしてラジオでは爆弾について何も言わなかったの？」

「きっと、いま頃は海の底さ。沿岸警備隊が到着する前に、ジャン・ポールが海に投げ込んだんだ」

その事実が意味するところを、アニーがようやく理解する。「つまりジュリアンは……それにクロードも」苦悩をたたえた涙でいっぱいの目がディーンを見つめた。

「残念だよ、アニー」

彼女は信じたくないというように、首を横に振った。涙が次々に頰に流れ落ちる。

ディーンは手を伸ばして、その涙を払った。だが、いまの彼にはこれくらいしかしてやれない。

別のことに集中しなければならないのだ。殺人犯をつかまえるために張られた包囲網を、どうにかしてすり抜けなければ。そして網の範囲は刻一刻と広がっている。

ジュリアンが死んだ？　師と仰ぎ、あんなに崇拝していた男に殺されて？　まさか、そんなことがあるはずがない。けれど、いっこうに止まらない涙が、本当はアニーもそれが事実だとわかっていると告げている。

この悪夢のような出来事に巻き込んだジュリアンに彼女は腹を立てて――激怒していたが、彼に死んでほしいとは思っていなかった。犯した罪に対して罰を受けてほしいとは思っていたものの、殺されてほしいなんて、露ほども望んでいなかった。

誰も傷つけるつもりはなかったとジュリアンが言ったのを、アニーは信じていた。彼もだまされたのだ。

　哀れなジュリアン。たしかに彼とはよく考えず性急に関係を持ってしまったけれど、彼のことは本当に好きだった。彼がジャン・ポールの計画に従って、船の爆破なんて大それた行為をやり通せたとは思いたくない。

　だからジャン・ポールはジュリアンを殺したのかしら？　でもそうだとすると、なぜクロードが殺されたのか説明がつかない。クロードは本当の計画を知らされていたのだから、ジャン・ポールが彼を殺す理由はないはず。ただしジャン・ポールが自分から疑いをそらし、彼らに罪をかぶせようと考えたのなら話は別だ。わたしは知らないうちに、ジュリアンとクロードの死の原因を作ってしまったの？

　アニーは気分が悪くなった。

　このままジャン・ポールに罪を逃れさせるわけにはいかない。ノース・ウイスト島に着いたらすぐに一番近い警察署へ駆け込んで、真実を話そう。

　問題は、ダンにも一緒に行くよう説得できるかどうかだ。でも、もし彼が本当に違法なことに関わっていないのなら、これほど深刻な罪をかぶせられたのだから、疑いを晴らしたいと思うはず……きっと。

「ジャン・ポールにこのまま罪を逃れさせるわけにはいかないわ。ノース・ウイスト島に着いたら、わたしと一緒に警察署へ行きましょう」

彼女が返したキャップをうしろ向きにかぶったダンが、舵輪の前で吹きつける風を顔で受けながらじっと前を見つめている。彼はアニーのほうに、一瞬だけ視線を向けた。

「ノース・ウイスト島には行かない」

エンジンのスロットルの音がうるさくてよく聞こえなかったが、アニーは耳に届いたと思う言葉が間違っていないとわかっていた。「行かないってどういうこと？　もっと近い場所があるの？　早く誰かに真実を知らせなくちゃ。警察はわたしたちがふたりを殺したと思っているのよ。このままジャン・ポールが逃げてしまったらどうするの？」

「それよりも、おれたちがちゃんと逃げられるかどうかが心配だ。嵐が過ぎたから、沿岸警備隊はおれたちを探しているだろう。残念ながら、ストーノウェイには海事活動センターがある。そこにはヘリコプターが二機しかないが、何機か応援に来てもらうのにそう時間はかからないはずだ。ひとつだけ有利な点があるとすれば、当局は救命ボートの空気がもれていることを知らない。だからきっと、おれたちがひと晩じゅう進んだと思っている」

スコットランドの沿岸警備隊の活動について、ダンはどうしてこれほど詳しいのだろう？

「わたしは逃げたくないわ。何も悪いことをしていないもの」パニックがふくれあがり、アニーの声は高くなった。

「だが、世間はそう思っていない。そしておれには当局が真相を探り出すまでのあいだ、留置場でじっとしている時間はないんだ」

「そんなのありえない。わたしたちが留置場に入れられるわけがないわ。真実を話せば、ジ

「どうやってわかってもらうんだ？　どんな証拠がある？　ジャン・ポールもおれたちも、主張を裏づけるものがないという点では同じだ。そしておれには、殺人事件の捜査が終わるまでおとなしく待っている時間がない」

「そもそも、それが問題なのよ！　あなたがどんなトラブルに巻き込まれているにせよ、この件ほど深刻なものであるはずがないわ。お願いよ。長く身を隠していればいるほど、わたしたちに対する心証は悪化する。それに、もし当局がジャン・ポールをこのまま解放してしまったらどうするの？」

ダンがギリギリと歯を食いしばり、顎の筋肉がピクリと動く。「あんな野郎はどうでもいい。きみは間違っている。おれが抱えている事情は重大なものだ。そしてそれが引き起こすかもしれないトラブルがどんな種類のものか、きみには想像もつかないだろう。おれにはこんなことに巻き込まれている余裕はなかったんだ。それなのに——」彼が言葉を切って、アニーを見つめる。まるで彼女を責めているようだ。けれども一瞬見せた怒りはすぐに消え、ダンは頭を振りながら言った。「悪いが、アニー、おれにはそんなリスクは冒せない。どこか安全なところまで逃げたら、おれはおれにできることをする」

「それってどういう意味？」彼女はもう不満を隠せなくなっていた。ダンがこれほど頑固だなんて信じられない。どんな事情を抱えているのかは知らないけれど、わたしが思っているよりもひどいものに違いない。最初は環境テロと殺人、今度は彼が抱えているらしい〝重大な〟事情。

どちらにも巻き込まれたくない。「わかったわ。あなたは一緒に来てくれなくてもいい。安全な場所に着いたら、わたしを置いてどこへでも行って」

ダンがおなじみになったむっつりとした表情で、また彼女をちらりと見る。「おれたちの姿を誰かに見られる危険は冒せない」

彼の断固とした様子を見て、アニーのパニックは極限まで高まった。「あなたがわたしをボニーと呼んだとき、冗談を言ってるんだと思ったわ。わたしはボニーとクライドみたいな逃亡の旅なんてしたくない。逃げたら有罪だと思われるだけだもの」

「残念だが、きみはもう逃亡の旅に入っている」

アニーは彼が何を言っているのかわからなかった。

「考えてみろ。相手は手練《てだ》れのプロのテロ組織だ。やつらは通常、小さな集団で行動し、その正体を暴くのは難しい。賭けてもいいが、やつらは三人とも偽名を使っていただろうし、何か起こったときのために予備の偽装も事前に準備していたはずだ」ダンは口をつぐみ、彼女に鋭い視線を向けた。「船はきみの名前でチャーターしただろう?」

ちょうどそのことを考えていたアニーは、青い顔でうなずいた。「部屋を取ったのも、わたしの名前だったわ。ジュリアンはいつも現金で支払いをしていたし。そのことには気づいていたけれど、なんとも思っていなかった」

アニーはお金を使いすぎないようになるべく現金で支払いをする学生を大勢知っていた。

かさばる現金を持ち歩くより、カードのほうが簡単に使えてしまうからだ。ジュリアンもそのひとりだと思って、彼女は好ましいとさえ思っていた。堅実で責任感がある、と。

「ジュリアンがきみのパソコンを使ったことは？」

アニーは首を横に振った。「いいえ、覚えているかぎりでは」

「きみがいないときに使うチャンスはあったか？」

しばらく考えてから答えた。「わたしがシャワーを浴びているときや寝ているときなら、使えたと思う。それから、彼よりも先に授業へ出かけたことが何回かあるわ」

「彼はきみのパスワードを知っていたのか？」

彼女は当惑して、唇を噛んだ。「パスワードは設定していなかったのよ。家で使うデスクトップのコンピューターだから。エンターキーを押しさえすればログインできる」

話せば話すほど自分が間抜けに思えて、アニーは落ち込んだ。ダンが〝世間知らず〟と言う声が聞こえるようだ。でも、彼女のパソコンに国家機密が隠されているわけではない。せいぜいクラウドアカウントに研究内容をバックアップしているくらいだ。ほかには……。そのときアニーは、あることを思い出した。

ダンが彼女の表情の変化に気づく。「なんだ？」

「二、三週間ほど前かしら、ここに来る前だけど、クレジットカードを解約しなくてはならなかったの。身に覚えのない請求がいくつか来ていたから。いままで、番号を盗まれたんだと思っていたわ」

「パソコンにカード番号を記憶させていたのか?」

またしても間抜けな気分になって、アニーはうなずいた。わたしは世間知らずの大間抜けだ。「でも、三桁のセキュリティコードを入れなくてはならなかったはずよ」

「置きっぱなしになっているきみの財布から、カードを抜き取って調べればすむ」

たしかにそのとおりだ。

「おそらく爆弾の材料をきみのカードで買ったんだろう」

アニーも同じ推測にたどり着いていた。「わたしはばかみたいにだまされやすかったのね」恥ずかしさに声がかすれる。

「ジュリアンはこんなふうにきみを陥れる事態にならないよう、祈っていたのかもしれない」

ダンが慰めようとしてくれているのだとわかって、彼女は余計に落ち込んだ。いまはもう気分が悪いだけでなく、ふたたび泣きたくなっていた。環境テロリストの計画だけでなく殺人の捜査にまで巻き込まれてしまうなんて、ひどすぎる。「わたしはどうすればいいの?」

答えは期待していなかったが、彼が言った。「心配するな。ふたりでなんとかしよう。だが、留置場からじゃない」

「どうやって?」

ダンは一瞬口をつぐんだ。「助けてくれそうな人間を知っている。安全な場所まで行ったら電話するよ。警察がジャン・ポールのことをきちんと調べるよう、手もまわしてもらえるはずだ」

「その人物って弁護士？　わたしの継父は法廷弁護士なの。いまはもう引退しているけど、伝手《つて》を山ほど持っているわ」

ダンの唇がカーブを描く。笑顔なのではないかと彼女が考えている表情だ。「弁護士じゃない。それから、もしきみの義理のお父さんの力を借りなくてはならなくなったら、そのときは言うよ。それでいいか？」

アニーはうなずいた。「これからどこに向かうの？」

ダンは地図を見せ、ノース・ウイスト島の西岸のすぐ沖合にある島を指した。「ここで暗くなるまで待つ。こんなふうに明るいあいだは、おれたちは無防備だ。上陸したら、ボートを隠せるような洞穴か何かを探そう。少なくとも、ボートがオレンジや赤じゃなく灰色だったことを感謝しなくちゃならないな」

「それから？」

「暗くなったらすぐに、まずここへ向かう」ルイス島の下に連なっている島々の沖合に指を滑らせ、南端のミングレイ島で止める。「それからインナー・ヘブリディーズを可能なかぎり南下して、そこで上陸する。燃料的には、タイリー島までじゅうぶん行けるはずだ」

ダンは本土にある港町オーバンの真西に位置する、ほぼ三角形の島を指した。彼は有能そうな手をしている。きちんと爪を切りそろえた大きくて力強い手にはいくつもの傷痕があり、工場や作業場で働いている人間のようだ。ただし、傷痕のいくつかは火傷の痕に見える。

「そこまでは探しに来ないかしら」

「いつかは来るだろう。だがヘブリディーズ諸島には何百も島があるから、島から島へと移動すれば何カ月だって隠れていられる。すべての島に捜索の手が入るまで相当かかるだろうし、ここまで南に行っていれば、かなり時間を稼げる」

いろいろ考えたうえでの計画のようだ。「しっかり練った計画みたいね」アニーはそう言って、彼が足元に置いているバックパックに目を移した。「その荷物にあと何本かはプロテインバーが入っているといいんだけど。そうでなければ長い一日になりそう。おなかがすくと、不機嫌になるたちなのよ」

ダンが顔をしかめた。「ベジタリアンだから、魚なんか食べられないとか言いださないといいんだが」

「あなた、ついてるわ。魚は大好きだもの」アニーは微笑んだ。この状況で笑えるなんて、頭がどうかなったのかもしれない。

「スシは？」

「大好物よ」

「それなら、目的地に着いたらなんとかしてあげられそうだ」

彼女は眉をあげた。「それって、わたしは寝場所を整える係ってこと？」

ダンがにやりとすると、アニーの胸の中で心臓がドキリと音をたてて跳ねた。

「フェミニストとして、きみが許せないというなら別だが」

「今回は大目に見てあげる。でもまたわたしをバンビなんて呼んだら、この取引は白紙よ」

「きみに聞こえていたとは思わなかった」ダンは笑いながら言い、悪いなんてひとかけらも思っていない仕草で肩をすくめた。「そんな目でおれを見るからいけないんだ」

「ストリッパーみたいな目？」

とんでもなくおかしなことを聞いたとばかりに、彼が大笑いする。「そうじゃなくて、おれに母親を殺されたような目だよ」

「あなたはわたしを置いていってしまおうとしたのよ！」

ダンが真顔になり、ふたりは見つめあった。「そうしていなくてよかった」

アニーの身に起こったかもしれないことを考えて彼はそう言ったのだとわかっていたが、その視線の強さに、もしかしたらそれ以上の気持ちもこめられているのではないかと彼女は思わず想像した。

「あなたがそうしないでくれてよかったわ」ささやくような声になる。

胸が締めつけられ、切ない気持ちがこみあげた。

そのときダンがアニーのうしろにちらりと視線を動かしたかと思うと毒づき、張りつめた一瞬は終わった。

16

身についた習慣は簡単に変わらないものだ、とコルトは考えた。雨の日も晴れの日も、日曜の朝にはケイトはコーヒーを飲んだり朝食をとったりする前に必ず走る。彼女の住んでいる何百万ドルもするタウンハウスがポトマック川のほとりのマクレーンにあることを考えると、走りそうなルートを推測するのは難しくない。

コルトは川沿いの道を見渡せるベンチに座って、ケイトを待った。彼は疲れていた。ロサンゼルスからの夜行便がロナルド・レーガン・ワシントン・ナショナル空港に着いたのは朝の六時。彼女に会い損なわないよう、そこから直接ここに来たのだ。ケイトはいつも、八時までには家を出る。たまに日曜に家にいられたときは、彼はそれで文句を言ったものだ。

わざと彼女を引き止めたこともある。

どうやってそうしたかは思い出さないほうがいいだろう。ふたりがうまくいかなくなった原因がなんであれ、セックスではなかった。

七〇歳以上の人間ばかり――こんなに早く起きたがるのは年寄りだけだ――ふたりか三人見送ったあと、豊かな金髪のポニーテールを揺らしながら、のびのびとした走り方のほっそりとした見慣れた姿が視界に入ってきた。

ワシントンDCの夏は気温も湿度も高いので、彼女は露出度の高いトップスと七分丈のタイトなスパッツという格好で、想像の余地がないほど体の線があらわになっている。だがどちらにしても、コルトには想像する必要などない。記憶に刻み込まれているからだ。

ケイトはきれいな筋肉のついた、細身のすばらしい体をしていた。それはいまも変わっていない。ただし彼が覚えているよりも、さらに細くなっている。

それでもやはり、とてつもなくセクシーだ。

彼女はイヤフォンをつけていて、まわりにほとんど注意を向けていない。それではだめだと、コルトはしつこく注意をしたものだった。彼が立ちあがると、ケイトはようやく気づいた。

いきなり足を止めたので、彼女がつまずきかける。虚を突かれて完全には表情を隠せず、心の痛みが顔をよぎるのが見えたが、すぐに育ちのよさに培われた仮面がそれを覆ってしまった。

金髪碧眼《へきがん》という典型的な美人であるケイトは、中央情報局《CIA》というより、ハンプトンズに住みジュニアリーグでボランティアに精を出す上流階級のレディのようだ。

そしてそういうところが、彼女の魅力のひとつだった。カントリークラブに出入りするマダムのようなお高くとまった顔を見ていると、コルトは自分の住むもっと汚い世界の塵芥《じんかい》で彼女を汚してやりたくなる。

だがそんなふうに見えるのは仮面にすぎず、彼も最初はだまされそうになった。残念ながら彼に向けたケイトの目には、かつて結婚した物静かでどちらかといえばシャイな、とびきり心のきれいな少女の気配はない。表情はまるで氷のようだ。おそらくカントリークラブやデビュタントのための舞踏会で、こういう表情を教えているのだろう。ケイトが正式に社交界にデビューしていると知って、コルトは腹がよじれるほど笑ったものだ。ファンファーレ付きでデビューしたのに、彼みたいな男とくっつくはめになったのだから。

これほど冷たく見える女がベッドであんなに激しく燃えられるなんて、いまでも信じられない。

ケイトの目には親しみのかけらもなく、取りつく島もなかった。紅潮した顔には、目や口のまわりに前にはなかったしわが何本か増えている。それでも彼女はもうすぐ三五という年齢ではなく、二〇代後半に見えた。

「どうやってこんなにすぐわたしを見つけられたの？」彼女はそうきいたあと、自分で答えを見つけた。「ずっと監視していたのね」

コルトは否定しなかった。「きみのおかげで、そう難しくなかった。昔からの習慣に当たるのがコツだ」

ケイトの顔が怒りでさらに赤くなる。「あなたのような人にとってのコツね。わたしには関わりのないものだわ。覚えているでしょう？　わたしは分析者《アナリスト》なの。汚い仕事は専門家に任せているのよ」

言われて当然なので、反論はしなかった。

「電話をかけてきたときに、あなたとは話したくないって言ったと思うけど。もうお互いに、何も言うことはないはずよ」

そのとおりだ。ふたりとも、すべて言い尽くした。言うべきではないことや、口に出せば二度と取り消せないことまで。

もうすべては過去なのだと、彼は自分に言い聞かせた。「きみの助けが欲しい」

ケイトは首を横に振った。「ごめんなさい、コルト。どんなことか知らないけど無理よ。あなたは……」彼女は口をつぐんで、背筋を伸ばした。誤解の余地がないように、彼の目をまっすぐに見て続ける。「長い時間がかかったけど、ようやく乗り越えたの。いまのわたしは新しい人生に踏み出してる。それをハリケーンみたいなあなたに引っかきまわさせるつもりはないわ」

ケイトが昔言った言葉が、コルトの心によみがえる。そのとき彼女は泣いていた。声をあげて。彼に心を引き裂かれたかのように。本当は、彼のほうこそ心を引き裂かれていたというのに。「あなたはまるでハリケーンよ。まわりのものをすべて破壊して、あとにはみじめな思いしか残さない」

ケイトの言うとおりだ。そして前もって警告していたのに、彼女はコルトを変えられると思い込んだ。自分の愛で彼の罪をすべて洗い流せると。しばらくは彼もそうだと信じたが、結局最後には、ふたりとも真実に直面せざるをえなかった。

「きみがイギリス駐米大使と婚約したと聞いた。おめでとう」

心からの言葉ではないと考えたのか、ケイトは無視した。そうなのだろうか？　おれは喜んでなどいないのか？　いや、そんなことはない。新たな人生を歩みはじめたのは、彼女だけではないのだ。ただしおれの新たな人生には、婚約指輪は含まれない。その航海にはすでに一度乗り出した。〈タイタニック号〉のように華々しく。そして大きくふくらんだ夢や希望は、海の藻屑《もくず》となった。

「わたしにかまわないで、コルト。いまは幸せなの。本当に久しぶりに幸せなのよ」

ケイトは彼を残して歩きだそうとした。

「大将に会わせてくれ。そうすれば、二度ときみを煩わせない」

彼女が足を止めた。どうしてもそうせずにはいられなかったのだろうとコルトは考えたが、いつものようにケイトにとっての自分を過大評価していただけだった。「わたしがあなたのすることを気にかけていたのは、もうずっと昔の話よ。いつもそうしていたように、あなたは好きに行動すればいいじゃない。あなたの行動に口を出せると考えている人がいるなら、その人を哀れに思うわ。そんなことは不可能なんですもの。とにかくあなたがわたしの名づけ親に何を望んでいるにせよ、わたしを巻き込まないでちょうだい」

言い換えれば、彼女はなんとしてもおれを排除したいと思うほどには、おれを気にかけていないということだ。

ケイトがいまでもなんらかの感情を持ってくれていると思うほど、おれはうぬぼれていたのだろうか？

おれは彼女にとって無に等しいのだ。かつて彼女にどんな影響力を持っていたにせよ、それはもうとっくに失われてしまった。ケイトはおれという存在を、永遠に自分から切り離したのだ。おれが望んだとおりに。

お門違いの怒りがこみあげて体が熱くなり、両手をきつく握る。だがコルトは、彼女に言うことを聞かせるすべを知っていた。どうすれば彼女の助けを得られるかを。そしてそのことに、彼はさらに腹が立った。

走りだそうとするケイトの腕をつかんで、取り澄ました表情を崩してやりたい。だがそれをこらえ、彼女を引き止められる唯一の言葉を投げかけた。「スコットのことなんだ」

17

ディーンは毒づいた。だが、一艘ばかりか二艘の船が前方の地平線上に見える。いまはオレンジ色の点としか映らないが、その色を見ればわかる。

沿岸警備隊だ。

それはふたつのことを意味する。いま目指しているノース・ウイスト島の真向かいに位置する島には、もはや行けない。アウター・ヘブリディーズ諸島をなすバラ島からルイス島まで鎖状に連なる島々をまわる、距離は長いが比較的安全なルートもだめだ。

計画変更。危険だが、ハリス海峡を突っ切るしかない。ハリス島とノース・ウイスト島を隔てる八キロほどの狭く長い海峡だ。誰にも見られることなく、小さな島のひとつに身を隠すことができればなんとかなるだろう。そう願うしかない。

このゴムボートの大きさと色からして、沿岸警備隊の船からは見えていないと考えていいだろう。彼らが双眼鏡を使っていれば、話は別だが。

ディーンは舵輪をまわし、ゴムボートを方向転換させた。一キロほど戻ってから、西へ舵を切り、海峡に向かう。

これまでは燃料をもたせるためにスピードを抑えていたが、いまはともかく逃げきることが先だ。

一気に速度をあげる。ゴムボートは波間を突っ切って進んだ。彼は目の前の海に意識を集中しながら、アニーに叫んだ――しっかりつかまっていろ、追われていないか背後を見張っててくれ。

ちゃんと聞こえたかどうかはわからないが、彼女は何をすべきか理解したようだ。波に激しく体を揺られながらも、裂け目をテープで留めていないほうのハンドルをつかみ、背後の海を注視している。

「何か見えるか？」ディーンはエンジンの轟音《ごうおん》越しに叫んだ。

「何も――」彼女は言葉を切った。「待って。一艘見えるみたい」

彼はふたたび毒づいた。ほぼスロットル全開でボートを突進させる。ひとつでもミスをしたら、ふたりともあっという間に海に投げ出されてしまう。ゴムボートはこの荒波の中、乗員たったふたりで、しかもこの速度で走るには軽すぎるのだ。

「目を離すな。船が方向を変えるか、スピードをあげるかしたら知らせてくれ」

血中をアドレナリンが駆けめぐっていたが、ディーンがパニックを起こすことはなかった。危機一髪の状況は幾度となく経験している。

とはいえ、つかまるわけにはいかない。仮の身分はよくできているものの、殺人事件の容疑者として調べられることはさすがに想定していない。

少佐がなんと言うかは考えたくもなかった。めったなことでは感情を表に出さないスコット・テイラー少佐がロシアのミサイル大爆発からディーンを救い出したことをいままで後悔していなかったとしても、ディーンが生存者の存在を明らかにするようなことがあったら、後悔するに違いなかった。

〝地下に潜れ。訓練どおりに行動し、消えろ。身を潜めて、おれからの命令を待て〟

つねに任務第一で冷静なテイラーがアニーのことを知ったら、激怒するだろう。当然だ。実際のところ、彼女と関わってはいけなかったのだ。とはいえ、あの状況ではああするしかなかった。悔いてはいない。彼女はジャン・ポールの計画に強制的に協力させられるか、でなければ殺されていただろう。

もっとも環境テロを未然に防ぎ、若い女性の命を救ったことを、少佐が評価するかどうかは大いに疑問だ。

だが、ディーンとしてはアニーを置いてはいけなかった。あのときも、いまも。彼女をこの窮地から救ったら、そのあとは姿を消すつもりではいるが。

ディーンの考えを知ったら、テイラーはいい顔をしないだろう。しかし、それもこれも、まずはこの危機を脱したとしての話だ。

「まだこっちに向かっているわ」アニーは八方に髪をなびかせる風にあらがいながら言った。「でも、もうほとんど見えない」

つまり沿岸警備隊の船はこちらの方向に走行していただけで、このゴムボートを追っていたわけではないようだ。ディーンは本来偶然を好まないが、いまはもろ手をあげて大歓迎したかった。

左手にハリス島、右手にノース・ウイスト島の海岸が迫ってきた。そのあいだの海峡に点在する島の黒っぽい影がひとつ、ふたつ見える。ボートで抜けるには小さな島、暗礁、岩、何より浅瀬にじゅうぶん注意しなくてはならない。

しかし、浅瀬はじつはゴムボートには有利に働く。沿岸警備隊に比べて、はるかに喫水が浅いからだ。

海峡が近づくと、エンジン音が人の注意を引かないよう、ディーンはボートの速度をゆるめた。幸い、まだ朝早いからか、海岸に人の姿はない。もっとも昼日中であっても、このあたりがにぎわうことはなさそうだった。

アニーも同じことを思ったようだ。「島の人はどこにいるのかしら？」

ディーンにもわからなかった。海岸はひとけがなく、ボートも一艘も見えない。

ふいに思い当たった。ようやく多少のツキに恵まれたようだ。「今日は日曜だ」

アニーが〝だから？〟と言いたげな顔で彼を見た。

彼女は日曜日の意味を理解するほどスコットランドに滞在していないのだ、とディーンは気づいた。「みんな教会に行ってるんだ。このあたりでは休息日は厳格に守られている。ルイス島とハリス島は休息日というしきたりの、イギリス最後の砦《とりで》と言われているんだ」

アニーは眉根を寄せた。「アメリカの、アルコールを買えない場所みたいなもの？」

彼女はアメリカにおける〝ブルー・ロウ〟――日曜日にアルコールの販売を禁じた法律が残っている郡のことを言っているのだろうが、スコットランド自由教会の厳格さはその比ではない。

ディーンはうなずいた。「もっと徹底しているがね。店、レストラン、ゴルフコース――ホテル以外のほとんどすべてが閉まっている。ガソリンを入れられたらラッキーと思ったほうがいい。ストーノウェイには数時間だけ開く駅があるが、それだけだ。何年ものあいだ、日曜日にはフェリーも運行していなかった。少し前に変わったが、それもずいぶんと論争を巻き起こしたものだ。場所によっては、日曜日に洗濯物を干すだけで反感を買う」

「中世時代の話みたい」

ディーンは肩をすくめた。最初にこの地を訪れたときは、彼もそう思った。現代のつねに動いている世界に慣れているアメリカ人には理解しづらいだろう。

二〇年前はもっと禁止事項が多かった。マクラウド家の出だった母は、ある夏、息子から解放されたかったのだろう、ディーンを大おばのところへ送り込んだ。彼が日曜日に自転車に乗るという過ちを犯したとき、大おばのメグ――名高い先祖の名を取って名づけられたらしい――は烈火のごとく怒り、テレビに出るどんな説教師も顔負けの熱弁を振るって、彼を叱責した。

けれども宗教的な面はさておき、ディーンもそのうちに休息のための日があること、週の中に特別な日が設けられていることは悪くないと思うようになった。「これはこの土地の文化で、いい面もあるのさ」肩越しに振り返る。「何か見えるか？」

アニーは首を横に振った。「何も」風になぶられる顔を不安げに曇らせ、唇を嚙む。「水深がかなり浅いわね」

だが、それはこちらにとっては都合がいい。「ちょうど潮が引ききったところなんだ」

「彼らは追ってくるかしら？」

「わからない。でも、ここで見つかるのを待っているつもりはない。なんとしても逃げきるんだ」

「危険じゃないの？」

ミスを犯さないかぎりは。「心配するな、アニー。おれは自分のしていることがわかってる」

彼女は小さく笑みを浮かべてみせた。「でしょうね」

ディーンはにやりとしたが、すぐに目の前の仕事に注意を向けた。まずはこの海峡を衝突や接触なく、無事に抜けることだ。地図に目を落としては海峡を見渡し、岩や暗礁のあいだに通り道を見つけ、読みが正しいことを祈りつつ船を進めていく。

ゆっくりと、緊迫した時間が過ぎていった。障害を避けながら浅瀬を進むのは、ディーンの集中力と技術のすべてを必要とした。それでも海峡に入って三〇分後、ボートはふたたび外海に出た。

ディーンは息を吐き、体をかたく締めあげていた緊張を解いた。

そのあいだずっと、アニーはひと言も発しなかった。息をしているのかさえ、ディーンにはわからなかった。それを言うなら、自分が息をしていたかどうかもわからなかったが。

「何か見えるか？」彼はアニーにきいた。彼女はずっと背後に目を配っていた。

安堵を隠さず、アニーは首を横に振った。「もう見えないと思う。それにしても危なかったわね。ところによっては、ボートをおりて運んだほうがいいんじゃないかと思ったわ」

ディーンは微笑んだ。「きみの祖先はバイキングに違いない」

彼女はふたたび首を横に振った。「知るかぎり、違うと思うわ。オランダ、ドイツ、ブラジルの血は入ってると聞いているけど」だから彼女は黄金色の肌をしているのか。「どうして？」

「バイキングはときおり、ボートを引きあげ、狭い陸地を歩いて渡ったそうだ」

「近道をするには賢明な方法ね」

そういうことだ。いまもその手は使えそうだ。

「それで、このあとはどうするの？」アニーがきいた。

ディーンは前方のはるかに大きな島――スカイ島の先に見える、ぼんやりと黒っぽい島を指さした。「タイリー島だ。あそこに行けば、運がよければシャワーを浴びて食事もできるだろう」

アニーがうれしそうに大きくため息をついた。その声を聞いて、ディーンは手を触れたときに彼女があげたうめき声を思い出した。

あのときのことは忘れようと努力しているのに。だが、アニーを見るたびに体温がたっぷり一〇度はあがるのだから、簡単にはいかない。

長い二日間になりそうだ。事態が落ちつくには、そしてディーンが彼女のもとを去るまでには、最低でもそのくらいかかるだろう。

「それはすてきね」ふいにアニーの表情が変わった。「いま思い出したけど、わたし、お金を持ってないわ」

「心配しなくていい」ディーンは言った。荷物にはいつも緊急用の現金を入れている。持たずに家を出ることはない。さまざまな身分を使い分け、それぞれに口座を作ってあるが、その口座に安全にアクセスできるまでの活動資金が必要になる場合があるからだ。

ダン・ウォレンはもう使えない。

シールズの隊員は任務に支障が生じた場合、逃走し、追跡をかわすよう訓練されている。ただし、今回みたいなことがあって地下に潜るような場合、ナビゲーションツールや取水装置、信号装置だけではどうしようもない。敵地で数日生き延びればいいというわけではないのだ。だが、幸い第九チームの隊員は消える方法――姿をくらまし、ひとりで生きていくすべを身につけていた。

口座へのアクセスもその一部だ。だから念のため、リヒテンシュタインの銀行にも口座を作っておいた。リヒテンシュタインはスイスがアメリカ人の脱税者の実名を公表して以来、資金と身元を隠せる新たな脱税天国と言われている国のひとつだ。

とはいえ、口座にアクセスして新しい身分を作るには、まだ数日かかる。それまでは計画的に金を使わなくてはいけない。喜んで現金を受け取る小さなゲストハウスかホステルがあれば一番いい。もちろん、たったいまボートから浜にあがったばかりに見えないよう、どこかで体を洗い、多少の服を買う必要もある。

ふと、アニーが眉をひそめていることにディーンは気づいた。「どうかしたのか？」

彼女は唇をゆがめて苦笑した。「元恋人とその友だちを殺した容疑で追われていて、いま着ている服のほかは着替えもない、持っているのはリップクリームが一本だけってこと以外に、どうかしたかときいているの？」アニーはポケットからリップクリームを取り出した。「どうもしないわ」

ディーンは携帯電話と同様、そのチェリーの香りのリップクリームも船の外に放り投げてやりたいという衝動に駆られた。さもないと、ふたりはさらに危うい状況に陥るかもしれない。

本当はもう一度、アニーにキスをしたい。大丈夫だと伝えて、安心させてやりたい。いや、違う、キスしたいのは彼女がどうしようもなく魅力的だからだ。これだけのことを経験したあとでユーモアのセンスを失わない女性は、そうはいないだろう。

キスをする代わりに、ディーンは彼女をじっと見つめた。「もう少しの辛抱だ、アニー。じき、いいようになるさ」

そのためには全力を尽くす。

それでなんとかなることを祈るしかない。

島にたどり着くにはアニーが思った以上に時間がかかったが、幸いにもその間に目にしたのは数隻の船だけで、鮮やかなオレンジ色のものはなかった。沿岸警備隊の目を逃れたのは本当に間一髪だった。ふたりがゴムボートを浜に引きあげたのはまだ午前の半ばだったけれど、アニーは疲れきっていた。何時間もボートのへりに腰かけていたせいで、体に残っていたわずかなエネルギーもすべて吸い取られた。しかもこの二四時間で、プロテインバー三本しか食べていない。

まさに濡れネズミといった心境だ。ゆうべダンが火をおこしてくれたおかげで朝には服は乾いていたけれど、高速で海を走行しているあいだに浴びた水しぶきで、また全身びしょ濡れだった。

彼は自然が作った美しい港を選んだ。白い砂とごつごつした黒い火山岩でできた浜で、見あげるとなだらかな丘の斜面に青々とした草原が広がり、野の花が咲き乱れ、白いコテージが数軒ずつまとまって、あちこちに立っている。

絵のように美しい光景だった。スコットランドのイメージとはかけ離れている。アウター・ヘブリディーズ諸島というより、カリブかどこかの島のようだ。

思いがけずこのあたりの島を船でまわることになったが、その中でもタイリー島はほかに比べて比較的平地が多く、緑が豊かだ。いくぶん温暖な気がする。

「わたしたち、どこにいるの？」

「ベレフェーニッシュという村だ。地図によると」

スコットランドの地名はスペルが見当もつかない。

アニーは浜を見おろす家々を見あげた。ちょうど六軒見える。「あれが村？」

ダンは苦笑した。「アウター・ヘブリディーズ諸島だからな」

「あの白い家、ホテルだったりしないかしら？」

すがるような、切実な口調のアニーに向かって、彼は首を横に振った。「小さなゲストハウスとして部屋を貸し出している可能性はあるが、ここに泊まるわけにはいかない。注意を引きすぎる」

安心していいのか、がっかりしていいのか、アニーにはわからなかった。疲れきっていたとはいえ、あの家々は控えめに言っても必要最低限、雨風がしのげるといったレベルだ。

「ここにあがることにしたのは、あれが見えたからだ」ダンは古い掘っ立て小屋を指さした。

「何？」

「さあな。たぶんボート小屋か道具小屋として使われていたんだろう。だがいまは廃屋のようだし、ゴムボートを隠すにはもってこいだ。この島には洞窟はなさそうだから」

「誰かに見られたらどうするの？」

彼は首を横に振った。「だからこちら側から上陸したのさ。あの海食柱が視界をさえぎって、おれたちの姿は海側から見えない」

ゴムボートは見た目よりもはるかに重かった。ダンの肩に重量のほとんどがかかっているとはいえ、浜を横切り、みすぼらしい木製の小屋までたどり着く頃には、アニーは息を切らしていた。

島は風が強い。この小屋がなぎ倒されないのが不思議なほどだ。切妻屋根のただの四角い建物で、風雨にさらされた灰色の板材はいくつかなくなったり、割れたりしており、ドアには錠もない。だが、代わりにロープで留めてあった。

ダンは結び目を解こうとしたが、年月と雨のせいで麻糸は鉄のようにかたくなっていた。しばらくしてあきらめ、バックパックから万能ナイフを取り出し、ロープを切った。

ロープはティーンエイジャーがこの小屋を遊び場とするのを防ぐためなのだろう。中に入ると、古いビール缶や煙草の吸い殻が木製の床に散乱しているのが見えた。古い手漕ぎボートが一艘あって、薄汚い寝袋が敷かれ、間に合わせのベッドとなっていた。

燃えさかる一〇代のホルモンは発明の母だ。

「ここに寝泊まりできそうだ」ダンは言った。「一応、ネズミは見当たらない」

アニーがぎょっとした顔をすると、彼は笑いだした。

「まったく面白くないわ」アニーはむっとした。「ことに、シャワーと食事を約束された場合はね」

まだにやにやしていることからして、ダンは納得したわけではないようだったが、賢明にも反論はしなかった。「ボートを運び入れるのを手伝ってくれないか。それからシャワーと食事のことを考えよう」

ゴムボートを小屋に隠し、切ったロープの一本でドアが開かないように新たに結び目を作ると、ダンはスカリーニッシュという島で一番大きな村に向かうはずの道を指し示した。

島はさほど大きくはない。横五キロ、縦二〇キロといったところだろうか。アニーとしては、村があまり遠くないことを願った。一分ごとに空腹感が増す。だが、泣き言は口にしたくなかった。

どういうわけか、父親に対していつも感じていた、自分を認めてもらいたいという妙な欲求をダンにも感じてしまうのだ。父に対してはたぶん、息子でなかったことを後悔させたくないという思いがあったのだろう。けれどもダンの場合は少し違う。彼が、タフであることを高く評価すると思っているからだろうか？

どうしてダンに自分を印象づけたいのかはわからない。いずれにしても、泣き言を言う前に空腹で気を失いそうだ。

三キロほど歩いたと思われたところで、彼が言った。「もうじきだ」アニーがほっと息をつくのを待って続けた。「もうあと八キロほどで着く」

八キロ？　嘘でしょう。彼女は何も言わなかったが、愕然としたのが表情に出たらしい。

ダンはまた大声で笑いだした。「冗談だよ。すぐそこだ」

アニーはダンが指さす方向は見ずに、彼をにらんだ。これまで人を殴ったことはないけれど、いまはそうしたい気分だった。「あら、今日はよく笑うのね」

ダンはまだにやにやしている。笑った彼がドキリとするほどハンサムでなかったら、アニーは怒りを爆発させていただろう。

「すまない、でもきみも自分の顔を見たら納得するさ」彼はまた歩きはじめた。アニーも並んで歩いた。「疲れたと認めてもいいんだぞ」

「別に――」彼女は否定しかけ、思い直してつぶやいた。「なんでわざわざ」それからつけ加える。「あなた、意地が悪いって人から言われたことない？」

「いつも言われてる」ダンが誇らしげに答えた。「それが男と男の子の違いさ」彼はしたり顔でアニーを見た。

「女の子との違いでもある」

「何が？　人にオアシスが近いと思わせて、それからあれは蜃気楼《しんきろう》だったと言うこと？」

「そういうことだ」

「あなたたち男性が好きそうな、ふざけたゲームね」

「かもしれない。だが、きみも乗っていいんだぞ」

アニーは不思議と誇らしく感じた。なぜかは考えたくないけれど。

小さな村が視界に入ってくると、ダンはこれからどうするかを話しはじめた。まずは店を見つけ、いくつか物を買い、公衆トイレを使う。これくらいの大きさの村なら、ひとつはトイレがあるはずだ。そこで多少身ぎれいにして、宿泊先を探す。

だが、もうひとつダンからある指示を受けたときには、彼女は泣き言は言わないという決意を忘れそうになった。「髪を切れというの？」

彼は男性にありがちな、ぽかんとした表情を浮かべた。自分の言葉がその反応を引き起こしたのはわかるが、理由は皆目わからない、という顔だ。

ダンはうなずいた。「短いに越したことはない」眉根を寄せて、じっとアニーを見る。「染めるというのは考えたことがないのか？ 少し明るくしてみようとか」

落ちついて、とアニーは自分に言い聞かせた。彼は女性のヘアスタイルのことなんて、何もわかっていないのだ。「ハイライトを入れろということ？」

彼は眉をひそめた。「なんだ、それは？」

アニーは頭を振った。「気にしないで。いいえ、染めようと思ったことはないわ。似合わないから。それとも真っ赤に染めてほしい？」

冗談を言ったつもりなのだが、ダンには通じなかったようだ。

「いや、それじゃ目立ちすぎる。まあ、いい。とりあえず髪を切るだけでもなんとかなるだろう。カーラーで巻いてみるのもいいかもしれない」

勘弁してほしい。それでは幼いみなしご〝アニー〟ではないか。

もちろん、こんなときに髪に執着するなんてばかげている。とはいえ、一抹の寂しさを感じずにはいられなかった。物心ついた頃からずっと、アニーは髪が長かった。〝きれいな髪〟と褒められることに慣れてしまったのかもしれない。

店に入る前に、ダンはアニーにこれから切る髪を帽子の中にたくしこませた。彼は典型的な男性買い物客だった。せっかちで効率重視。すべて即決で、必要最低限のものだけを選んでいく。歯ブラシ、歯磨き粉、制汗剤、剃刀、シェービングクリーム、液体洗剤（おそらく服を洗うため）。アニーはそこに、自分にとって必要最低限のものを加えていった。保湿剤、マスカラ、頰紅、ブラシ、アイライナー。ムース、ヘアブラシにハサミ（これは彼が入れた）。ダンはかごの中の品を見て眉をひそめ、彼女を見た。「なぜこんなものをつけるんだ？きみには必要ないだろうに」

褒めたわけではなく皮肉なのだろうが、アニーは気にしなかった。「必要はないけど、つけたいの」

これから髪を切らなくてはならないのだから。

アニーは本来、虚栄心が強いほうではない。けれども濡れネズミのような格好——それもまもなく髪の短い濡れネズミになる——だと、せめてできるかぎりは女性らしく見せたいと思えてくるものだ。

ダンは軽く肩をすくめ、レジに向かった。通りがかった冷蔵コーナーには出来合いのサンドイッチやソーセージロール、サラダが並んでいた。

「腹は減ってるかい？」

今回はからかわれているのがわかっていたので、アニーはわざわざ答えなかった。代わりに、小隊をまかなえるほどの食料をかごに放り込んだ。カプレーゼのサンドイッチ、フルーツサラダ、かたゆで卵、ポテトチップス。

自分も人間であることを示すため、ダンはすべてを倍にした。

店内は静かだ。レジ係は島の人間には珍しく、話好きな女性だった。アニーがこれまでに出会ったスコットランド人は友好的であっても無口だったが、この女性は違った。赤みがかった茶色の髪に赤い頬、このあたりの人にありがちな風雨にさらされたような肌、そして戸外で重労働をしている者らしい、がっしりとした体つき。農婦か園芸家、もしくはその両方だろうか。

「フェリーで来たにしては時間が早いねえ。グラスゴーからの八時五〇分の便で来たんだろう？」

ダンはうなずいた。「そうです」

アニーはこの小さな島に空港があることに驚いて、言葉が出なかった。

女性はダンがかごから出し終えた品に向かってうなずいた。「その様子だと、荷物をなくされたのかね？　小さな飛行機だから、たいてい荷物の管理はちゃんとしてるんだけど」

どうやら彼女は、もう少しいろいろ聞き出したいらしい。ダンは彼女を失望させなかった。

「違うんです。その前の国際便で」

女性は満足げにうなずいた。そしてふたりを交互に見た。「だと思ったよ。あんた方、どこから？　アメリカ？」

「出身はアメリカだけど、いまは妻とブラジルに住んでます」

「ブラジル？」女性が新たに好奇心をかきたてられた顔で、アニーを見る。アニーは自分が妻役を振られたことが、とっさにのみ込めなかった。「いいねえ」

「彼女はあまり英語が話せなくて」ダンは女性がアニーに何か問いかける前に言った。

「あんた、ウィンドサーフィンの競技会のために来たんだろう」女性はふたたびダンのほうを向いて言った。「到着が早いね。ほとんどの人は、あと二、三日してからでないと来ないと思うけど」

ダンは女性に目もくらむような笑みを向けた。脇で見ているアニーすら、ドキリとするような笑みだった。「どうしてわかるんです？」

いかにもサーファーっぽいしゃべり方だ。サーファーがよく使う、〝おまえ《デュード》〟〝兄弟《ブラ》〟もつけ加えたら完璧だろう。

レジ係が彼の母親ほどの年齢でなかったら、そのあからさまな媚態《びたい》やなれなれしい笑みに、アニーはむっとしたかもしれない。「アスリートは見ればすぐにわかるんだよ」

彼女がダンをじろじろ見るだけでなく、手を伸ばしてその筋肉質な腕をきゅっとつかんでみないのが、アニーには不思議なほどだった。アメフトのラインバッカー並みの体格に弱い女性は、アニーだけではないらしい。

「荷物が届くまでの、間に合わせの服とかを買えるところはあるかな？」

アニーは鼻を鳴らしそうになった。この気さくなサーファーぶりは、いささかやりすぎだ。だんだん腹が立ってきたが、レジ係の女性には効果抜群だった。

「大きなホテルの横にちょっとしたブティックがあるよ。女性物がほとんどだけど、サラは男性物もいくらか置いてる。パッツィに聞いてきたと言ってごらん。面倒を見てくれるから。

浜辺にもTシャツやスウェット、水着を置いてるところが二軒ほどあるね。そういうのも必要なら。ああ、それから、その道をもう少し行ったところにリサイクルショップもあるよ」

「なら、なんとかなりそうだ」ダンは言い、パッツィが手放したくなさそうな買い物袋を受け取った。「ありがとう、パッツィ」

彼女は文字どおり、女子学生のように頬を赤らめた。五〇は超えていると思うけど、とアニーは意地悪く考えた。

「どういたしまして」パッツィは言った。「競技会中にあんたと奥さんにまた会えるのを楽しみにしてるよ」

アニーはパッツィが自分の存在を忘れていなかったことに驚いた。ふだんのアニーは誰とでもすぐに打ち解ける典型的なアメリカ人だが、いまはブラジル人ということになっている。存在を忘れられたほうが好都合なのだ。ポルトガル語はひと言も話せない。スペイン語に近いはずで、スペイン語なら話せるものの、あえて〝さよなら《アスタ・ルエゴ》〟と言ってみる気にはならなかった。

ダンは気づいたようだ。「どうかしたか？」

「英語は話せない《ノー・アブロ・イングレス》の」

彼は笑った。「それはポルトガル語じゃない」

「だから何も言わなかったのよ」アニーは横目で彼を見た。「あなたが女性に色目を使うタイプだとは思わなかったわ」

ダンは肩をすくめた。「状況次第では……」

「そうね。でも、ちょっとしたアドバイスをさせて。本当の奥さんを連れているときは、やめておいたほうがいいわよ」

ダンは頭がどうかしたのかと言わんばかりの顔でアニーを見た。実際に彼女自身、そんな気分だった。「たしかにそうだな。きみは腹が減ると気難しくなるようだ。さて、食ってから、少しこざっぱりしよう」

アニーは恥ずかしいくらいの勢いでブランチを平らげた。それからふたりで公衆トイレに向かった。服を買ったあとにシャワーを浴びて着替えるつもりだが、宿泊先にチェックインして大勢の人に姿を見られる前に、いくらかでも外見を変えておいたほうがいいというのがダンの考えだった。

公衆トイレによくある、ガラスではない安全な鏡は映りが悪かった。それでもアニーは髪を濡らし、たっぷり二五センチ切った。顎の下あたりの長さでほぼ横まっすぐに切りそろえ――彼女の髪は元々ウェーブがかっているので、まっすぐかどうかはどうでもいいのだが――軽く化粧をした。

ダンから渡された紙袋に切った髪を入れるまでは、なんともなかった。けれども袋いっぱいの巻き毛を見ると、アニーはふと涙がこみあげた。鏡がよく見えなくて、ちょうどよかったのかもしれない。

たかが髪の毛じゃない。

切ったからといって、どうだというの？

そうは思っても簡単には割り切れなかった。トイレを出ると、ダンが待っていた。彼の姿を見たとたん、アニーの胃がひっくり返った。飛びあがったのだろうか？　どちらかはわからない。ともかく全身に衝撃が走った。

ダンはひげを剃っていた。

18

ディーンはビールをひと口飲み、今度は自分は何を言ったのだろうと思いめぐらせた。新たな偽名であるトンプソン夫妻――ゲストハウスの宿帳にはそう記載した――のミセス・トンプソンは先ほどスーパーマーケットに行って以来、どうもとげとげしい。

「ありがとう」アニーはろくに彼のほうを見もしないでぼそりと言うと、食べ物に向き直った。

野菜ばかり食べているから、イライラするのかもしれない。自分のステーキを分けてやろうかと思ったが、いまの彼女はユーモアを解する気分ではなさそうなのでやめておいた。

こちらは髪がキュートだと言っただけだ。アニーは思いきりよく切った。絹のような濃い色の髪が顎のあたりでいま人気のゆるくセクシーなウェーブを作り、顔を縁取って、その繊細な造作と大きな目を強調している。

そして彼女をより魅力的に見せるのは、無防備で感情豊かな瞳だ。本人にそう言うつもりはないが。

廊下の化粧室を使ったあとにアニーが部屋に入ってきて以来――この小さなゲストハウス

にバストイレ付きの部屋はなかった——つい視線が彼女に釘づけになってしまう。

これまでアニーが夕食のためにドレスアップしたところは見たことがない。彼女はすばらしかった。数日必要な服を買うようにと渡したのが二〇〇ドルほどだったから舌を巻く。彼女はしゃれた服の組みあわせを抱えて戻ってきた。ディーンはファッションにはうといが、その金額でデザイナー物の服が買えないことくらいは知っている。けれども体の線を引き立てる黒いサンドドレスに、黒のコットンのセーター、黒いビーチサンダルを身につけた彼女は、グラビア誌のページから出てきたファッションモデル顔負けだった。

一方、ディーンはまず目についた白いポロシャツと黄褐色のカーゴパンツを買い、さらにショーツ数枚、Tシャツ、ここがカリフォルニア州コロナドではなくスコットランドであることを考えると驚くべきことだが、バハパーカーを見つけて購入した。

島ではウインドサーフィンは人気だ。ダンが参加するとパッツィが決めつけた競技会、タイリー・ウェーブ・クラシックは、世界でもっとも長く続いているウインドサーフィン競技会のひとつだ。ほとんどの人が名前を聞いたこともないスコットランドの小さな島としては悪くないイベントだ。〝北のハワイ〟と呼ばれているそうだが、浜の雰囲気からすると、それもわからないではなかった。実際に競技会に出場するかどうかはともかく、これは幸運だ。ディーンはプロとはほど遠いものの、コロナドに住んでいたあいだにサーフィンもウインドサーフィンもそこそこたしなんだ。必要とあらば、プロのふりをするくらいはできる。リのんきなサーファー野郎のふりは？　簡単だ。ドノヴァンをまねればいいだけのこと。

サイクルショップで、みっともないハワイのTシャツを探してもいい。

地元のビールを楽しみながら、ディーンはアニーが料理を口に運ぶのを眺めた。朝食だけがつく小さなゲストハウスを選んだので、宿泊客は夕食は港のレストランでとるよう勧められる。安くはないが、アニーにはたっぷりとした良質な食事が必要だろう。彼女が切り抜けてきたことを思えば。とりあえず差し迫った危機が去ったいま、どっと疲れが出ているに違いなかった。

「大丈夫か？」

アニーは顔をあげてディーンを見た。不意を突かれたと言いたげな妙な表情を浮かべたあと、目を伏せて頬を赤らめる。「平気よ」

一日じゅう、こんな具合なのだ。彼がひげを剃り、長髪を切って公衆トイレから出てきて以来。

ディーンは眉をひそめた。「なぜそんな顔でおれを見る？」

〝見ない〟のほうが適切な表現だったかもしれないが。

アニーがまたちらりと顔をあげた。警戒心がありありだ。「そんな顔って？」

「『X - メン』のミュータントか何かを見るような顔だ」

彼女はいっそう頬を赤くした。目を伏せ、それから意を決したようにディーンと視線を合わせる。シャイなタイプとは思えなかったが、いまはまさにはにかんでいるようだ。

「ひげと長髪のないあなたを見慣れていないだけ。あなた……」アニーは長い間を置いた。

彼はどぎまぎしてきた。こんな感情を覚えたのは生まれてはじめてだ。「まったく違って見える」

違って見える？　どういう意味だ？

つまり、これが原因なのか？

気がつくと、ディーンは自分の顎をさすっていた。自意識過剰もいいところだ。おれは一七歳か？　彼女がこの顔を気に入らないからといって、どうだというんだ？

「すぐにまた伸びてくるさ」

「そうじゃないの」彼女が急いで言う。「いまのほうがいいわ」

ようやくアニーが顔を赤らめたり、はにかんだりしている理由がわかった。なんてこった。彼女はおれに惹かれているのか。自分も彼女に惹かれていることを思うと、あまりいい考えではないのだろうが、ディーンはともかく同じ言葉を返した。「おれもきみの髪型、いまのほうがいいと思う」

うれしいことに、この言葉はアニーから笑みを引き出した。目まで届く満面の笑み。いつも彼女をこんなふうに微笑ませることができたら、とふと思った。

調子に乗ってサンドレスのことも口にしようと思ったが——胸元の開いた、豊かな胸を強調する体にぴったりとしたサンドレス、しかもその胸元は彼女がひと口食べようと前かがみになるたび、さらに深く開くのだ——それはあまりに露骨だと思い直した。とはいえ、おれも男だ。お手軽なスリルを得るチャンスと見れば、つかむことはためらわない。

ともあれ、この店はロマンティックすぎる。隅の奥まった小さなテーブルにふたり。照明は落としてあり、海が見え、親密な会話にふさわしい……これはデートではないが、そう感じさせる環境だった。

問題は、ディーンがアニーに少々気を引かれているだけではないことだ。これまでの人生では経験のないほど強い欲望を感じている。これから数晩、彼女とひとつの部屋で過ごすのは、そして手を触れずにいるのは地獄の拷問となるだろう。昨夜の比ではない忍耐を強いられそうだ。

しかし、安いひと部屋と食事だけでも、現金は見る見る減っている。ふた部屋用意することはできない。

そのことは、いまは考えないほうがよさそうだ。「きみの論文について教えてくれ」

アニーが用心深げに彼を見た。「本気？　ミスター・アンチ捕鯨反対がわたしの環境問題に関するリベラルな論文に興味があるの？」

彼女に関することなら、どんなことにも興味がある。くそっ。こんなことを考えるのはやめなくては。「興味がなければきかないさ。それにおれはアンチ捕鯨反対でもアンチ環境保護でもない」

アニーは美しい眉をあげた。「リベラルな論文という部分をあえて避けたわね」

痛いところを突かれて、彼は微笑んだ。

「やっぱりね。知らないわよ、あなた、死ぬほど退屈するかも」

そんなことはない。退屈するはずがない。人が心から愛する仕事について熱く語るのを聞くのは、いつだって興味深い。

彼女はメキシコ湾の原油流出事故のあと専攻を変えたという。ああいうことが二度と起こらないよう切に願って。

あの大惨事のあと大量死した野生動物の写真は、ディーンも覚えていた。オイルにまみれて死んだ鳥やイルカたちだ。心の痛む写真だったが、シールズとして見聞きしてきたことに比べると、さほど衝撃は受けなかった。

地雷で体を吹き飛ばされた人間、銃撃を受けてメロンみたいに爆発した頭などを幾度も目にしていると、数羽の鳥の死がささいなことに思えてしまうのはいたしかたない。

けれどもアニーの目にはそうは見えないのだ。人間の命が尊いからといって、ほかの命が尊くないわけではない。無駄な死は無駄な死だ。どんな生き物もそうした無駄な死から守りたいと本気で願っている人間は称賛されるべきであって、決してばかにしてはいけない。

「わたしが関心があるのは、流出事故のあとの環境汚染だけじゃないの。それは簡単に目に見えるでしょう。原油が拡散し、〝除去〟されたあとも、その影響は続いているということを証明したいと思っているわ。あらゆる種類のPAH――多環芳香族炭化水素、有機汚染物質のひとつだけど」彼女は説明した。ディーンは知っていたが。「その濃度を湾岸からさまざまな距離で調べてる。メキシコ湾の汚染された魚から頻繁に検出されるの。ことに海底生物であるアマダイにね。原油も最後には底にたまるから。それと心構造の形態変化も見られるわ」

言い換えれば、生物の体内外に変化が見られるということだ。「証明できたのか？」

アニーは勢い込んでうなずいた。「沖合の掘削作業はどれだけ距離があれば〝安全〟かということに関して、現在の見解に疑問を投げかけるにはじゅうぶんだと思うわ」

「なら、次はどうする？」彼はきいた。「さらに研究を続けるのか？」

「そのつもりよ。民間の研究施設に来ないかと誘われているの」

「でも？」

ディーンがためらいを見逃さなかったと気づいて、彼女は微笑んだ。「もう八年間も家に戻っていないの。母はしばらくのあいだでもフロリダにいてほしいと言ってるわ」

「きみはどうしたいんだ？」

「わからない。研究の仕事は好きよ。でも現場に出たいと思うときもある。研究所って、ちょっと世間離れしているでしょう」

ウエイターが皿を片づけに来たので、アニーは話を中断した。ウエイターはワインのお代わりを注ぎ、デザートはどうかときいた。

彼女は首を横に振り、ディーンはビールのお代わりを注文した。まだ食事を終わらせたくなかった。

ウエイターが立ち去ると、アニーは申し訳なさそうに彼を見た。「わたしばかりしゃべっているわね。あなたはどうなの？　わたし、あなたがどこの大学に行ったのかも知らないわ」

大学卒と思われたのは意外ではなかった。よくあることだ。だが、相手の反応が気になったのははじめてだった。

自分の学歴を恥じているわけではない。大学はディーンには向かなかった。それにシールズで、机に向かうよりはるかに多くのことを学んだ。しかしアニーは博士号を持っている。経験から言って、高等教育を受けた人間ほど教育の価値に対して偏見を持っており、教育を受けていないイコール知性がないと考えがちだ。デートの相手に大学に行っていないと言うと、よくこういう言葉が返ってくる。〝まあ、あなたって、とても賢そうなのに〟

「短大でいくつかセミナーを受けたが、おれには向かなかった」

アニーは驚いたとしても、いっさい顔には出さなかった。代わりに興味深げにじっと、こちらが居心地悪くなるくらい彼を見つめた。「誰もが大学に行かなくてはいけないってわけじゃないわ。ここの人たちは、アメリカよりもそれをよくわかっているみたい」イギリスのことだろう。ここでは高校卒業後は大学に行くのが当然とは考えられていない。「学費も高額だし、わたしは子どもたちがもっと大学進学という選択肢についてよく考えるべきだと思ってる。あなたのご両親は借金をしなくてすんで、喜んでいらっしゃるんじゃないかしら」

アニーは軽い気持ちで言ったのだろう。ディーンとしても、彼女にばつの悪い思いはさせたくなかった。だが同時に、真実を知ってほしいという気持ちもある。せめて話せることだけでも。「父はいなかった。母は金がなかった」

あったとしても、息子には使わなかっただろう。

彼女はもっと何か複雑な事情があると感じたようだったが、追求はしなかった。きいても話さないとわかっていたからかもしれない。「ごめんなさい」

ディーンは首を横に振って、感傷を振り払った。「謝ることはない。とうに忘れたよ」

「だから海軍に入ったの？」

彼はうなずいた。「あれがおれの人生で最高の出来事だった」

何も考えずに言葉が出ていた。

「なら、どうして辞めたの？」

「それは……」このもどかしい状況に、ディーンはいらだった。彼女には話せない。でも、まったくの嘘はつきたくなかった。「話せないんだ。わかってくれるか？」

もっとききたそうだったが、アニーは納得したようだ。「学校に戻って、士官になるつもりはないの？」

「冗談はやめろ」思わず言葉が口を突いて出た。ディーンは上級上等兵曹かもしれないが
――下士官と同義語だ――結局は一歩兵なのだ。「書類仕事や政治は苦手だ」

彼女が笑う。「でしょうね。たしかにあなたは政治向きじゃないわ。厳正なる真実しか口にしないもの」

皮肉なのはわかった。「すまない、アニー。いまみたいな言い方をすべきじゃなかった。

気が立っていたんだ」

アニーは首を横に振った。「いいえ。それも当然よ。わたしって世間知らずだから、つい根掘り葉掘りきいてしまうの。ただね、こんなことに巻き込んで申し訳なかったと思っているのよ」

ディーンは迷惑とは思っていない。そう思って当たり前なのだが、思えない。そのことがわれながら恐ろしかった。


石けんで簡単な化粧を洗い流し、アニーは浴室の鏡に映る自分の顔をじっと見つめた。心配なのは目の下のくまではない。このあと、どうするかだ。

ダンのことは好き。とても。

今夜はすてきだった。本音を言えば最高だった。最初のデートとしては完璧に近い。皮肉なのは、あれはデートではないということだ。

ふたりが切り抜けてきたことを思えば、ダンとは話がしやすく、一緒にいて安心できるのは不思議ではない。でも、ふたりのあいだに磁石があるかのごとく互いが引き寄せられる妙な感覚までは説明がつかない。

磁力とは、たぶん肉体的な欲求だ、とアニーは自分に言い聞かせた。ただ、その肉体的な欲求は、ダンが公衆トイレから出てきたとたん一〇〇倍も強くなった。

心の準備ができていなかった。

まさに貨物列車に衝突したかのようだ。タフであせた茶色の髪の船長は、こざっぱりとしたゴージャスなアメリカ人男性に変貌していた。予想以上にハンサムだった。顎の線も理想的。力強く男らしいが、ネアンデルタール人のように大きく角張ってはいない。ひげがなくなると、唇もはっきり見えた。唇そのものもじゅうぶん官能的に見えるけれど、男性的な彼の顔におさまっていると……セクシーだった。

いや、ダンのすべてがセクシーだった。見るたびに心臓が止まりそうになる。彼にキスされ、触れられたときにどんな気持ちがしたかを思い出してしまう。

まずい状況だ。絶対にまずい。

アニーは蛇口からほとばしる冷たい水を顔にかけたが、効果はなかった。まだ頬がほてっている。

ワインのせいにはできなかった。ダンのせいであることはわかっている。彼と、ふたりのあいだにくすぶる熱気のせい。

飾り気はないが清潔な女性用の浴室に必要以上に長居していることに気づき、アニーは脱いだ服とささやかな洗面用品をまとめて、裸足で部屋へ向かった。

ふたりの部屋へ。

客室が四部屋と共同の浴室がふたつだけの、小さなゲストハウスだった。女性用の浴室は廊下の突き当たり、男性用はその反対側だ。おそらく今夜ここに滞在しているのは自分たちふたりだけだろう。割り当てられた〝1〟の部屋までに通り過ぎた三部屋からは、物音はまったくしなかった。

ホテルというよりは誰かの家のようだ。浴室は実用的で、シャワーにトイレ、タオルかけ、バスケット、小さな洗面台があるだけだが、ほかは徹底的にビクトリア朝で統一されていた。祖母が亡くなって以来、これほどたくさんのレースのテーブルマットや花、暗い色の家具をいっぺんに見たのははじめてだった。廊下さえ、暗いえび茶色のカーペットに藤色の壁紙といった具合だ。

アニーは浴室の外で足を止めた。わたしったら、ばかみたい。いまは二一世紀。この程度で大騒ぎするなんてナンセンスよ。ふたりの大人がひとつの部屋で寝たからといって、どうだというの？　どぎまぎするようなことではない。ゆうべだって、同じ部屋に寝たじゃないの。

ベッドは別々だったけれど。

今夜もベッドは別々だ。部屋の大部分を占める大きなキングベッドを見たときにはパニックを起こしかけたが、よく見るとツインベッドを寄せてあるだけだった。このあたりではこういう配置が普通らしいものの、一〇センチほど引き離すことはできそうだった。

ただし、上掛けはひとつだ。夫婦という設定なので、ツインの部屋を頼むわけにはいかない。もっとも大きなベッドだから、互いに触れあわずにいることは可能だろう。触れあったらどうなるというわけではないけれど。この前、ダンははっきりと言った。そういうつもりはない、と。

まったく、わたしは何をやっているの？　いちいち考えすぎずにはいられないの？　彼のほうはベッドのことなんか、ほとんど考えていないに違いない。

しゃんとしなさい。アニーは気持ちを奮い立たせ、ドアを開けた。

だが虚勢は、窓の前に立っていたダンが振り返り、彼女の寝間着を見るまでしか続かなかった。

七分袖で膝丈の、ジャージ素材の寝間着だ。ゆうべ着ていたタンクトップとショートパンツよりははるかに露出が少ないが、ダンのまなざしを見ると、自分がシルクのネグリジェでもまとっているような気がしてきた。

もっとも、あの食い入るような熱いまなざしにさらされたら、祖母の古いフランネルの寝間着を着ていても裸のように感じるだろう。

考えすぎていたのはわたしだけではないようだ。

でも、だからといって何が変わるわけではない。ダンはやがて顎をこわばらせ、彼女のむき出しの脚から視線をそらした。どう感じていようと、彼は決して衝動に任せて行動することはない。

しかも、ダンは夕食のときに着ていたポロシャツとカーゴパンツのままだ。「着替えなかったの？」ひとりだけ場違いにドレスアップしてパーティーに登場したような気分になり、アニーはきいた。

「ちょっと出なくちゃいけない。先に寝ていてくれ」彼は淡々とした口調で言った。

言い換えれば、起きて待っているなということだ。「どこへ行くの？」いまのは〝カーテンがおりている〟状態だ。あげるのは難しい。

アニーは少しずつ彼の表情のかすかな変化が読めるようになってきていた。

「やらなきゃいけないことがある。きみが心配することじゃない。いいな？」

うなずくほかにない。なぜか胸の痛みを感じながら、アニーはうなずいた。ダンに説明する義務はないのはわかっている。だからといって、説明してほしくないわけではない。

そもそも、こうしてふたりでひとつの部屋に泊まることになったのも、必然に迫られてのことだ。いまは一緒にいるけれど、アニーがなんらかの幻想を抱いていたとしても――いえ、現に抱いている――必要がなくなり次第、彼は単独行動に出るだろう。

本当なら連れていきたくないと、彼ははっきり言った。助けると約束してくれたが、アニーが当てにできるのはそこまでだ。

わたしは彼の恋人でもない。妻でもない。なんでもない存在なのだ。

理性が吹き飛ぶような、いままで感じたことのないような快楽も、なんの意味もない。わたしはダンに対して何かを要求できる立場にはない。彼がどこに行こうと、わたしには関係のないことだ。

ひょっとすると、わたしに飽きて、少々息抜きがしたいのかもしれない。バーに行って軽く飲み、その先へ進めそうな女性を探すつもりなのかも。ダンは男だ。それも魅力的な男。今夜もレストランを出るとき、複数の女性の視線が彼のほうへ向けられていた。一夜の相手を見つけるのは難しいことではないだろう。

「わかったわ」アニーはできるだけふだんどおりの声で言った。「おやすみなさい」

自分のものをドレッサーの上に重ねて置き、ベッドまで歩いた。ドアから遠いほうのベッドを選んで横になり、肩まで上掛けをかける。そして壁側を向いた。

長い間があった。アニーは振り返って、ダンがこちらを見ていないか、何か言ってくれないか確かめたいという誘惑に駆られた。

けれども、そうはしなかった。しばらくして彼がドアまで歩き、ライトを消して、錠をかける音が聞こえた。

そのあと聞こえるのは、自分の心臓の音だけだった。

アニーは長いこと、まんじりともせずにベッドに横たわっていた。暗闇でひとりきり、ただじっとしていると、この二日間の出来事が一気によみがえってきた。

19

彼女はまた、あのバンビのような目でこちらを見つめた。ディーンは心をかきむしられる思いだった。

長時間、部屋を空けるつもりはなかった。電話をかける必要があり、アニーのいるところではできなかっただけだ。テイラーは電話に出なかったので、かけ直してほしいと言う代わりにメールを送っておいた。

それには五分もかからなかった。だがディーンとしては、すぐに部屋へ戻る気にはなれなかった。自分自身が信用できなかったのだ。アニーが洗いたての肌で、裸足で、ロング丈のTシャツを寝間着代わりに着て現れたときから、頭の中をあらぬ想像が駆けめぐっている。昔から、男物のシャツを着た女性には弱かった。はぎ取ってみたくなる。まったく、高校時代に戻ったかのようだ。

少し気を鎮めなくては。リラックスするんだ。脱、欲望。いや、そんな言葉はあったか？どうでもいい。ともかく欲望を追いやらなくては。

任務中は飲まないという自分のルールを破る一歩手前だった。代わりにしばらく外に座り、体のほてりを冷ましてから、着替えを取りに部屋へ戻り、シャワー室に向かった。冷たい水もさして効果はなく、彼は手を使って問題の一部をすばやく処理した。昨夜のことを考えるか、アニーのドレスを思い浮かべるだけでことはすんだ。

満足とはほど遠いが、いくらか緊張が解けたところで、ディーンは体を拭き、寝る用意をした。

部屋に戻ると中は暗く、静かだった。音をたてないように気をつけながらドアに鍵をかけ、ベッドの端に座ってシャツとズボンを脱いでから、ベッドに入る。アニーとは違って、寝るときに着る物は買わなかった。おそらく先に起きるから、とくに問題はない。窓ガラスにはひびが入っているにもかかわらず、部屋は風通しが悪く、暑苦しかった。

ほんの一〇センチほど離れたところで眠っている女性のことは考えないようにしながら、暗闇の中、天井を見つめて横になっていた。

ディーンはアニーが眠っていると思い込んでいた。だが、ふと静かすぎることに気づいた。規則正しい寝息がしてもいいはずだが、息を止めているかのように何も聞こえてこない。

やがて彼女が体をひくつかせ、押し殺したすすり泣きをもらした。そのときになって、ようやく彼は気づいた。

なんてこった。アニーは泣いているのだ。無視することは、ディーンにはできなかった。でも、どうすればいいのだろう？

ひとりにしたのが失敗だった。考える時間、事件を思い出す時間を与えてしまうことになった。ジュリアンはいけすかない男だったとはいえ、殺されるようなことは何もしていない。

アニーはこちらに背を向けたままだったが、ディーンは横向きになり、彼女に覆いかぶさるようにして、親指で頬から涙を払ってやった。その肌は赤ん坊のようにやわらかかった。

彼女がディーンの手に鼻を押しつけてきた。彼の心臓が胸の中で大きく跳ねる。「いいようになるさ、スウィートハート」

暗闇の中、アニーが彼のほうを向いた。こちらを見つめる濡れた目が光る。「いいえ、ならないわ。彼らは死んだのよ」声がかすれた。「殺されたの。死に値するようなことは、何もしていないのに」

ディーンは彼女の頬を親指で愛撫した。これほどやわらかなものに触れたことは、かつてない気がする。胸がぎゅっと締めつけられた。「たしかにそうだ」

「わたしのせいよ」

「なぜそんなふうに思う？」

「わたしがあれを見つけなければ――」

彼はさえぎった。「きみが見つけなかったら、なんの罪もない大勢の人が命を落としていたかもしれない、きみやおれも含めて。きみが責任を感じる必要はないんだ、アニー」反論の余地を与えない口調で、きっぱりと言う。「いいね？」

アニーの視線が顔に注がれているのを感じる。やがて、彼女がうなずいたのがわかった。

「よし。なら、少し眠るといい」

「そうしてみるわ」

ディーンはつかのまためらい、決してしないと自ら誓ったことをした。立ちあがってマットレスを寄せ、アニーを引き寄せたのだ。

彼女は子どものようにディーンの肩に頬を預け、手のひらを彼の胸に置いた。

しかし、アニーは子どもではなかった。抱き寄せた感覚はすばらしかった。ごく自然に、腕の中にぴたりとおさまる。肌と肌が触れあうと、ひとつに溶けあいたいという欲望がいっそう高まり、ありとあらゆる衝動が体を駆けめぐった。

それでもディーンは自分を抑え、アニーに必要なもの——安らぎだけを与えることに徹した。やさしく体を包み、そっと頭を撫でつづけた。ともに眠りに落ちるまで。

これでいい。だが、それも目覚めるまでのことだった。

アニーは深い深い眠りから覚めた。頭の中の気だるい霧が晴れるには少し時間がかかった。あたたかくて、心地いい。ずっとこのままでいたい。

無意識のうちに、うしろから自分を包み込む体に身を押しつけた。

誰の体かはわかっている。彼女はため息をついた。

ああ、なんてすてき。背中に当たるダンの胸はあたたかな鉄の壁のようだ。体を包む脚と腕は筋肉の要塞。こうしていると、安全で守られていると感じる。そして……全身がほてってくる。

熱く、熱くほてり、欲望が頭をもたげる。彼がかたくなっていることに気づくと、熱いものがアニーの中を駆け抜けた。

あの大きな、力強い体がすぐうしろにあり、ヒップにははっきりと彼の下腹部を感じる。彼女の中に、自分でもあるとは知らなかった原始的な衝動がわきあがった。飢えに近い渇望。いえ、いま感じている圧倒的な欲求は言葉で表現しきれない。

昨夜アニーが求めたのは安らぎだった。けれども今朝は違う。求めているのは別のこと。ダンを体の中に感じることだ。

彼に身をすり寄せ、その仕草で伝える。〝抱いて〟と。

ダンがうめき声で応えた。たこのできた大きな手をウエストへと滑らせ、唇をうなじのあたたかな肌に押しつける。

そのキスがアニーに火をつけた。肌がうずきはじめる。やがてすべてが高速でまわりだした。ためらいはなかった。ペースを落とそうとは思いもしなかった。これは夢の続き。目覚めたくない夢だ。

彼もまた、ためらいはなかった。完全な臨戦態勢。向かう先はわかっている。もはや突き進むだけだ。

わたしも同じ。アニーの体は狂おしいほどに応え、激しく求めた。

〝お願い、早く〟

彼女の心の声を聞き、ダンも抑制を解いた。アニーの首筋を味わい、ヒップをつかんで自分のほうへ引き寄せ、下腹部を押しつける。

アニーはもう待てなかった。快感に震え、あえぎ声をもらす。体が自分の体じゃないみたい。中に他人がいて、これまで感じたことのない官能の炎を焚きつけているかのようだ。肌をなぞるダンのあたたかな唇はすばらしく、背中に感じる彼の体は言葉では表現できないほどの快感をもたらした。まさに完璧だ。

寝ているあいだに腰までずりあがっていた寝間着は、あっという間に頭から脱がされた。下着も同様だ。ダンの手が脚のあいだに滑り込んできた。

アニーはたちまち潤ってくるのを感じ、あえいだ。このあいだと同じで、彼は愛撫の仕方を心得ていた。どこに触れれば最大級の快感を与えられるか、知り尽くしている。彼女は目を閉じた。ただ感じて、強烈な快感に身をゆだねた。

もう止められない。いま、身を引くことはできない。ダンの呼吸は荒く、動きは激しさを増している。

ふたたび欲求が高まって、アニーはたまらず声をあげた。

ひと息つく間もなく腰を持ちあげられ、今度は脚のあいだに彼を感じた。

これまで経験したことのない激しい震えが体を貫く。獣じみた欲望、究極の快感が体の芯を揺るがした。一刻も早く、ダンが欲しい。あの脈打つ大きなものを自分の中に感じたい。

すでにアニーが熱く濡れているのを確かめると、彼はためらうことなく、一気に突いてきた。

彼女は思わず声をあげた。体の奥深くにダンを感じる。大きくて、がっしりして、力強い。彼はひと突きごとに、さらに深く、さらに激しく中へと踏み入ってくる。

やがてダンが動きを止め、ひとつになったことを確かめるかのようにアニーの奥深くにとどまった。いままでこれほど深く人と交わったことはない、と彼女は思った。激しいながら、不思議と切ない、ロマンティックな瞬間だった。

だがしばらくすると、彼はまた動きはじめた。今度はゆっくりと、アニーの反応を味わうように。

わたしはこれを求めていたのだ。熱く、激しく、官能的な交わり。自分のしていることをじゅうぶんわかっている男性に抱かれること。

そうよ、もっと、激しく。ああ、お願い。このままいかせて……。

声に出しただろうか？　きっとそうなのだろう。ダンは毒づき、彼女の腰をつかむと、動きを速めた。

アニーはせがむように体をそらした。ヒップがダンの股間に当たる。背中は彼の胸に、胸のふくらみは……彼の手に。彼はそこを包み込み、指先で先端を愛撫した。

ふたたび欲望が高まるのがわかる。狂おしい嵐が解き放たれるときを待っている。ダンが経験豊富なのはわかっていたけれど、これほどまでに女性を喜ばせるのが得意だとは思ってもみなかった。

「そうだ、スウィートハート。おれのために、もう一度いってくれ」耳元に彼のあたたかな息がかかる。アニーはさらに激しく身を震わせた。「きみはすごい。おかしくなりそうだ。もうこれ以上我慢できない」

ダンは深く突きながら、手で彼女の腹部をなぞり、脚のあいだに触れ、指で愛撫した。アニーの中で爆発が起こる。快感の波が四方へ広がり、頭の中で白い炎と無数の色が炸裂《さくれつ》した。

彼が大きく身震いし、それから毒づいた。

ダンはいきなり身を引いた。何が起きたか、一瞬アニーにはわからなかったが、やがて気づいた。彼は中で果てそうになったのだ。避妊具をつけていれば問題ではない。でも、避妊具はなしだった。それがどういうことか、彼女が理解するにはもう少し時間がかかった。強烈な感情が、まだ体の中で反響している。けれども、それはすでにオーガズムの悦びだけではなかった。ほかの何かを伴っていた。あえて言葉にはしたくない何かを。

だが、彼はそうは思っていなかった。

20

なんだったんだ、これは？　何かが起こった。それが何にせよ、いまディーンは動揺していた。

言葉では表現できない。だが、これまでの交わりとはまったく次元が違う。ずっとマイナーリーグでくすぶっていたのが、いきなりメジャーリーグの試合に呼ばれたようなものだ。

仰向けになり、天井を見つめた。体じゅうをどくどくと流れていた血液が次第におさまって、脈が正常に戻った。呼吸も荒かったが、それは長時間の運動のせいというよりは――マラソンを走ったわけではない――その激しさのせいだった。すべての筋肉、骨、体内のありとあらゆる組織がアニーとの行為に集中していた。情熱にのみ込まれ、われを忘れた。これまでにない経験だった。

もうひとつ、経験のないこと。避妊具なしのセックス。あと半秒遅かったら、彼女の中で果てていた。ディーンは髪を短く切ったことを忘れ、指でかきあげた。

いったい何を考えていた？　いや、何も考えていなかった。それが問題なのだ。純粋に動物的な本能に従って行動した。

目覚めたときには、引きしまった豊かなヒップが押しつけられていた。気がつくと暗く、深い欲望のトンネルの中で、そこから抜け出すことはできなかった。アニーを奪うんだ。彼女もそれを望んでいる。ふたりとも、それを望んでいる。考えるな。さあ、やれ。まともにものを考えられなくなるまで、やればいい。

使命は果たした。フーヤー！

それにしても、なぜこんなことになってしまったのか。アニーが振り返ったのを感じ取ったとき、ディーンの頭に真っ先に浮かんだ台詞はこれだった。

「いまのは間違いだった」

ふだんなら、アニーはダンの遠慮のない、ぶっきらぼうなくらい率直な話しぶりが好きだった。でも、いまは〝ふだん〟ではない。

なぜか心細く、本能的にぬくもりと肌の触れあいを求めて、彼に身を寄せた。

けれどもそのひと言で、彼女は体をかたくしてダンから離れた。彼は毒づき、アニーの腕をつかんで引き止めた。

「そういう意味じゃない」言い訳にしか聞こえないことは自覚しているのだろうが、ダンは言った。この朝はじめて、ふたりの目が合った。アニーの胸が締めつけられる。彼の目に何を期待したにせよ、後悔でないことだけはたしかだった。「すまない。何も考えず口にしてしまった。おれは避妊具なしにセックスをしたことはない。ただし病気は持っていない」

ダンの言った〝間違い〟が避妊のことでないのはわかっていた。彼の苦い表情を見ればわかる。あの行為自体が間違いだったと言ったのだ。アニーにとってこれまでの人生で最高の、夢のような体験は〝間違い〟だった。

セックスのあとでやさしく抱きあい、すてきだったとか甘い言葉を交わすなんて幻想にすぎなかった。ダンはそんな気分ではないらしい。世界がひっくり返るような体験だと思ったのはわたしだけ。あれが何かを意味していると思ったのもわたしだけだった。

狂おしいほど強烈で無防備な感情は、一方的なものだったのだ。

だからといって、失望するのはおかしい。アニーはそう自分に言い聞かせた。ロマンス抜きの衝動的なセックスだった。満ち足りたあとに甘いひとときを過ごしたいと思うようなたぐいのものでもなかった。〝楽しかったよ、ありがとう〟以上のものを期待し、傷つくほうが間違っている。

実際には、〝ありがとう〟すらなかったけれど。

まったく、何をうじうじしているの？ 彼はそういう関係になる気はないと明言した。それを無視したのはわたし。結局のところ、自分の責任だ。胸が痛むとしても、責めるべき相手は自分自身以外にない。

アニーは失望を冷ややかで無頓着な表情の下に押し隠した。「お互い、間違いだったわ。ちょっとした弾みね。アドレナリンのせいかしら。わたしも避妊具なしでセックスしたことはないけれど、ピルは飲んでる。なんなら喜んで検査を受けるわよ」

「その必要はない」アニーが深刻に考えていないとわかって――実際にはそうではないけれど――ダンは見るからにほっとした様子だった。それがまた、彼女の胸を刺した。

自分が子どもじみているのはわかっている。もっと大人らしくふるまわなくては。若者ならセックスを愛と同一視するかもしれないが、わたしはもう少し分別がある。セックスは何も意味しない。情熱的なセックスは、ただの情熱的なセックスだ。

たしかに性的な相性は抜群だった。けれど、それがなんだというの？　さっそく結婚式の準備を始めたほうがいいとでも？　性の相性と性格の相性はまた別物だ。ベッドの中ですばらしいからといって、理想的な伴侶とはかぎらない。

愛だの絆だのを想像するのはやめて、現実を見なくては。わたしはダンに惹かれている。惹かれない女性がいるだろうか？　ハンサムなだけでなく体つきも美しい。いまも、彼が隣で横になっていることを意識せずにいられない。裸で、体のほんの一部だけ上掛けで覆って。その裸の胸をちらりと見るだけで、アニーの体はたちまちゼリーのように溶けていった。見ないほうがいいのだろう。背中にがっしりとかたい体を感じただけで、あんなばかなことをしてしまったのだから。

とはいえ、惹かれあっていること、性の相性がいいらしいことを別にすれば、ふたりには何ひとつ共通するものはない。ダンが何かから逃げていなくて、アニーが交際に失敗したあとでなかったとしても、決してうまくはいかないだろう。正反対のふたりだ。だいたい、彼は共和党員ではないか。

そのうえ元軍人だ。冷徹で非情で自信家。〝戦闘マシン〟ダンのことを端的に表現すればそうなる。こういう状況では彼の超人的なスキルは頼りになるし、セクシーにも映るけれど、日常生活においてはどうだろう？　願いさげだ。ヒーロー志向の男性はもういらない。そういう方面には興味がない。

だったら、どうしてがっかりしているの？

アニーは気持ちをうまく隠したつもりだったが、自分で思っているほど名優ではなかったようだ。

「アニー、勘違いしないでほしい」

彼女はむっとした。ふいに怒りがこみあげる。「勘違いって？」

その口調にダンは眉をひそめたが、危険信号でも突っ切るタイプらしく続けた。「きみには好意を持っているし、今朝は……すてきだった」すてきだった？「でも、きみとおれは……」彼は肩をすくめた。「やはり無理なんだ」

アニーは上掛けを胸まで引きあげ、体を起こしてダンを見つめた。裸の胸に目を奪われなかったのは、激怒しているせいだ。それでも唇が乾いてくる。彼は一グラムも余分な脂肪がない。もう、わたしったら、どこを見ているの？「なりゆきで、ああなっただけよ」それにしては情熱的だったけれど。

ダンの表情に警戒心が加わった。地雷原を歩いていることに気づいたようだ。「そうじゃない。おれが言っているのはその先のことだ」

言い換えれば、期待はするなということ。あれはなんの意味もなかった。何かを読み取ろうとするな、と。

さっきまでアニーの頭の中でもやもやしていたものは、彼の言葉できれいさっぱり消えてなくなった。

「この二日間、あれだけのことがあったあとで、わたしがまだ何かしょい込むつもりだとでも思う？」

ダンは肘を立てて片手で頭を支えた。重みを受けて腕の筋肉が盛りあがる。

どこを見てるの！　アニーは視線を引きはがしたものの、頬が熱くなるのがわかった。

彼が苦笑まじりにため息をつく。「きみは一夜かぎりの情事を楽しむタイプには見えなかったんでね」

褒められたのだろうが、いまは逆に腹が立った。わたしのことをよく知っているつもりなのかしら？　それとも、セックスのあと女性が自分に恋するのはいつものことってわけ？

どちらにしても、いい気持ちはしない。「違うわ」しらじらしい笑みを浮かべて応じる。「でも、朝なら――」

一瞬の間を置いて、ダンもアニーの意味するところに気づいた。朝の情事。彼の目が陰りを帯びる。「何が言いたい？」

彼女は肩をすくめた。「あなたはわたしのことを何も知らないってこと。わたしがどんな人間かも」

「きみがどんな体をしてるかは、よく知っていると思うが」

ダンの訳知りな笑みを見ると、アニーは胸の先端がかたくなり、体じゅうが――いますでにひりひりしているところまで――ふたたびうずいてくるのを感じた。

頬がますます熱くなったが、アニーは彼の挑発を無視した。「ともかく、わたしが〝勘違い〟するなんて心配は無用よ。自分のしていることはちゃんとわかってるから」筋肉質な胸へと視線がさまよわないよう、じっと彼の顔を見つめる。「でも、わたしがあなたに惹かれているっていう話は聞き捨てならないわね。たしかにあなたは見事な体をしてる」傷痕や刺青のことをきこうかと思ったが、話をそらしたくはない。手にあったような小さな傷が、胸をのぞく全身についていた。「でも、あれはほんのいっときのこと。もう終わったわ」彼女は肩をすくめた。「わたしたち、ほとんど共通点がないもの。あなたはわたしのタイプじゃないし」

今度はダンのほうがむっとしたようだった。体を起こし、彼女をにらみ返す。「どこが……学歴がないからか、それとも女みたいじゃないからか？」

アニーは上掛けをぎゅっとつかんだ。ジュリアンが女みたいだったと言いたいの？　もちろんダンと比べれば……でも、それは比べるのが酷というものだ。ダンは全身から男性ホルモンがにじみ出ているみたいなのだから。「どちらでもないわ。それよりも、あまりに保守的だからかしら。古きよきテキサス人で、マッチョな軍人だから」

「マッチョだって？　八〇年代じゃあるまいし」

「なら、アルファと呼んだほうがいい？」

「〝マシン〟だろう？」

ふたりの目が合った。アニーは答えなかったが、たしかにそれが一番ぴったりだと思った。どうやらダンを怒らせたらしい。彼は報復しようと、アニーが間違っていることを証明しようとしている。ダンの意図を察し、彼女はすばやくベッドの端に身を寄せた。

だが着信音に、この場合はバイブの音に救われた。

ふたりとも、一瞬どこから音がしているかわからなかった。ダンが悪態をつき、ベッドから出た。

アニーは大きく息を吸った。心臓が削岩機のように打っている。彼は自分が全裸なことを忘れているか、気にしていない——おそらく後者だ——らしく、たくましい背中が視界に飛び込んできた。

想像どおりの完璧な体だ。

ダンはズボンに手を伸ばし、ポケットから携帯電話を取り出した。震動はすでにやんでいた。

ちらりと番号を見て、口の中で何やらつぶやく。

彼が服を手に取るのを見て、アニーもそうした。

「電話をかけなきゃいけない」彼女は頭から寝間着をかぶってから、ダンのほうを見た。彼はずっとわたしを見ていたのかしら？　彼の表情からはなんとも言えないが、体をこわばらせていることからして、見ていたのだろう。

「あなたの番号は誰も知らないんじゃなかったの？」

「追跡不能だと言っただけだ」

つまり、誰に電話するか教えるつもりはないということだ。

彼がシャツを着ようとしたとき、また刺青が目に入り、アニーは眉をひそめた。「その腕の刺青はなんのマーク？　見覚えがあるわ」

ダンが凍りついた。少なくともそう見えたが、彼女のほうを向いたとき、その表情はいつもと変わらなかった。「何度も見たことがあるだろうな。よくあるビールだ」

つかのま考え、アニーは思い出した。「バドワイザーの刺青なの？」

彼が片方の眉をあげる。「きみの高尚な趣味には合わないか？」

「そうね。わたしはクアーズライトのほうが好き」

ダンは笑いを噛み殺して、かぶりを振った。「口が減らないな、きみも」

彼女は応えず、代わりに尋ねた。「その傷はどこで？」

アニーも少しずつ彼の表情が読めるようになってきた。一見表情を変えないけれど、わずかな顎のこわばりや唇の引きつり方から、この質問が歓迎されていないのがわかった。

「自動車事故だ」ダンはさらりと答えたものの、嘘なのは明らかだった。「すぐに戻る。腹が減っているなら、先に朝食を食べてててくれていい」

「わかったわ」

「アニー?」

彼女は顔をあげた。

「おれたちはここで終わりじゃない」

そうなのかしら。アニーにとっては、すでに終わったも同然だった。

21

コルトはとにかく会う約束を取りつけたものの、あの老獪《ろうかい》な男はまず〝客間〟で一時間、彼を待たせた。

いまどき〝客間〟なんてものを持っている人間がいるのか？　トーマス・マレー大将のような過去の遺物だけだ。この屋敷全体が古い財産、古い一族、古いアメリカのにおいがした。マレー家は独立戦争の頃から、このブレアヘイブンをわが家と呼ぶ。スコットランドにある祖先の城の名称を取って名づけられたらしい。

はじめてケイトにここへ連れてこられたとき、コルトは居心地の悪さを覚えた。それはいまも変わらない。ヴァージニア州アレクサンドリアにある、ジェファーソン大統領時代に建てられた大農園の母屋だ。世間離れしているというだけでなく、どうしても奴隷制の過去を連想させる。理想化された、そして現実には存在しなかった田園生活の象徴だ。

部屋そのものからして博物館のようだった。骨董品や、先祖代々のばかでかい肖像画がところ狭しと飾られている。一族は昔から傑出した軍人を多く輩出しているらしい。

コルトは比較的頑丈そうな彫刻の施されたマホガニー材の椅子に、それが自分の体重を支えてくれることを期待して座った。ケイトの好む生地でできたクッションが置いてあった。トワルという、斜紋織りの生地だ。コルトはあまり好きではない。この屋敷を思い出させるからだろう。そして、彼女が名称のつく生地にこだわる裕福な家の出だと思い知らされるから。

サイドテーブルに置かれた真鍮製の時計に手を触れた。部屋には三つ時計があるが、そのうちのふたつが動いていないようだった。

コルトは不愛想なメイドが勧める紅茶を断っていた。好きではないし、はじめてここに来たとき、貴重なカップを割ってしまったことを思い出したからでもある。

まあ、あれもいい思い出だ。

ようやく執事が——なんと、執事までいる——彼を大将の書斎に案内した。

老たぬきはコルトが部屋に入り、執事が名を告げても、顔もあげなかった。書類を数枚読み終わってから、ゆっくりと頭を起こした。

コルトはショックを隠せなかった。トーマス・マレー大将、アメリカ統合参謀本部の副議長はコルトが前回直接会ってからの三年で、一気に年を取っていた。まだ五〇代後半だが、ゆうに一〇歳は上に見える。仕事のストレスからか、息子を亡くした悲しみからかはわからない。だが、その三年間は彼にとって残酷だったようだ。かつてはこめかみがいくらか灰色がかっていただけの豊かな黒髪はほとんど真っ白で、しかも薄くなっていた。頬もたるみ、バセット・ハウンドのように深いしわが刻まれている。だが、何より変わったのはその目だ午だ。

った。かつて知性と厳しさにきらめいていた鋭い目は、いまは銀縁の分厚い眼鏡の下でどんよりと曇っていた。

書斎の中は革と煙草、ウイスキーのにおいがした。酒のにおいは、デスクについている男が発しているのだろう。地球上のどこかではもう夕方五時かもしれないが、ここではまだ正午だ。

「なんの用だ」大将はいらだたしげにずばりときいてきた。

社交辞令もなしだ。大将は昔からコルトが嫌いだったし、ことにケイトとの結婚生活が破綻してからは――大将は婿に全面的に責任があると考えていた――それを隠す理由もなくしていた。

「情報が欲しいんです」

「なぜわたしがおまえに何か話すと思う？　ケイトもしばらくのあいだはおまえにだまされたかもしれないが、最後には賢い選択をして、おまえのケツを放り出した」事実とは違っていたが、コルトはあえて訂正しようとは思わなかった。「おまえがまたなんだかんだと理由をつけて彼女に近づこうとするのを、わたしが許すと思ったら大間違いだぞ。彼女はようやくふさわしい相手を見つけ――」

コルトは当てこすりは無視して、挑発には乗らなかった、自分が彼女にふさわしいかどうかは、とうの昔に問題ではなくなっている。「ケイトのことは関係ありません」

大将が疑わしげに目を細めた。「何をぬかす。悲劇を盾に彼女のやさしい心に訴えかけるなど、いかにもおまえのやりそうなことだ」

「では、どうしておれがここに来たかはご存じなわけだ。レティアリウスに関する情報が欲しい。ケイトに話したとおりです。それさえいただければ、二度とケイトを――そしてあなたを煩わせません」

「やくざ者の言うことなど、信じられるか」

「聞いてないんですか？」コルトは皮肉たっぷりに言った。「いままでは、おれは政府のために働いています。やくざ者だった頃に培ったスキルはいま合衆国に認められ、給料を払われているんです。フーヤー」

大将は答えなかった。彼も現在のコルトの職務については知っている。しかし多くの政府高官と同じで、大将も外交政策においてコルトたちが果たす役割については知らんぷりをしたいのだ。大将のような男たちがクリーンでいるために、コルトたちは汚れ仕事を買って出ている。彼が送り込まれた秘密工作の数々に関しては、のちのち問題にならないよう、政治家はもっともらしく拒否することになっていた。たとえば、政界に打って出ようとなったときに。大将はそういう心づもりであるという噂を耳にした。

息子を亡くしたマレー大将には、間違いなく同情票が集まるだろう。コルトは、トマス・ジュニアのことは父親と同じで好きではなかった。彼が実戦で飛行機に乗ることのないチェアフォースだからというわけではない。ただ身勝手で、甘やかされたクズ男だったからだ。

ジュニアはひと目でコルトを嫌い、ケイトのコルトに対する信頼を落とそうと考えうるかぎりのことをした。実際それはたいして難しいことではなかったのだが、コルトはいつも、ジュニアの本当の狙いはなんなのだろうといぶかったものだ。ひょっとするとジュニアはケイトに対して、きょうだい同然という以上の感情があったのだろうか？　ふたりは血がつながっていない。ケイトの母親と大将の細君は女性クラブの仲間だった。

「なら、とっとと用を言って、出ていけ」大将は言った。

「あちらで何が起きたか知りたい。あなたなら協力していただけると思ったんです」

「なぜわたしがおまえに協力しなきゃならない？　何が起きたかなんて誰も知らん」

「知っていることをすべて話してください。それから、おれがメールやファイルなど関連のあるものを調べる許可をいただきたい」

「なんのために？　おまえよりはるかに優秀な連中があちこち調べている。わたしも知らないことは話せん」

「ご冗談を」

大将は何も言わなかった。

「その優秀な方々のうち何人が、あのあと捜査のためにロシアへ行きました？」

コルトが部屋に入ってはじめて、大将の目に何かが光った。「大統領は捜査チームを送ることを禁じている」

「チームを送れとは言ってません」

眼光が鈍った。大将はばかなというように笑った。「単独で行くつもりか？　頭がどうかしたのか？　そもそも大統領が許さん」

「古いことわざがありますね」コルトは言った。「許可を請うより許しを請えと。それにおれは休暇中です。以前からシベリアに行ってみたいと思っていた」

大将は大きな革張りの回転椅子の背にもたれ、値踏みするような目でじっとコルトを見た。

「自殺行為だな。だいいち誰かに知られたら、大問題になるぞ」

「おれにとっては大問題かもしれない。でも、あなたには関係ないでしょう。生きて帰れなかったとしても、おれはいっさいあなたとのつながりを残さない。これまでも、幾度もそういう任務をこなしてきました」

大将はしばし考えているようだったが、やがて首を横に振った。「おまえが生きて帰れないという点には引かれるが、危険を冒すわけにはいかない。少なくともいまは」

苦い思いが顔に出るのを抑えきれず、コルトは拳を握りしめた。政治的な駆け引きは嫌いだ。問題になっているのは、この国のために命をかけた一四人の男たちなのだ。彼らがこんな扱いをされていいはずがない。「いま、選挙に立候補するタイミングで、ということですか？」

「まだ何も決まっていない」

「だが、危険は冒せないと？」

大将は表情を変えなかった。

コルトは身を乗り出した。「戯言だ。あなただって、このままにしておきたくはないはずです。いや、誰よりもあなたこそ、ロシアに目に物を見せてやりたいところでしょう」大将がピクリとした。はじめての反応らしい反応だ。コルトは相手の弱点を見つけるのが得意だった。「ロシアの仕業だとしたら、大統領もあなたやあなたのタカ派の友だちの意見を聞いて、なんらかの行動を起こすかもしれない」

「彼女は決して先に攻撃を仕掛けることはしない」大将は言ったが、その目がきらりと光った。迷うようにしばし間を置いてから、コルトに視線を戻して口を開く。「何が欲しいか、言ってみろ」

22

先ほど出られなかった少佐からの電話に折り返しかけるべく外の駐車場に出たときも、ディーンはまだいらだっていた。

何に腹を立てているのか、自分でもよくわからない。本来なら喜んでいいはずだ。アニーは今朝の理性も吹き飛ぶような熱い交わりを、単なるゆきずりの情事と受け止めている。そもそも、おれは誰かと深い関係になれるような立場にはない。本名すら明かせないのだ。だったら、彼女が同じように考えていると知って、なぜこうもいらつくんだ?

〝たしかにあなたは見事な体をしてる……でも、わたしのタイプじゃない〟

つまり、アニーにとっては純粋に体の関係だったということだ。それがどうした? おれだって、そういう理由で数多くの女性とベッドをともにしてきた。いや、結局のところ、いつも体だけの関係だった。違うか?

違わない。ほかに選択肢はないのだ。自分にはどうしようもないことで悩んでいても時間の無駄だ。厳然たる事実を受け止め、先に進むしかない。

キーパッドに番号を打ち込み、待った。長くは待たなかった。スコット・テイラー少佐は二度目の呼び出し音で電話に出た。

テイラーはディーンが口を切るのを待った。問題がないことを確かめるために考えられた暗号の一部だった。

「ジョンソン（隠語で男性器を表す）の具合はどうだ？」

この隠語もとうに面白味はなくなっていたが、暗号は暗号だった。

「上々だよ、テクス」少佐は答えた。「だが、用件がそれだけなら——」

「そうじゃない」ディーンはさえぎった。「ちょっとした問題が起きた」

「問題とは？」

濃い色の髪に緑色の目のゴージャスな美女に骨抜きにされそうだということ。

少佐の口調はすでにとがってきている。大目玉を食らうことは予測できたが、ディーンとしては、ここは我慢するしかなかった。ごまかすつもりはない。だが、少佐とは以前から相性がよくなかった。コルト・ウェッソンとその妻の仲がこじれる前からだ。ディーンと少佐は何かにつけて衝突し、ことあるごとに角突きあわせた。ただ、いつもは自分が正しいという自信がディーンにあった。いまは泥沼にはまっている。正体を暴かれそうになっているのだ。プロを自認する人間には、あってはならないことだった。

「環境テロ計画と殺人事件に巻き込まれた」

たっぷり三〇秒ほど沈黙が続いた。ディーンからすれば、顔面にパンチを食らうのを息をひそめて待っているようなものだった。

「冗談だろう。からかっているだけだと言ってくれ」

「だったらいいが」ディーンは掘削船へ近づくためのチャーター船に雇われ、爆発物を発見し、テロリストに銃を向けられながら船を脱出した顚末《てんまつ》を話した。

「それで、やつらを殺したのか？」

「殺してはいない。おれが船をおりたときには生きていた。たぶんリーダーが拘束を解き、沿岸警備隊が到着するまでに仲間を殺して、おれたちに罪をなすりつけたんだ」

つい、〝おれたち〟と口を滑らせてしまった。少佐が気づかないことを祈るのは無理というものだ。

「まだ女と一緒だなんて言うんじゃないだろうな」少佐の頭に血がのぼっていくのが声でわかった。「当てさせろ。彼女はブロンドに青い目で、セクシーな体の持ち主だ」

たしかに少佐はディーンの女性の好みをよく把握している。けれどもアニーは特別だ。三つのうち当てはまるのはひとつだけだが、それを補って余りある魅力がある。

「たしかに魅力的な女性ではあるが――」かなり控えめな表現だ。「そういうことじゃない」

「おまえがそんな間抜けだとはな。いや、女に飢えていただけなのかもしれないが。どんなことになるか、わからないわけじゃないだろうに」

「彼女を置いてはいけなかった。もしそうしたら殺されていた」

「それはいい。なぜ安全だとわかった時点で彼女と離れなかった？」

いい質問だ。本来ならそうするべきだったのだ。だがアニーにあの大きな目で見つめられ、鉄の意志も溶けてしまった。「やつらは彼女をはめ、犯人に仕立てた。おれは彼女に身の潔白を証明してやると約束したんだ」

「どうやって？　おまえはあの爆発を生き延びたことを誰にも知られてはいけないんだぞ」

テイラーは誰ひとり信用できないと考えていた。ミサイル爆発の直前に受け取った警告メールになんと書かれていたにせよ、それによって少佐ははめられたと確信し、疑心暗鬼に陥っている。もっともディーンがいくら尋ねても、それ以上のことは教えてくれなかった。テイラーはおそらく誰かをかばっているのだ。

たっぷり二分間、少佐の説教をおとなしく聞いたあと、ようやくディーンは電話した本当の目的を口にした。「ケイトに電話をかけてほしい」

今回は、沈黙は長く続かなかった。とはいえ、はるかに険悪な空気をはらんだ沈黙だった。少佐の怒りが耳に伝わってくるようだ。やがて彼は答えた。「だめだ」

「だったら、おれがかける」ディーンは言った。

かつてはみな、友人同士だった。ディーンはコルトの結婚が破綻した詳しい経緯は知らないし、知りたいとも思わないが、ふたりはかなりもめた。すったもんだのあいだ、ディーンはコルトの味方だった。女は立ち入り禁止。以上。だが、テイラーとは仕事をしていかなくてはならない。コルトが去って以来、お互いコルトやケイトの名は口にしないというのが不文律になっていた。それをいま、ディーンは破ったのだ。

しかし、もう黙っていられなかった。ディーン自身は陰謀説を信じているわけではないが、言われるがままにテイラーが真相を探り出すのをずっと待っていた。だが、まだ何もわかっていない。結局、自分たちだけで解決するのはほぼ不可能なのだ。内部の協力者がいる。協力できる立場の人間が。ケイトはＣＩＡであり、海軍とも特殊任務とも無縁だ。彼女なら完璧だった。

「何を言う」テイラーは吐き捨てた。「おまえは誰とも接触してはならないんだ。これは命令だ、ベイラー」

少佐が電話では実名は口にしないというルールを自ら破ったことが、彼の怒りのレベルを示していた。

「いま、あんたは命令を下す立場にはない」ディーンはきっぱりと言った。「もう指揮系統は存在しない」

「これはまだおれの作戦だ。いまでもおれはおまえの指揮官だ」

ディーンは何も言わなかった。自分たちの仕事が、はなから規則にのっとったものでないことは百も承知だ。〝白夜作戦〟はあの炎の中に装備を投げ込んだときに終わった。彼らは離隊した。いまはただの一個人だ。

けれどもディーンはそこまで言わなかった。シールズに長く在籍する彼は、権威と指揮系統に対する健全な敬意を捨てきれない。離隊したにせよ、彼らはいまでもチームだ。無事に切り抜けるためには協力しあわなくてはいけない。少佐は独力でなんとかするつもりなのだろう。すでにあまりにも多くの命が失われた。これ以上、部下を危険にさらしたくないに違いない。

「いいか」ディーンは〝理性的に話そう〟という口調で言った。簡単なことではなかったが。「この件はでかすぎる。あんたひとりじゃ無理だ。二カ月前に何があったか、いまでも何ひとつわかっていない。国内に協力者が必要だ」

少佐は長いこと答えなかった。

ディーンはその理由を考えた。「おれに話していないことがあるな？」

「それが何かを意味するのか、まだわからない」

「こっちが存在しない手がかりを探して何週間も駆けずりまわってるのに、あんたはまだ何か隠してるのか？」

「確かめたかったんだ」

言い訳がましい口調だ。だが、一匹狼気取りはいいかげんにやめてもらわないと。シールズのやり方にはそぐわない。「何を確かめたかった？」

「動機を探っている。もし誰かがわれわれを裏切っているとしたら――」

「仮定の話だな」ディーンは念を押した。まだ身内に裏切り者がいるとは信じたくない。でも、シールズが来ることをロシア側が知っていたのは事実だ。内部の誰かがテイラーに警告したことも。こちらの失敗でロシア側に気づかれた可能性はかぎりなく低い。ゼロではないが、考えにくい。やはり一番わかりやすい説明は、味方のひとりが裏切ったというものだ。受け入れるのは容易ではないものの、自分たちの死を願う者がいるのは紛れもない事実であり、誰がなぜ裏切ったのか明らかになるまでは、生き残ったメンバーは地下に潜っているしかない。身の危険があるし、探っていることを知られなければ、情報を得られる確率も高くなるからだ。

「そうだ」少佐は認めた。「だが、理由があるはずだ。これだけのことをするには、それなりの大きな理由があるはずなんだ」

ディーンも同じ考えだった。ネイビー・シールズの一小隊を犠牲にするほどの大きな理由がなくてはならない。

「四つの可能性があるとおれは考えた」テイラーは続けた。「以前の任務で見てはいけないものを見てしまった。われわれがしたことへの報復――まあ、数えきれないくらい人の恨みを買ってるんだろうが。諜報活動の一環。金」

「何者かがわれわれを売ったと考えているのか？」

「ひとつの可能性だ。いま、われわれの居場所を知っていた人間全員を調べ、背景に何か関連する事柄が出てこないか探っている」

「ロシア人スパイはいなかった？」

少佐は冷ややかな笑い声をあげた。「残念ながら、そう単純にはいかないさ。だが、モリソン少将の細君がこのあいだ離婚を申し立てたのは知ってるか？　少将はインターネットギャンブルにはまっていたらしい」

「どうしてそんなことを知ってる？」

「SNSだよ。プライバシー保護について、人はもっと考えなくてはいけないな。細君は結婚前の名前を使っていたが、さまざまなギャンブルの匿名サイトに載った彼女の投稿をたどるのは難しくなかった。彼らは巨額の借金を背負っていたよ。ところが二カ月くらいして、彼女の投稿がぱたりとやんだ」

ディーンは信じられなかった。ロナルド・モリソンのことは以前から知っている。ディーンが入隊したとき、グループ1の指揮官だった。「ギャンブルの借金を返すために、シールズの一小隊をロシアに売る? いくらなんでもやりすぎだ」

「おれは何も言っていない。だが、そういう事実もあるというだけだ」

「だったらなおのこと、ケイトに連絡を取るべきだ。彼女なら力になってくれる。情報源もあるし、おれやあんたにない人脈もある。このスコットランドでのごたごたを片づけたり、あんたが探り出したことがロシアの一件と関係があるか調べたりもできるはずだ」ディーンは間を置いた。「彼女を信用していないのか?」

「当然、彼女のことは信頼している。ただ巻き込みたくないんだ」

ケイトを守りたいのだろう。その気持ちはディーンにもよくわかった。「ケイトは自分の面倒は自分で見られるさ。なんといっても、コルトと結婚していたんだ」ふとまた、電話の向こうで沈黙が続いていることに気づいた。「まだ話していないことがあるな?」

テイラーはケイトとつきあっているのか? 以前はきっぱり否定していたが。

「彼女は死んだ」

「誰が死んだって?」

「おれにメールを送ってきた女性だ」

 ディーンは胃が沈み込むような感じがした。まさか。「いつ、どうやって？」

「ミサイル爆発の数日後だ」

「なのに、いままで何も言わなかったのか？　ずっと隠してたのか？」

しばし沈黙があった。「複雑な事情があるんだ」

はらわたが煮えくり返る思いだった。複雑な事情など知ったことではない。これで事件は新たな様相を呈してきた。味方に裏切り者がいると、少佐がなぜ確信しているのか、ようやく理解できた。「ほかに隠していることはないか？」

「ない」

「その女性が誰なのか、言うつもりはないんだな？」

間が空く。「それはいまは重要じゃない」

相手の口調の何かが、ディーンにそれ以上の追求を思いとどまらせた。少なくとも、いまのところは。「協力者がいる、スコット。信頼できる人間が。ケイト以上に信頼できる人間がいるなら――」

「いない。わかった。おまえの勝ちだ。彼女に電話する。それで満足か？」

ディーンは何も言わなかった。今度は少佐に考える時間を与えるため、彼のほうがしばし沈黙した。

「その女性はおまえにとってなんなんだ、テクス？」

「なんでもない」

事実だった。残念ながら、それ以外はありえない。

少佐の言うとおりだ。シールズに関わった人間には、ともすると危険が降りかかる。ケイトはCIAだ。自分の面倒は自分で見ることができる。けれどもアニーは……。賢明で度胸もあるが、理想主義の科学者だ。こういう醜悪さに耐えられるようにはできていない。すべてが終わるまで、この先さらに醜悪な現実に向きあうことになるのは間違いないのだ。


アニーが朝食をとっていると、ダンがやってきて、〝練習〟のためにウィンドサーフィンのボードを探してくると言った。そこまで役になりきる必要もないのではと思ったが、止めはしなかった。

ひとりになって頭を整理する時間が欲しいのかもしれない。それはわたしも同じだ。

ダンは英語を使わないようにとアニーに念を押し、戻れない場合の昼食代としていくらか現金を置いていった。

携帯電話がなくなったのは、かえすがえすも残念だった。ポルトガル語にも対応している翻訳アプリが入っていたのだ。少なくとも、島の人と交流することができただろうに。

待って……そういうこと？　ダンはわたしが誰とも話せないよう外国人だと触れまわったの？　しゃべって、うっかり余計なことをもらさないように？　まったく、彼らしい。人を信用せず、疑り深く、先を考え、不測の事態に備える。

わかったわ、ミスター・ボーイスカウト。いいえ、完璧な兵士、ソルジャー——そういえば、バーでジュリアンに〝ソルジャー〟と〝シールズ〟の違いを説明した……。

ふいにそのときの会話を思い出すと、何かがひらめいた。特殊部隊。アニーが賭けごと好きだったら、貯金をすべて（たいした額ではないけれど）賭けてもいい、ダンは特殊部隊にいたのだ。

それで合点がいった。どれだけ隠そうとしても、わかる人間にはわかる。大柄でタフ、高度な戦闘技術を持ち、秘密主義で無敵。なんでもできるし、なんでもわかっていると言わんばかりの態度で、職務に忠実、名誉を重んじ、どこまでも〝アメリカ的〟な男。

唯一、尊大なところはないが、おそらくふだんはいばりくさっているのだろう。いまが特別というだけだ。

ああいうタイプは大勢見てきた。いや、囲まれて育ったと言ってもいい。父やその友人たちがそうだったのだから。彼らが集まると、リビングルームが家族のくつろぎの場というよりはロッカールームか男子学生寮のようになった。母はよく言っていた。彼らがああやってふるまうのは、ジョークを言いあい、からかいあい、だらだらと過ごすのはストレスから解放されるためなのだと。

あの刺青。

そうよ！　レンジャー連隊はみな刺青をしている。特殊部隊も同じだろう。あれがそうだったのでは？　どこの特殊部隊の徽章？

心臓が早鐘を打ちはじめた。見つけ出さなくては。

うまくいけば一石二鳥かも……。

朝食を終えると、たどたどしい英語でゲストハウスの女主人に礼を言い、手を開いたり閉じたりして本を示し、〝ビブリオテーカ〟についてきいてみた。スペイン語の〝図書館〟の発音がポルトガル語のそれに近いことを願って。女主人が違いに気づく可能性は低いと思われたが、答えを引き出すには意外に苦労した。

「図書館！」女性はようやく理解してくれた。「フェリーターミナルに小さなのがあるよ。あんた、図書館を探してたんだね。でも残念ながら、あそこじゃ退屈しちゃうかもしれないよ、ろくに読む本がないからね。だけどコンピューターが一台ある」

やったわ！

アニーが感謝の気持ちをこめてうなずくと、女性は地図を探しに行った。そして観光客用の冊子を手に戻り、図書館までの道にしるしをつけてくれた。さほど遠くない。

彼女は時間を無駄にしなかった。朝から晴れて、気温もあがりそうだったので、港まで海岸沿いを歩いていくことにした。

図書館は教えられたとおりの場所にあった。小学校と幼稚園か保育所が入っている複合施設の端の白い建物だ。

女主人が図書館員に渡すようメモを書いてくれたおかげで、アニーは演技をする必要がなかった。図書館員の女性はアニーを歓迎し、好きなように見てまわっていいと言った。何か借りたければ、帰るときミセス・コリンズ――ゲストハウスの女主人に預けておいてくれればいい、と。

アニーもすでに、地元の人々の気取りのなさと人のよさにいちいち驚かなくなっていた。いかにもタイリー島らしい。ドアには鍵をかけず、子どもたちは通りで遊び、カードがなくても図書館で本を借りることができる。

年配の女性がコンピューターを使っていたので、アニーはクリップボードに名前を書き、閲覧エリアに向かった。

幸運だった。なんとポルトガル語の辞書が二冊もあったのだ。一冊はハードカバーで明らかに語彙は多い一方、もうひとつは〝旅行者用〟のくたびれたペーパーバックで、前半が英語からポルトガル語、後半がポルトガル語から英語が引けるようになっている。

これなら英語も上達するだろう。

ダンの表情を思い浮かべて、アニーは微笑んだ。彼は出し抜かれるのを好まないだろうが、アニーとしてはそれが愉快だった。ミセス・トンプソンはおとなしく大きなおなかを抱えてキッチンに立つタイプではない。それをミスター・トンプソンに思い知らせなくては。

もう少し書架をあちこち見て、ルイス島が舞台となっている面白そうなミステリーを選んだ。やがて年配の女性がコンピューターから離れ、アニーの順番となった。

古ぼけたパソコンだった。大学の研究室や非営利団体で、よく使っていたようなものだ。

誰からもスクリーンが見えないことを確認してから、作業にかかった。

いくつか検索をかけた。〝特殊部隊の刺青〟〝海軍特殊部隊の刺青〟ではあまり絞れなかったが、〝バドワイザー〟を加えるとヒットした。ネイビー・シールズの三つ又の銛の徽章は〝バドワイザー〟と呼ばれているらしい。

もう少し調べてみると、ダンが言ったことはおそらく事実なのだとわかってきた。あれはバドワイザーの刺青だ。シールズは所属や部隊がわかるような刺青はしない。もっと漠然としている。ある記事には例として、数字の入った蛙《かえる》（シールズの前身が蛙男《フロッグメン》と呼ばれていたから）の刺青が挙げられていた。ダンは自身の徽章を茶化してバドワイザーと言ったのだ。あのダイビングや航海術に関する知識を考えれば、彼がネイビー・シールズというのは怖いくらい納得がいく。

ただ、それがわかったからといって、失望が消えるわけではない。〝彼と関わるのはいい考えではない〟だったのが、〝絶対にやめるべき〟になっただけだ。

ダンがアニーの父親をしきりと擁護したことも、こうしてみると別の見方ができる。彼は自分自身のことも擁護していたのだ。

浜に走って戻り、ダンを問いつめたかった。でも、そうしてどうなるの？　何ひとつ変わりはしない。彼がわたしには向かない男性であることは最初からわかっていた。それが確かめられただけのこと。ああいう男たちが背負う重荷や傷についてはよく知っている。見えるものにせよ、見えないものにせよ。もうあんな辛い思いはしたくない。父を見つけたときの記憶は何年もつきまとった。ある日家に帰ってみたら、愛する人が頭に銃弾を撃ち込んで死んでいるなどという体験は二度とごめんだ。

やはり自分の好みのタイプにこだわったほうがいい。知的で洗練されていて、あんなふうに危険な男らしさを発散させていない男性。アルファでなくていい、ベータくらいが、いくらか受け身な人がいい。ついこのあいだ、そのタイプで失敗したじゃないという小さな声がしたが、脇に押しやった。

〝赤子を湯水と一緒に捨てるなかれ〟。継父が好むことわざだ。大切なものを不要なものと一緒に捨ててしまうなということ。ジュリアンがろくでなしだったからといって、次の男性もそうだとはかぎらない。セックスがよかったからといって、自分に一番合うとわかっているものを変える必要はない。

ダンが過去に特殊部隊にいたという事実は、元々のわたしの考えを裏づけたにすぎない。ふたりが惹かれあったのは一時の気の迷い。もうすんだことであり、あれこれ考えるのはやめて先に進むべきなのだ。

とはいえ、言うは易《やす》く行うは難《かた》し。そんなことではないかと思ってはいても、事実を突きつけられると、やはり動揺せずにはいられない。

シールズだなんて……。アニーは頭を振った。ぴったりすぎる。

見ると、まだ時間が余っていた。コンピューターは一回の使用が一五分となっている。そこで殺人事件の記事を検索してみた。ほとんどが〈ロイター〉の記事の要約版だったが、ルイス島の地元紙はもっと詳しく事件の経緯を追っていた。

アニーは息をのんだ。画面から自分の写真がこちらを見つめている。パスポート用に新しい写真が必要になるのは間違いなさそうだ。ジャン・ポール、ジュリアン、クロードの写真もあった。ジャン・ポールがほかのふたりを殺したことは知っていても、写真を見ると、また悲しみが現実のものとして押し寄せた。かわいそうなジュリアンとクロード。

ざっと記事を読んでみる。とくに新しい情報はなかったが、警察がアニーの母親に連絡を取ろうとしたと知ると、気が滅入《めい》った。自分のメールアカウントにログインし、母にメッセージを送ることも考えたものの、何かがそれを押しとどめた。正確には〝誰か〟だ。ダンが何をしているにせよ、それが重大な任務なのはわかる。助けてくれた彼を危険に陥らせるようなまねはしたくない。彼は徹底的に自分の存在を周囲から隠そうとしている。母には数日中に説明ができるだろう。すべてが終われば。

四日分のメールをスクロールした。ルイス島でも定期的にチェックはしていなかった。ふと、銀行からのメールに目が留まった。

クレジットカードに問題があってから、アニーはなりすまし検知サービスを申請していた。もっともメールを開いてみると、それとは無関係だった。何者かがいつもと違う端末から銀行口座にアクセスしようとしたらしい。二日前の日付になっている。ジュリアンだろうか？わからない。だが、ふたたび裏切られたという思いが胸を刺した。

まったく、どうして気づかなかったのかしら？

ジュリアンの仕業とはかぎらないので、本人認証のために秘密の質問にいくつか答えたあと、パスワードを変更した。

時間切れとなり、次の利用者が待っていたため、アニーは急いで検索履歴を消してログオフした。

辞書と本を借り、図書館員に礼を言うと、歩いてゲストハウスに戻った。答えがわかったいま、悪夢が終わることを望む気持ちはいっそう強くなった。早く家に帰ってすべてを忘れたい。ジュリアン、ジャン・ポール、環境テロ計画、殺人容疑、セクシーなネイビー・シールズ隊員――わたしの心を溶かす、ぶっきらぼうなテキサス訛りの船長。忘れられるうちに、すべて忘れてしまいたかった。

23

ディーンは午前中いっぱい海で過ごした。なんとかして朝の出来事を頭から追い払いたかった。

タイリー島がウィンドサーファーに人気があるのはうなずける。白い砂浜と温暖な気候、絶え間なく打ち寄せる波、強い偏西風。まさにウィンドサーフィンに理想的な環境だ。彼は借りたボードで何時間も波に乗った。

気持ちが高揚し、体が疲れる。まさに、いまの彼に必要なことだ。入ったときより格段にいい気分で海からあがった。

髪から海水を払い、レンタルショップの少年に礼を言って、ゲストハウスから借りてきたタオルで胸と背中を拭きながら浜辺を戻っていった。

だが、途中ではたと足を止めた。

なんてこった。体から血の気が引いていく。海で過ごしたおかげでいくらか取り戻したはずの落ちつきは、ビキニ姿のアニーが立っているのを目にしたとたんに吹き飛んだ。

ディーンは歯噛みし、意志の力をかき集めて見ないように、いや、じっと見つめないようにした。簡単なことではなかった。アニーの胸元の小さな三角の生地は、その下の張りのある若々しいふくらみを最低限隠しているだけで、さして想像の余地を残していない。ダンサーのようにしなやかな筋肉のついた長身の体はほっそりとして、脚はどこまでも長い。やめろ。じろじろ見るな。けれども平らな腹部、なだらかなカーブを描くヒップ、小麦色に焼けた肌から目をそらすのは不可能に近い。じつを言えば今朝は、アニーの全身を眺める位置にはなかった。それぞれのパーツから全体を想像するだけだった。

だが、まさに想像どおりだ。彼女はすばらしい体つきをしている。博士号を持つ科学者というより、水着モデルみたいだ。

「あなたにできないことってないの？」

そうきかれて、ディーンは官能的な夢想から覚めた。それでもまだ脳のシナプスの働きが鈍く、アニーの言わんとすることに気づくまで少し時間がかかった。

彼女はウィンドサーフィンをしているディーンを見ていたのだ。

なぜかばつが悪い思いで、彼は肩をすくめた。心にもない謙遜をするわけではないが、アニーの賛辞にはどうも落ちつかない気持ちになる。内心うれしいからかもしれない。ふだんなら、なんとも思わないのに。

彼が答えずにいると、アニーがつけ加えた。「あの大きな波から落ちたのかと思った。一メートルは宙を飛んでいたわ」

二メートルは飛んだだろう。測ったわけではないけれど。

アニーは手を目の上にかざしていたが、ディーンはなんとなく彼女も自分を見つめている気がした。胸のあたりに視線を感じる。それがまた興奮を誘った。

股上の浅い自分の水着も、あまり想像の余地を残していない。彼は視線を引きはがした。

近くに座っている二〇代と思われるサーファーがふたりほど、あからさまにアニーを見ていた。ディーンは筋肉をわずかに盛りあがらせつつ彼らをじろりとにらみ、やめておけと伝えた。男ふたりはその場から逃げ出すことはなかったものの、そっぽを向いた。

女性に独占欲を感じるなんて、おれらしくもない。腹が立って、口調がいささかつっけんどんになった。「きみはここで何をしてる、アニー？」

彼女は手をおろし、一メートルほど先に広げてあるタオルを指さした。ディーンは気づいていなかった。「読書をしていたの。あなたが向かった浜だとは知らなかったのよ。あのレインボーカラーの帆《セイル》の人があなただと気づくまで」彼女は片方の眉をあげた。「本物の男はピンクが嫌いかと思っていたのに」

ディーンは微笑んで首を横に振った。「ストライプ一本くらい、大きなダメージにはならないと思ったのさ」それからじっと彼女を見る。「それに気が変わってね。これからはピンクが好きな色になりそうだ」

お世辞を言うのもおれらしくない。まったく、アニーのせいですっかり調子が狂っている。

彼女は愛らしく頬を赤らめた。水着を褒められたことに戸惑いながらも、悪い気はしていないようだ。

こういうのはよくないと思い返し、ディーンはタオルの脇に置いてある開いたままの本に目をやった。「面白そうだな。どこで見つけた？」

「図書館よ」彼女は手を伸ばし、ランチが入っているらしいバッグの下にしまっていた、もう一冊を取り出した。「それとこれも借りたわ」

ポルトガル語の辞書だった。アニーは勝ち誇った笑みを浮かべている。妻は外国人だと言ったディーンの意図を察してのことなのだろう。とはいえ、謝るつもりはなかった。用心に用心を重ねただけのことだ。彼女に余計なことをしゃべってほしくない。「アニー……」

彼女はディーンの懸念を手で払いのけた。「心配しないで。正体を明かすようなことはしないわ。何か言う前に考えなくちゃいけないから、人と話すのは簡単じゃない。でも、何日も誰とも話すなっていうのはあんまりよ。ところで……わたしたちに協力してくれそうな人は見つかった？」

「もうおれに飽きたのか？」

アニーは唇を噛んだ。「そんな意味で言ったんじゃないのよ」

「わかってる。冗談さ。答えはイエスだ。いま、手を打ってくれている」

「じゃあ、わたしたちは何をすればいいの？」

「じっとして待つんだ。きみは本を読み、海を楽しめばいい」

「あなたはどうするつもり？」

「聞いていなかったのか？　競技会の練習だよ」

　アニーは〝ごまかされないわよ〟と言いたげな目を向けてきた。彼女は思った以上にディーンのことをよくわかっているらしい。じっとして待つ、という言葉は彼の辞書にはない。自分なりに〝海洋保護戦線《OPF》〟と〝ノースシー・オフショア・ドリリング〟について調べてみるつもりでいた。この事件の何かが引っかかる。なぜジュリアンとクロードは殺されなくてはならなかった？　どうして単に爆発物を海に投げ捨て、窃盗に遭ったということにしなかったんだ？　環境テロリストとはいえ、仲間をふたりも殺すのはいくらなんでも極端すぎる。ほかに何か理由があるのか？　何か見落としていないか？

　それだけでなく、テイラーが探り出した海軍少将の件も確かめたかった。テイラーを信じないわけではないが、彼にはまだ何か隠しごとがある気がしてならない。

「午後にはちょっとやることがある」ディーンはさっきアニーを見ていたサーファーふたりのほうに目をやったものの、彼らは明らかにこちらの視線を避けていた。「ここにひとりで大丈夫か？」

「わたしのことはご心配なく、テキサス男《テクス》さん。大人ですもの。自分の面倒は自分で見られるわ」

　ディーンは驚きを顔に出すまいとした。どうして……彼女がコードネームを知っている？　もちろん、とくに独創的なニックネームというわけではないが……。

まあ、ダンよりはいい。

「それに」アニーはいたずらっぽい笑みを浮かべて、いまは仲間が増えて三人になった男たちのほうを見た。「あの人たち、あなたが怖くて三メートル以内には寄ってこないと思うわ。わたしがあなたと話しているのを見た男の人はみんなそうよ、きっと」

ディーンは眉をひそめた。彼女の口調からは、そのことを残念がっているのかどうかはわからない。ああいうキザ男たちに興味があるのか？　そう思うと、なぜかやつらの頭をかち割ってやりたくなる。「あいつらのきみを見る目つきが気に入らない」

アニーはふたたび彼の懸念を振り払った。「無害な人たちよ」

彼はそこまで確信が持てなかった。アニーのような女性の前では、男はどんな愚かなこともしかねない。何より自分がよくわかっている。「おれは違う」

「あの人たちも、それはわかっているんじゃないかしら。わざわざ面倒を起こすことはないわよ。わたしは誰とも話すつもりはないし」

秘密がもれるのを心配しているだけと思っているなら、勘違いを正すつもりはなかった。

「面倒は起こさない。ただ、彼らに間違いなくメッセージが伝わるようにする。来るんだ」

アニーは逆に身を引いた。「どうして？」

「理由はわかっているだろう」

彼女が用心深げにディーンを見た。「あれは間違いだったと、あなたが言ったのよ」

「そのとおりだ。もうひとつ間違いを犯したところで同じことさ」

彼は大きく足を踏み出して、アニーを腕に引き寄せた。手をなめらかな肌に滑らせ、ウエストへおろしていって、先ほどうっとり眺めたピンクの水着のボトムスにかける。ああ、魅惑的なヒップだ。我慢できずに自分の腰を押しつけ、少しだけ持ちあげた。彼女のヒップは引きしまってかたく、完璧に手のひらにおさまった。

アニーが首に手をまわしてくる。彼はぞくぞくした。あたたかな素肌が自分の肌にぴたりと張りつく感触がなんとも言えない。

彼女は戸惑ったような笑みを浮かべてディーンを見あげた。「あなたが人前でいちゃつくタイプだとは思わなかったわ」

「きみのせいで、おかしなことになっているんだ」

「こんなこと、する必要はなかったのに」

「必要はある」おれがこうしたくてたまらなかったから。今度アニーと愛しあうときはこういうふうに、ちゃんと向きあってしたい。

いや、今度なんてものはないのだ。そう自分に言い聞かせた。

頭ではわかっている。だが彼女から距離を置けると本気で思っているなら、おれは大ばか者だ。

次の瞬間、ディーンは唇を重ねていた。やわらかな唇の感触とチェリーのような味に、思わずうめく。

頭がくらくらした。アニーの髪に指を絡め、後頭部に手を当ててさらに深くキスをする。舌を差し入れ、ゆっくりと動かした。燃えるように熱い血が、どくどくと脈打ちはじめた。

つかのま、ディーンは自分たちがどこにいるか忘れた。下腹部がこわばっているのがわかる。浜辺にいる全員に自分がどれだけ彼女を求めているか宣伝したくなかったら——このキスを見れば、もはや一目瞭然かもしれないが——これくらいにしておいたほうがよさそうだ。ディーンは彼女から離れた。アニーは驚いたような顔で彼を見つめていたものの、やがて恥ずかしそうに周囲を見渡した。自分たちがどこにいるか、忘れていたのは彼だけではなかったようだ。

彼女のかすれた声に、ディーンはまた体が熱くなった。「あの人たち、ちゃんとメッセージを受け取ったと思うわよ」

そう願いたい。これだけははっきりと伝えたのだから。

浜辺での出来事のあと、アニーは次はどうなるかといささか不安だった。だがダンが部屋に戻ったとき、心配していたような気まずさはなかった。ふたりは一緒に夕食をとり、前夜と同じように話をした。

ダンは自分の過去についても少し語った。ずいぶんとひどい話だった。アルコール依存症で息子を虐待する母親と、稼ぎのない怠け者の父親は、理想的な両親とは言いがたかった。彼は多くを語らなかったが、察するに軍隊が人生においてはじめて得た居場所であり、家庭の代わりに安定を与えてくれるところだったのだろう。海軍時代のことを少し尋ねてみたものの、どうやらそこは立ち入り禁止区域のようだった。アニーとしても、せっかくの晩を台なしにしたくなかったので、彼がシールズにいたのではないかという疑問は口にしないでおいた。

いや、彼女自身が確かめたくなかったのかもしれない。

それでも寝る用意がすんだ頃には、部屋の空気は緊張をはらんでいた。ダンが浴室から戻ったとき、アニーはすでにベッドの中だった。彼はアニーに遠慮してか、Tシャツとトレーニング用のショートパンツを身につけていた。

「おれは床で寝てもいい」ダンはじっと彼女の目を見て言った。

言い換えれば、決定権をアニーにゆだねるということだ。一緒にベッドに寝たら、また同じことが起こるのはお互いわかっている。

彼が答えを待つあいだ、熱い期待がはじける音が聞こえるようだった。長すぎるほどの間があった。アニーはもう一度結ばれたかった。今朝は最高にすてきだった。とはいえ、あれはいわば、ほんのひとかじりだ。なんとも甘美なひとかじりだったけれど、まだまだ続きがあることを彼女は知っている。

これまでその場かぎりの関係を結んだことがないからといって、できないということではない。

賢明とは言えないかもしれない。わたしはすでにダンに惹かれている。もっともそれはふたりが置かれた特殊な状況のせいだろうし、何よりアニーは、あの奔放で刺激的なセックスを経験する機会を逃したくはなかった。

ためらうことなく彼の目を見つめ返す。「あなたに床で寝てもらいたくはないわ」

あからさまな誘いにも、ダンの体の緊張はゆるむことがなかった。かたいロープで自らを縛りつけているかのようだ。

いまの自分がどれほど魅力的に見えるか、ダンは気づいているのだろうか？　アニーはその浅黒く彫りの深い顔から目をそらすことができなかった。がっしりとした顎の線。銀色の光を放つ青い目。

タフな男。強靭《きょうじん》で、ぶっきらぼう。だけど情熱的。

「誤解がないようにしておきたい」彼が言った。「おれはきみに何も約束できない」

「何も求めないわ」

ダンはベッドに片膝をつき、シャツを脱いだ。

まったく、フェアじゃない。彼の体は……見事、最高、驚異的だ。並はずれたものを表す形容詞をすべて挙げても足りない。指であの輪郭をなぞりたいという気持ちを抑えられない。指でなければ舌で。

アニーの体が熱く溶けていることには気づいていないのか、彼はまだためらっていた。

「この場だけだ。それでいいのか？」

「ええ、いま、この場だけ」

でも、できればひと晩じゅう。

「本当に？」

アニーは頭を振った。「あなたはいつもこんなに何度も、女性に気を変えるチャンスをあげるの?」

ダンが微笑んだ。彼女の好きな半分だけの笑みではなく。「そんなことはない。ただ、これは……」彼は肩をすくめた。「わからない。ただ、いつもとは違うんだ」

アニーは心臓が止まりそうだった。落ちつきなさい、と自分に言い聞かせる。だが、心臓は言うことを聞かなかった。

「きみを傷つけたくない」ダンが身を乗り出し、彼女の頬から髪を払った。そして手を頬に置いたまま、親指で肌をなぞる。

その仕草はやさしく、繊細だった。アニーが思う、ダンという人間とは対極の要素だ。胸がさらに締めつけられた。

静まって。お願いだから、正常な鼓動に戻って。

もう遅かった。

アニーも彼に傷つけられたくはなかった。けれど、それ以上に床に寝てほしくない。やさしさはいらない。体だけ。いまを楽しむだけだ。

「そんなことにはならないわ」彼を自分のほうへ引き寄せながら言う。「でも、思いきり狂わせてほしい」

ダンが口の中で悪態をつき、彼女の唇にキスをした。紳士的にふるまおうという努力はついえ、ためらいも消えて、彼はアニーにのしかかった。

筋肉質な体の重みを受け、彼女の興奮はさらに高まった。力強い、がっしりとした感触に包まれていると、自分が小さく無防備な存在に思えてくる。同時に、彼に守られているという安心感が胸を満たした。

アニーは強い女性だった。有能で、自分に自信を持ち、自立している。自分の面倒は自分で見ることができるし、男性に守られる必要はないと思ってきた。けれども奥底に埋まっていたわずかばかりの原始的な本能が、ダンの強さに、その肉体と圧倒的な男らしさに反応してしまう。そしていま、その本能が悦びに震えている。

ダンが体を離したとき、アニーは抗議の声をあげるところだった。彼の舌に舌を絡ませるのに夢中になっていなければ。きっとこの先、シナモン――歯磨き粉の味だ――を味わうたびに、彼とのキスを思い出さずにはいられなくなるだろう。そして彼はアニーの体を愛撫するために、体の向きを変えただけだった。

抗議する必要はなかった。彼に愛撫され、アニーの体に火がついた。かつてないほど激しい興奮が体を駆け抜ける。

わけがわからなかった。一瞬にしてゼロから高速まで加速する。末端神経がうずき、肌が熱く張りつめた。全身が、細胞のすべてがダンを求めている。アニーはただ激情に身を任せるしかなかった。

信じられないような、猛々《たけだけ》しい激情に。

胸をつかまれ、アニーは背中をそらした。彼の腰に脚を巻きつけ、きつく締めあげる。ダンが脚のあいだに下腹部を当ててきた。

そこはもう潤っていた。

彼のキスに応え、舌の動きを堪能する。ひげを剃ったばかりの顎が肌をこすった。たこのできた大きな手が体をなぞる。アニーも彼の体をまさぐっていた。

ダンが与えてくれるすべてが欲しい。いいえ、もっと欲しい。

わたしが求めているのは体だけ、と自分に言い聞かせる。ひとときの情事。けれど、それにしては激しすぎ、強烈すぎる。魂が揺さぶられるほどに。

もっとも原始的な欲望だった。男女が互いのすべてを求めあうということ。ひとつになるのが待ちきれない。はじめてのときもすばらしかった。これ以上ない悦びと官能を味わった。

ダンが体を引き、アニーの寝間着を脱がせた。そしてじっと胸を見つめた。彼女の頬は熱く、胸の先端がかたくなってくる。思わずダンがはねのけたシーツを引き寄せたが、彼に止められた。

「いいから。今日どれほどきみの水着を脱がせたいと思ったか、わかるか?」

ダンが指の腹で片方の胸のつぼみをさすった。アニーは息をのんだ。彼の愛撫だけでなく、彼の瞳に燃える炎に反応して。

「あの間抜けふたりがきみを見ていたとき、きみがイスラム教徒の女性みたいにブルカでもかぶっていればと思ったよ。だが、おれもきみの裸を想像した。とがった胸の先が見えるようだった。でも、こんなピンク色だとは知らなかったな」興奮すると、ダンはテキサス訛りが出る。いまはアニーがこれまで聞いたことがないほど訛りが強かった。彼が胸に顔を近づけた。「ピンクはこれからおれの一番好きな色になりそうだ」片方の先端をなめ、舌でまわりに円を描く。

アニーはあえいだ。体がとろけそうだった。脚のあいだは熱く潤い、激しくうずいている。

「きみをなめたい、スウィートハート」ダンが脈打つ湿った肌に息を吹きかける。「いいか？」

「ええ」あえぐように答えた。「ええ、お願い」

ダンがふたたびキスをし、彼女の唇を強く吸った。体に快感が走る。彼の舌が口の中を探り、アニーの舌を絡め取った。高まる快感に、彼女は身をそらした。

「いいかい、アニー？」ダンがささやく。「触ったら、いくか？」

ええ。アニーは声にならない声でささやいた。触って。いきたいの。

「その前に、きみを味わいたい」

彼の唇はすでに腹部へとおりていた。手はすばやく下着をおろしている。

「なんて美しいんだ」

唇が股間に近づくと、彼女の体は震えだした。

わたし、前戯は嫌いだと言わなかったかしら？　間違っていたわ。大好き。こういうのは大好きだ。

ダンが彼女の脚を肩にのせ、秘められた場所に顔を近づけた。舌が触れると、アニーはべッドから飛びあがりそうになった。

彼のうめき声を聞いただけで、のぼりつめそうだ。あたたかく甘い、歓喜に満ちた声。女性に悦びを与えるのが好きな男のうめき声だ。「ああ、最高だ。甘くて、いい味がする」

ダンがさらに顔を押しつけてくると、もはやアニーは何も考えられなくなった。舌を使い、口で吸い、鼻をこすりつけ、顎でやわらかな内腿を刺激する。どれだけ味わっても味わい尽くせないというように。彼女の脚に力が入った。踵をダンの背中に、腰を彼の唇に押しつける。

もっと。もっと強く。ああ、いいわ。

体がふたつに裂けてしまいそうだ。白熱した悦びが稲妻のように全身を貫く。

ダンはそのままアニーをいかせた。全身を痙攣《けいれん》させてクライマックスを迎えるところを見守った。

終わったときには、彼女は精根尽きていた。ぐったりして倒れ込みそうだ。

けれど、そういうわけにはいかない。今度はダンの番だ。

24

ディーンはもう一刻も待てなかった。早くアニーの中に入りたい。だが、用心しなくては。サイドテーブルに置いた財布に手を伸ばし、避妊具を取り出す。今度はひとつになるつもりだった。

彼女の体はまだぐったりとして、絶頂の余韻でほてっていた。だが驚いたことに、ふと身を起こしてディーンの手首をつかんだ。

「まだよ」

アニーは財布と避妊具を取り、サイドテーブルに置き直した。

なんてこった。やっぱりやめておくというのか……。

「仰向けになって、水兵さん」

そうではなかった。彼女が何をするつもりなのかは想像がついた。期待と恐怖に似た感覚に、末端神経がざわめきはじめる。本能が火災報知機のように警告を発した。体は次に来るものにあらがおうとしたが、まったくの無力だった。

結局は言われたとおりにした。アニーはこんなふうに男に命令することがどれほどセクシーか、わかっているのだろうか？　たぶんわかっているのだ。そして楽しんでいる。彼女はディーンに覆いかぶさり、腹部に手を這わせはじめた。その指の動きを意識せずにはいられない。彼女の手に触れられたところが、電気が走ったようにピリピリする。

「こういうこと、あまり経験がないの。やり方を間違っていたら教えてね」指でショートパンツをなぞりながら言う。ディーンは懸命に抑えていたが、そのささやかな告白と同時に、股間のものがぐいと生地を押しあげるのを感じた。アニーが気づいて、そっとそのふくらみを撫でた。「あなたって、わりと大きいのね」

〝わりと〟なんてものではない。歯を食いしばっていなかったら、ディーンはそう言っていただろう。けれどもアニーが膝立ちになって身を乗り出し、下腹部をもてあそんでいるいま、声を抑えるのに必死だった。

彼女が指で上から下までなぞる。

「どこまで口の中に入るか、わからないわ」ディーンは毒づいた。彼女がこんな露骨なことを言うとは思わなかったが、それがまた刺激的だった。

「はいたままでは少し暑くない？　脱がせていい？」

アニーは返事を待たなかった。体の緊張と盛りあがった首の筋肉から、彼は話ができる状態ではないと判断したのだろう。

腰からショートパンツを脱がせて、下半身を解放する。もっとも、ひんやりした空気が当たっても、ディーンの緊張が解けることはなかった。

ふとアニーの動きが止まり、ふたりの目が合った。ディーンは彼女の瞳にためらいを読み取った。

そう、わりと大きい、なんてものではないのだ。

「すごい」彼女は手を巻きつけ、大きさを確かめた。

ディーンは促すように腰を持ちあげた。いや、請うように、かもしれない。どちらでもかまわない。

やがてアニーが手を動かしはじめた。ゆっくりと。それから頭をおろしていく。

唇がかすかに触れただけで、すでにこわばっていた腹の筋肉がさらにかたくなった。自制心を保つのに必死だった。

アニーの口が先端を包む。ディーンの体はがくがくと震えはじめた。彼女の開いた口に、もっと押し込みたい。欲望はあまりに強烈で……。

ああ、くそっ。これ以上自分を抑えられるか自信がない。これほど何かを求めたことは、生まれてこのかたない気がする。

小さなピンク色の舌が顔をのぞかせ、彼をなめた。舌が触れるのを感じただけで、たちまち達しそうになる。一度、二度体を痙攣させたが、なんとかこらえた。

「かわいそうに」アニーが甘い声を出した。「もういきたいのね。でも、わたしの口に入るまで待っていて。ちょっと時間がかかるわよ。少しずついくから」

鼓動が激しくなった。ああ、お願いだ。そう、そろそろ懇願してもいい頃合いかもしれない。

だが、その必要はなかった。アニーはふくらんだ血管をなぞるように舌を走らせたあと、彼をすっぽりと口に含んだ。強く吸い、敏感な部分を刺激する。舌がたてる音に、ディーンは正気を失いそうになった。

あまり経験がないなんて嘘に違いない。熟練しているとしか思えない。彼はアニーの髪に手を差し込み、頭を自分のほうへ引き寄せた。さらに深く、激しくとせがむように。

もはや限界だった。頭の中で何かがはじけ、ディーンはパイプ爆弾のように破裂した。喜悦の声をあげたとき、自分がなんと言ったかはわからなかった。だが、悪態と神の名、アニーがいかに巧みだったかは口にした気がする。頭の中は真っ白、もしくは真っ赤だった。悦びの頂点にある色が何にせよ、その色に染まっていた。

けれども本当の頂点ではない。そこを目指すのはこれからだ。

疲れきっていてもおかしくはなかった。今晩はこれで終わりでもいいはずだ。だがじつはまだ宵の口で、彼女はディーンを一四歳のような気持ちにさせる。

アニーが頭をあげ、満ち足りた猫のように舌で上唇をなめるのを見て、彼は避妊具に手を伸ばした。

アニーは誇らしい気持ちでいっぱいだった。ダンのような男性を手のひらで、そして唇で包んでいるという、なんとも言えない高揚感があった。彼に感想を聞くまでもない。喜んでいるのは見ればわかる。

それは彼女も同じだった。これまであいう行為に悦びを感じたことはない。見返りとしてするものと思っていた。あなたがしてくれたから、わたしもしてあげる、というような。今日のは違った。自分も心から楽しんでいた。

思い出すだけで、また興奮してくる。

それはアニーだけではないようだ。驚いたことに、ダンはまだ半ばかたいままで、避妊具に手を伸ばした。

彼女は避妊具を取り、今度はかぶせてあげた。それがすむ頃には、ダンのものは〝半ば〟ではなく、かたくなっていた。

こんな大きさは見たことがない。

ふたたび彼に覆いかぶさり、手を添えて導き入れようとする。大きすぎて指がまわりきらないほどだ。

「ポルノ映画に出演したらって、言われたことはない?」

ダンが片方の眉をあげ、意外なほど少年っぽい笑みを浮かべた。いつも難しい顔をしている彼がリラックスした表情を見せているだけで、彼女の胸は甘く締めつけられた。「きみがその手の産業を認めているとは思わなかったな」

「認めているわけじゃないわ」訳知り顔で微笑む。「あれは女性を侮辱してるもの。わたしが考えていたのは、ゲイ向け映画のこと」

ダンは笑った。「男は侮辱されたことにならないのか？　逆差別じゃないか。でも、覚えておくよ。知ってのとおり、おれは失業中だからね」

チャーター船の仕事のことを言っているのだろう。とはいえ、ダンがむっとすることなく、ジョークにジョークで返してくれたことがアニーはうれしかった。彼がストレートなのは疑う余地がない。自分に自信があるから、わざわざ反論する必要を感じないのだ。

ダンを世間の枠に当てはめようとするたび――保守派で軍人ときたら、同性愛には寛容でないと一般的には思われている――意外な一面を見せられる。

「さっきの発言は忘れて」アニーは彼のものをさすりながら言った。「女性にとって、大きな損失になりそうだから」

少なくとも二〇センチの損失。測ったわけではないけれど。

ジョークの時間は終わりだ。ダンの顎が引きつり、ふたたび衝動を抑えようとしているかのように全身が緊張してきた。

手のひらに彼の脈動が感じられる。

熱く情熱的なまなざしがアニーの目を見つめた。「上になってくれ、スウィートハート、そのときのきみを見ていたい」

意外なことに、彼女もそうしたかった。自分がベッドで大胆になるタイプだと思ったことがないけれど、ダンが相手だと違った。

もしかすると、これもその場かぎりの関係と割り切っているから、できることなのかもしれない。あとくされがないと思えばこそ、自由奔放にふるまえるのかも。

そんなことはどうでもいい。アニーは手を使って彼を導き、ゆっくりと体をおろしていった。少しずつ満たされていく感触、そのかたさ、熱さを楽しみながら。

そしてようやく、ダンのすべてを受け入れた。

そう思った。けれども彼がアニーの腰をつかみ、自分の腰をぐいと押しあげると、刺すような刺激が体を貫いた。その強烈な感覚に息をのむ。

なんと表現していいかわからない。他人とこれほどまで完璧に、密接にひとつになることができるなんて、いままで思ってもみなかった。

ダンはしばらく彼女を抱いたまま、じっと目を見つめていた。彼の瞳に浮かぶ真摯な感情はなんなのか、アニーはあえて考えようとはしなかった。ただ、それが自分の胸を熱く焦がすのはわかった。

もしかすると、それは――。

やめなさい。混同してはだめ。あれはなんの意味もないの。ただの欲望よ。

アニーは目を閉じ、動きはじめた。ゆっくりと、彼の感触を楽しみながら。

ダンは彼女のペースに合わせてくれた。手をアニーの胸に持っていき、とがった先端を愛撫する。

もっと激しく、速く。ゆっくりだった動きが、狂おしいほどの勢いに変わる。彼女はダンにしがみつき、腕や肩のかたい筋肉に爪を立てた。

彼の声がする――なんてすばらしいんだ。なんてホットなんだ。このままいってくれ。おれもきみの中でいきたい。

ダンの腹部の筋肉がこわばり、腰が持ちあがった。彼はふたたびアニーの腰に手を当て、さらに深く突いた。すべてを注ぎ込むかのように。

ああ、もう……。

のぼりつめた瞬間、ダンは彼女を荒々しく抱き寄せた。ふたりは同時に叫び、クライマックスを迎えた。これ以上ないタイミングだった。

何もかもが、これ以上ないほど完璧だ。

目が合った。いまそこには、ふたりのあいだには、間違いようのない絆と、深い感情があった。目に見え、手で触れることができそうなくらい、たしかに存在していた。

その場かぎりにできないことは、もはや明らかだった。

25

ディーンは目の前のことに気持ちを集中しようとしていた。インターネットカフェを見つけ、OPFがこれまで起こした中でも目立った事件について調べているところだ。OPFは元は小さな組織で、活動範囲もかぎられていた。だが、次第にターゲットを巨大複合企業に移していく。〈ノースシー・オフショア・ドリリング〉は国際的な石油会社の子会社だ。彼らは抗議する対象にひとつ以上の企業が関連している場合、より大きな企業をターゲットにする傾向があるらしい。

その戦略は効果的とは思えなかった。経済的な打撃を与えることが目的なら、その企業を破産に追い込みたいなら、なぜわざわざ打撃を吸収できる大企業を狙うのだ？　イデオロギー以外の要因が働いているのだろうか？

〝金の流れ〟を追ってみる必要がある。ウォーターゲート事件を描いた映画に繰り返し出てくるフレーズだ。あれは政府側の情報提供者、〝ディープスロート〟の著作を——。

〝喉の奥《ディープスロート》〟くそっ、何を連想しているんだ。たちまち昨夜のことが頭に浮かぶ。じつを言えば午前中いっぱい、ずっとそんな調子だった。

かつてない体験。いや、簡単に言葉では表現できない。あれをどう考えていいかわからなかった。考えないほうがいいのだろう。思い浮かぶ言葉が不適切なのは間違いない。どうかしていた。あのときはそれでいいと思ったのだ。お互い惹かれあっているのは明らかだったし、状況からしてまだあと数日はここに閉じ込められるのは確実なのだから、うまく折りあいをつけていくしかないと思った。それのどこがいけない？

少なくとも、ダンは自分にそう言い聞かせていた。しかし、ことはそう単純ではなかった。昨夜はひと晩のうち半分はアニーの中にいて、あとの半分は彼女をしっかりと抱きしめていた。悪名高いメキシコ湾のハリケーンもふたりを引き離せないくらい、しっかりと。

おれは大ばか者だ。誘惑に屈せず、当初の計画を貫くべきだった。少佐が言ったように、おれも女性が嫌いなわけではない。だがこの仕事をしているかぎり、女性とゆきずりの関係以上のものは持てないのだ。第九チームの一員にとって、それは鉄則だった。親しい家族、妻、恋人がいないこと。中には例外もある。疎遠と思われていたきょうだいがいるブレイク、ケイトと結婚したコルト（ケイトはＣＩＡであり、秘密保持という面では信頼できる）のように。しかし誰もが入隊時には理解している、これは職務規定のようなものであると。重要かつ危険な秘密工作に携わるなら、いっさいしがらみを持たないことだ。

もちろんディーンにも好みのタイプはあった。一緒にいて楽しい女性は好きだ。ともに夕食をとり、映画を見て、ベッドで熱いひとときを過ごす。だがそれ以上深い関係になろうとか、真剣につきあいたいとか思った女性はこれまでいなかった。つねにシンプルに。軽く、その場かぎりで終わらせてきた。

でも、そこにアニーを当てはめるのはもはや不可能だった。彼女との関係はシンプルでも軽くもないし、その場かぎりでもない。少なくとも彼女には、そう思わせるものがある。やはり最初から距離を置くべきだったのだ。本能にではなく、もしくは体の一部分にではなく、理性に従うべきだった。

そんな状況にいる自分自身がもどかしく、ディーンは悪態をついてネットサーフィンに戻った。凪とボードによるサーフィンは午後に取っておく。

ＯＰＦの財政状況を過去にさかのぼって探ろうと、とくに誰が出資しているかについて調べようとしたが行きづまった。一時間ほど、いわばサイバーウォールに幾度も頭をぶつけたあげく、あきらめることにした。

そもそも、この手の作業については門外漢なのだ。彼はコンピューターのハッカーでもなければ、法医学者でも分析官でもない。

ディーンはあくまでシールズであり、戦士だった。銃撃戦に飛び込むか、敵陣の後方へ送られる男。作戦を実行し、任務を遂行するのが本分だ。

一瞬のうちに状況を見て取り、分析し、決定する。どういう行動に出るべきかを本能的に悟り、確信を持って突き進むことができる。それが彼の最大の強みだ。

ただ、ロシアでの出来事と、アニーとの出会いのあとでは……。

おれの勘も鈍ったとしか思えない。

得意分野に立ち返ろう。問題を解決し、任務を遂行すること。この場合はアニーの無実を証明し、彼女の無事を確かめてから、ふたたび地下に潜ることだ。

そう心に決め、ディーンはインターネットカフェを出て、ゲストハウスに向かって歩きだした。途中で少佐に電話をかけ、OPFについて集めた情報を伝える。ケイトが何か調べてくれるかもしれない。

アニーには浜辺で待ちあわせて昼食をとろうと言ってあったので、ゲストハウスに戻ってまもなく、彼女が部屋に飛び込んできたときには驚いた。

ひと目見て、何かあったのだと気づいた。アニーは顔面蒼白《そうはく》だった。胸に殴られたような衝撃が走り、ディーンは飛び込んでくる彼女をためらうことなく抱き寄せた。

彼女の心臓が早鐘を打っているのがわかる。自分の心臓も同じだった。いいかげんにしろ。どんな危機にあっても冷静と言われた男が、彼女が飛びあがるたびにパニックを起こしかけてどうする？

少し体を離し、自分が冷静になれる距離を保つ。「どうした？」

「浜辺にふたり組の男が――」

これまでかろうじて自制心を保てていたとしても、いまのディーンは確実にそれを失っていた。怒りを抑えきれない。「あいつらがきみに指一本でも触れたら、殺してやる」

その口調を聞いて、アニーは逆にいくらか落ちつきを取り戻したようだった。驚いた顔で彼を見あげる。「昨日、浜辺にいた男の人たちのこと?」彼女は首を横に振った。「あの人たちのことじゃないの。別のふたり組よ。浜辺を行ったり来たりして、いろんな人に話しかけて何かを見せていたわ。チラシみたいなものを。わたしはトイレから戻ったところで、彼らに気づいたの。どうして荷物もそのままで戻ってきたのかわからないけれど、彼らはなんとなく……このあたりにいる人とは違っていたのよ」

ディーンも冷静さを取り戻した。「なぜそう思った?」

「うまく言えないけど、都会的というか、洗練されているというか。ヨーロッパのデザイナー物っぽい上等なスーツを着て、だけど体格がよくて。どことなく違和感があったわ」

「チラシというのはどんな?」

「すぐに浜辺を出たから見ていないの。でも、わたしの写真だと思う」

「警察だろうか?」

アニーは首を横に振った。「いいえ。ジャン・ポールの仲間じゃないかしら。わたしたちを探しているのよ」

ディーンは彼女を落ちつかせようとした。「ジャン・ポールはおれたちを探してはいない。警察をごまかすのに必死なはずだ。いずれにしても、二日のうちにこのあたりの島をすべて捜索するほどの人員を動かす力はないだろう。探すべき場所は何百とあるんだ。彼がこんなに早くおれたちの居場所を特定できたと考える理由はない。尾行は不可能だった。たぶん偶然の一致さ」

ディーンは偶然というものを信じていなかった。だが、ジャン・ポールがそこまでしてアニーをつけ狙うとは思えない。彼の作り話も、いずれぼろが出るのは目に見えている。いまはいかに警察の捜査を逃れるかが先決のはずだ。

警察か、イギリス諜報部という可能性ならありうる。テロに関するディーンの通報を信じたとすればだが。だとしても、これほど早く人を送り込むのは難しいだろう。

「ここで待っていてくれ」彼はアニーから離れて言った。「様子を見てくる」

「だめよ」アニーが彼の腕をつかんだ。ほっそりした指が万力のように肌に食い込む。「浜辺へ行ってはだめ。見られたらどうするの？　あなたに何かあったら？」

「気をつけるよ」アニーの心配を一蹴したかったが、簡単にはできなかった。彼女の言うとおりなら、これは思った以上に大きな事件ということになる。

ポケットから携帯電話を取り出し、彼女に渡した。「これを持っていてくれ。おれが一時間以内に戻らなかったら、数字の9を押すんだ。短縮ダイヤルだ。電話に出た人間は、どうすればいいかわかってる」

ディーンは自分のしていることの重要性を理解していた。アニーに秘密を手渡したのだ。ほとんど言葉は交わさなくても、この電話を使ったら彼女は無関係ではいられなくなる。

「相手は誰なの？」

「信頼できる人間だ」

おれが信頼している人間。アニーの安全をテイラーの手にゆだねるのなら、信頼するしかない。だったら、なぜロシアの件では彼を信頼できないんだ？　いい質問だ。

ディーンはジャン・ポールから取りあげた銃を出し、ジーンズのうしろポケットに突っ込んだ。

アニーは銃に嫌悪感を示したが、何も言わなかった。繊細な顔立ちが不安と恐怖に曇っている。

「わたしはどうすればいいの？」

じっとしていろというのは酷だろう。彼の帰りを待って、ただ窓を見つめていたら、頭がどうかなるに違いない。

「ここを出なくてはいけないかもしれないから、着替えておくんだ」彼女はまだ浜辺で着ていた水着のままだ。「荷物をまとめて、できたらミセス・コリンズにサンドイッチをふたり分作ってもらってくれ」

アニーはうなずいた。やることがあって、ほっとしているようだった。

人はやることがないときにトラブルに遭いやすいことを、ディーンは知っていた。彼がこの環境テロリストの計画――殺人の捜査に巻き込まれたように。

ほかにも二、三のものをつかんで、彼はドアに向かった。「すぐに戻る」

「お願い」

かたい表情のアニーに微笑みかけ、もう一度抱き寄せて激しく唇を押しつけた。その表情がゆるんで、やわらかくなるまで。

「忘れるな、アニー。一時間だ」

その半分の時間しか、かからなかった。ゲストハウスは町からほんの二ブロックほどのところにある。アニーが男たちを見たという浜辺はその少し先だが、そこまで行く必要はなかった。ディーンが大通りに入ったところで、ふたり組の男が郵便局を出て、パッツィのスーパーマーケットのほうへ向かうのが見えた。あれは間違いなくプロの殺し屋だ。

アニーに危険が迫っていたとわかって、ディーンの血が凍りついた。

いったい何が起きているんだ？

郵便局をのぞくと、幸運なことにカウンターには若い男が座っていた。まだ高校を出たばかりくらいに見える。

ディーンはサーファー崩れの軟派男を装い、心配そうに肩越しに背後を振り返った。「あのふたり組、何者だい？」

若者は声をひそめ、不快そうに答えた。「私立探偵だそうです。なんだかバッジを示されたけど、あまりよく見ませんでした」

「何を探してるのかな？」

「恋人に誘拐されたと思われる女性を探しているとか」

くそっ。

「でも、それ、嘘です」

「なんでわかる？」

「ルイス島で起きた殺人事件で新聞に載ってたのと同じ女性の写真でした」

若者は探偵ごっこに興味津々らしい。「ほんとか？　きみ、記憶力がいいんだな」

彼は顔を赤らめた。赤みがかった短いブロンドの髪と透き通った肌色のせいで、文字どおり真っ赤だった。

「難しいことじゃありませんよ」若者は言った。「彼女、美人ですもん。報道されてるようなことをしたなんて信じられないな」

ディーンはうなずいた。演技ではなく本心から。「裏があるんだよ、きっと」

「ところで、何かご用ですか？」ようやく仕事中であることを思い出したようだ。

「ああ、はがき用に切手が欲しい。でも、宿に財布を忘れてきたことを思い出したよ。すぐに取ってくる」

すでに情報は手に入れた。これ以上、時間を無駄にはしたくない。男たちがスーパーマーケットに入り、パッツィに話を聞いたら、彼女はおそらく写真を認識する。そこからゲストハウスまでは、さして時間はかからないだろう。

本当なら連中のところへ向かい、叩きのめしてやりたいところだ。だが、アニーを守ることのほうが大事だった。黒幕が誰かもわからない。ともかく彼女をこの島から連れ出すことだ。

とはいえ、どうも理屈に合わない。警察がおれたちを探しているのは予想していた。だが、ジャン・ポールが？　殺人か、ほかの何かを隠蔽するための口封じだろうか？　なんにせよ、ジャン・ポールは本気なのだ。アニーを殺すためにプロを雇った。

ふたたび怒りがこみあげたが、ディーンはアニーに意識を集中させた。いま大切なのは彼女を安全な場所に連れ出すこと、それだけだ。

26

ケイトはデスクの上で振動する携帯電話の画面をじっと見た。心臓が、不安とほとんど忘れかけた痛みという暗い虚空に落ちていく気がした。「いまは圏外にいるから出られないわ」

まさか、またあの人？　彼は頼みごとを引き受けたらもう連絡はしないと約束した。わたしはやるべきことをやった。でも、コルト・ウェッソンが約束を守ったことがあっただろうか？

〝妻を愛し大切にすると誓います。死がふたりを分かつまで――〟

頭の中で、音をたてて氷の壁がおりた。思い出したくない。もう二度と。元夫に抱いていた愛はとうに消えてなくなった。忘れるのは簡単だった。いま残っているのは怒りと苦い思いだけ。それも時間の層のはるか底に埋め、その上に自分自身のための新しい生活を築いてきた。なのに、突然また彼が現れたことで、その層に割れ目が生じてしまった。

電話を無視したかった。けれどもセラピストには、どこかの時点で過去と向きあうべきだと言われている。それが正しいことは、ケイトにもわかっていた。少なくとも一部は正しい。実際にセラピストは〝許し〟という言葉を使った。だが、彼を許せる日が来るとは思えなかった。ケイトは聖人ではない。だけど臆病者でもないはず。彼から逃げ隠れなどしない。逃げ隠れするとしたら、コルトのほうだ。

〝クールでいろ〟たしかチームの中で、彼がよく言っていた言葉だ。そのアドバイスに従うとしよう。「もしもし」ほどよく冷ややかで棘のある口調。

「ケイト？　おれだ」

心臓が、呼吸が、ケイトの中のすべてが凍りついた。文字どおり墓場に足を踏み入れたかのようだ。亡霊の声が聞こえた。

これは誰かのジョークなの？

「誰？」

「誰かはわかっているだろう」

彼女はどさりと椅子に沈み込み、危うく電話を落としそうになった。スコット。彼の声はよく知っている。人生のもっとも暗い日々にも、つねに一条の光だった。

目に涙がこみあげた。喉の奥が熱くなり、声がかすれる。彼は生きていたのだ！　喜びがわきあがる。「信じられない、どこにいるの？　死んだと聞かされていたのよ」

「いま、そばに誰かいるか？」

彼の声はいたって普通だった。こちらは濃い霧をようやく抜けたような気持ちでいるというのに。ケイトは頭を振った。「いいえ、自宅のオフィスにいるの」

「大使はそこに？」

「仕事に出てるわ。スコット、ねえ、どうなってるの？」

「名前は使わないほうがいい」

なぜなのかはきかなかった。スコットは被害妄想に陥るタイプではない。どういうことにせよ、深刻な事態なのは間違いない。「わかったわ」

「きみの協力がいる」

「協力するわ」

受話器の向こうでかすかな笑い声が聞こえた気がした。「イエスという前に、自分が何に巻き込まれようとしているのか知りたくないのか？」

「知ったとしても、答えは変わらない」

長い間があった。「きみは昔から、彼にはもったいないくらいの女性だった」

誰のことを指しているかは尋ねるまでもなかった。以前なら反論したかもしれない。でも、いまは受け流した。スコットの言うとおりだからだ。「どうすればいいか教えて」

「テクスがスコットランドで、具体的にはルイス島で、殺人事件の捜査に引っかかってる。きみにやつの無実を証明してほしい」

ディーンも同じく生きていると知ってうれしくなり、ケイトはスコットの話に一瞬ついていけなかった。彼はさらに詳しい説明を加えた。どうやらディーンは知らぬ間にＯＰＦ――彼女もよく知っている組織だ――に関わってしまった女性を助けたらしい。その結果、テロリストが仲間ふたりを殺した事件で、容疑者として追われることになった。

「彼らしいわ」ケイトは言った。「命令に従わないところが?」

彼女は笑った。「相変わらず、あなたを困らせているみたいね。でも、違うわ。スーパーマンはいつも弱者を助けに来る。そうせずにはいられない。どこかで聞いた話ね」

ふたたび長い間があった。どちらも、スコットが彼女を助けに駆けつけたときのことを思い出していた。そして、それからどうなったかも。

「やつには手を焼いてるよ」スコットがうなるように言った。「だがきみにできることがあれば、助けてやってくれ」

スコットはさらに話を続けた。女性のクレジットカードがUNDEX――水中爆発装置――の購入に使われたと思われること。ディーンが探り出した、OPFとそのターゲットに関する情報。

「彼は何か裏があると考えているのね?」ケイトはきいた。

「確信はないようだが。ただ、おれも同じ考えだ。やりすぎの感がある」

彼女も同意見だった。「わたしも少し調べてみる。それで警察の捜査を正しい方向へ向かわせるよう、やってみるわ」CIAはOPFを監視していたと告げ、〝ダン〟とアニーは無関係だと請けあえばいい。「ほかには?」

スコットはためらった。「すでにじゅうぶん、きみを危うい立場に置いている」

彼の口調には懸念がうかがえた。ケイトを守ろうとしているのだろう。でも、そうはさせない。何を隠しているにせよ、スコットがわたしの助けを必要としているのはわかっている。ようやく、かつて助けてもらった恩を返せる機会ができたのだ。「なら、向こうで何があったのか説明して。わたしが誰を相手にしているのかわかるように」

スコットがため息をつく。「フェアプレイじゃないな」

最高の師からプレイの仕方を学んだから。

「どこまで知ってる？」

「たいしたことは」ケイトは答えた。「元夫から聞いたことと、名づけ親が多少説明してくれたことだけ」

受話器を通してショックが伝わってきた。「彼と話をしたのか？」

ケイトはコルトが突然訪れたときのことを説明した。「任務に向かった小隊が全員戦死した、ロシアに行って事実を確かめたい、と。わたしの名づけ親に会わせてほしいと頼まれたの」

あのとき、コルトからスコットもおそらく死んだと聞いて愕然としたが、ケイトは声に出すまいとした。コルトの気持ちに配慮してのこと？　彼に気持ちなんてものがまだあると思ったのだろうか？

スコットが毒づいた。「余計なことを。あの記者といまいましい〝消えた小隊〟の記事だけでも迷惑しているのに。コルトを止めないと。彼が何か見つけるなり、気づくなりしたら、われわれ全員が危険に陥るかもしれない」

「危険って？　相手は何者なの？」

「わからない。いま、それを探っているところだ」

スコットはこれまでの経緯を語った。通信が途絶えたこと。警告を受け取ったこと。ミサイルの爆発によって小隊の半分が命を落としたこと。かろうじて脱出した生存者には、真相が明らかになるまで離散し地下に潜るよう指示したこと。警告してくれた女性が死んだこと。ケイトはまだ何かあると思ったが、追求はしなかった。スコットはこれまでの調べでわかったことや、いくつかの疑念についても話した。

彼が心配するのはもっともだとケイトも思った。巨大な何かが関わっている。誰にせよ、彼らをはめた人間は真実をロシアに埋めたままにするためには手段を問わないだろう。

「彼にやめるよう伝えてくれ、ケイト」

「本当に？」彼女は言葉を切った。次の言葉がどんな反応を引き起こすかは予想できたが、それでもあえて続けた。「彼の協力が役に立つことはないかしら？」

コルトは一匹狼で、独自の情報源を持っている。それがどんなものかは知りたくもないけれど。

「彼の場合、おれへの憎しみがすべてに勝るんだ。三年前にそれを証明した。機会があれば殺してやるとも言われたよ。あれは本気だと思ってる」

ケイトは両手で頭を抱え、泣きたかった。ふたりの男の失われた友情を思って。いえ、それだけではない、コルトが本気だとわかっているから。「残念だわ」

スコットの声がやわらいだ。「こちらは残念とは思っていない。ただ、おれのためにも、彼を止めてほしい」

「やってみるわ」とはいえ、どうすればいいかはわからない。何か方法を考えなくては。

27

ダンの顔を見てアニーはほっとしたが、その険しい表情からして、自分が浜辺で見たふたり組に過剰反応したわけではないと悟った。

「すぐにここを出たほうがいい」

彼女は質問して時間を無駄にはしなかった。ふたりは身のまわりのものをかき集め、宿泊代として部屋に金を置くと、裏口から駐車場へ出た。

ダンは何かを探しているかのように車のあいだを移動していく。やがて目当てのものが見つかったらしく、シルバーの小型車の前で足を止めた。この島では小型車以外は見かけない。SUVがないのも不思議だが、おそらくガソリンの高値のせいで、燃費の悪い車は敬遠されるのだろう。彼が右側の運転席を開けたところで、鍵のかかっていない車を探していたのだとアニーは気づいた。

ダンは手を伸ばして助手席側のドアを開けたが、彼女が乗り込もうとすると、それを押しとどめた。「後部座席で横になっていたほうがいい。人に見られないように」

うしろは狭かったけれど、文句は言えない。

彼がハンドルをはずして配線をいじりはじめる。驚いたことに、数分後にはエンジンがうなり声をあげた。

まさか海軍でやり方を教わったわけではないだろう。「あなたの履歴書には、特技、車の窃盗って書いてあるのかしら？」皮肉まじりに言った。

冗談のつもりだったが、ダンは真面目に答えた。「ありがたいことに、未成年のときの記録は消去されている」

「もう未成年じゃないでしょう」

彼はにやりとした。「借りただけさ。あの連中に歩いているところを見つかりたくないんでね」

ダンは駐車スペースを出た。何度か角を曲がったところで、アニーは大通りを走っていることに気づいた。「どこへ行くの？」

彼が微笑む。白い歯がきらめくのが見えた。「サプライズを台なしにしたくないな」

「この状況で、これ以上スリルが必要とは思えないけど」

ダンは今度は声をあげて笑い、彼女を見やった。「面白いことを言うな」

「はぐらかさないで」

彼がため息をつく。「ゴムボートのところさ」

アニーはうめいた。「そうじゃないかと思ってたわ」

「空港やフェリーでは見つかる恐れがある」

「あのふたりだけじゃないと考えているのね？」

「わからない」

「何者なの？」

ダンは肩をすくめた。それが言いたくないという仕草なのを、彼女は理解しはじめていた。

「警察？」

「そうは思えない」

アニーはドキリとした。「わたしが正しかったということ？　ジャン・ポールの仲間？」

「その可能性はある」彼は曖昧に答えた。

「わたしの口を封じようとしているの？」

「何か目的があるんだろう」ダンが鋭いまなざしで彼女を見た。「何かおれに話していないことはないか？」

そうきかれて、アニーはいささか傷ついた。責められているわけではないと思っても、隠しごとがあると疑われているようで、いい気持ちではない。「あなたと違って、わたしは事実をすべて話しているわ」

ハンドルを握る彼の手に力が入るのがわかった。「アニー……」

その口調には警告に似た響きがあった。「心配しないで。この方程式は両辺が等しいわけじゃないのはわかっているから」

この表現も気に入らなかったらしく、ダンが顎を引きつらせる。

「ひとつ教えてくれる?」しばらくして、アニーは言った。否定しなければ肯定と思うことにして尋ねる。「ダンって本名?」

少し顔をあげてみた。彼はバックミラーをじっとにらんでいたが、やがて答えた。「違う」予想どおりの答えだったものの、こうして聞くとやはりショックだった。実際、彼とは何もかもはじめてづくしだ。ゆきずりの情事がはじめてなら、名前も知らない相手との情事もはじめて。

苦い思いを声に表さないのは難しかった。「じゃあ、なんて呼べばいいかしら」

「ダンでいい。すまない、アニー。おれだけの問題なら話せるんだが、そうじゃないんだ。わかってくれ」

「わかるわ」ほかになんと言えばいい?

数分後、車は止まった。「着いた」

彼女は体を起こした。ダンは浜辺とボートを隠した小屋から遠くない道路の道端に車を止めていた。

「もう一度ここへ来るはめにならないよう、祈っていたのに」またあの水もれのするボートに乗るのかと思うと、気が重くなる。

「そう悪くないさ。昨日ボートをチェックして、多少修理をしておいた。おれだって、二度と使わずにすめばと思っていたんだが……」

「つねに代替策は用意しておくこと。父がよく同じことを言っていたわ」

ダンはすばやく話題を変えた。そこのつながりについて、じっくり考えてほしくないとばかりに。つまり特殊部隊というつながりだ。

もう手遅れだけれど。

「これからコル島に向かう。すぐ近くだ。そこからフェリーでオーバンへ行き、オーバンからはバスか列車でグラスゴーに出よう。大都市のほうが姿をくらましやすい」

「そのあとは?」

ダンはアニーの目を見つめた。彼女が本当にききたいことはわかっているはずなのに、あえて別の答えを口にした。「着いてから考える。そのときまでに、おれの連絡相手が何かつかんでいるといいんだが」

つまり、〝さよなら〟ということだ。

コル島までの短い距離を全速力で進むあいだ、アニーは無言だった。ふたつの島は一キロ半ほどしか離れていない。島の東側に位置する港に四〇分ほどで着く。

彼女はこちらの注意をそらさないよう気を遣っているのだろう。追われていないか、見られていないか、つねに周囲に目を配っているから――と思いたいところだが、ディーンにはそうではないとわかっていた。

アニーは腹を立て、そしてもっと悪いことに、傷ついている。そう思うと胸が焼けるように痛み、隣で体を丸めている彼女を見るたび、歯を食いしばらずにいられない。

だが、おれに何ができる？　アニーが聞きたがっていることを言うわけにはいかない。名前にしろ、何にしろ。ずっと一緒にいると言うこともできない。彼女の身の潔白を証明できたら、おれは消える。ほかにどうしようもない。

すでに少佐は激怒している。おれは必要以上にアニーと関わってしまった。彼女はおれと生き残った仲間たちにとって危険な存在だ。万が一、彼女がそうとは知らずに関わりのある人間に何かをもらしたら……。いや、それだけでなく、おれもまた彼女にとって危険な存在なのだ。少佐の言うとおりで、何者かがおれたちの死を願っているのなら。

だったら、なぜ柄にもなくありえない望みを抱いている？　おれは〝たられば〟を考えない人間だった。現実的な判断力に優れ、余計なものは取り去って事実を見据える能力があると自負してきた。ものごとを希望的観測でとらえず、つねにあるがままに見る。いつもそうしてきた。なのに、いったいどうした？

大きな緑色の目と、その持ち主が問題なのだ。

くそっ。

だがあの理想郷のような島で何があったにせよ、どんな夢を見たにせよ、もう終わった。ふたり組の殺し屋の登場によって。現実に戻るべきときだ。早ければ早いほどいい。

ディーンはゴムボートの速度をあげ、深いV字を描くアリーナガー湾に入った。そして船着き場にボートを係留させた。とくに誰もボートに注意を払っていないようだったが、警戒は怠らなかった。

タイリー島を出てからつきまとっている黒雲を、どうしても振り払うことができない。もっとも、その雲はアニーを追っている男たちではなく、彼女本人が関係しているのかもしれないが。ともかく、早くここを離れなくては。

時計を見ると、時間はたっぷりあった。フェリーの出発は二時間後だ。こういうこともあろうかと時刻表は暗記してある。「あそこのカフェでも入らないか」

ディーンはフェリー乗り場の向かいにある、海を見おろす建物を指さした。そこからなら入港する船も、おりてくる乗客も見える。あのふたり組がいたら、向こうがこちらを見つける前に気づけるだろう。彼らがこちらの行き先を推測することもありえなくはない。

「どこへ行くの？」

「チケットを買ってくる」

それから電話もかけなくては。島を出る前にテイラーに連絡する時間はなかった。だが、いまの状況を少佐に伝えておきたい。

アニーは抗議したそうだったが、理由を察したのか何も言わなかった。彼女は賢いし、おれのことをよくわかっている。それがいいことなのか、悪いことなのかはわからない。たぶん両方だ。

しばらくして、ディーンはチケットを持って戻った。だが、テイラーとは連絡がつかなかった。メッセージを残したものの、接続が悪く、伝わったかどうかは確信が持てない。

「準備万端？」アニーがきいた。

ディーンはうなずいた。

「お茶を注文しておいたわ」彼女がディーンの前のポットに向かってうなずく。「ハーブティーは好きじゃないと思って。紅茶よ」

紅茶もあまり好きではないが、郷に入ったら郷に従えだ。

カップに紅茶を注ぎ、ミルクと砂糖に手を伸ばす。

アニーの顔に笑みが浮かぶのを見て、ディーンは自分でも意外なほどほっとした。

「なんだ？」彼はきいた。

「あなた、一二歳？」

四つ目の角砂糖が黒っぽい液体に落ちたところだった。「成長期なんだ」

アニーは笑った。黒雲がいくらか晴れたような気がした。

「まだ怒っているのか？」

彼女はカップの縁からじっとディーンを見た。「怒ってなんか――」彼の表情を見て、言葉を切る。「そうね。少し怒ってるかもしれない。でも、そんな権利がないのはわかっているわ。あなたは本当によくしてくれた。あの島から逃がしてくれたこと、お礼を言わなくちゃね。あのふたり組がどうしてわたしを探しているのかわからないけれど、よからぬ理由なのは想像できるわ」アニーは彼の目をのぞき込んだ。「怖かった」

当然だろう。だが、ディーンとしては自分の疑念を打ち明けるつもりはなかった。これ以上、彼女を怖がらせたくはない。

感謝の言葉に居心地の悪さを感じながら、彼は軽く肩をすくめてやり過ごし、それから考え深げにかぶりを振った。「理解できないのは、なぜやつらがこれほど早くおれたちの居場所を突き止めたかだ」

「運がよかったから?」

「おれは運を信じない。幸運は——」

「準備とチャンスが出会うときに生まれる」アニーが先を続けた。ディーンの驚いた顔を見て、照れたように笑う。「前に聞いたことがあって」

父親から聞いたのだろう。そう思って、彼は何もきかなかった。

意外にも、紅茶はリラックス効果があった。少し頭が整理できた。「一番楽な追跡方法は電話だ。でも、そこは気をつけていた」

アニーがじろりと彼をにらんだ。「たしかにそうね。不安なものよ、電話もメールもできないし、受信——」

彼女の言葉がとぎれ、表情が変わった。「どうした?」

アニーは唇を嚙み、心もとなげにディーンを見た。「わたし、図書館でメールのチェックをしたの」

ダンは何も言わなかった。言う必要もない。「ごめんなさい。まさか……」

その一、自分のメールアカウントを何者かが監視しているとは思わなかった。その二、メールアカウントにアクセスしただけで居場所を割り出されるとは思わなかった。こういうことはアニーの専門外だ。彼女は科学者であり、法執行官ではないのだ。まして、法の向こう側にいる人間ではない。

「だから彼らはあんなに早くわたしたちを見つけることができたの？」

「ああ」

その短い答えと花崗岩《かこうがん》のようにかたい表情は、いい兆候とは言えなかった。アニーは下手に出ることにした。「携帯電話を海に捨てたのは正解だったのね」

間。険しい表情。ふたたび短い答え。「ああ」

ダンは激怒し、アニーを罵倒しないよう必死に自分を抑えている。それがわかって、彼女が感じたのは安堵というより当惑だった。

「いいのよ」思わず言った。「あなたが怒るのは当然だもの。ばかだと罵ってちょうだい。何を言われてもしかたないわ」

彼の目は、そう言ってやりたいと告げている。「メールをチェックする以外、何かしたか？」

「何も。インターネットで調べたいことがあったの。あまり時間がなかったから」ふと、あることを思い出した。「銀行からメッセージが届いていたの。何者かがわたしの口座にアクセスしようとしたって。それでパスワードを変えたわ。ジュリアンじゃないかと思ったけど、そうとはかぎらないから」

「誰かに連絡を取ったか?」

アニーは首を横に振った。「母にメールを送ろうかと思ったけど、あなたの話を思い出してやめたの」

ダンが唇を噛んだ。辛辣な言葉をのみ込んだのだろう。だが、何も言わなかった。

「あなたが怒ってるのはわかるわ。無理に抑えなくていいのよ。あなたのその歯に衣着《きぬ》せぬところが、わたしは好き――」

自分が何を言いかけていたかに気づき、唐突に言葉を切った。〝好き〟こちらが意識しなければ、さらりと受け流されたかもしれない。けれどもいまはとぎれた言葉がふたりのあいだにピンクの象のように、巨大で無視できないものとして居座っていた。

ダンは表情を変えなかった。だが、アニーは彼ほど感情を隠すのが巧みではない。頬が熱くなるのがわかった。

気まずい沈黙が続く。彼女は言い繕おうとしたが、逆効果だった。「言いたいことはわかるでしょう」もごもごと言う。「言葉のあやよ。もちろんわたしは――」

ふたたび口をつぐみ、困ったようにダンを見あげる。

ああ、穴があったら入りたい。

こちらをじっと見つめる彼の揺るぎないまなざしに、いっそうどぎまぎする。

「きみの言いたいことはわかっているさ、アニー」

本当に? 彼女は確信が持てなかった。自分でも、何を言いたかったのかよくわからないのに。ダンへの気持ちは混沌としている。けれども強烈だ。彼のことをほとんど知らないのに、信じられないくらい強烈で、激しい。

「インターネットで何を探していた？」話題が変わってほっとするはずだが、この問いの答えもメールの件と同じくらい、ダンは気に入らないだろう。「あなたの刺青のこと」

彼は石のような無表情を崩さず、なんの反応も示さなかった。でも彼の表情をじっと観察しているアニーには、わずかに唇が引きつったのがわかった。「なぜだ？」

「特殊部隊か何かのマークじゃないかと思って」

いまの話が誰かに聞こえていないかと、ダンがカフェの店内を見渡した。けれども彼女はこういう場合に備え、隅の窓際のテーブルを選んでいた。「どうしてわざわざ調べたりした？あれが何かは話しただろう」

「聞いたわ。でも、面白いことがわかったのよ。ネイビー・シールズの三つ又の鉾って、バドワイザーと呼ばれているの。似てるからでしょうね」

さっきまでダンは激怒しながらも自分を抑えていたが、いまは違った。文字どおり憤怒《ふんぬ》に震えている。アニーはここが公共の場でよかったと思った。

だが怒りよりも恐ろしいのが、いきなりふたりのあいだに鉄のカーテンがおりたことだった。冷たいブルーの目は、たったいまシベリアの地におり立ったかのように、アニーの体を凍りつかせた。なんにせよ、ふたりのあいだに生まれつつあった結びつきは断ち切られた。

いまダンが突然歩み去り、二度と振り返らなかったとしても、これ以上はっきりと別離を態度で示すことはできなかっただろう。本当は、彼はずっとこうしたかったのだ。わたしを切り捨てたかったのだ。そんな気がした。

ダンが立ちあがった。彼女の心臓が飛びあがる。

「待って、ごめんなさい。お願いだから――」

「行くぞ」

アニーは大きく安堵のため息をついた。置いていかれるわけではないらしい。少なくともいまは。ただ、自分がなんらかの見えない一線を越えてしまったのは間違いない。彼がその話をする気はないらしいけれど。

もっとも、いまは話をするタイミングではない。カフェを出るとすぐ、彼女はダンの変化に気づかずにいられなかった。警戒しているという言葉では足りない。五感を研ぎ澄まし、あらゆる危険に備えている。

それまでダンが軍隊か特殊部隊にいたと気づいていなくても、いまわかっただろう。彼はテレビや映画で見る男たちさながらに動いた。あらゆる角に敵が潜んでいるとでもいうように。

ふたりは島と島のあいだを行き来するさまざまなサイズの青や白のフェリーのひとつに乗ったが、そこでも彼は警戒をゆるめなかった。船内には大部屋があり、乗客が少しでも快適に過ごせるようにテーブルや椅子、スナックバーが備えつけられている。ダンはひととおりチェックしたあとでアニーを出口近くの椅子に座らせ、自分は立って、外の冷たい海と風を見ていた。三時間ずっと。

オーバンに着いたのは夕刻だった。フェリーをおりたらそばを離れるなとアニーに指示した以外、ダンはほとんどしゃべらなかった。ふたりは無言のまま、近くの駅に向かった。同じように駅へ行く三〇人ほどの乗客に紛れるように歩く。彼女にはこれといって異変はないように思えたが、しょせん素人だ。どこの何を見ればいいか、わかっていない。

ダンは完全な戦闘態勢で、神経を張りつめていた。一瞬たりとも気を抜く気配がない。化粧室にもついてくると言わないのが意外なくらいだったが、紅茶を三杯飲んだあとで、アニーは我慢の限界だった。

化粧室を出た瞬間、何かあったと気づいた。彼が口を開く前から、その険悪な表情でわかった。

「問題が起きた」

28

オーバンの駅はチケット窓口と狭い待合室のある一階建ての建物だった。プラットホームがふたつあり、地下の通路でつながっている。長い行列と窓口の騒ぎから、ディーンは何かあったのだと気づいた。アニーが化粧室に行っているあいだ、通りかかった最初の人に尋ね、悪い知らせを知った。

「どうしたの？」問題が起きたと聞き、アニーはきいた。

「信号機故障のようだ。珍しいことではないらしい。今夜のグラスゴー行きの列車は運休になった。明日、朝一番の列車に乗るしかない」

「そうなの」彼女は安堵のため息をついた。「一瞬、あとをつけられていたのかと思ったわ」

それはないだろうとディーンは考えていた。ただ、移動が遅れるほど、追いつかれる可能性は高くなる。島を出る方法は多くない。おれたちがすでにタイリー島にいないと彼らが気づけば……。

「今晩泊まるところを探さなくちゃならない」彼は言った。「おれが話をした地元の人は、街には宿がたくさんあると言っていた」

ふたりはフェリーが停泊している美しい港から駅まで一五分ほどの道のりを歩いてきたが、逆戻りすることになった。オーバンはハイランド地方のそれなりに大きな街で、島をめぐるクルーズ船に乗ろうという観光客に人気がある。状況が違ったら、ひと晩泊まるのは歓迎だっただろう。街らしい街も数カ月ぶりだ。だが、いまはできるだけ早くここを発《た》ち、すべてを終わらせたかった。

アニーはおれがシールズの隊員であると気づいた。なぜわかったのだろう？　彼女は本人のためにならないくらい、好奇心旺盛で賢い。いや、さらに言えば、おれ自身のためにもならない。彼女が例のいまいましい記事を目にし、二と二を足して答えにたどり着いたらどうする？　そうなるのもすでに時間の問題だ。

おれたちは親密になりすぎた。もう終わりにしなくては。だが、あとひと晩ともに過ごしたら、別れがさらに難しくなるのは目に見えている。

〝わたしは好き――〟

アニーがおれに恋しているなどありえない。知りあって、まだ一週間ほどだ。だがその半分は緊迫した、アドレナリンが噴出しつづけているような日々だった。その特殊な体験が、ふたりを結びつけたのだろう。すべてが終われば、完璧な組みあわせとは思えなくなるのはわかりきっている。違いが次第にきしみを生み、いずれはふたりを引き裂くことになる。

アニーが軍隊に偏見を持っているのは明らかだ。彼女の生い立ちから理解できなくはないが、ディーンのほうも潤んだ瞳の理想主義者につきあうには、あまりにさまざまなことを経験しすぎていた。だいいち、彼は銃が好きだった。狩りが。獲物を追うことが。ドノヴァンのからかう声が聞こえてきそうだ。ベジタリアン？　活動家？　民主党員？　ミスター・〝自助努力〟。〝他人は気にせず、自分のすべきことをしろ〟って連中だろう？　おれにとっては手痛い批判のはずだ。だが、まるで気にならない。延々と嘲りの声が聞こえていても、屁とも思わないのはなぜだ？

アニーには、その価値があるからだ。彼女はすばらしい。情に流されてときおり間違いを犯すことはあっても、その情熱とものごとを変えようとする意欲には感服せずにいられない。それはアプローチこそ違うが、おれがしていることと同じだ。

ばかげてる。

空論にすぎない。こんな状況でなくても、アニーと関係を結ぶということはチームを捨てることだ。いまはまだ、それはできない。いや、できる日が来るとは思えない。

駅はたちまちひとけがなくなった。ディーンは、島へトレッキングに来たと思われるいでたちのふたり組のあとについて建物を出た。なるべく人込みに紛れていたほうがいい。つけられていないという自信はあるが、警戒するに越したことはなかった。

「ごめんなさい」数分歩いたあとで、アニーが言った。「あなたが怒っているのはわかってる。でも、悪気はなかったの」ディーンが何も応えずにいると、彼女は彼の腕をつかみ、自分のほうを向かせた。「興味を持ったからって、わたしを責められる？　わたしたち、一緒に寝たのよ。なのに、あなたはほとんど自分のことを話してくれないじゃない」アニーは言葉を切った。だが声が詰まる前に、すでにその目には涙が浮かんでいた。「あなたの名前さえ知らないなんて」

ディーンはいたたまれない思いだった。アニーを傷つけたくはない。なのに、こうして傷つけている。でも、ほかにどうすればいい？　彼女の知りたがっていることを口にするわけにはいかないのだ。

だがアニーに泣かれたら、黙っていられなくなりそうだ。その目が涙に光るのを見るだけで、胸がよじれるような痛みを感じる。鼓動が乱れ、そわそわとして落ちつかない。熱い石炭の上を歩いているかのようだ。いや、彼女の涙を見るくらいなら、熱い石炭の上を歩くほうがましだ。

ディーンは自分にできる唯一のことをした。彼女を抱き寄せた。「すまない、アニー。わかってもらえないとは思うが、ほかに選択肢はないんだ。信じてくれ。話せるものなら話している」

彼はバックパックを背負っていたので、アニーはウエストに腕をまわしてきた。人目につかないよう、そしてすぐ抜けるように、銃をジーンズと背中のくぼみのあいだに差し込んである。彼女は頬をディーンの胸に預けてきたが、顔を傾けて彼を見あげた。「話したら、わたしを殺さなくちゃならないの？」

ディーンは微笑み、手をあげて彼女の頬を指でなぞった。「そんなところだ」真顔になって続ける。「だが、冗談ではないんだ。きみが興味を持つのはわかるが、危険なんだよ。そして危険にさらされるのはおれだけじゃない。頼むから、もうやめてくれ。そして、何にせよきみが突き止めたと思ったことは、もう忘れてくれ」

おれを忘れてくれ。

彼の言わんとすることを、アニーは理解したようだった。「努力するわ。できるかどうか自信はないけれど」

あいにく、自信がないのはディーンも同じだった。

アニーが彼を見あげた。ディーンが見たくない感情を、その目にこめて。彼女は美しかった。思わずキスをしたくなるほどに。

そのとき、背後に動きを感じた。

気づかないうちに、アニーは待ち伏せに最適の場所で足を止めていた。暗い道の曲がり角で、街からも、駅から流れてきた先を歩いている人々からも見えない。背後に歩いている人は？　いないのだろう。もしいたら、襲撃者は行動を起こしていないはずだ。相手はおそらくひとりではない。

敵は駅からずっとあとをつけて、機会を待っていたに違いなかった。信号機故障も彼らの仕業かもしれない。

くそっ。

背後に動きを感じ、ディーンはとっさに反応した。銃に手を伸ばすこととアニーをかばうことの両方はできなかったので、後者を選んだ。彼女を脇に押しやって身をひねり、自分の後頭部を狙っていたであろう武器を反射的に手で強く払った。

その攻撃には、相手にある程度のダメージを与えるだけの力はあったはずだが、敵も訓練されていた。痛みにうめいたものの、武器を放そうとはしなかった。見たところ、H&K USPタクティカルだ。

相手が銃を構え直す前に、ディーンは次の行動に出た。時間を無駄にするつもりも、運任せにするつもりもなかった。敵が何人か、どの程度の腕前かもわからない。ただ、殺すか、殺されるかだ。気管を狙って前腕を相手の喉に叩きつけ、同時に脚を振りまわして、踵を男の体にめり込ませた。

喉がつぶれる、不快な音がした。男はくずおれたが、息ができないながら、ふたたびディーンに銃口を向けるだけの意識はあった。彼は相手の腹を蹴りつけ、銃を払い落とそうとしたものの、同時に視界の端にふたり目が自分を狙っているのが見えた。

くそっ、両方を始末する時間はない。ディーンは喉のつぶれた男の手にある銃をつかんで、もうひとりの敵のほうへ向けようとした。ところがうまくいかず、銃口があらぬ方向を向いたまま、くずおれている男が引き金を引いてしまった。

発射された銃弾はディーンをそれたが、ふたり目の襲撃者にも当たらなかった。

ふたり目が狙いを定める。

ディーンは銃弾が発射されるくぐもった音を聞いた。その瞬間、衝撃に身構える。

しかし、何も起こらなかった。

なんてこった。銃声は背後から聞こえた。彼は信じられない思いで、ほんの三メートルほど離れたところに立っていたふたり目の襲撃者ががくりと膝を折り、仰向けに倒れるのを見つめた。眉間を銃弾が貫いていた。

まさか。

ディーンはゆっくりと振り返った。何を目にすることになるかは、すでにわかっていた。アニーがその場に立ち、呆然とした表情で銃を構えていた。

一瞬の出来事だった。どうして自分が銃を持っているのか、彼女自身にもよくわかっていなかった。無意識のうちにダンのジーンズに差し込んであった銃のグリップをつかみ、押しのけられたときには手に持っていたのだ。

そして、ふたり目の襲撃者を撃った。ダンはひとり目を叩きのめしたところだったが、アニーは視界の隅で、ふたり目が銃を構え、ダンに狙いを定めながら近づいてくるのをとらえた。何も考えずに手をあげて引き金を引いた。

無意識のうちにしたことだった。射撃場の紙の的以外のものを撃ったのははじめてだ。

なんてこと。わたしはいま、人を殺したのだ。

ゆっくりとその事実が頭に染み込んでくるにつれ、ショックが襲ってきた。アニーは動けなかった。銃を握ったまま、指は引き金を引いたままだ。手放したいけれど、手をゆるめることができない。

ダンが近づいてきて彼女の手首に手をまわし、腕をおろさせると同時に指から銃を抜いた。

アニーは言葉もなく、彼を見つめた。いま、何が起きたの？

声に出して言ったつもりはなかった。ただ頭の中の声が大きすぎて、よくわからない。

「きみはおれの命を救ってくれた。ほかに選択肢はなかった。きみがいなければ、おれは殺されていただろう」信じられないというようにダンが頭を振る。「それにしても、どこで射撃を習った？　銃は嫌いなんじゃなかったのか？」

「嫌いよ。大嫌い」

彼は笑った。「そうは思えないな。プロみたいな撃ち方だった」

アニーは眉をひそめた。「父が死んでから、銃には触れてもいないわ」

「でも、お父さんに習ったのか？」

彼女はうなずいた。護身のために習っておいたほうがいいと言われたのだ。才能があると褒められた。例によって〝おまえが男だったら〟と言われている気がした。

「教え方がうまかったんだな」ダンが言う。「完璧な一発だった」

アニーは首を横に振った。いまはただ、恐ろしいだけだった。「心臓を狙ったの」

「まあ、心臓ははずれたが」彼はじっとアニーの顔を見た。「顔色が悪いぞ、吐き気がするんじゃないか？　吐きたければ吐いてもいい。男でも、はじめてのときは気分が悪くなるやつが多いんだ」

ふたたび首を横に振る。何かは感じていた。しびれだろうか、それとも寒け？　ただ吐き気ではなかった。

「それならいい。ちょっと待っていてくれ。あとから誰か来るといけないから、死体は隠しておきたい」

港へ向かう道は片側が海、反対側は二車線の車道と家々、その先は丘になっていた。男たちは家の陰で待ち伏せしていたに違いない。

ダンはすばやく男たちの体を手で叩き、ポケットから財布と携帯電話を抜き取った。それから歩道の端まで引きずっていき、手すりの下から押し出すようにして下の岩場へと落とした。アニーはこれ以上死体を目にせずにすんで、内心ほっとした。

「じきに満ち潮になる」ダンは言った。「運がよければ海に押し流されるだろう」

「運がよくなかったら？」

彼が肩をすくめた。心配している様子はない。「朝までは見つからない。身元と死亡推定時刻を割り出すのにも時間がかかる。その頃には、おれたちはグラスゴーに着いている」

「浜辺にいたのと同じ男たちよ」

ダンはうなずいた。「まっすぐここに来たんだろう。おれたちが最寄りの大きな港に向かうと踏んだんだな」しばし考え込む。「空港も見張っていたか、コンピューターに侵入して、おれたちが飛行機に乗っていないことを知ったか。いままで、この男たちを見たことはあるか？」

アニーは首を横に振った。

彼は財布を開き、身分証を取り出した。「ドイツ人のハンス・リヒターとスイス人のヨナス・マイヤー。心当たりは？」

「ないわ」

「おれもだ。どちらも偽名だろう」今度は安物のプリペイド式携帯電話の履歴をスクロールしていく。「電話もメールも残っていない。用心深い連中だな。一応ごみ箱も調べてみるか」ダンは一台目を調べ終えると、二台目に取りかかった。しばらくして毒づいた。表情が険しい。

「どうかしたの？」

「こいつはメールを送っている。一五分ほど前だ。消去する時間がなかったらしい」

「なんて書いてあるの？」

「何も。写真だけ」彼は言葉を切った。その目には激しい自責の念が浮かんでいる。「おれの写真だ」

29

ダンは激怒していた。それはわかったが、アニーは彼が誰に怒っているのかはよくわからなかった。写真を撮られたことで、わたしを責めているの？　どうして写真を撮られることがそれほど問題なのかはわからないけれど、ともかくあってはならないことだったらしい。彼の表情からして、この世の終わりとも思える出来事のようだ。わたしを助けなければ、ダンはこんな状況に陥らなかった。それはお互いわかっている。どういう理由にせよ、彼が身を隠さなくてはいけなくなった事情はきわめて深刻なのだろう。そしてわたしを助けたことで、彼の正体が明かされようとしている。

「ごめんなさい」アニーは言った。

ダンは頭を振った。その仕草で怒りをいくらかでも振り払おうとするかのように。「きみのせいじゃない」手を伸ばして彼女の手を取る。「来るんだ。とにかくこの街を出なくては。まったく、一杯飲みたい気分だな」

この激動の一週間を思うと、それはかなり控えめな表現だった。

ふたりは急ぎ足で街に戻った。ダンは女性と手をつなぐタイプには見えなかったが、意外にもアニーの手を片時も放さなかった。大きな手のひらでしっかりと彼女の手を包み、バハパーカーのポケットに突っ込んで、ぴたりと身を寄せる。

彼女としてはかまわなかった。

オーバンはアメリカの基準からすれば小さいけれど、ハイランドではそれなりの街だった。中央に埠頭《ふとう》があり、それを半円で囲むように商業地区ができている。半円の片端にフェリーの発着所があった。海岸線には、たくさんのレストランやホテルが並んでいる。ダンはしゃれた外観のホテルを選んで、足を踏み入れた。

「予算は足りる？」ドアマンの前を通り過ぎ、大理石を使った広々としたロビーを歩きながら、アニーはきいた。新しくも華やかでもないが、年月と格式を感じさせるホテルだった。

ダンは唇の端をわずかにあげた。「ひと晩、快適な宿で休むくらいはかまわないだろう。グラスゴーに着けば、また使える金ができる」

彼女にはまだききたいことがあったが、ちょうどそのとき、カウンターのうしろの魅力的な女性がダンにご宿泊ですかと尋ねた。彼は微笑んだ。また得意のナイスガイ・モードに入ったらしい。腹立たしいほど効果抜群だ。もっとも、彼のような体格と顔立ちなら、愛想よく微笑むだけで相手を魅了するにはじゅうぶんだけれど。

ダンは答えた。おれとガールフレンドは――妻から格さげだ、たぶんオーバンはタイリー島ほど保守的ではないのだろう――この街で足止めされ、予約はしていない、と説明する。

「グラスゴー行きの列車に乗るご予定だったんですね」女性は笑みを浮かべて言った。「今夜はほかにもそういうお客さまがいらっしゃいましたよ。大丈夫です。空き部屋はありますから。ひと部屋でよろしいですか、ふた部屋になさいます？」

女性はそう尋ねながらダンを見つめ、やがて視線をずらして、ちらりとアニーを見やった。一瞬だけ視線を滑らせたと言ったほうが正しいかもしれない。どうやら彼女は納得できなかったらしい。〝もっとふさわしい相手がいそうなものだわ、たとえばわたしとか〟そう思っているのが感じ取れた。

まだ二〇代前半だろうか？　けれども厚塗りのファンデーションに濃いアイメイク、真っ赤な口紅と、年齢よりも老けて見えることをすべてしていた。長い髪はうしろでまとめているが、垂らした黒い前髪が、スコットランド人特有の青白い肌や明るいブルーの目と印象的なコントラストをなしている。

完璧な身なりの女性に対し、アニーは一週間キャンプをしてきたかのような格好だった。でも、しかたがない。見た目はどうあれ、わたしは〝ガールフレンド〟と紹介された。その意味が彼女にはわからないのかしら？

「ひと部屋でいいわ」ダンが答える前に、アニーはいささかつっけんどんに言った。

ダンがいぶかしげな顔をしたが、彼女は無視した。だが、彼は鈍いほうではない。すぐに気づいてにやりとした。カウンターの女性がこちらを見ていなかったら、彼の腹を肘で突いてやるところだ。

ダンはアニーのウエストに手をまわして引き寄せ、頭のてっぺんにキスをした。彼女はまた体がうずいてくるのを感じた。

カウンターの女性は一泊の宿泊料金としては法外と思える金額を告げたが、ダンは二〇ポンド紙幣で払い、部屋の鍵を受け取った。カードキーではなく、持ち歩くのに邪魔なほど大きな木製のキーホルダーがついた本物の鍵だった。部屋は二階と言われたものの、それがこの国では三階になることをアニーは知っていた。

エレベーターは、ふたりがやっと入れるだけの広さしかなかった。ダンのような体格の男性を想定して作られていないのだろう。横幅が彼の肩で埋まるほどだ。その狭さを逆手に取って、彼はアニーを抱き寄せた。「やきもちを焼くことはないじゃないか」

面白がっているような口調に、彼女はまた肘鉄を食らわせてやりたくなった。

ダンがあとを続けなかったら、実際にがつんとやっていただろう。「きみがおれの膝に倒れ込んできてから、ほかの女性はまったく目に入っていないよ」

アニーは体がとろけそうになった。彼を見あげる。ふたりの目が合った。「本当に?」

ダンがうなずく。「きみは鏡を見ることがないのか? じつに魅力的だ」

いつもなら、そんな浮ついた台詞を吐かれたら、たちまち気持ちが冷めてしまう。でもいまは、腹立たしいほどうれしかった。ダンはいつもわたしの中に、おかしな反応をかきたてる。これまでやきもちなんて焼いたことはないし、外見を褒めてもらいたいと思ったこともない。スコットランドにおり立ったときは、博士号を取得したばかりで自信にあふれ、つねに冷静沈着だった(男を見る目がないのは自認していたけれど)。なのに彼のせいで、人の評価を気にしてばかりの気まぐれな高校生に逆戻りだ。映画『ミーン・ガールズ』の世界はとうに卒業した。繰り返すのはごめんだ。

「あなたこそ男の魅力たっぷりだから、にっこりするのはやめて、不愛想なしかめっ面をしているくらいでちょうどいいのよ。でなければ、また山男風のひげを生やすか」

ふたりはもう部屋の前まで来ていた。ダンが彼女を見て笑う。「覚えておくよ。だが、あのひげを好きな女性もいるんだ」

彼がいたずらっぽく目をきらめかせるので、アニーはその話題は深追いしないことにした。腹が立ち、同時に興味をそそられる。どちらにしても、好ましい反応ではないのはたしかだった。

ダンが部屋の電気をつけると、彼女はほっとして深いため息をついた。浴室は広く、ジェットバスもついている。ふだんはゆったりと湯につかるほうではないけれど、この風呂は一度入ったら出られなくなりそうだ。

そのうえ、ふかふかのバスローブやスリッパ、イギリス王室御用達というモルトンブラウンのアメニティまで用意されている。

「どれも使い放題だ」アニーの反応に気づいたらしく、ダンが言った。「おれは電話をかけないと」そう言って、じっと彼女を見る。「大丈夫か？　ひとりでいたくないというなら行かないが」

アニーは首を横に振った。「大丈夫よ」驚いたことに本当だった。しびれや寒けはいつしか消えており、いまはなんともなかった。恐怖に体が震えていないことに、いささか気がとがめる。小説や映画ではみんな、ことに女性はそうなるものではないかしら？

フェミニストを気取るわけではない。もちろん人の命は、それが誰の命であっても大事なこともわかっている。ただ、ダンの命のほうが大事だった。彼の命が脅かされていたから、自分にできることをしたまでだ。ほかに選択肢はなかった。ああしなかったら、彼は殺されていたかもしれない。単純なことだ。

自分が思っている以上に、わたしは父に似ているのかも。でも長い年月の中ではじめて、それを悲しいとは思わない。感謝したいくらいだ。

「電話してきて、テクス」アニーはもう彼をダンとは呼べなかった。本当の名前ではないと思うと違和感をぬぐえない。「それから飲み物を持ってきて。ただしウイスキー以外ね。eがついてもつかなくてもだめ」

彼がうなずき、微笑んだ。スコットランドでは、〝ウイスキー〟をeをつけずに綴《つづ》るのだ。

「わかった」今度は顔をしかめる。「電話のあとは、きみよりもおれのほうが一杯飲まずにはいられなくなるだろうが」

一度の呼び出し音で、相手は電話に出た。今回は暗号もなしだった。「いったいどこにいたんだ？　何時間も前から連絡を取ろうとしていたんだぞ」

「忙しかった」ディーンは答えた。テイラー少佐は指揮官かもしれないが、頭から怒鳴りつけられるのはごめんだ。そうされてもしかたない状況であっても。「不測の事態で、タイリー島を出なくてはならなくなったんだ」

テイラーが目を細め、殺気立ったしかめっ面をしているのが電話を通じて伝わってきた。

「不測の事態とはどういうことだ?」

浜辺でふたり組の男を見たこと、ボートでコル島に渡ったこと、そこからフェリーでオーバンまで来たが列車の駅で襲われたことを話した。テイラーは半分も聞かないうちに、ひと言ごとに毒づくミギー顔負けの悪態を連発しはじめた。少佐はめったに悪態をつかない。それだけに耳が痛かった。

ところで、ミギー——ルイスはどうなったのだろうとディーンは思った。テイラーによると、生存者がどこにいるかは誰も知らないらしい。接触できるのはテイラーだけだ。作戦上の機密保持が重要なのは理解しているが、ディーンとしては、こういう状況は気に入らなかった。みな、チームで動くことに慣れている。単独行動は苦手だ。小隊を丸ごと失ったような気になる。八人の死を受け入れるだけでも辛いのだ。ホワイト大尉配下の七人と新人のブライアン。彼らの死が肩にのしかかっている。

もっとも、さっきまではアニーがその気持ちを紛らわせてくれていた。信じられないことに、彼女の銃の扱い方は一流だ。撃ったあとも冷静で、落ちついていた。普通の女性なら、あんなことがあったら取り乱すものじゃないか?

性差別と言われるかもしれないが。

くそっ、アニーの影響力たるや恐ろしい。そのうちおれも女性解放運動家グロリア・ステイナムの言葉を引用し、未来の娘にバービー人形ではなく、兵隊や『パワーレンジャー』のフィギュアを買ってやるべきだと言いだしそうだ。いや、両方買って本人に選ばせるか。

いったいどうしたというんだ？　女の子はたいがいピンク色とバービー人形を好み、男の子は列車やトラックを好む。それのどこがいけない？

いけなくはないわ――アニーの答えが聞こえるようだった――でも、そうじゃない子どもだっているの。

ああ、くそっ、おれは啓蒙《けいもう》されたくなどない。基本原則に沿った昔ながらの世界が好きだ。リベラル派はおかたすぎる。何ひとつジョークにできない。誰もが〝平等〟でなくてはいけないというわけだ。だが、どれだけフィールドを平らに整備しても、等しい機会が等しい結果を生むわけではない。まわりより賢い人間、まわりより努力する人間がいる。そして、たまたま運に恵まれる人間もいる。おれは誰にも頼らず、自力で這いあがってきた。ほかの人間にそれを期待して何が悪い？

人生はフェアじゃない。それはしかたのないことだ。癌《がん》で命を落とす子どもがいる。イギリスで王子として生まれる者がいる一方で、アフリカに生まれて一生飢えにさいなまれる者もいる。しかし、それはどうしようもないことだ。なぜ議論の余地のない事実にあらがおうとする？　与えられた中で精いっぱいやるしかないではないか。

テイラーが悪態の合間にひと息つくと、ディーンは最悪の部分の報告に取りかかった。

「それだけじゃない」

「なんだと？　ほかにも死体が出たというんじゃないだろうな。この一週間で五体だぞ。それでも足りないと？」

「五体？」

「いまから話す。先に、おれがほかに何を心配しなきゃいけないのか教えてくれ」

「やつらに写真を撮られた」

沈黙がおりた。ディーンが予想した以上によくない反応だった。ディーンはシールズに一二年いる。上等兵曹になって三年――最後の一年は上級上等兵曹だった――もっともリスクの高い作戦に従事し、911以降の世界情勢の中、すべて成功させてきた。だが、そうした実績をすべてぶち壊すほどのミスを犯したのだ。

「まずいことになった」彼はつけ加えた。「携帯電話は安物だし、遠くから撮られてはいるが、やつらがわれわれのデータベースに侵入したら、顔認証システムから割り出しが可能かもしれない」

現役のシールズ隊員の写真を探すのは容易ではない。しかし、強い意志か運を持つ人間が何かを見つけないとは言いきれないのだ。写真にはじゅうぶん注意を払っているものの、実際には存在する。

「冗談を言ってるんじゃないんだろうな」

冗談でこんなことを口にできないことは少佐も承知している。ディーンとしては謝るしかなかった。

「謝っても遅い。おまえがそんなミスをするとは信じられないよ。ダイノマイト、ミギー、ドルフ、ジム・ボブ——ことにジム・ボブあたりならやりかねないが」トラヴィス・ハートのことだ。「おまえとは。まったく、女にのぼせあがったせいだ」

たしかにそうかもしれない。アニーは別格なのだ。彼女のこととなれば、おれはどんなばかなまねもしかねない。

「われわれ全員を危険にさらしたんだぞ。それだけの価値がある女だったんだろうな」テイラーがいらだたしげに言う。

「ああ」ディーンはためらうことなく答えた。「いまも」

ようやく少佐を黙らせることに成功したようだ。彼は長いこと、何も言わなかった。「残念だよ」

「なぜ？」

「おまえはいますぐ彼女と別れ、その場を去らなくてはならないからだ」

意識とは無関係に、ディーンの体は拒絶反応を起こした。電話を持つ手が石のようにこわばった。「彼女の安全を確かめるまでは離れないと言っただろう」

「彼女は安全だ」

「いまの話を聞いて、なぜそう言いきれる？　ふたり組の男が彼女を追っている。あれはプロだ。口封じのためにジャン・ポールが雇ったんだ」

「いや、あの男は誰も雇っていない。その件で電話をかけていたんだ。ケイトから連絡があった。おまえとおまえのガールフレンドの容疑は晴れたよ。ストーノウェイの警察が彼女の話を聞きたがっているが、容疑者としてじゃない。ケイトが彼らに情報を流し、捜査を正しい方向へ向かわせた。おまえはCIAの工作員と思われている。あちらとしては不満もあるだろうが、ケイトがそれで押し通した。その前からジャン・ポールのことを疑っていたようだな。尋問を受けると、やつの供述はたちまちほころびはじめた。医者が傷を調べれば、自分で刺したことがすぐにわかるだろう。ただ、やつは逮捕される前に病院から脱走した」

安堵のため息が相手に聞こえていないことをディーンは祈った。「やつが逃げているなら、アニーはまだ安全じゃない」

「ところが天の采配と言おうか、ジャン・ポールは病院から二ブロックほどのところで車にはねられた。観光客が間違って交差点で反対車線に入り、通りを渡っていた彼に突っ込んだんだ。警察によると女性は罪悪感から半狂乱だったが、彼が殺人犯として手配されていたと聞いて、いくらか落ちついたらしい」

言葉を換えれば、その女性は警察の手間を省いてくれたわけだ。

「そうか」ディーンは言った。ほかになんと言えばいい？　「それはよかった」

もちろんよかった。これでおれもアニーも普通の生活に戻れる。それが望みだったはずだ。違うか？

「だから、わかっただろう、彼女は安全だ。もう用心棒は必要ない。おまえも良心の呵責を感じることなく、彼女とおさらばできるんだ」ディーンが答えずにいると、少佐はつけ加えた。「そのほうがことが簡単になるというなら言おう、これは命令だ」

命令だからといって、ことが簡単になるわけではない。そうなってしかるべきだが、ならなかった。

「運がよければ」少佐が続ける。「ジャン・ポールの電話が事故で壊れ、おまえの写真が届いていないということもありうる。番号を教えてくれ。ケイトに調べてもらう」

ディーンは記憶していた番号を伝えた。ＳＩＭカードを引き出し、電話は使えないように壊して、すべてを別々の複数のごみ箱に捨てる。それから部屋に戻って――なんだ？　さよならを言うのか？　出会えてよかったと？

くそっ。

「このあと、どこへ向かう？」少佐がきいた。

「グラスゴーに新しい身分証明書《ID》を用意できるやつがいる」シールズ隊員はみな、各地に連絡相手を持っている。金さえ払えば質問することなく、こちらの本名がなんだろうと気にしない連中だ。「そのあとはわからない。だが、北海のロシア潜水艦の線は行き止まりだった」

「おれもそういう気がしてきている。グラスゴーに着いたらじっとしてろ。こちらで何か探り出す」

「早いとこはっきりさせてくれ、エース」ディーンは珍しくテイラーのコードネームを使った。「永久に地下に潜ってはいられない」

テイラーの声に驚きがまじった。「おまえ、本気なのか」

わからない。だが、自分ではどうしようもないのだ。アニーは生まれてはじめて、関係を築きたいと思った女性だ。それなのに、いまから別れを告げなくてはならない。

〝ダン〟が部屋に戻ったとき、アニーはふかふかのバスローブを着て、ベッドに横になっていた。髪はまだ濡れている。肌はローションをほぼひと瓶使ってこすりあげた。

彼の顔を見て、すぐによくないことが起きたのだと思った。飲み物も持って帰らず、いつにもまして陰鬱な表情をしている。彼はドアから続く短い廊下の端で足を止め、じっと彼女を見つめた。

「誰か死んだの？」アニーは体を起こし、半ば冗談で言った。

「ジャン・ポールだ」

彼女は目を見開いた。ショックのあとに安堵が来た。「本当に？　どうして？　でも、よかったわ。こんなこと言ってはいけないんだろうけど、彼がジュリアンとクロードにしたことを思えば、同情するふりはできない」言葉を切り、小首をかしげて彼を見あげる。「なぜそんなに深刻な顔をしているの？」ふいにその理由に思い当たり、アニーは青ざめた。「警察がもう彼らを見つけたのね？」

いま頃は警察官が海岸に押し寄せ、ふたりの男を殺し、海に捨てようとした犯人を血眼になって探しているということ？

彼は首を横に振った。「いや、そうじゃない」彼はジャン・ポールが事故に遭ったこと、仲間の働きかけによって自分たちの容疑が晴れたことを説明した。

「その仲間って、ずいぶんと力のある人なのね」

彼は話には乗らず、ただ肩をすくめた。「警察はすでにジャン・ポールを疑っていたんだろう。きみに話を聞きたいそうだ。ただ、容疑者としてではない。きみは安全だ」

何かを伝えようとするように、彼がじっとアニーの目を見つめた。彼女は大きく息を吸った。肺が焼けるように熱い。それがどういうことかはわかる。「あなたは去っていくのね」小声で言った。

彼はうなずいた。

驚くことではないはずだ。いずれこういうときが来るのはわかっていた。はじめから、じきにアニーのもとを去るとはっきり口にしていた。けれども彼女は心のどこかで、別れを避けられるのではないかと思って――望んでいた。彼の気持ちが変わるかもしれない、状況が変わるかもしれない、と。

いまできるのは、ただ彼を見つめ返すことだけだった。行かないで、と無言で訴えながら。でも、まるで花崗岩の壁を見つめているかのようだ。しまいにアニーはうつむいた。「いいわ」

少しもよくないけれど。

彼女の声に失望を聞き取ったのだろう、彼は言った。「ほかにどうしろというんだ、アニ

―。こうなると最初から言っておいたはずだ」

気がとがめているせいでつっけんどんな言い方になっているのだろうと思っても、胸が痛むことに変わりはない。たしかに彼はそう言った。だけどあれは、そういう関係になる前だった。ふたりのあいだに生まれたものを、彼は感じていないのかしら？

「あなたがそう言ったのはわかっているわ。でも、どうしても行かなきゃいけないの？　あなたが何かから隠れているのは知ってるし、それがただごとじゃないのもわかるけど、なんらかの方法があるはずよ。わたしの継父は影響力のある人で、いろんなコネを持ってる。助けになってくれるかもしれないわ。どういう問題があるのか教えてくれたら――」

彼は最後まで言わせなかった。アニーの腕をつかみ、自分のほうを向かせる。その目は怒りに燃えていた。「きみにできることはない。きみの継父にもだ。彼がどんな人で、どんなコネを持っていたとしても」

「そんなのわからないじゃない。あなたは犯罪者ではないわ。たぶんＣＩＡか――」口をつぐんで彼を見る。「あなた、元兵士じゃないのね？」心臓が沈み込むような感じがした。彼はいまも現役の兵士なのだ。「違うのね？　何かの秘密工作に関わっていて、わたしはそこに飛び込んでしまったのね？」

彼はほとんど表情を変えなかったが、アニーの腕を放した。「スパイ小説の読みすぎだな。的外れ《オフ・ザ・ベース》もいいところだ」

「いいえ、あなたは塁を離れた《オフ・ザ・ベース》――いえ、隊を離れた兵士なのよ」

特殊任務に従事する者は通常単独では行動しないことをアニーは知っていた。やはり彼はなんらかの秘密工作に関わっているのだろう。彼は平然とした表情を崩さないし、質問もはぐらかすけれど、わたしの推測はおそらく正しい。

「きみがどう言おうと」彼は淡々と言った。「おれが行かなくてはならない事実は変わらない。きみはおれを忘れるしかないんだ」

わたしの考えるとおりなら、彼はいまでもシールズの隊員だ。わたしは走って逃げるのが正解なのだ。

けれどもそれはできなかった。代わりに数歩、彼に近づいた。彼はわたしが望んでいないと思っていたすべてだった。でも、心が言うことを聞かない。絶対にありえない相手だった彼が、いつの間にか誰よりも一緒にいてしっくりくる人になった。彼を失うなんていやよ。少なくとも、このまま何もせずにいるなんて。

彼は部屋の入り口に立っている。これ以上、近づきたくないというように。アニーが進み出ると、彼の筋肉が張りつめ、こわばるのがわかった。手は脇で拳を握っている。彼女がたっぷりと体に塗ったローションの香りをとらえたのか、彼の鼻孔が開いた。彼女を見つめる目は熱く燃えている。怒りと、それ以外の何かで。

期待。欲望。電流。なんにせよ、ふたりを結ぶ強烈な何かが燃えあがり、火花を散らしていた。

彼はあらがおうと、ふたりのあいだにあるものを無視しようとしている。だがアニーは、簡単にそうさせるつもりはなかった。去っていくとしても、自分が正確には何を、どんなものをあとに残していくことになるのかを、彼にきちんと理解してほしい。

「わたしにはそんなことできないとしたら?」彼女は小声で言った。心臓が激しく打っている。「あなたを愛しているとしたら、どうする?」

ついに言ってしまった。どちらも認めたくなかった感情を、ついに口にしてしまった。耳を聾《ろう》するほどの沈黙がおりた。彼はまったく反応を示さない。

アニーの頬は燃えるようだった。けれど、いまさら恥ずかしがってはいられない。彼を行かせたくない。〝どうする?〟の答えを聞きたい。

「その場かぎりの関係じゃなかったのか?」彼が怒ったような口調で言った。

彼女の胸が締めつけられた。でも、怒りをぶつけられるだけまだましだ。どうでもいいと思っていたら、怒りもわいてこないだろう。決まり悪い思いや、戸惑いは感じるかもしれない。わたしを気の毒と思うかもしれない。だが、怒ることはないはずだ。

アニーはいま、彼のすぐそばに立っていた。一日分のひげが伸びた顎を見あげられるほど近づき、彼の平らな胸に手を当てる。わたしが彼のこの大きさと力強さに慣れる日は来るのかしら?「わたしにとっては遊びではなかったわ。一番最初に触れあったときから、あなたは違うとわかっていた。あなたにとっても、ただの遊びじゃなかったと思う。正直に言って。わたしに何も感じていない?」彼は答えなかったが、彼の心臓が狂ったように打っているのが手のひらに感じられた。「あなたもわたしを思ってくれているんじゃないかしら。わたしと同じように、こうしたいんじゃない?」

彼は歯を食いしばり、アニーのウエストに手を当てて自分のほうへ引き寄せた。激しい動きだったが、乱暴ではなかった。彼は自分の力をよく知っている。激怒していても、つねに自制している。直視したくないものを、無理やり直視させられたときでも。そのせいで簡単には立ち去ることができなくなるとしても。

「きみはいいセックスを、ほかのものと混同しているんだ。おれたちは互いに相手のことをろくに知らない。きみはすてきな女性だが、アニー……」

言わないで。アニーは身を引いた。彼女を押しのけようとしたのなら、彼は見事に成功したことになる。体を串刺しにされたかのようだ。すでに揺らいでいた自信が崩れ去った。でも、彼は嘘を言っている。感情を押し隠して、わざとクールぶっている。きれいに別れるために。いいえ、本当に? すべてわたしの思い違いなの? 一方的に盛りあがっていただけ?

顎をあげて彼の目を見つめた。目を見ればわかるはずだ。「そういうことなのね? あれだけのことがあったあとで、あなたはただ去っていくの? 振り返りもせず行ってしまうの? 会えてよかった、とだけ言って?」

これほど苦しげな彼の顔は見たことがなかった。彼は体を震わせ、怒鳴るように答えた。

「そうだ。くそっ、それがおれのしようとしていることだ」

本気なのだ。アニーは彼の目に真実を見て取った。これで終わりなのだという事実が胸を鋭く刺す。

目の奥が熱くなり、喉が詰まった。彼女はうしろを向いて言った。「わかったわ。あなたがそうするしかないというなら、出ていって」声がうわずった。「お願い、もう行って」

できることはすべてした。でも、自分ひとりではどうしようもない。彼も同じ思いでなければ。勇気を振り絞って気持ちを伝えたものの、何も変わらなかった。彼は去っていくと心に決めているのだ。わたしを大切に思っていようといまいと。

せめて彼もわたしを思ってくれていると考えたいけれど、いまとなってはそれも自信がない。

わたしは何を期待したのだろう？　彼が抱き寄せて、おれも愛しているよと言ってくれること？　そして、ふたりで一緒に生きていく道を見つけること？

アニーは唇を嚙んだ。そう、ほんの少し、そんなことを夢見ていた。

いいえ、少しではない。現実的ではないとわかっていながら、ずっとそう夢見ていた。

そして、彼にその気持ちを告げた。撃沈されたけれど。

こんなに胸が痛まなければいいのに。

アニーはすべて——なんのすべてにせよ——を終わりにする、ドアが閉まる音を息をひそめて待った。

30

過ちなのはわかっていた。このまま出ていくべきなのだ。

だが、ディーンにはできなかった。

生まれてこのかた、これほど自分を無力と感じたことはない。アニーを見ているとはらわたがねじれ、まともに考えられなくなってしまう。

押しつけられたやわらかな体が誘うようだ。抵抗するのは難しかった。彼女にはわかっているのだろうか？　バスローブ姿の自分がどれほどセクシーか。その合わせた襟元を開き、想像どおり下は裸なのか確かめたくなる。彼女はいいにおいがした。清潔で女性らしい香り。湿った髪に顔をうずめ、その香りを思う存分吸い込みたい。

〝わたしを奪って〟と言わんばかりの目で見つめられながら、欲望を抑えるのは拷問に近い。激しく奪いたい。けれども彼女を抱いてから、状況は悪くなる一方だ。いまも自分が何を失おうとしているのか、はっきり実感させられている。

しかも、アニーはささやかな告白をした。〝あなたを愛しているとしたら、どうする？〟なんてこった。そんな言葉は聞きたくなかった。一瞬だけ、ゆっくりと心臓が一度打つあいだだけ、喜びがわきあがった。これほどうれしい言葉は聞いたことがない。彼女をこの胸に引き寄せ、しっかりと抱きしめて、キスしたかった。

しかし、それは許されない。ここを去らなくては。だが出ていってと言ったときのアニーの目に光る涙が、ディーンの心を揺さぶった。いままでの虚勢、言い訳、すべてがはがれ落ちた。これ以上彼女にも、自分にも嘘はつけなかった。

アニーは間違っていない。あれはその場かぎりの関係などではなかった。はじめて結ばれたときから、ふたりは特別だった。互いを知れば知るほど、結びつきは強くなった。一週間、一カ月、一年。年月が経っても、それは変わらない。同じようにふたりは結ばれている。彼女にそうではないと思ってほしくなかった。

ディーンは彼女に手を伸ばした。すでに遅かった。あと戻りはできない。アニーはもう腕の中にいて、唇は重なり、彼女が下になって、ふたりはひとつになっていた。ともに動き、声をあげ、愛しあっていた。何度も何度も。ひと晩じゅう。言葉で語れないことを体で伝えた。

きみが欲しい。

きみが必要だ。

そして夜明け間近、アニーの奥深くに身を沈めながら、ディーンは彼女が最後のクライマックスを迎えるのを見守った。おれは……。

くそっ。

できない。

勝った、とアニーは思った。夜ふけのどこかで、ふたりの交わりから激しさは消え、やさしさが取って代わった。激しく力強い動きはゆっくりとリズミカルになり、彼の手は慈しむように肌をなぞった。熱く燃えていた彼の目はやわらぎ、視線はアニーの顔から離れなかった。

愛されている、と感じた。愛情がなければ、こんなセックスはできないはずだ。穏やかな愛撫、包み込むようなキス、すべてがアニーを、彼女の心を求めていた。

胸にかつてない感情の高まりが押し寄せてくる。もう認めざるをえない。わたしは彼を愛している。彼もわたしを愛してくれている。その事実に、もはや背を向けることはできないはずだ。

指に力をこめ、彼の肩に、腕に、背中に爪を食い込ませる。その仕草で訴えた。行かないで、と。

のしかかる彼の体は重く、力強かった。そして熱い。信じられないくらいに。アニーは背中をそらし、さらに身を押しつけた。もっとひとつに溶けあいたかった。

ここにいて……行かないで。

大丈夫。こうして彼とつながっていれば……。

彼はいま体の中にいて、アニーを満たしていた。ひと突きごとに深く、奥まで満たしていく。その快感は圧倒的だった。

やがてクライマックスが訪れた。最後のひと突きだ。

あなたはわたしのもの。

わたしはあなたのもの。

こらえきれずに、アニーはのぼりつめた。彼は望むものを与えてくれた。彼の存在すべてを。彼が肺から絞り出すような、ほとんど苦悶の声と思えるような叫びをあげる。彼が中で果てるのがわかった。

すべてが終わったとき、言うべき言葉は何もなかった。いえ、言葉は必要ない。満ち足りてベッドに沈み込む絡みあった体が、そこにあるだけだった。

わたしは間違っていなかった。いま、全身全霊でそれを感じている。これには意味がある。ふたりの関係には特別なものがあるのだ。彼は言葉以外のすべての方法で、それを示してくれた。

ただアニーは、そのほかに彼が伝えようとしたことには耳を閉ざしていた。

目覚めたとき、彼女が感じたのは空虚さだった。

隣に手を伸ばす前から、あたたかい裸の胸がそこにないことはわかっていた。手はしばらく前から誰も寝ていなかった、冷たい綿のシーツに触れた。

彼は行ってしまった。

おそるおそる目を開ける。日の光がまぶしく、事実を確認するのが怖かった。だがひと目見れば、彼が出ていったのは明らかだった。彼のバックパックから出されたわずかなアニーの荷物が、テレビの横のドレッサーの上に丁寧に重ねて置いてあった。

アニーは息をのんだ。冷たくとがった空気が針のように胸を刺す。不思議なことに、痛みを感じられるのはうれしかった。何かを感じられること自体が驚きだ。全身が麻痺《まひ》したようになっているのに。

つまりこういうこと？　これで終わりなの？　人生最高の夜を過ごしたあと、ベッドでひとり目覚めるの？

現実の残酷さに心が打ちのめされる。いまできるのは、ただベッドに横たわり、真実から隠れるように上掛けを顎まで引っ張りあげ、痛みをこらえて、喉の奥を締めあげる嗚咽《おえつ》をこらえることだけだ。

ゆうべは完璧だった。そう思っていたのに……。

なんてばかだったんだろう。わたしは彼が伝えようとしていたことを完全に読み違えていた。彼は約束などしなかった。さよならを言おうとしていたのだ。あの丁寧な愛撫、心を溶かすキス、甘くやさしい交わりの中で。なのに、わたしは聞こうとしなかった。自分が聞きたいと思うことしか聞かなかった。

彼が自分の感情と向きあえば、無理にでもそうさせれば、きっと立ち去れなくなると思った。だが、現実はロマンス小説とは違う。彼はわたしに愛情を感じてくれていたかもしれない。そしていっときは情熱に流されたかもしれない。でも、だからといって何も変わらないのだ。彼が負っている任務はわたしよりも大きい。ふたりよりも大きいのだ。

彼は正しかった。たぶん、わたしは空想の世界に生きていたのだ。アニー・ヘンダーソンは心の底でやはり理想主義者だった。ふたりが互いを思いやるなら、道は開けると信じていた。乗り越えられない障害はないと。彼がわたしを思っているなら――ひょっとして愛しているなら、どんな任務を負っていても、どんな危険に陥っていても、別れを告げることなどできないはずだと。

けれど世の中はそう甘くない。彼ははじめから、そう明言していた。歯に衣着せず、つねにありのままの事実を告げる人なのだ。わたしが信じたくなかっただけで。

でも、いまは信じるしかない。

頬を伝う涙をぬぐう。彼にというより、自分に腹が立っていた。わたしには傷つく権利なんてない。失望する権利もない。彼は何も約束しなかった。その反対だった。まさにこういうことになると、最初から言っていた。

なのに、わたしが勝手に夢中になってしまった。最初は距離を置こうとした。軽い関係でいようと。自分の感情をコントロールしようとしたのだ。でも、うまくいかなかった。それは彼のせいじゃない。

さよならさえ言わずに。

アニーはベッドの中で赤ん坊のように丸くなった。起きあがらなければ、これは悪い夢だったということになるかもしれない。

けれども湿った枕が、涙は本物だと告げていた。

ああ、どうしてこんなことになってしまったの？　どうしてずっと一緒にいられるなんて思ってしまったのだろう？　わかっていたはずだ。彼みたいな男性の場合、どんな場合でも任務が第一なのだと。それなのに今回は違うと、彼は違うと思い込んでしまった。ガードをゆるめ、無防備な自分をさらしてしまった。他人を欲し、他人に心を預けてしまった。子どもの頃以来、誰に対してもしなかったことだ。

命の危険にさらされているときは、それでもよかった。でも危機を脱したいま、そんな関係は終わりを迎えるしかない。

これまでの人生で二度目だ、頼りにしていた全能とも思える男性に置き去りにされたのは。皮肉なことに、まったく正反対な理由からだけれど。父は人間的すぎたから。そして〝ダン〟は強すぎたから。感情を持たない戦闘マシンだから。かつてアニーは、彼のことをそう言った。そのとおりだったということだ。任務のためなら感情を遮断できる隊員。わたしのことは大切に思っていたかもしれない。とはいえ、その気持ちが任務の遂行に支障をきたすようなことは決してない。

彼を憎みたい。だが、彼を彼たらしめている資質を憎むことはできなかった。

結局、第一印象が正しかったのだ。彼のような男は、窮地に陥った人を助けに駆けつけるスーパーヒーロー。危機のさなかにそばにいてほしい人。けれど危険が去れば、彼はまたほかの誰かを助けに行く。だからスーパーマンはロイス・レーンと結婚するのに六〇年かかり、バットマンはまだ独身なのだ。

さあ、これからどうしたらいい？

アニーはふたたび頰から涙をぬぐい、体を起こした。捨てられて、いつまでもめそめそしているなんて、わたしらしくない。打ちのめされたけれど、悲しみに暮れてここで丸くなっていてもしかたがない。

大人になって、現実と向きあわなくては。彼は去っていった。もう戻ってはこない。いっときは悲しく、途方に暮れたけれど、もう大丈夫。わたしは強く、有能な大人の女性だ。ひとりで幸せに生きていくすべを知っている。彼との生活を望んだものの、彼がいなくては生きていけないわけじゃない。

とはいえ、そう強がってみても、いまはまだ力がわいてこなかった。あまりに傷が深く、生々しく、心も体も弱っていた。でも、明日には胸の痛みも少しはやわらぐだろう。『風と共に去りぬ』のスカーレットのように、立ちあがることができるかもしれない。その次の日には、もっとよくなっていく。

そう願うしかない。

いま、話をしたいのはただひとりだった。わかってくれるであろう、ただひとりの人。アニーは電話を取りあげ、コレクトコールを頼んだ。

「もしもし、お母さん？　わたしよ」最後のひと言を口にする前から涙があふれて、喉が詰まった。いまのアニーは、恋に破れ、夢にも破れて絶望したティーンエイジャーに戻っていた。

一〇分間、彼女は泣くことを自分に許した。そうしたら大人になろう。ただ母親の愛と理解に包まれていると、人は安心して子どもに還《かえ》ることができるのだ。

31

一時間かかった。ようやく母親との電話を終えた頃には、アニーはだいぶ気分がよくなり、落ちついていくつかの判断を下せるようになっていた。

まずはシャワーだ。それがすむと、いわば犯罪現場に戻る準備を始めた。

思いきり泣いて、涙声でこの数日の出来事を手短に話し、一〇〇回は自分は無事でけがひとつないと母親に請けあったあと、残りの会話は継父のプライベートジェットに乗って迎えに来ると言い張る母親を、その必要はないと説得することに費やした。

アニーは継父を愛していた。だが、彼の莫大《ばくだい》な富には戸惑うことがある。それは母も同じなのだが、娘のことになると話が別のようだった。個人的に捜索チームが結成されていたと聞いても、アニーは驚かなかった。母は捜索を中止させることには同意したものの、彼女に飛行機に飛び乗るなというのは、闘犬から骨つき肉を取りあげるようなものだった。

無駄に二酸化炭素排出量を増やすだけだといくら言っても効果がなく、アニーとしては母親の気持ちを傷つけるのを覚悟で本音を言うしかなかった。母を愛しているし、すぐに家へは戻る。でも少しひとりの時間が必要であり、何より始めたことを終わらせたいのだと。自分はヘブリディーズ諸島での試掘に抗議するためにスコットランドへ来た。何もしないで帰りたくはない。もう無茶はしないけれど、来週計画されている抗議行動には参加したい。それに荷物を引き取り、警察の事情聴取を受ける必要もあった。二〇ドル札の束――二〇〇ドルくらいあるだろうか――とフェリーの時刻表が、彼女の衣類の横に置いてあった。おそらくアニーのために、彼が用意したのだろう。

彼は何もかも考えている。

アニーは〝ダン〟については多くを語らなかった。母には、事情があって身分を隠しているらしいとしか話さなかった。母はいろいろききたがったが、実際のところ、どれひとつとしてアニーには答えられなかった。ただ、違法行為に関わっているわけではないのはたしかだと、それだけは伝えた。

やがて、いままでもアニーの頭の中でぐるぐるまわっている質問が出た。「スティーブに彼を探してほしい、スウィートハート？」

スティーブというのはアニーの継父だ。彼女はためらった。だが、それもほんの一分ほどのことだった。「いいえ」すでに一度、わたしは自分の心臓を皿にのせて彼に差し出した。もう一度切り刻まれるのはごめんだ。彼は去っていった。あとを追うつもりはない。プライドの問題もあるけれど。彼にこれ以上、面倒をかけたくはない。なんといっても命の恩人なのだから。

涙の跡を少しでも隠そうとアイメイクの仕上げをしていると、電話が鳴った。母は様子を確かめるためにまた電話すると言っていた。案の定、〝すべて手配済み〟という知らせだった。

「お母さんったら、何をしたの？」

「そんなうんざりした声を出さないで。わたしが飛行機でそっちに行ってはだめというなら、あなたが快適に過ごせるよう、できるかぎりのことはさせてもらうわよ。といっても、コンシェルジュに電話しただけ。部屋代は必要なだけ支払いをすませておいたわ。食べ物も、あなたは思いつめると食事を忘れてしまうから、部屋に運ぶよう言っておいた。あと、地元の銀行に送金したわ。コンシェルジュがあなたに届けてくれることになってる。飛行機のチケットはルイス空港に行けば受け取れるはずよ。今日の午後の便ね。ファーストクラスもビジネスクラスもないから、小さな飛行機なんでしょう。あなたが着く頃には、スティーブがパスポートの問題もなんとかしてくれているわ」

ふたたび涙があふれてくるのを感じた。「お母さんにはかなわないわね」

「ありがとう」

お世辞ではなかったが、それもお互いわかっていた。

「あなたはわたしのたったひとりの娘ですもの」母が静かな声で言う。

アニーはため息をついた。「わかってる。でも、ファーストクラスなんて。わたし、路上生活者みたいな格好をしているのよ、本当に。ホテルの洗濯物を入れるビニール袋に身のまわりのものを全部突っ込んでいくと思うわ」しばし間を置いた。「お母さんが買ってくれた新しいダッフルバッグは船に置いてこなくちゃならなかったの。いまは警察が証拠品として押収済みだと思うけど」

ピンク色のバッグを思い出すと、忘れたい記憶までがよみがえった。〝本物の男〟と〝女っぽい色〟にまつわる苦い記憶。ふたりは何かと意見が食い違いながら、それを冗談の種にして、互いをからかいあった。それが楽しかった。いままでのつきあいの中ではなかったことだ。

「アニー？」母親の声に心配そうな響きがまじった。「聞こえてる？」

「ええ」彼女はとっさに明るい声で答えた。またプライベートジェットの話が出ると厄介だ。

「ありがとう、お母さん。本当に感謝しているわ」

母は咳払いをした。「どういたしまして。ホテルを出るとき電話してね。気が変わったら、わたしはいつでもそっちに――」

「わかってる」アニーはさえぎった。そのときノックの音がしてビクリとする。一瞬愚かにも期待に胸が躍ったが、すぐに気づいてため息をついた。「ルームサービスが来たみたい」

「ルームサービスは頼んでないわ。届けてほしいときに電話するよう言ったでしょう」

愚かな期待が復活した。胸が高鳴る。ひょっとして……。

「またかけるわ」母に有無を言わせず電話を切った。

そしてドアまで走った。心臓が喉元までせりあがっていた。体が震えてくる。彼は思い直したのかしら？　戻ってきて、おれは間違っていたと言うの？

のぞき穴をのぞいた。心臓が沈み込んだ。彼ではなかった。もっとも、そこに立っている男が彼の使いであることは間違いなさそうだ。

気持ちを引きしめ、アニーは決然とドアを開けた。

少佐はまた不機嫌になるだろう。こんなところでぐずぐずしていてはいけない。だがディーンはアニーが警察に保護されたことを確かめるまでは、この街を離れられなかった。

海沿いのベンチに座って港を眺めながら、自分が送り込んだ男が三〇分前に通ったホテルの入り口にときおり目をやった。

空腹ではなかったものの、発泡スチロールのようなベーグルを嚙み、生ぬるいコーヒーで流し込んだ。周囲の人々に怪しまれたくないからだ。大勢の人が晴れた朝の空気を満喫しに海岸へ出ており、彼が人目を引くことはなさそうだったが。

それでもリスクはあった。不必要なリスクだ、と少佐なら言うだろう。けれどもディーンは気にしなかった。こうせずにはいられないのだ。あのまま立ち去ることはできない。アニーの無事を確かめるまでは。保護され、安全が確保されるまでは。

裸のまま信頼しきった様子で自分の腕の中で体を丸めていたアニーをこんなふうに置き去りにするのは、これまで経験したどんな過酷な任務よりも辛かった。目覚めたとき、彼女はおれを恨むだろう。それがわかっているからなおさらだ。アニーの父親と同じように、おれは彼女を捨てた。ほかに選択肢がなかったというのは言い訳にならない。理由はどうあれ、去っていったことに変わりはない。

アニーはおれがシールズの隊員だと気づいていた。父親のことを考えれば、おれのような男を信頼するのは難しかったに違いない。それなのに信じて、また裏切られた。いや、おれは何も約束していない。それでも同じことだ。

自分が命令に従わなかったから、人と関わりを持ってしまったから、結局、人を傷つけることになった。アニーのことは後悔していない。おれがあの場にいなかったら、彼女は深刻なトラブルに巻き込まれていただろう。ただ自制心が足りなかった。ふたりの関係には一定の距離を置くべきだった。

決して許されないことだったのだ。

もう一度、腕時計を見た。四〇分が経った。どうなってる？　不安が頭をもたげた。懸命に抑えようとしたが、胸に時限爆弾を抱えているような感じだった。

罪悪感も少なからずまじっている。

だが、ほかにどうすればよかったのだ？　うまくいく可能性はゼロだった。おれは死んだと思われている。第九チームを皆殺しにしようとした人間に生存者がいると知られたら、おれと生き残った仲間、そしてその周囲の人々が全員危険にさらされることになるのだ。

待っていてくれと頼むことも、できないわけではなかった。だが、それはアニーに対してフェアじゃない。この潜伏期間がいつ終わるのか、待った先に何があるのか、誰にもわからないからだ。そもそも、おれは第九チームを去る覚悟ができているのか？　自分の知る唯一の家族だというのに。

そう、だからこうするのが一番なのだ。アニーは家に帰り、すべてを忘れる。おれも彼女を忘れる努力をする。いまは苦しいだろうが、いずれは痛みも消える。

少なくとも、ディーンはそう自分に言い聞かせていた。

ふたたび腕時計を見た。八時三五分。すでに四五分が経っている。

くそっ、これ以上は待てない。携帯電話を取り出し、部屋にかけようとしたところでドアが開き、アニーが外に出てきた。

はらわたをえぐられるような痛みが走った。少なくとも五、六メートルはうしろに吹っ飛んだロシアでの大爆発を思い出すほどだ。立っていたら、よろめいていただろう。

アニーはまた黒のサンドレスとセーターを着ていた。ふたりで夕食に出かけたときのようにはっとするほど魅力的だったが、今朝はどことなく喪服を連想させた。

濃い色の髪はきっちりと撫でつけ、うしろでねじってまとめてある。だが、短いおくれ毛が顔のまわりで朝日を受けて輝いていた。遠すぎて顔は見えないが、鮮やかな緑色の目が赤みを帯びているのはわかった。

アニーに意識を集中していたために、彼女の隣に立つケイトが手配した制服警官にはろくに目を向けなかった。

そして、ふいに近づいてきて目の前に立った女性にも気づかなかった。「あら、ずいぶんとお早いんですね。ゆうべ何か問題でも?」ディーンは一瞬戸惑い、ホテルのカウンターにいた女性だと気づいた。「お部屋のほうに不具合が？」

「いや、何も」ディーンは彼女をぞんざいに追い払おうとしたが、相手には通じなかった。

ふたたびアニーのほうを見る。警官が彼女のために車のドアを開けたところだった。彼女は車に乗り込み、走り去ろうとしている。永遠に。いま自分は、この人生で手にした最高のものが遠ざかっていくのをなすすべなく見守っているのだ。

警官が何か言い、アニーが顔をあげてディーンのほうを見た。というより、たまたま彼のいるほうに視線が向いた。

女性にちらりと目を留め、それから……。

ディーンに気づいた。

表情は読み取れない。だが、体の反応がすべてを物語っていた。アニーははっと息をのみ、見るからに身をこわばらせた。

頬を打たれたように。

彼女はどうするだろう？　おれの名を呼ぶ？　駆け寄ってくる？　泣いてこの胸を叩き、どうしてあんなふうに愛しておきながら、そのあとで置き去りにしたのかと責める？

警官におれのことを話し、期せずしておれの正体を明らかにする？

アニーはそれのどれもしなかった。ディーンがそこにいないかのように視線をそらし、そうすることで、すでに彼もよくわかっていることを伝えた。もう終わりだと。

32

彼はベビーシッターを送り込んできた。

のぞき穴の向こうに制服警官の姿を見たとたん、アニーは裏にダンがいると確信した。彼自身がルイス島まで彼女を送り届けることはできないから、代わりの人間を手配したのだろう。

彼はすべてを考えている。考え抜いている。典型的な隊員だ。決して背後に注意を怠らない。歩み去るときでさえ。

今回もベビーシッターが間違いなくアニーを保護したことを確かめるまで、その場にとどまった。彼女にとっては傷口を押し広げるようなものだったけれど。彼の姿を見たとたん、新たな痛みが鞭《むち》のようにアニーを打った。だが、彼の存在が何かを意味するとは思わなかった。優秀な隊員らしく、任務が無事完了するのを見届けているだけだ。罪悪感からだなんて思いたくもない。

アニーのベビーシッターは、スコットランド警察アーガイル・アンド・ウェスト・ダンバートンシャー地区にあるオーバン署の三〇代くらいの巡査部長だった。ブルックス巡査部長は今朝早く副署長に呼び出され、護衛役を言いつかったらしい。アニーは殺人の目撃者であり、国際的なテロ計画の証人でもある。ルイス島まで同行し、そこでイギリス国防省警察に引き渡すこと、命令は以上だった。

おそらくブルックス巡査部長は運悪くいま手が空いていて、かつ適任だった（銃器所持を認められている）のだろう。

新聞でアニーの顔を見ていたとしても、彼は表情には出さなかった。そして容疑者扱いもしなかった。礼儀正しく、事務的で、世間話は苦手らしい。いまのアニーの気分にはちょうどよかった。

ふたりは小さな地方空港でルイス島行きの便を何時間も座って待ったが、その間、一〇語も言葉を交わさなかった。巡査部長の陰気で無表情な顔がほころんだのは、到着間近になって幼いふたりの娘の話が出たときだった。携帯電話に保存してある愛らしい赤毛の双子の写真を見てアニーが目を細め、感嘆の声をあげると、彼は誇らしげに顔を輝かせた。そのとき、アニーは彼のブラウンの髪に赤毛がまじっていることに気づいた。双子はもうすぐ六歳で、秋からは学校に行くという。母親は彼以上に興奮しているらしい、とアニーは話を聞いて思った。

「女の子はいろいろ大変だからね」巡査部長は生真面目な顔で言った。

アニーは反論しなかった。

子どもを褒めると、たいがい相手との距離が縮まる。その後、彼はすっかり饒舌《じょうぜつ》になり、スコットランドの警察組織についても多少のことを教えてくれた。おかげでルイス島に到着したあと何が待っているか、いくらか想像がついた。

アニーとしては、罪悪感からかエスコート役を手配したことでダンに腹を立てたいところだが、正直に言うと巡査部長の存在はありがたかった。ジャン・ポールが死んだのは知っていても、武装した警官がそばにいると思うと、危険と隣合わせの日々を過ごしたあとだけに安心できることは否めなかった。

巡査部長から聞いて知ったのだが、国防省警察というのは独立した文民警察組織であり、主な任務はセキュリティの厳重な場所――核施設や軍事施設、国内の石油・ガス基地の警備だという。スコットランド警察とは違い、国防省警察は重武装しており、スコットランド政府ではなくイギリス政府に報告をあげる。そしてそのどちらも、地元民には反発を買っている。


駅に着くと、アニーは三人の人間（男性ふたりに女性ひとり）に紹介された。地元警察の警部も彼らの身元は明かさなかったが、アニーはいわゆる〝スパイ〟だろうと踏んでいた。軍事課報部第5課《MI5》か、CIAのように国外の課報活動を行うMI6のどちらかではないか。どちらでもいい。それから三時間、アニーは彼らの質問に答えた。ジャン・ポールについて、クロードとジュリアンについて。あいにく彼女はグループの中では蚊帳の外だったので、話せることはあまりなかった。ジュリアンは自分の家族や経歴について、ほとんど語らなかった。いまではその理由もよくわかる。

諜報員たちはアニーを助けた人物についてもいくつか質問をした。だがそれについても、命を救ってもらったという以外、話せることはほとんどなかった。自分の推測にすぎないことは胸にしまっておいた。彼の身元を明かすようなことになってはいけない。何に関わっているにせよ、深刻で危険なことなのは間違いないのだから。

自分を見捨てた彼が憎い。けれど、殺されてほしいとは思わない。

いまでも相手を守りたいと思うのは、彼のほうだけではないのかもしれない。

質問をした三人は口にする以上のことを知っているようだったが、アニーを鋭く問いつめることはしなかった。ダンの連絡相手は、かなりの影響力を持った人物らしい。

彼らがアニーの継父が何者か知っていることも無関係ではないかもしれなかった。相手が億万長者で有名人ともなると、人々は必要以上に気を遣う。だから彼女はふだんから、めったに継父の名前を口にしないのだ。

事情聴取が終わったのは夜の八時近くだった。アニーがすぐにはアメリカへ戻らないと聞くと彼らは喜び、捜査の進展具合によってはここ数日のうちにまた話を聞くことになるかもしれないと言った。

ピンクのダッフルバッグは返された。ゲストハウスに置いていた私物――殺人事件の容疑者だったときに押収されたものと一緒に。若い警官がホテルまで送ってくれた。〈ハーバー・バー&ゲストハウス〉でなくてほっとした。あそこは思い出がありすぎる。警官が案内してくれたのは〈ストーノウェイ・ホテル〉だった。すでに部屋は用意されていた。

母のはからいだろう。

ここ二四時間ほとんど食べ物を口にしていなかったので、大仰な言葉遣いの支配人に遅い夕食をご用意してありますと言われると、黙ってうなずいた。

とはいえ、結局ベジタリアン用パスタを何口か食べただけでベッドに倒れ込んだ。頭が枕に触れたとたん、眠りについていた。

長く、辛い一日だった。明日はもっといい日だろう。

ああ、でも、彼が戻ってくるのではないかと肩越しに振り返ることがなくなるには、どれくらいの時間がかかるかしら？

そして、彼を恋しく思わなくなるにはどれほどの時間がかかるの？

自分がどうなってしまったのか、ディーンにはわからなかった。オーバンのホテルの受付嬢から逃れ、列車でグラスゴーに着いた。安宿で眠り、新しいＩＤを用意してくれる男と連絡を取った。二時間もすれば、パスポートができあがっているはずだ。

すべてが順調に進んでいる。ダメージは最小限にとどめて切り抜けた。写真がジャン・ポールの電話以外のところに拡散していなければ、ダメージはなかったと言っていい。それなのに、なぜリラックスできない？　どうしてここ数日のことをこと細かに思い出しては、何かを失ったような気持ちになっている？

自分は間違いを犯したという感覚が振り払えない。

これは動かしようのない現実だ。自力ではどうにもできないことで悩んで時間を無駄にするなんてばかばかしい。ふだんなら、受け入れて先に進めるはずなのだ。それが自分の強さだ。すばやく気持ちを切り替え、状況の変化に適応できる能力。任務中の状況の変化はたいてい、ことがうまく運んでいないことを意味する。

だが、アニーとのことは……。簡単には気持ちを切り替えられなかった。二四時間が経っても、まだ同じ状態だ。

いらだちを抱え、イーストエンドまで電車もタクシーも使わずに四〇分歩いて、連絡相手に会いに行った。スコットランド特有の靄《もや》のような霧雨が降っていた。しかし濡れようが、不快だろうが、ほとんど気にならなかった。そんな弱さはシールズに入隊すると同時に叩き出した。

セルティック・フットボール・クラブのホームグラウンドである、セルティック・パーク近くのパブで相手と会った。ゲームのない日だったものの、ディーンは同じくグラスゴーを本拠地とするチーム、レンジャーズのカラーである青と赤の服は身につけないよう忠告を受けた。両クラブのあいだの強烈なライバル心はディーンにはよくわからないが、宗教的な要素も含んだ深刻なものらしい。プロテスタントとカトリックの争いうんぬんは北アイルランドだけの話かと思っていたけれども、グラスゴーにも存在するようだ。

イーストエンドはグラスゴーの最良の地域とは言いかねたが、ディーンは目立たずにいる方法を心得ていた。このところは、そう思えない行動が続いていたとはいえ。それに彼は、このあたりのチンピラ（トラックスーツを好むフーリガンの蔑称だ）がちょっかいを出すには体が大きすぎた。

ロンドン・ロード沿いには住居、店舗、工場とあらゆる建物が並んでいたが、グラスゴーのほとんどの地域同様、作りはどれも赤れんがだった。

南部のリバプールと同じで、グラスゴーも工業都市として繁栄し、いまだその名残をとどめている。もっと上品なエジンバラを好む人のほうが多いとはいえ、ディーンは労働者階級の空気があるグラスゴーが好きだった。テキサスとは遠く離れているものの、その価値観、タフさ、敗者の闘志には似通ったものがある気がする。

約束の時間に着き、ブース席を見つけてエールを注文した。この店が選ばれたわけは明らかだった。男たちであふれ――この種の労働者用パブでは女性はまれだ――誰も人のことは気に留めないし、留めたとしても酔っ払って覚えていない。

連絡相手は数分遅れてやってきた。グラスが空になる前に取引はまとまっていた。この若者――この手の男たちはどんどん年齢が低くなっていく気がする――は質問をしないことで生計を立てている。ディーンとしても、品質を確かめたあとはぐずぐずする理由はなかった。

欲しいものは手に入れ、もうこの街にいる必要もない。オンラインで新しい銀行口座も開設できる。アニーが銀行からメールが来ていたという話をしていたことを思い出した。そのときは彼女が刺青を調べたこととメールアカウントにアクセスしたことに腹を立て、深くは考えなかった。重要なことだとは思えないが、一応少佐に連絡して、ケイトに調べてもらおう。どんなことも確かめないままにはできない。

ホテルに戻ろうとしたところで携帯電話が震動した。電話を取り出してみると、ひと言だけのメールだった。〝ベルファスト〟

くそっ。移動命令か。従うしかないのはわかっている。たとえ全身の神経が抵抗を示していても。

ディーンは部屋に入り、荷造りを始めた。


アニーは自分がストーノウェイの活動家の中でちょっとした有名人になっていることを知った。キャンプに到着するやいなや、大勢の人に取り囲まれたのだ。

注目を浴びることには困惑したものの、彼らはみなアニーのことを心から心配し、励ましてくれたので、彼女も辛抱強く質問に答え、事件の顚末を繰り返し語った。

何より驚き、うれしかったのは、マリーが抱きしめてくれたことだった。アメリカからジュリアンと来た大学院生のグループの中で、彼女とセルジオは警察の尋問を受けていた。もっとも、アニーと同じでこのふたりの院生も、ジャン・ポールたちの真の狙いについてはまったく知らなかった。マリーがこのグループと関わったのは、そもそもクロードと短いあいだ関係があったからで、恋愛感情はじきに友情と環境問題への共通の関心へと変わっていった。彼女もいとこのセルジオも、ジュリアンとクロードがＯＰＦとつながっていたと知ってショックを受けていた。

アニーとしては、だまされていたのが自分だけではないとわかって、いささか気持ちが慰められた。そしてマリーとともに、週末に行われる大きなイベントで抗議行動をする一団に加わることを約束した。マリーによると、週末までには五〇〇人近い人間が集結する予定なのだという。キャンプはアニーが先週の土曜日に島を出て以来、すでに倍の数にふくれあがっていた。

信じられない。たったの五日で？

たいした変化だ。

イギリスの大きな海洋保護団体の指導者であり、キャンプの責任者のような役割も務めているマーティンが、アニーにこのイベントの宣伝のため、テレビのインタビューをいくつか受けてくれないかと頼んできた。

この年配のイギリス人ヒッピーは、アイスクリーム・チェーンの〈ベン＆ジェリーズ〉の創業者ベン（それとも、あれはジェリーのほう？）に似た顎ひげと、かなり後退した茶色の髪の男だった。

アニーの逡巡《しゅんじゅん》を見て取ったのだろう、マーティンは続けた。「あの話をしたくない気持ちはわかる。だが、話すことで人々の関心が高まるとぼくは考えているんだ。メディアはぼくたちを異常なテロリスト集団のように描いている。でも、きみを見れば……」肩をすくめる。「ぐっと印象がよくなるだろう。ぼくたちは違法なことをしようとしているわけじゃない。ただメッセージを伝えたいだけだ。きみの研究についても知っているが、そんな話を少し織りませてもいい」

マーティンの言うとおり、事件について話す――ましてテレビで話すのはいま、アニーが何よりしたくないことだ。自分は大ばか者だったと世間に公表するようなものだから。

「考えさせてもらえる？」

「もちろんだ。好きなだけ考えるといい。明日までだが。そのあいだも説得させてもらうけどね」

アニーは微笑んだ。「いいわ」

彼は歩み去ろうとしたが、ふと振り返って言った。「きみ、ダイビングはするんだっけ？」

彼女はうなずいた。

「ぼくら何人かで今日の午後、ハリス島に沈船ダイビングに行く予定なんだ。スタッサを見に行く。席にひとり分余裕があるんだが、興味があるなら一緒にどうだい？　マリーも行くよ」

「わたしは初心者なの」マリーが言った。「あなたは達人だって、ジュリアンが言ってたわ」

アニーはとっさにテキサス生まれのシールズ隊員を思い出した。「達人というわけじゃないけど、ダイビングは好きよ」

今度も彼女は迷った。社交的な気分にはなれないけれど、沈船ダイビングには興味を引かれる。ましてスタッサは、ここにいるあいだに時間を見つけて潜ってみたいと思っていたスポットのひとつだ。

「行きましょうよ」マリーが言った。「楽しめるわよ」

たしかにこのところ、〝楽しむ〟ことはなかった。タイリー島の滞在も、つかのまの休息に終わった。気を紛らわせるものがあったほうがいいのかもしれない。

アニーがうなずくと、マリーとマーティンは満足げに微笑んだ。

33

ターミナルに向かいながら、ディーンはうなじの毛がざわつくのを感じた。心配することは何もないはずだと自分に言い聞かせる。できることはすべてした。ジャン・ポールは死んだ。アニーに危険はない。

次へ進め。集中しろ。おれにはすべき仕事がある。自分の身を守ることも含めて。落ちついて、麻薬依存症患者みたいにきょろきょろするのはやめるんだ。でないと人目を引いてしまう。

二一世紀の空港で、不審な行動は取るべきではない。ふだんなら、警備が厳しいことから空港は避ける。もっと検問がゆるい、もしくは検問のない国境を選ぶことが多い。だがもう船には乗りたくなかったし、三時間かけてスコットランド南部に向かい、そこからさらに数時間かけてフェリーに乗るくらいなら、少々の危険は冒してもいいだろうと考えたのだ。

落ちついて行動し、新しいイギリスのパスポートは難なくセキュリティチェックを通過した。

万事順調だ。だがベルファスト行きの格安航空会社の便に乗り込むため列に並んでいると、ざわつくような感覚が強くなった。第六感が振り返れと告げている。何かがおかしいと。ディーンは直感に耳を傾けることで、これまで生き延びてきた。いまも無視するつもりはなかった。

列から離れ、ひとけのないゲートを見つけて電話をかけた。

「早いな」暗号を交換したあとで、少佐が言った。

ディーンは少し間を置いた。「まだグラスゴーだ」

今度は少佐が間を置いた。気持ちを静めようとしているに違いない。「何をやってる?」

言い換えれば、数時間前にメールで指示を送った、ディーンはいま頃ベルファストへ向かっていなくてはいけない、ということだ。

「ベルファストには行けない」

すでにすり減っていた少佐の堪忍袋が、ついに切れたようだ。「どういう意味だ、行けないとは? ブレイクのきょうだいがまた記事を出したんだぞ。彼女を黙らせる人間が必要なんだ」

「ドノヴァンにやらせればいい」ダイノマイトとブレイクは相棒だった。ブレイクのきょうだいと話をするなら、彼がふさわしい。

「彼にはほかに仕事がある」

「おれもだ」ディーンは怒りを押し殺し、説明しようとした。「このままこの件からおりるわけにはいかない、エース。何かがおかしいという気がするんだ。アニーが無事だと確信できるまで、ここを離れることはできない。あんたはこれまでに――」誰かに心を奪われたことはないのか？　理性を失うほどに。「いや、理解してもらおうとは思わない。ただ、このままでは行けない」

アニーを行かせることはできない。

沈黙が続いた。ひょっとしてテイラー少佐にも経験があるのだろうかとディーンは思った。ケイトか？　それとも警告してきた女性？

やがてテイラーが言った。「いろいろなことからおりられないんだな」

苦笑まじりの口調だったが、ディーンは身をかたくした。「かまわないから言ってくれ」

「何を？」

「あんたがこの二カ月以上、言いたかったことさ。あいつが死んだのはおれのせいだ。あんたの命令に従っていたら、ブライアンはいまも生きていた。あんたやほかの連中がおれを引きずり戻すために、死にかけることもなかった」

「あいつは子どもじゃなかった。二四歳の、高度な訓練を受けたエリート隊員だった。おまえについていくと自分で判断したんだ。彼の死はおまえの責任じゃない」少佐の声は怒りを含んでこわばっていた。歯を食いしばっているような声だ。「一度だけしか言わないから、しばらく鞭をしまって、落ちついて聞け。おまえはおれがおまえの立場だったらやりたくなかったこと、やらなかったであろうことはひとつもしていない。ちくしょう、おれが彼らをあそこに置き去りにしたかったと思うか？　おまえと同じくホワイトの隊員たちに警告したかった。だが責任者として、おれの任務はできるかぎり多くの隊員の命を救うことにあった。でも、おまえはいつも直感で行動する。ほとんどの人間がどうしたらいいか考えているうちに行動に入ってる。だから優秀なんだ」

ディーンは驚き、なんと応えていいかわからなかった。

だが、鞭とはなんの比喩だ？　おれが鞭を振るっていたというのか？

「ブライアンが死んだことで、誰もおまえを責めてはいない」テイラーは続けた。「おまえがあそこで立ち止まらなかったら、われわれは全員あの建物の中にいて、死んでいただろう。そう考えてみろ」

それはそうかもしれない。

「まだ自分を責めたいのなら、おまえの勝手だ。ただしそれがおまえの決断に迷いを生み、仕事に支障をきたすなら、おれの問題になる。いいか、テクス――」

ディーンは続きを待った。「またあのときのようにおれの命令に背いたら、今度は営倉にぶち込んでやるぞ。わかったな？」

つまり首にはしないということだ。「了解、サー」

「サーはやめろ。照れる」

「つまりルイス島に戻ってもいいと？」

「そうは言っていない。当然よくないが、おまえはおまえのすべきことをしろ。おれは止めない」

ディーンを信じているということだ。テイラーは口にしなかったものの、ディーンはそう読み取って胸を打たれた。少佐とは、うまが合うとは言えない。何かにつけて角を突きあわせることが多かったが、互いに対して信頼と尊敬の念は持っていた。それが大事なのだ。

「ケイトが何か突き止めたら連絡する。それと、テクス？」テイラーはしばし間を置いて続けた。「おまえの質問に答えると、ああ、かつておれにもそういうことはあった」

どういう意味かディーンが気づいたときには、相手はすでに電話を切っていた。先ほど、彼はこう言った。〝あんたはこれまでに――〟

少佐も冷血ではないということか。誰かに心を奪われたこともあるのだ。

テイラーも人間だとわかったのはいい気分だった。彼は真面目すぎて、あまりに杓子定規《しゃくしじょうぎ》だと思っていたからだ。部下と距離を置くのは指揮官としてやむをえないのかもしれないが、少佐は誰より周囲から孤立していた。

ディーンはチケットを買い替え、ルイス島行きの便をゲートで待った。

飛行機は三〇分遅れていた。だから彼の直感が告げたことを裏づける電話がかかってきたとき、携帯電話の電波が届く範囲にいた。三万フィート上空ではなく。

やはり事件は終わっていなかった。

来たのは失敗だった。

ストーノウェイから南部のハリス島にあるローデルという小さな漁村まで車で九〇分。その間、アニーは楽しもうと努力した。借りたミニバンにはほかに七人の活動家がいて、誰かが曲をハミングし、まわりがなんの曲かを当てる――もしくは当人の歌のセンスを笑う――というゲームに興じていたが、アニーはそれにつきあう気分ではなかった。ただひとりになって考えたかった。浜辺かホテルの部屋の窓から、海岸線と砕ける波をじっと見つめていたかった。車窓の外を流れる景色としてでなく。

人と交わるのは早すぎた、とアニーはつくづく思った。いまはまだ傷口をなめている段階なのだ。

「無口なのね、ドクター・ヘンダーソン」

自分が話しかけられていると気づくのにしばらくかかった。〝ドクター〟という肩書にまだ慣れていない。博士号を取るために打ち込んできた研究には誇りを持っているものの、アニーは〝ドクター〟という呼称は正式な研究発表の場などでしか使わないタイプになりそうだった。

「アニーと呼んで」彼女は言った。「思った以上に疲れているみたいなの」

「それはそうよね」助手席から振り返って声をかけてきた女性は、そう言って微笑んだ。「あんなことがあったんですもの。でも、マーティンがあなたを誘ってくれてよかった。ご一緒できてうれしいわ」

「わたしもよ」嘘だったが、アニーはその年上の女性に笑みを返した。ジュリアンとジャン・ポールの友人だったソフィーがダイビングに参加しているのを見て、いささか驚いた。

どうやらソフィーはマーティンと親しい関係にあるらしい。不思議な取りあわせだけれど、それは自分には関係ないことだ。

ソフィーも警察の事情聴取を受けたのだろうか？　でも、誰もその話はしなかった。

「このグループの中の唯一のアメリカ人として、あの最新記事についてどう思うか、ぜひ意見を聞きたいわ」

なんのことだろう？「どの記事？」

「きみも今日、見てるはずだけどな」マーティンが言った。「どの新聞にも載っている」

「消えた小隊の追記事よ」マリーが説明した。面白がっている顔だ。「どう思う？　本当なのかしら？」

「わからないわ」アニーは答えた。

「写真まで載せているのよ。記者の女性の行方不明になったきょうだいとほか数人の、彼女によるとやはり行方がわからない男たちの写真」ソフィーがつけ加えた。

心はほかのところにあったが、アニーは興味のあるふりをした。「そうなの？」

ソフィーが新聞を渡してきた。「画像がよくないから、顔はよくわからないけど」

「顔はどうでもいいけどね」ミニバンに乗っている、もうひとりの女性が両眉をひょいとあげて言う。彼女の名前はわからない。アクセントからするとイギリス人かスコットランド人か、ひょっとするとアイルランド人かもしれない。アニーはそのアクセントの違いが区別できない。そして下手にきかないほうがいいことを学んでいた。読みがはずれた場合、相手の気分を害することになるからだ。

写真を見て、女性の言いたいことはすぐにわかった。浜辺にいる四人の男が写っていた。水着にキャップ、サングラスという姿で海からボートを引きあげようとしている。身につけているのはそれだけ。四人とも、並はずれて体格がよかった。そう、並はずれて――。写真にさっと目をやり、次にじっくりと見た。そして右からふたり目の男に視線が戻ったとき、アニーは息をのんだ。心臓が動きを止める。

まさか……でもこれは……。

顔から血の気が引いた。見慣れた体だ。傷と火傷の痕はないけれど。広い肩、筋肉質な腕、割れた腹筋。ひげの伸びた顎や満面の笑み、ブルーのキャップには見覚えがなくても彼だとわかる。この帽子はまだ新しく、ダラス・カウボーイズのロゴである青い星がついていた。アニーは鼻にしわを寄せた。これがいまの、ロゴのない、色あせたブルーのくたびれたキャップなのか。

写真の下に、左から右へ名前が並んでいた。ブランドン・ブレイク、ジョン・ドノヴァン、ディーン・ベイラー、マイケル・ルイス。

ディーン・ベイラー。ダンはディーンだった。アニーの胸が締めつけられた。ようやく名前だけはわかった。

記事の内容に思い至ると、すべてが符合した。彼は消えたとされるシールズの一員なのだ。だから身を隠していた。そして、彼女のもとから去っていった。

やっとわかった。彼は自分や仲間が身を隠さなくてはいけない事情に、わたしを巻き込みたくなかったんだわ。

「どうかしたの？」ソフィーがきいた。「幽霊を見たような顔をしてるけど」

アニーは首を横に振った。頭がくらくらしたが、なんとか平静を装った。「記事を読んだだけよ。面白いわね。でもこれが本当かどうかは、みんなと同じでよくわからないわ」無理に明るい声で笑ってみせた。心臓は太鼓みたいに激しく打っているけれど。「でも、よく書けた記事だと思う」

「たしかにそうだな」マーティンが同意したところで、大きな灰色の建物が目の前の道路沿いに現れた。看板からするとホテルらしい。彼は海を見おろす狭い駐車場に車を止めた。ほかにも数台が止まっていたが、ホテルそのものは閉館しているようだった。「着いた」

会話がとぎれて、アニーはほっとした。ミニバンをおりながら、わかったことを整理しようとした。これがディーンが去った理由なのだろうか？　それともわたしは彼のために言い訳を探し、また自分をごまかそうとしているの？　彼はわたしのことをなんとも思っていなかった——それが真実なのでは？

いま彼が何者かわかったことで、何かが変わるのかしら？

みんなで器材を取り出し、駐車場からチャーターしたボートが待機している船着き場へ続く草深い道をおりていった。

ヘブリディーズ諸島での短い滞在で、アニーは絶景にも慣れてきていたが、ローデルはこれぞスコットランドという土地だった。暗い水をたたえた湾、岩だらけの海岸線、うねる緑の丘。美しいけれど、荒涼としてわびしく、どこか神秘的だ。あの深く暗い水の底に怪物が潜んでいると想像するのは難しくない。ネス湖もこんな感じなら、そこに住むという怪物ネッシーの伝説が根強く残っているのもうなずける。

閉鎖されたホテルが、この数キロ四方で唯一の建物のようだ。アニーが調べたところによると、近くに中世の教会があるはずだけれど。

これまであちこちを旅してきて、スコットランドの一部の地方ほど文明社会から完全に隔絶されていると感じた土地はなかったが、ローデルはとくにその印象が強かった。まるで世界の果てに立っているような気持ちになる。奇妙な感覚だった。自分はなんと小さく、孤独な存在なのだろうと思うのに、かつて経験したことがないほど周囲の自然界が身近に感じられる。

「美しいわね」ソフィーが言った。

景色に気を取られ、アニーは彼女がうしろから近づいてきたことに気づかなかった。彼らは船着き場の端に立っていた。マーティンが船長と話をしている。その男性は一八歳くらいにしか見えない。ちゃんと資格を持っているのだろうか？

「そうね」アニーはうなずいた。

「見ている分にはきれいだけど」マリーが話に加わった。「こんなところに住まなきゃいけないとなったら、頭がどうかなりそう。インターネットもちゃんとつながるかどうかわからないわ。携帯電話の電波も届かないもの」

数日前なら、アニーも同じことを言ったかもしれない。でもいまは、携帯電話を持たないのも悪くないと思いはじめていた。少なくとも数日間は。妙なものだ。じき新しい携帯電話を持つことになるだろうが、おそらく緊急時と母親との連絡くらいにしか使わないだろう。ホテルに戻ったら、たぶん母親が用意した携帯電話が待っている。すでに母親の番号が短縮ダイヤルに登録されて。

グループの何人かは自前のウエットスーツと器材を持ってきていた一方、アニーとほかの数人はレンタルに頼るしかなかった。事前にだいたいのサイズを連絡してあり、アニーは入念に点検したあとで、器材を組み立て、ウエットスーツを身につけた。ここのような海水が冷たいスポットではドライスーツのほうがいいのだけれど、レンタルでは置いていないところが多い。

空は荒れ模様で、遠くまで行かないうちに天候が変わってきた。一九五〇年代に造られた蒸気船〈SSスタッサ〉は一九六六年、埠頭からさほど遠くない入り江の先端で座礁した。ほぼ無傷で二五メートル下の海の底に横たわっている。

改造して青と白に塗ったトロール船〈ゲーリック・プリンセス号〉に乗り込んだ。ナイル船長は本当に一八歳だったが、自分はこの仕事を〝何年も〟やっていると請けあった。彼は船を一キロほど沖のダイビングスポットまで進めた。

最初のうちこそ気分が乗らなかったものの、気がつくとアニーは興奮していた。沈船マニアというわけではないけれど、心をそそられる。ジェームズ・キャメロンの映画『タイタニック』の影響もあるかもしれない。子どもの頃はじめて見て、深海に現れるさびの浮いた巨大な船の映像が頭から離れなくなった。

沈船を間近に見たら迫力満点だろう。海の墓場に巨大な鉄の塊が横たわっているのだ。忘れられないダイビングとなるに違いない。

みなすでに海へ入り、船に残っているダイバーはアニーだけだった。うしろ向きに飛び込もうとボートの端に腰かけたとき、彼女はいきなり背後から海に引きずり込まれた。

〝ばかなことはするな〟

電話を切る直前、少佐が言った言葉だった。ディーンとしては実際、頭がどうかならずにすむことを祈るのみだった。滑走路で飛行機の離陸を待つのは、自制心の限界を試すゲームとしか思えない。

くそっ、あと何時間待てというんだ？

警察には連絡したが、自分でその場に行き、アニーの姿を見るまでは安心できない。

誰もが想像しなかったような大がかりな事件であることがわかったのだ。

ＯＰＦは大企業、株式会社ばかりをターゲットにしているとディーンが気づいたことが手がかりとなった。これは掘削船を狙った環境テロではなかった。ジャン・ポールがふたりの仲間を殺し、アニーを追ったのは、環境問題や抗議のためではなかった。金が目当てだったのだ。OPFは環境テロよりもはるかに大きな、そしてはるかに利益のあがる事業の隠れみのだった。株の空売りだ。

一般的に——と少佐は説明した。空売りとは借りた株を市場で売り、株の返却期限までに買い戻す行為を指す。その間に株が値あがりすれば損が出るし、値さがりすれば利益が生まれる。実際にはもっと複雑だが、基本的な考え方はそういうことだ。

OPFが次第に巨大企業にターゲットを絞るようになってきたというディーンの意見に基づき、ケイトは会社の財政状況や株価について詳しく調べた。そして空売り残高にパターンがあることに気づいたのだ。OPFがターゲット企業に攻撃を仕掛ける直前には、空売りされる株のパーセンテージが跳ねあがる。事件が起きることを知っている人間がいるかのように。

そう、いたのだ。OPFが。OPFの背後にいる投資家たちは、彼らが妨害活動をする予定の会社の株を空売りする。そして株価が暴落したあとで買い戻し、たっぷりと利益を手にしていた。

どこかの上場企業をどかんとやるたび、金が流れ込んでくる。ケイトの試算では、これまでに数百万ドルの利益があったはずだという。

ところが今回、船は破壊されることも損傷を受けることもなく、株価はさがらなかった。逆に上昇した。投資家たちは莫大な金を失うこととなった。彼らはおそらく組織化された犯罪シンジケートだろうが、損をするのは好まないし、損が出た場合は代償を払う相手を探さずにはいられない。

その相手がジャン・ポールだった。それがふたつ目の悪い知らせだ。ジャン・ポールの死は事故でない可能性が大きくなってきた。たぶん殺されたのだろう。名乗り出た目撃者は、観光客の車は交差点を曲がるときスピードをあげ、まるであの男を狙っているかのように突っ込んでいったと語った。その後、運転していた女性は姿を消し、使っていた名前やパスポートは偽物だったことが明らかになった。

ジャン・ポールが殺されたのは、おそらく大勢の悪い連中に大きな損をさせたからだ。彼らがアニーのことを知ったら、彼女にも代償を払わせようとするだろうか？　彼女は無名の一市民だ。狙う理由はないはず……。

だが、ディーンは万にひとつの危険も冒せなかった。アニーの身に何か起きたら自分の責任だという思いから逃れられない。おれは彼女をルイス島に行かせた。まさに敵の手中に送り返したのだ。

くそっ。

ようやく機内放送で機長の声が流れた。離陸の準備が整ったという。ディーンは座席に背中を預け、祈った。今度ばかりは、自分の直感が間違っていますように。

四五分のフライトをこれほど長く感じたことはなかった。ディーンは着陸するなり携帯電話の電源を入れた。さっそく受信したメールの文面を読んで、胃が鉛玉のように重く沈むのを感じた。

ケイトは点と点を結んでいた。オーバンでディーンたちを襲ったふたり組の身元が判明した。ドイツの犯罪シンジケートの構成員で、国際刑事警察機構《インターポール》もCIAも長期間にわたって監視対象としていた男たちだった。不運なことに、スコットランド警察と情報を共有しようとは誰も思わなかったようで、彼らは難なく入国審査を通った。しかし、税関を通過したところで写真を撮られていた。女性が一緒だった。少佐からのメールに添付されていた画質の粗い写真には、ブロンドの長い髪をした年齢不詳の女が写っていた。

ジャン・ポールが逮捕されて殺されたインバネスの警察は、その女が行方をくらました観光客だと確認した。驚くことではないが、彼女も同じシンジケートの構成員で、インターポールではグレタ・ヨハンソンとして知られるスウェーデン人だった。スイス人のマイヤーにドイツ人のリヒター、ほかにもベルギー人にフランス人がふたりと、構成員は国際色豊かだった。

ディーンは飛行機のドアが開くなり飛び出し、一五分後にはタクシーの中で少佐に電話をかけて続きを聞いていた。ジャン・ポールの携帯電話の番号は、ディーンが殺し屋から奪った携帯電話の最新履歴の番号とは一致しなかった。ということは、ディーンの写真は出まわっている可能性がある。ふたり組はこちらの読みとは違って、ジャン・ポールに報告していたわけではないらしい。おそらくはその女だろう。だが、彼女の居場所はまだつかめていない。

アニーの居場所もそうだ。警察は活動家たちのキャンプに向かったが、爆破計画のあとだけに彼らは友好的ではなく、誰も話そうとはしなかったという。

ディーンはタクシーをキャンプへ直行させ、その五分後、船着き場に向かった。

以前アニーから友だちとして紹介された男のひとりに気づかなかったら、もっと時間がかかったかもしれない。セルジオはするりと逃げようとしたが、ディーンは行く手をふさいだ。喉に手をかけると、相手もこれが冗談でないと観念したらしく、早々にこちらの質問に答えた。

アニーは一時間ほど前、沈船ダイビングをしにハリス島へ向かったという。気持ちはわかる。ディーンもライセンスを取って最初にしたのが沈船ダイビングだった。だがセルジオに写真を見せ、彼が〝ソフィー〟もそのグループに参加したと聞いたとき、不安が的中したのを悟った。

ボートなら三〇分は移動時間を短縮できる。ディーンは船着き場を見渡し、速いボートを探した。本来ならシールズ御用達のスピードボート、CCM Mk1が欲しいところだが、とりあえずこの周辺でスピードボートを走らせる会社はあった。それで追いつけることを祈るしかない。

ボート小屋にいた少年がディーンに気づいた。「こんにちは、何かお探しで?」ディーンは無視して、壁にかかっている鍵をつかみ、ボートに飛び乗った。「ちょっと、何するんですか? やめてください」

「警察を呼べ」ディーンは言った。「探している女性はハリス島で沈船ダイビングをしていると伝えろ。できたらヘリを飛ばしてくれ、と」

すでにその旨は少佐にメールで送ってある。だが、警察に二度話して悪いことはない。

警察を巻き込むリスクはわかっていたものの、どうしようもなかった。

もし、間に合わなかったら——。

その先を考えるのはやめた。必ず間に合う。間に合わないときのことは考えたくない。

アニーが海面に浮きあがると、すでにマーティンがマリーに二度とするなと厳しく身振りで示していた。初心者である彼女は、人のダイビング器材に触れないとか、用意のできていない人間を海に引きずり込まないといった不文律を知らなかったようだ。

アニーはソフィーと、ジョーという名のイギリス人大学生の三人で組むことになってほっとした。ジョーは物憂い笑みと服のにおいからして、少々マリファナを楽しんだと見える。アニーに言わせれば、ダイビングとマリファナ、アルコールという組みあわせはありえない。彼はパートナーとして信頼できなかったが、ソフィーがいるならと黙認することにした。

水深二五メートルの沈船ダイビングは難しい部類ではない。ただ船内を探索するとなると、相当な熟練者であっても危険が伴う。グループの中で、それだけの技術があるのは三人しかいなかった。

34

浮標《ブイ》にくくりつけたロープに沿って潜っていく。透明度は抜群だった。海底に巨大な船が右舷を下に横たわっている。宣伝文句にあるとおり、ほぼ無傷だ。煙突、帆柱、欄干、巻き上げ機《ウィンチ》、狭い通路まできれいに残っており、船体中央部の小さな裂け目が目に見える唯一の損傷だった。

アニーは船内に入るのが待ちきれなかった。何かで読んだが、アイルランド共和軍《IRA》が違法な武器を木材の下に隠して運んでいたという噂があるらしい。運がよければ見つけられるかもしれない。

全員が潜ると、ソフィーがマーティンに合図し、三人の上級ダイバーは別れて船内探索にかかることになった。

だがそのとき、ジョーが問題が起きたという合図を出した。エアチューブがおかしいらしい。ソフィーとマーティンが手助けしようとしたが、結局、ジョーはあがるというサインを出した。

彼が抜けて残念だとは、アニーは思えなかった。

ソフィーとともにほかのメンバーと別れ、船尾近くの割れた窓のほうへ向かった。そこからなら船内に入ることができる。視界がよく、出入り口も複数あるので、ダイビングリールは使わない予定だったけれど、アニーは万が一のときに備え、手のひらにおさまる小型のフィンガーリールを持ってきていた。

先に行くようソフィーに促され、アニーは船内に入った。ボートの上でだいたいのルートは決めてあった。これから二〇分で広い船内をゆっくりと探索する。機関室から煙突、船倉（残念ながら武器は見当たらなかった）、そして最後に操舵室。深いところでは懐中電灯を使い、何かにぶつかったり絡まったりしないよう慎重に進んだ。

操舵室は狭く、沈泥でふさがる危険があったので、アニーはフィンガーリールを固定し、ロープを引き出しはじめた。

そのとき、ドンという音がした、金属と金属がぶつかりあうような音だ。アニーとソフィーは顔を見あわせた。アニーは時計と残圧計を見て、自分が時間を忘れていたことに気づいた。とはいえ、まだ二〇分かそこらは潜っていられる。でも、誰かに呼ばれているのは明らかだった。

あがろうとソフィーに合図をする。そして、入ってきた割れた窓に向かうため操舵室を出ようとした。けれどもそのとき、体がぐいとうしろに引っ張られた。

きっとタンクか糸が引っかかったのだろう。だが、振り返るとナイフが向かってくるのが見え、アニーは自分の過ちを悟った。

入り江に近づくと、ディーンはエンジンを切った。何を見つけることになるのかわからない。ただ、その女を驚かせて、極端な行動に走らせるのは避けたかった。おそらく彼女はアニーを殺し、事故に見せかけようとするだろう。ＯＰＦが注意を引くことのないように。しかし、確信は持てなかった。

慎重に入り江の中へとボートを進める。やがてダイビング船が見えてきた。細身の若者以外、誰もいない。若者はチャーター船の船長だろう。

ディーンは毒づいた。一時間差があっても追いつけるのではないかと期待していたのだが、さすがに無理だったようだ。

こみあげるパニックを抑えようとするものの、海の下で何が起きているかと考えると冷たい汗が肌を伝った。

落ちつけ。

こんなふうに自分に言い聞かせなくてはならなかったことなど、これまであっただろうか？

ディーンは埠頭のほうを見やった。何艘かの船が係留されていたが、ヘリコプターも、青と黄色の警察車両も見当たらない。このあと到着しても、あまり役には立たないだろう。

ボートをゆっくりとブイの浮いたダイビングスポットに近づけ、船長に声をかけた。だが、彼は舵輪を前に座ったままピクリとも動かない。ディーンはほとんど隣に並んだ。

トントンと足で手すりを叩く仕草を見て、動かない理由がわかった。

若者が顔をほころばせ、耳からヘッドフォンを取った。「やあ、どうも。聞こえなくて。どうかしました？」

ディーンはエンジンを切った。「彼らはどれくらい潜ってる？」

彼の口調に若者はビクッとした。ディーンの表情にも気づいたようだ。「何かあったんですか？」

「どれくらいだ？」繰り返し尋ねる。

「三〇分くらいですかね。なんなんです？」

説明している時間はなかった。「水中通話装置《ダイバー・リコール・システム》はあるか？」

「は？　なんですって？」

ないということだ。コストを考えれば当然とも言える。「レンチをくれ」

ディーンはダイビング船のロープをつかみ、それを引っ張って自分のボートを寄せると飛び乗った。

若者はあわてて言われたとおりにした。すぐさまレンチを持ってくる。

「船腹を叩くんだ」ディーンは言った。左舷に膝をついて狙撃の姿勢になり、銃を取り出す。ほかのダイバーに見つかりたくなかった。

音がやんだ。「なんなんだ？」若者が震える声で言う。「あんた、誰だよ？　何やってんだ？」

「人が殺されそうになっている。警察が来たら説明してくれるだろう。だがそれまで、命がけで船腹を叩け」

その言葉と銃のどちらが効果があったのかわからないが、若者はまたガンガン叩きはじめた。ひとりひとり、ダイバーが海面に浮かんできた。六人いる。アザラシさながらに海面からひょっこり現れた頭はいずれもすっぽりフードで覆われ、マスクもつけているため、誰が誰かはわからない。ただ、アニーがいないことはたしかだった。

男がひとり梯子をのぼってきて、船にあがるとマスクを取った。「どうしたんだ？」彼は船長にきいた。

若者がディーンのほうを向く。彼は立ちあがり、ジーンズに銃を突っ込みながら男の視界に入った。「アニーはどこだ?」

男は海面のほうを振り返った。「彼女とソフィーはまだ沈船の中だろう。なぜだ?」

ディーンは答えなかった。「タンクがいる」船長に言う。

「全部使った」

「予備はないのか?」

「ひとつあったんだけど、ダイバーのひとりが使わないといけなくて。どういうわけかチューブが切れたんだよ」

ディーンは毒づいた。パニックがまたひたひたと迫ってくる。男が船からあがった場所まで歩いた。「きみのタンクを貸せ」

「ちゃんと説明してくれないと——」

ディーンが銃を抜くと、男は言葉を切った。忍耐力はそろそろ限界だ。「いますぐにタンクを渡せ」

男はむきになって言った。「あの女性たちに危害を加えることは許さない」

ディーンは悪態をついた。このイギリス人ヒッピーは、女性を守る勇敢な騎士を演じようとしているらしい。よくあることだ。「彼女たちを救おうとしているんだ。警察が到着したら説明してくれるだろう。だが、いまはタンクを貸してもらうしかない」

彼のせっぱ詰まった口調に加え、サイレンの音が聞こえてきたからだろうか。男はタンクをはずし、ディーンに渡した。

ディーンは残圧計を確認し、まだ半分ほど空気が残っていると見ると、ベストを身につけ、ベルトを調整する間も惜しんで男のマスクをつかみ、海に飛び込んだ。

冷たい水に飛び込むのは何度経験しても慣れない。氷水の風呂に飛び込むような感覚だ。それよりは多少あたたかいのだろうが、いずれにしても身が縮むほど冷たい。長くはもたないし、思うように体は動かないだろうけれど、しかたない。

曇り予防にマスクの中でつばを吐いて手でガラス面に伸ばし、レギュレーターをくわえると、海中に潜った。

あと少し頑張れ、アニー。すぐ助けに行く。

35

これもいわば物理学の法則だ、とアニーは思った。水の抵抗のおかげで、首を狙ってくるナイフを避けるだけの時間があった。

ソフィーがふたたびナイフをかざす。だがアニーが彼女を押しのけ、ふたりは逆方向にはじき返された。アニーは背後に金属の壁を感じ、追いつめられたことを悟った。ソフィーはもみあいのあいだにナイフを落としていたが、別の何かを取り出した。

なんてこと。銃だ。ふたりのあいだは三メートルほどしか離れていない。以前『怪しい伝説』というテレビ番組で、水中でサイズの違う二種の銃弾を撃つという実験を見たことがある。ひとつは約一メートルで、もうひとつは約三メートルで勢いを失った。でも、あの実験とすべての条件――距離、深度、銃の口径が同じとはかぎらない。

フィンガーリールのロープが手から離れていたが、すぐに見つかった。アニーは恐怖をのみ込み、片手でロープをつかんで底の堆積物の中に飛び込んだ。

砂や破片が舞いあがり、たちまち視界がさえぎられる。泥の中を泳いでいるかのようだ。

こうして人は死んでいくのだろう。沈泥は恐怖とパニックを引き起こす。熟練ダイバーであっても例外ではない。リールがあっても、彼女は恐怖が喉元までせりあがってくるのを感じた。心臓が早鐘を打つ。

けれども焦りを抑え、リールを使ってゆっくりと残骸の中から浮かびあがった。濁った海水越しに、いつソフィーが襲ってくるかとビクビクしながら。

ホラー映画を見るのはもうやめよう。

誰かが近くでもがいているような気がしたが、確信は持てなかった。

リールをたどっていけば、その上部に割れた窓があるはずだ。視界はだいぶよくなり、手で探ると開口部がわかった。

すばやく抜けようとして、間違いに気づいた。この窓じゃない。小さすぎる。だが、気づいたときには動けなくなっていた。

しかも、問題はそれだけではなかった。パニックのせいで頭の中で妙な音がしているのだと思っていたが、じつはそれは空気の抜ける音だった。残圧計を見ると、すさまじい勢いで針が落ちていく。エアチューブを切られたのだろう。ソフィーがナイフで傷つけたに違いない。

ふたたび足で蹴り、体を引き抜くか押し出すかしようともがいたものの、どちらの方向にもせいぜい一〇センチほどしか動けなかった。タンクが何かに引っかかってしまう。

パニックを起こしてはだめ。どれだけ空気が残っているかは考えないこと。だが、〝落ちついて〟と念じても効果はなかった。体を自由にしようとあちこち手探りしてみても、状況は悪くなる一方だ。沈泥がおさまるのにどれくらいかかるかしら？　いえ、その前に空気が切れてしまう？　銃弾か酸欠か。どちらでも結果は変わらない。深く息を吸い込みたいという衝動と闘いながらも、時間切れが迫っているのはわかっていた。

わたしはじきに死ぬ。

頭が錯乱していた。そのせいか、こちらに向かって泳いでくる人影が見えた。その人影はウエットスーツを着ていない。やっぱり幻覚だ。近づいてきた男のマスクの奥の顔をのぞき込んだとき、アニーはようやく、これは幻覚ではないと気づいた。

ダン。

いえ、違う、ディーンだ。彼がここにいる。戻ってきてくれたのだ。そしてわたしを見つけてくれた。

肺に空気が残っていたら、安堵の吐息をついたことだろう。けれどもすでにタンクは空で、口に入ってくるのはガスだけだった。

ディーンがどうしたのかと尋ねている。アニーはパニックのせいで手信号《ハンドシグナル》を思い出せなかった。幸い、彼は残圧計をつかみ、空気がないことを見て取った。

自分の口からレギュレーターをはずし、アニーに渡す。彼女は思いきり空気を——あわてるあまり水も一緒に吸い込んだ。レギュレーターを返そうとすると、ディーンは首を横に振って、彼女のつかえた器材に手を伸ばした。

ウエストベルトをはずしてベストを脱がせ、肩からタンクをおろす。

どうしてそれを考えつかなかったのかしら？　パニックのせいで、まともに頭が働かなくなっていたらしい。

ディーンは割れた窓からアニーを引き出した。彼女の中に安堵感が広がる。無数の問いが頭に渦巻いていたが、わかっているのは彼がここにいること、そして誰かの顔を見て、これほどうれしく思ったことはないということだった。

ふたたびディーンにレギュレーターを渡した。彼はすばやく一度だけ息を吸い、もっと呼吸してとアニーが身振りで示すと、首を横に振った。彼は完全に落ちついて、状況をコントロールしている。空気なしで永久に息を止めていられそうなほどだ。実際できるのかもしれない。

だってシールズだもの。そう思うと、アニーは切なくなった。彼らは人間離れした兵士なのだ。それは必ずしも悪いことではない。世界はディーンのような人間を必要としている。わたしは彼を必要としている。彼が助けに来てくれなければ、わたしは死んでいた。スーパーヒーローを前に、しばしば言われる台詞だ。

海はディーンの領域だった。シールズは水中でも陸上と同様、スムーズに行動できるよう訓練を受けている。彼は目の前でそれを実践していた。

ディーンは手でいくつかのシグナルを示した。アニーもいくらか冷静さを取り戻したので、彼が何をきいているのか理解できた。もうひとりの女性はどこにいるか。アニーは船を指し示し、マスクの前に手を当てて、それが沈泥を表してくれることを願った。

ディーンはうなずいた。そして沈船から離れ、水面へ向けて泳ぎはじめた。アニーの隣につき、二度と放さないというように腕をしっかりとつかんで。彼女にはそれが心地よかった。以前にも、彼はそう感じさせてくれた。でも今回は違う。なぜかそう思える。

彼はわたしを助けに来てくれた。

幸福感が胸に満ちてきたのもつかのま、突然体を引き戻された。何者かにフィンをつかまれていた。

ディーンは〝怖い話〟はもうたくさんだった。現実世界でいやというほど経験している。だが、自分があと数分遅かったらどうなっていたかと考えずにはいられなかった。

アニーを失っていたかもしれない。かろうじて間に合った。でも、まさに間一髪。

パニックと吐き気の中間のような、いやな感覚が胸の中で渦巻いていた。だが、この骨まで凍るような冷たさの中で何かを感じられるだけでも驚きだ。早く海からあがらなくては。すでに手がガチガチだった。

耐えがたいほどの寒さとアニーを見つけたという安堵感で、ディーンはいささか注意力が散漫になっていた。そのせいだろう、いま彼女が脇にいたと思ったら、次の瞬間には腕の中から引きずり出されていた。

下を向くと、マスク越しに顔が見えた。写真の女だ。片手でアニーを引きずりおろしながら、もう一方の手で銃を構えようとしている。

くそっ、撃つ気か。

いま彼にできるのはふたりのあいだに飛び込むこと、銃弾の通り道を自分の体でふさぐことだけだった。

銃声が聞こえ、体に衝撃が走った。けれども痛みは感じなかった。金属的な音がしたことからして、銃弾はタンクに当たったようだ。タンクはミサイルのように発射することも、映画『ジョーズ』のラストのように爆発することもない。銃弾が貫通することはありえない。ディーンはアニーを脇に押しやった。女は目に怒りの炎を燃やし、ディーンに銃口を向けてきたが、すでに彼はジーンズの腰に差し込んだ銃に手を伸ばしていた。

彼の体がこれほど冷えきっていなければ、勝負にならなかったはずだ。しかし指も脳も凍りついていたために、思ったほどの差はなかった。女の銃が火を噴くほんの何分の一秒か前、ディーンの銃弾が彼女の目と目のあいだを射抜いた。いや、銃は発射されていたかもしれなかった——アニーが彼女の気を散らさなければ。アニーはダイビングナイフを手に女に突進していった。もっとも、すでに女は驚いたように目を見開いたまま息絶えていたが。

彼はすばやくレギュレーターを見つけ、アニーに差し出した。彼女は数回呼吸してからディーンに返した。彼も二分間呼吸を止めていたので、今回はあらがわなかった。

自然な呼吸をしようと努力する。こんな危機を経験したのは一度や二度ではない。その経験値だけが、むさぼるように息を吸いたいという衝動を抑えていた。レギュレーターをふたたびアニーに渡し、ふたりはゆっくりと上昇を始めた。途中で一度だけ、またレギュレーターを交換した。

ようやく海面に浮かびあがる。警察に囲まれているものと思っていたが、ほっとしたことにふたりだけだった。〝借りた〟スピードボートは小島へと漂っていた一方、ダイビング船とアニーのグループは岸に戻っていた。理由はすぐにわかった。警察のヘリがようやく到着し、チャーター船の船長に無線で戻るよう指示したのだ。

だが、ディーンは警察などどうでもよかった。マスクを取って海に放り、アニーを腕に抱き寄せた。

彼女は生きている。それが何よりも大事だ。

ありがたいことに間に合った。とはいえ、アニーが息ができずにあえぎ、必死にパニックと闘っている姿が脳裏から薄れるには少し時間がかかりそうだ。こみあげる感情が喉で詰まり、言葉が出なかった。

アニーがマスクを取ると、ディーンは夢中でキスをした。緊張やパニック、恐怖に抑え込まれていた感情が解き放たれ、荒々しい欲望の爆発を引き起こしていた。彼女を失うところだった。こんなことは二度とごめんだ。

アニーも同じ激しさでキスを返してきた。唇が、舌が、凍るように冷たい海水が絡みあった。

永遠にキスしていたいが、海からあがらなくてはならない。ディーンは身を引き、彼女の目を見つめた。「ボートにあがるまで一時停止だ」

アニーが目を見開く。「ああ、そうね。あなた、体が冷えきっているでしょう。信じられなかったわ、まさかあなたが……」声がうわずった。「どうしてわたしが襲われてるってわかったの?」

「ボートにあがったら全部話すよ」

普通なら、ディーンはサッカー場くらいの距離を一分以内で泳ぐことができる。だが一五分近く冷たい水の中にいたせいで体力が消耗し、手足はれんがのようにこわばっていた。絶えず向きの変わる海流も助けにはならない。たっぷり五分かけてスピードボートにたどり着き、梯子を這いあがると、アニーを引きあげようと手を下に伸ばした。

だが、彼女は桟橋のほうへ顔を向けていた。ダイビング船は船着き場を出て、こちらに向かっている。おそらく警察を乗せているのだろう。

アニーは彼のほうを向き直り、ボートにあがらずに首を横に振った。「あなたは行って、ディーン。警察に見つかると困るんでしょう」

「きみを置いていくつもりは――」そこで口をつぐみ、驚いて彼女を見おろす。「なぜおれの名前を知ってる?」

「今日の新聞を見ていないのね? 記者は〝消えた小隊〟の記事に自分のきょうだいとその

仲間たちの写真を載せてるの。あなたの顔は判別できなかったけれど、シャツを着ていなかったから……その……」こんな冷たい海水の中で顔が赤くなるなんて信じられない。「あなただとわかったの」

なぜわかったのかは尋ねるまでもないだろう。少なくともいまは。

「だから身を隠していたのね」アニーは言った。「あなたはあの女性記者の言う、シールズの消えた小隊の一員なんでしょう」

「身を隠す理由はきかないのか？」

「それなりの理由があるんだと思うから。時が来たら、話せることは話してくれると思う」彼女はディーンを見あげ、心もとなげな表情でつけ加えた。「わたし、待っているわ。あなたがそうしてほしければ」

彼は梯子の下に手を伸ばし、アニーを引っ張りあげた。おれの曖昧な態度に彼女はむっとするかもしれない。だが、いつか償いをする。ありとあらゆる方法で、彼女の許しを請う。そんなことを考えていると、冷えきった血が熱く脈動を始めるのがわかった。

「そうしてほしければ？　ああ、もちろん待っていてほしい」その言葉を強調するようにアニーを引き寄せ、抱きしめた。いまこの場で自分の濡れたジーンズと彼女のウエットスーツをはぎ取れるものなら、すべてを失ってもかまわないとさえ思う。しかし、彼女の言うとおりだ。おれはこの場を離れなくては。

いますぐに。

「わからないの」アニーが言った。「どうしてあなたが戻ってきたのか。わたしが危険に陥っていると、なぜわかったの？」

ディーンは、ジャン・ポールが死んだこと、そしてＯＰＦについて判明したことを簡単に話して聞かせた。彼女は愕然とした様子だった。

「株の空売りですって？　お金のために掘削船を爆破しようとしたの？」

ディーンはうなずいた。

「ジャン・ポールを殺した女が、きみとダイビングに出かけたと聞いて……」彼は身震いした。寒さからではない。ボートの上も、さしてあたたかくはなかったが。「いままで、あれほど怖い思いをしたことはないよ」

アニーは微笑んだ。「大柄でタフなシールズに怖いものがあるとは知らなかったわ」

「スウィートハート、きみのこととなると怖いものだらけだ」

その告白に、彼女は顔を輝かせた。お菓子屋に入った子どもみたいに。「そう？」

彼はそれ以上は言わなかった。今度また、ふたりきりになったときに続きを話そう。たぶんベッドの中で。「きみに何かあったらおれの責任だ。きみを置いていくべきではなかった」

「いまでは、あなたが去らなくてはいけなかった理由がわかるわ」

「だとしてもだ。あんなふうにきみを置いていくんじゃなかった」ディーンは指で彼女の頬を、合成ゴム製のフードの縁に沿ってなぞった。ふいに声がかすれた。「きみに言わなくてはいけないことがある」

アニーが彼の目をのぞき込む。ディーンの胸が締めつけられた。彼女はきくのを怖がっているようだ。「どんなこと?」

これまで女性に言ったことのない言葉だ。だが、ためらいはない。この数時間で、自分の気持ちがはっきりとわかった。なんとかする方法を見つけよう。それがおれの仕事じゃないか。不可能と思われることを可能にするのが。「きみを愛しているということさ」

アニーがまばたきした。たちまち目に涙があふれる。「本当に?」

ディーンはうなずき、もう一度キスをした。今回はもっとやさしく、そして残念なことに、もっと短く。本意ではないが、しかたがない。またふたりの時間を持つことができる。たっぷりと。必ず実現させてみせる。

「わたしもあなたを愛しているわ」体を離すと、アニーが言った。

「よかった」彼は微笑んだ。「今度会ったとき、どれくらい愛しているか教えてくれ」

それはいつ、と彼女は尋ねたいのだろう。でも、唇を噛んでこらえている。ディーンが仕事については話せないのをわかっているからだ。

口にされない問いかけに、彼は可能な範囲で答えた。「すぐにだ、スウィートハート。できるだけ早く迎えに行く」

「どうやってわたしを見つけるの?」

ディーンはにやりとした。「企業秘密さ」

バックパックに手を伸ばす。ありがたいことに防水仕様だった。岸までの短い距離は、水中に潜って泳ぐことになるだろう。ダイビング船と警察も、じきこちらが見える距離まで近づいてくるに違いない。

「海の中に戻っちゃだめよ。ボートに乗っていって。わたしはウエットスーツを着ているから、冷たい海水の中でも大丈夫」

彼は首を横に振った。「このあたりは警察だらけだ。ボートでは逃げきれない。岸沿いには洞窟がたくさんある。そのどこかで捜索が終わるまで身を潜めるよ。警察にはおれが死んだと言ってくれ。そうすれば、彼らも本気で探さないだろう」

アニーはうなずいた。涙が頬を伝う。「気をつけてね。あなた、いまでも低体温症すれすれだと思うわ」

事実そうだったが、わざわざ彼女に言う必要はない。洞窟の中とはいえ、火を使うのは危険すぎる。それでも濡れた衣類を脱げれば、いくらかましになるだろう。

「行かなくては」ディーンは言った。

「わかってる」

彼は身をかがめてアニーにさっとキスをしてから、海に飛び込んだ。いったん浮かびあがり、もう一度愛していると言いたかったが、すでにボートの上で時間を浪費しすぎた。姿を見られる危険は冒せない。

だが近いうちに、ふたたびアニーに告げる。彼女は待っていると言った。とはいえ、気が変わらないともかぎらない。長く待たせるつもりはなかった。

タイミングとしては、いいとは言えない。いまはまだ潜伏していなくてはならない身だ。

でも事件の真相を突き止めるため、少佐に協力できることはなんでもしよう。この先一生、ともに過ごしたいと思う女性に出会ったのだ。目の前でミサイルが爆発してからはじめて、ディーンは未来に希望を感じていた。

36

長い旅の一日だった。地方空港でタラップをおりたときには、アニーは疲れきっていた。バスタブ並みの小型機に乗るのには、どうしても慣れない。徒歩でターミナルへ向かう。それでもスコットランドに戻れてうれしく思っている自分がいた。故郷のように感じてすらいる。少なくとも、もうオズの国に迷い込んだ気はしなかった。故郷のように感じてすらいる。少なくとも、いまは。

ディーンのことは心配するまいとした。彼がどこにいるのか、無事でいるのか、そんなことを考えてもしかたがない。その気になれば、彼はわたしを見つけてくれる。

わたしはわたしの人生を歩きはじめなくては。その出発点となるのは、ここではないかしら?

アニーがスコットランドに戻るつもりだと言うと、母は大騒ぎだった。だが継父に、アニーが帰りたくなったらいつでも飛行機を手配すると言われて、いくらか落ちついた。

「もう船には乗らないでね」母のアリスはそう娘に約束させた。

ああいう経験をしたあとだけに、その約束を守るのは難しくなかった。けれどもアニーの目標は変わらず、いったんアメリカの自宅に帰ったものの、マーティンの誘いを受けて、ルイス島に戻ることにしたのだった。近海の油田で採掘を進めないよう、石油会社に圧力をかけるためだ。

沈船ダイビング中の一件が明らかになったあと、マーティンが自責の念に駆られているのは知っていた。彼もほかのメンバー同様、利用されただけなのだけれど。ただ、彼が誘ってきた理由は罪悪感だけではなかった。アニーが受けたテレビのインタビューは世間の耳目を集め、島民たちの関心を大いに高めたのだ。彼らはさまざまな疑問の声を発しはじめた。マーティンは石油会社に採掘を考え直させるチャンスだと思ったのだろう。実際にそうなれば大きな勝利となる。一時的なものにせよ。

そこでアニーも集会に参加することに決めた。でも、そのあとはどうする?

すでにオークニー諸島やシェトランド諸島で興味深い海洋研究をしている地方大学に連絡は取っている。まさに彼女にうってつけの、貝の研究をしているところもあった。派手ではないけれど、仕事をしながら、石油会社が安全に責任を持って採掘作業を行っているか監視することもできる。かねてから願っていたように、意味のある仕事をし、少しでも世の中を変えていくことができるかもしれない。本土から遠い、人里離れた島というのも魅力だった。行方不明のシールズ隊員を探そうなどと思う人間もいないだろう。

アニーは荷物のベルトコンベヤーの前に立ち、ダッフルバッグが出てくるのを待った。ぎょっとするほど鮮やかなピンク色を目にすると、胸が痛んだ。

ディーンが恋しい。

すぐに、と彼は約束した。待つしかない。でも、簡単ではなかった。話したいことが山ほどある。

もちろん、したいのは話だけではない。その前にしたいこともいくつかある。

彼女はダッフルバッグを肩にかけ、ターミナルを出て、タクシー乗り場に向かおうと通りを渡りはじめた。

そのとき、彼の姿が見えた。

心臓が文字どおり飛びあがった。ディーンが胸の前で腕を組み、白い車に寄りかかっていた。そうやって彼女を待っているのが、ごく当たり前のことのように。

この二週間、アニーが彼の心配をしつづけたのが嘘のように。最後に会ったとき、ディーンは凍えて死にかけ、彼女は撃たれる寸前だったのが嘘のように。彼がボートを飛びおりてから、アニーはひたすらこの瞬間を待ちこがれていた。いますぐ走りだして彼の胸に飛び込み、ずっと抱かれていたい。ジーンズに、日焼けした腕の映えるTシャツ、古ぼけてロゴも取れたキャップという姿でさりげなく立っている彼は、目もくらむほどすてきだ。

けれどもディーンの目を見たとたん、そのまなざしを感じたとたん、さりげなさは見せかけだとアニーは気づいた。

燃えるようなブルーの目は、〝きみはおれのものだ〟〝いまここで服をはぎ取って、激しく愛しあいたい〟と語っている。

心臓が早鐘を打つのを感じながら、彼女はゆっくりと通りを渡り、ディーンの前に立った。視線が絡みあう。沈黙がこれほど多くを語るなんて、信じられないほどだ。彼は身じろぎひとつしなかった。自分を信用できないのかもしれない。わたしと同じように感じているのかも。手を触れたら、きっと止められなくなると。

やがてアニーは口を開いた。「バッグを持ってくれないの？」

「手を貸すことで、女性に弱く劣った人間だという錯覚を抱かせろと？　やめておく。この二週間で、いろいろ本を読んで学んだんだ」

その深い声とからかうような口調に胸が熱くなったが、大学時代に受講した女性学の授業以降とんと聞かないような名前をディーンがつらつら挙げてみせても、アニーはあえて微笑まなかった。この程度で彼が変わったと思うほど単純ではない。きっと次の口論に備えているだけだ。「まずは敵を知れ、ってやつ？」アニーは言った。

ディーンが笑った。「そんなところだ」

彼を変えることができないのはわかっているけれど、だからといって、やってみないということではない。たぶん彼も同じことを考えている。アニーがときにいささか現実離れしたことを言ったら、ディーンは指摘するだろうし、逆に彼があまりに冷笑的な態度を取ったら、彼女はもっと思いやりを持つよう忠告するだろう。お互い、とことん議論するかもしれない。いずれにしても、気を抜けないのは間違いない。

アニーはディーンに向けてダッフルバッグを放った。彼はうっとうめいて腹部で受け止めた。「本で読んだことを真に受けてはだめよ、テクス。それに、そのすてきな筋肉を少しは使わないと」

「ほかの使い方を考えていたんだ」

彼女は下腹部がうずくのを感じた。「わたしもよ」

「車に乗るんだ、アニー」

「どこへ行くの?」

ディーンが横目で彼女を見る。「お楽しみさ」

「水道と暖房はあるところがいいわ」

彼は笑い、アニーのためにドアを開けた。「きみが予約していたホテルほど高級じゃないが、暖は取れると約束するよ。ちなみにホテルのほうはキャンセルしておいた」

運転席に乗り込んだディーンを、彼女は一瞥《いちべつ》した。「でもネズミが一匹でも出たら、わたしはホテルに行くわよ」

彼はかぶりを振り、車を発進させた。「金持ちの女性は世話が焼ける」それからアニーをちらりと見て言う。「きみもおれに隠しごとをしていたな」継父のことかと思ったが、違った。「銀行口座に一〇〇万ドル以上あるとは」

本当に気を悪くしているような言い方で、彼女はいささか戸惑った。じつは一〇〇万ドルは現金として持っている額で、投資にまわしている分がさらに五万ドルある。でも、それをいまディーンに告げるのははばかられた。アニーが実父から受け取った遺産を、継父が投資してくれたのだ。

「どうしてそんなことが重要なの？　ただの貯金よ。それで生活しているわけじゃないわ」

彼はぐるりと目をまわしてみせた。「金持ちだけが、そういう幻想を抱けるのさ。金はいつだって重要だ。ジュリアンはそのことを知っていたのか？」

「話してはいないけど、わたしのコンピューターにアクセスしたときに知ったんでしょうね」

ディーンがうなずく。「おれもそう思う。どこかの時点できみの預金残高を見て、ジャン・ポールと取引しようとしたんだろう。きみの口座番号とパスワードを教えるから、命は助けてくれと」

「でも、うまくいかなかった」

「ああ、そうだ」彼は一分ほど何も言わなかった。「大丈夫か？」

小声だったにもかかわらず、その問いには驚くほど強い気持ちがこもっていた。ずっと相手を心配していたのは、アニーだけではなかったのだ。あのあと一緒にいられないことが、お互いどれだけ辛かったか。でも、この二週間で彼女は自分の強さを、シールズ隊員と暮らしていけるだけの強さを持っていることを証明したのかもしれない。この先も彼の任務のため、離れて暮らさなくてはいけないことが多々あるだろう。けれど、彼は戻ってきてくれる。そう信じられる。

アニーはうなずいた。「だいぶよくなったわ」少し間を置いて続ける。「あなたに会いたかった」

ディーンは小さく微笑んだ。「おれもだ。会いたくてたまらなかった」

「どれくらい、いられるの？」

答えを聞きたいのかどうか自分でもわからない。二時間とか、明日までとか言われるのかしら？

「少なくとも二、三日は」

ほっとして、彼女はうなずいた。それでじゅうぶんというわけではないけれど。

一五分もすると目的地に着いた。ディーンは街からさほど遠くない海岸を見おろせるコテージを借りていた。丘の上にぽつんと立っており、近くに何軒かほかのコテージはあるものの、プライバシーは保てそうだった。

ディーンがトランクからダッフルバッグを取り出す頃には、アニーは期待感で胸がいっぱいになっていた。彼のあとについて、鮮やかなブルーに塗られた玄関へ向かう。

彼が自分と同じことを考えているのはたしかだった。問題は、ベッドルームまでたどり着くかどうかだけだ。

だめだった。

ドアが閉まるやいなや、ディーンはアニーをドアに押しつけ、荒々しく唇を重ねた。口と手で彼女をむさぼった。

アニーも同じようにした。彼のぬくもり、シナモンの味がする魅惑の舌は、どれだけ堪能しても足りなかった。

ああ、ずっとこうしたかった。この狂おしいほどの情熱、激しさ。全身が欲望の波にのみ込まれていく。

がっしりとした大きな体が、ぴたりと押しつけられている。そのあたたかさ、力強さにはいつもながら驚かされた。彼に触れたい、彼を抱きたい。かたい筋肉に手を這わせたい。ディーンが彼女の体を少しだけ持ちあげ、脚のあいだに腰を押しつける。アニーはうめいた。

彼は唇を離し、自分のジーンズのボタンをはずした。「やさしくできそうにない」

「かまわないわ」

「よかった。きみの中に入りたくてたまらないんだ」

力強いひと突きで、ふたりはひとつになった。

満たされる感覚に、アニーは震えた。わたしは彼のもの——そう感じる。いつもそうだ。こうしていると自分が無になり、彼の名を刻印されているような気がする。

ディーンは彼女の脚を片方、自分の腰にまわさせて、ふたたびキスをした。さらに深く突き入れながら、アニーの叫び声をのみ込む。

息が止まりそうだった。

たしかにやさしくはない。動物的な、荒々しい交わりだった。ディーンがわれを忘れている。それが彼女はうれしかった。

体の中に感じる彼は大きく、たくましく、燃えるように熱い。何度か突かれただけで、アニーは体がばらばらになりそうな気がした。声をあげながら最後に奥深く突くと、激しく身を震わせてのぼりつめた。

ディーンも長くはもたなかった。

彼がアニーの上に覆いかぶさる。その体の重みを彼女は受け止めた。

幾度か大きく呼吸したあと、ディーンが身を起こして彼女の目を見つめた。彼がここにいる。彼はわたしのもの。まだ信じられない思いだ。

けれどもディーンが何を言おうとしているか察して、彼女は先に口を開いた。「いいのよ。でもあなたが謝るか、避妊のことで何か言うなら、気を悪くするわ」

彼が申し訳なさそうに微笑む。「計画どおりにはいかなかったな」

ディーンの肩越しに、キッチンカウンターに置かれたシャンパンの瓶とバラの花束が見えた。

アニーは片方の眉をあげた。「あなたがロマンティックなタイプだとは思わなかった」

「そうじゃないんだが」ディーンはそっと彼女を立たせたあと、指で髪をかきあげながらジーンズを引っ張りあげた。

アニーも服を整えたが、脚がふらついていた。

「きみといると、どうも調子が狂うんだ。特別なひとときにしたかった」

「じゅうぶん特別よ」彼の目を見つめながら小声で言う。

ディーンはまなざしをやわらげ、彼女の額から髪を払った。「きみの言うとおりだ」

「わたしも驚かせることがあるの。あなたのせいで効果半減だけど」ホテルに置き去りにされた仕返しを、アニーはずっと考えていた。彼の急所は心得ている。

「どんなことだ？」

「すぐにわかるわ」

わかったのは、シャンパンを空けて、リビングルームでさらに二度結ばれたあと、アニーが寝る用意をして浴室から出てきたときだった。

ディーンはすでにボクサーショーツだけで彼女を待っていた。横になって肘をつき、手で頭を支えている。

アニーを見て、彼ははっと体を起こした。全身の筋肉がこわばり、まなざしが険しくなる。

「全米女性機構は耐えられる。捕鯨反対もいいとしよう。だが、それはなんだ？　冗談じゃない、すぐに脱ぐんだ、ドクター」

彼女はジャージの前で腕を組んだ。それでも、テキサンズのロゴは隠さなかった。

「いやよ、ヒューストン・テキサンズはわたしのひいきのチームだもの。それに部下に対するみたいにわたしに命令しないで、上級上等兵曹さん。後悔することになるわよ」

ディーンが立ちあがり、戦闘態勢で近づいてきた。相手は身長一九〇センチを超える、全身筋肉の男性だ。

アニーは子宮が収縮するのを感じたが、身を引かなかった。

「こちらのほうが体も大きいし、力も強い。それを証明する必要があるか？」

そう言いながら、ディーンは彼女にのしかかるように立った。いまいましいジャージをはぎ取ろうとするかのごとく、体の脇で拳をかためる。

アニーはひるむことなく、逆につんと顎をあげて彼の怒った顔を見あげた。「このジャージに何かしたら、生まれてくるわたしたちの子ども全員を根っからのテキサンズ・ファンにしてみせるわ。とくに男の子をね。ミスター・女嫌いは、バービー人形で頭がいっぱいの娘がアメリカン・フットボールに興味を持つとは夢にも思わないでしょうから」

はったりだろうとばかりに、ディーンは鼻で笑った。アニーから見れば、なりをひそめていたシールズ特有の傲慢さが一気に表に出たようなものだ。でも、そのハンサムな顔が青くなるのは面白い。復讐《ふくしゅう》は愉快だ。

ジャージを脱がせようと、彼が首元に手を伸ばしてきた。アニーはその手首をつかんだ。

「子どもの頃からロッカールームをうろついてテキサンズの選手全員と個人的に知りあいになったら、ファンになるのも当然よ」

ディーンが自信満々に笑う。「だろうな。さあ、脱ぐんだ、バンビ。でなければ、おれが脱がせてやる」

いまや怒っているのは彼だけではなかった。アニーはにらみ返した。バンビと同じくらい腹の立つあだ名をつけてやるわ。「ねえ、シュガー？」ディーンが眉をひそめる。「わたしの母と継父の写真を見る？」彼女はダッフルバッグをつかみ、新しい携帯電話を取り出した。

フロリダに行ったときに撮った、最近の写真が入っている。

急に話題が変わり、彼は戸惑ったようだった。それでも写真を見おろした。「お母さんは美人だな。きみによく似てる。お継父《とう》さんは……」言葉がとぎれる。「どこかで見たことがあるぞ。前に会ったことがあるようだ」

アニーは画面を切り替え、次の写真を見せた。スタジアム内の継父のオフィスで撮られたものだ。ディーンの顔から血の気が引いた。

彼女はにんまりした。はったりでないことに気づいたのだろう。

「どういうことだ？　なぜ継父がスティーブ・マリノだと言わなかった？」

継父はさまざまな事業に手を出しているが、アメリカン・フットボールのプロチーム、ヒューストン・テキサンズのオーナーでもある。

アニーは肩をすくめた。「きかれなかったから。それにあなたには、継父に連絡するなと言われた気がするけど」

「弁護士だと言っていたじゃないか！」

「そうだけど、いまはもう引退してると言ったでしょう。ところで、まだ継父にあなたの話はしていないの。助けがいるなら知らせて。彼は信頼できる人よ。どの軍でも動かせるわ」

今回ばかりは、彼女が本気だとディーンにもわかったようだ。彼が継父の協力を仰ぐことを考えているのが、アニーにも見て取れた。スティーブ・マリノは世界有数の軍事企業のトップでもある。ディーン自身、彼のために幾度も働いている。継父なら、必要とあらば軍隊を動かすことも可能だ。

アニーを見つめたまま、ディーンがベッドに座った。というより、がっくりと沈み込んだ。

「くそっ」

彼女は微笑んだ。

ディーンの表情が暗くなった。勝負には負けたが、闘いを放棄する気はないようだ。

「おれたちの娘は、フットボールの選手とロッカールームでしゃべったりしないぞ」少し考えて、アニーを膝の上に座らせる。「おれの妻もだ。いまは申し込まないが、すべて終わったら、きみと結婚したいと思っている」

喉が詰まった。涙で目が曇る。「わたしも同じ気持ちよ」

「じゃあ、結婚しよう」

アニーはディーンの言葉を疑わなかった。彼は約束を守る人だから。いつ、どんなときでも。

訳者あとがき

世間的には存在しないことになっているシールズ第九チーム。彼らがロシアに潜入するところから物語は始まります。ロシアが大量破壊兵器を極秘に製造しているという情報の真偽を確かめるための、極秘の偵察任務。目的地である旧強制労働収容所に着いたところで彼らはふた手に分かれますが、ミサイルを撃ち込まれて片方が全滅してしまいます。彼らの潜入は、なぜロシア側にばれていたのか。残った隊の半分が生きていることを隠して各地に散り、その真相を探るというのが〝消えた小隊《ロスト・プラトーン》〟シリーズです。一作目の本書では、潜伏している隊員のひとりディーン・ベイラー上級上等兵曹と、大学院を終えて博士号を取ったばかりの海洋生態学研究者アニーとのロマンスが描かれています。

アニーはつきあいはじめたばかりの恋人に誘われて、海底油田の試掘に反対する抗議活動に参加するためにヘブリディーズ諸島の小さな島を訪れます。メキシコ湾の原油流出事故をきっかけに生物の生態環境を守る研究の道を選んだ彼女にとって、自分の主張のために行動を起こす絶好の機会のはずでしたが、一緒に参加する恋人の友人がどうしても好きになれないうえ、恋人のふるまいも前とは違う気がして、気分は盛りさがるばかり。それでも結局、掘削船まで行くために雇ったダイビング船に乗り込むのですが、恋人たちが積み込んだ荷物の中に爆弾が隠されているのを発見してしまい、船長のダン（ディーンの偽名）に助けを求めます……。

インテリで洗練された恋人とは正反対の、筋骨隆々で男くさいディーン。アニーはヒーローのようにあがめていた軍人の父親が戦場から戻ったあと別人のように変わってしまった過去から、父親と同じような肉体派の男性を避けてきました。ですが、やはり何かことが起こったときに頼りになるのは生命力に満ちあふれたそういう男性で、アニーは否応なしにディーンに惹かれていきます。

ディーンは士官学校出の将校ではなく、現場たたきあげの上級上等兵曹。経験豊富でみなから敬意を払われる存在ですが、座学は性に合わず、これから大学に行って将校を目指そうという考えはありません。一方アニーは博士号を持つ研究者で、ガチガチの理想主義者。会ったときから激しく惹かれあうふたりですが、それぞれの経歴からわかるとおり、信条や考え方が水と油というくらい異なっています。アニーはフェミニストで環境保護に熱心、捕鯨にも反対。片やディーンはバリバリの軍人で全米ライフル協会の会員。どこを取っても両極端でまるで重なるところがないように思えますが、このふたりはそれぞれの主張をぶつけあう小気味のよいやり取りに楽しさを見いだします。異なる考え方をする人間を切り捨てず、正反対とも言える相手に魅力を発見していくふたりの姿は爽快です。そもそも、人はみな違っていて当たり前で、すべてのものを平等に測れる絶対的な物差しなど存在しません。置かれた立場が違えば利害が異なり、考え方が違ってくるのは普通のこと。でも誰かを好きになると、そんなものは軽々と飛び越えられるものなのだと、ふたりを見ていると思わせられます。頭でっかちな理想主義に染まっている感のあるアニーですが、フェミニストを標榜しながらもいかにも女らしい行動を取ってしまうところに、かわいらしさを感じずにはいられません。

著者のモニカ・マッカーティはスタンフォード大学のロースクールを出て弁護士として活躍していましたが、プロ野球選手だった夫との生活を大切にするために作家の道を選んだそうです。日本ではスコットランドを舞台にしたヒストリカルロマンスのシリーズがすでに出版されており、本シリーズは著者初の現代物のサスペンスノベルになります。第二作はアメリカで七月にすでに出版、三作目は一二月に刊行の予定で、スピンオフを含めると著者はまだまだ書き継いでいくつもりだとか。今後の展開が楽しみです。

二〇一八年九月

ライムブックス

孤島《ことう》に愛《あい》は燃《も》えて

著　者　モニカ・マッカーティ
訳　者　緒川久美子《おがわくみこ》

2018年10月20日　初版第一刷発行

発行人　成瀬雅人
発行所　株式会社原書房
〒160-0022東京都新宿区新宿1-25-13
電話・代表03-3354-0685　http://www.harashobo.co.jp
振替・00150-6-151594
カバーデザイン　松山はるみ
印刷所　図書印刷株式会社

落丁・乱丁本はお取替えいたします。
定価は、カバーに表示してあります。
 ISBN978-4-562-06516-5 Printed in Japan